P

Ein Alien-Insekt!

Vincent Distephano zuckte unwillkürlich zusammen. *Wie zum Teufel ist es hier nach achtern in die Kommandokapsel gelangt?* Er bewegte sich keinen Millimeter, während er das grotesk aussehende Wesen anstarrte.

Die Augen des Alien-Käfers waren riesig, viel zu groß für den Rest des länglichen, ekelhaften Kopfes. Die schmale elliptische Regenbogenhaut schien sich um die Linsen herumzuwickeln, ein Zeichen dafür, daß es aus einer anderen, nichtterrestrischen Welt kam. Es blinzelte, und seine durchsichtigen Lider flatterten dabei so schnell, daß Vinnie gar nicht erkennen konnte, ob sie sich von oben nach unten oder umgekehrt bewegten. Vielleicht sogar von links nach rechts. Wenn die Lider still standen, waren sie nicht einmal zu sehen. Das Wesen blinzelte erneut – schnell, zwei- dreimal – und wandte den Kopf.

Hatte es ihn bemerkt?

O nein!

Die Kiefern des Wesens öffneten sich drohend. Dünne Fäden aus klarem, dickflüssigem Speichel bildeten sich hinter den dünnen Lippen, tropften an den gefährlich spitzen Zähnen herab. Viele Zähne! Die Lippen zogen sich nach hinten, als übe das Wesen ein stummes, hämisches Grinsen. Dann bewegte es sich langsam vorwärts.

Vinnie zwang sich, unbeweglich sitzen zu bleiben und beobachtete, wie das Maul des Dings sich langsam öffnete und schloß. Ein Strang klebrigen Speichels tropfte auf den Boden.

Wenn es eines von diesen Dingern bis hierher geschafft hat, dachte er, *dann gibt es bestimmt noch mehr davon. Vielleicht eine ganze verdammte Brut. Woher kommen diese Biester überhaupt? Und wie gelangen sie an Bord?*

Spielte das eine Rolle? Dieses hier war jedenfalls da, in

diesem Augenblick, noch dazu in seiner Nähe, und das reichte ihm. Der Käfer kroch vorwärts und verharrte dann wieder. Seine Bewegungen waren schnell, insektenhaft, und sein Schwanz zuckte wie ein nervöser Sensor. Konnte er ihn sehen? War er überhaupt in der Lage, ihn wahrzunehmen? Funktionierten diese riesigen Augen nach den bekannten Gesetzen, oder hatten sie sich so entwickelt, daß sie Nahrung und Beute nur als Lichtquelle wahrnahmen? Orientierte sich das Ding überhaupt eher nach Geruch oder Bewegung als nach visuellen Reizen?

Der groteske, längliche Kopf des Alien wirbelte herum, als habe das Wesen Schwierigkeiten, sich zu orientieren. Vielleicht lenkten es die blinkenden Lichter und die aktivierten farbigen Linien auf den Computerbildschirmen ab. Hoffentlich so sehr, daß sie das Ding davon abhielten, Vinnie zu entdecken. Das hoffte er jedenfalls. Er mußte schlukken.

In diesem Augenblick flackerte einer der Beobachtungsmonitore und wechselte die Bilder in rasanter Abfolge. Das Ding wandte ihnen den häßlichen Kopf zu.

Plötzlich tauchte der Planet Pluto, der schweigend unter dem Schiff ruhte, in Nahaufnahme auf. Die Aufnahme zeigte, wie einer seiner kleinen Geysire ausbrach und flüssiges Nitrogen in die Luft spuckte. Die Helligkeit der Frostringe Plutos stellte trotz der eingesprenkelten tiefroten Stellen einen immer wieder verblüffenden Kontrast zur völligen Schwärze des Alls dar. Das Wesen schaukelte mit dem Kopf und schien die planetarischen Aktivitäten zu beobachten. Der Geysirausbruch erreichte seinen Höhepunkt, während die Kamera immer näher heranging. Lautlos spuckte der Krater seinen Inhalt aus. Das außerirdische Ding wandte sich nun vollkommen von Vinnie ab und krabbelte auf den Bildschirm zu, beweglich wie eine Spinne.

Jetzt! Schnell! Jetzt sieht es dich nicht! Vinnie streckte vorsichtig die Hand aus und ließ sie blitzschnell auf das Wesen niedersausen. Als ausgebildeter Soldat verfügte er über gute Reflexe.

Ein schmatzendes Geräusch.

Hab' ich dich, Mistkerl!

Er hob die Hand und begutachtete die zerdrückten Überreste des Alien-Insekts, die an seinen Fingerspitzen klebten. Was zum Teufel war das wohl? Er schüttelte angewidert den Kopf. General Perez würde einen Schlaganfall kriegen, wenn er hörte, daß sich an Bord seines makellosen Schiffes, der *Auriga,* ein außerirdischer Käfer tummelte, noch dazu in der Kommandokapsel. War das hier der einzige oder gab es noch mehr? Zwei genügten, um Tausende zu erzeugen. Scheiße, bei manchen dieser Alien-Spezies reichte schon eins.

Während er den zerquetschten Käfer untersuchte, trank der junge Soldat den Rest seines Milkshakes aus und schluckte ein paar kleine Klumpen nicht aufgelösten Pulvers mit hinunter. *Mann, Perez würde auch einen Schlaganfall kriegen, wenn er wüßte, daß du während deines Dienstes was trinkst.* Vinnie grinste. Ja, General Perez war ein Hundertprozentiger, aber Vinnie hatte das Frühstück verpaßt, und ohne irgendwas im Bauch würde er es nicht bis zum Mittagessen schaffen. Dienst in der Kommandokapsel war so ziemlich die langweiligste Tätigkeit, die es auf dem Schiff gab. Schlimmer war nur noch, mit knurrendem Magen in der Kapsel zu sitzen.

Er zerdrückte den Plastikbecher und steckte ihn in seine Tasche. Dann nahm er den dazugehörigen breiten Strohhalm und stocherte damit in der Käfermasse herum. Der längliche Kopf war noch sichtbar, ebenso die winzigen, aber bösartig wirkenden Zähne.

Puh, was für ein häßlicher Hundesohn. Wie bist du nur an Bord gekrabbelt? Du mußt aus einer dieser *›inoffiziellen‹ Lieferungen des Generals stammen, aus irgendeiner obskuren Kolonie am Rande der Grenze. Nicht daß ich's wissen wollte!* Wenn man als einfacher Soldat auf einem Top-Secret-Schiff stationiert war, das um das Gravitationszentrum von Pluto und Charon – also mit anderen Worten in der beschissenen Mitte von Nichts – kurvte, dann lernte man schnell, nichts zu fragen und nichts zu erzählen.

Das einzige, was Vinnie in diesem endlos scheinenden

Dienstjahr an Bord der *Auriga* gelernt hatte, war die Tatsache, daß auch ein Top-Secret-Job so ziemlich das Ödeste war, womit man einen Soldaten strafen konnte. Hier passierte nichts, niemals! Dafür sorgte schon General Perez, mit seinen unzähligen Inspektionen, mit seinem ›Alles muß sauber wie geleckt sein‹-Tick. Jedes kleinste Maschinenteil, jeder Computerchip, jeder Knopf auf der *Auriga* war neuester Standard, glänzend poliert und perfekt instand gehalten. Auf diese Weise konnte einen nicht einmal ein technischer Defekt von seiner Langeweile erlösen.

Nun, in drei Monaten hatte Vinnie es geschafft. Und wer ein erfolgreiches Dienstjahr auf einem Top-Secret-Schiff vorweisen konnte, der hatte danach die freie Auswahl, was den Dienst anbetraf.

Aber mein nächster wird garantiert ein bißchen unterhaltsamer als dieser hier. Vielleicht auf dem Außenposten von Rigel. Da ist was los, da geht die Post ab. Nicht wie auf dieser Beerdigung hier.

Er inspizierte das Insekt erneut und schob die Einzelteile mit dem Strohhalm auseinander. Das zumindest hatte etwas Lächerliches – den Krieg gegen die Insekten konnte die saubere *Auriga* nicht gewinnen. Vinnie war nicht daran gewöhnt, krabbelndes Leben im All zu sehen. Natürlich war das Militär seit jeher dafür berüchtigt, auf jedem seiner Wege irgendein Gewürm mitzuschleppen, angefangen von den Ratten und Fliegen in der Ladung und den Nahrungsvorräten an Bord der alten Holzschiffe. Im zwanzigsten Jahrhundert war mit Kisten voller Fracht, Nahrung und Waffen die braune Baumschlange auf die Inseln des Südpazifiks gelangt und hatte für die Ausrottung ganzer Vogelarten gesorgt. In den ersten Tagen der Kolonisation des Alls waren mit angeblich sterilisierter, vakuumversiegelter und gefriergetrockneter Nahrung ganze Armeen der gemeinen Küchenschabe in die erste Mars-Kolonie abgesetzt worden und hatten dort eine fast alles vernichtende Seuche ausgelöst. Aber heutzutage sorgten die Verhältnisse in den Frachträumen dafür, daß keiner der kleinen Bastarde mehr überlebte, und eigentlich gab es das Problem nicht mehr.

Nur noch auf der *Auriga*. Angefangen von den Moskitos, die bei irgendeinem Laborexperiment entkommen waren und bis heute an den seltsamsten Orten auftauchten, über die Spinnen, die nach einer der inoffiziellen Lieferungen überall herumliefen, bis hin zu dem ein oder anderen seltsamen Insekt, wie dem, das er gerade zerquetscht hatte. Das riesige Schiff schien ein einziges Sammellager für Insekten zu sein! Es schien, als hätten es sich die niederen Lebensformen der Galaxis zur Aufgabe gemacht, General Perez zu zeigen, daß er Mutter Natur nicht beherrschen konnte, egal welchen Rang er hatte, egal wie wichtig seine geheimen Operationen hier an den Grenzen des Solarsystems auch waren.

Vinnie strich die Überreste des Käfers, aus denen immer noch Blut und Speichel tropfte, in den Strohhalm und überlegte, ob er den ›Fund‹ melden sollte. Eigentlich verlangte es der General so. Es trieb den Alten fast in den Wahnsinn, daß ungebetene Gäste sein makelloses Schiff aufsuchten. Er wollte, daß jeder einzelne Käfer gefangen wurde, möglichst lebendig, damit er ›klassifiziert‹ werden konnte, um seine Herkunft zu klären. Vinnie dachte an den Papierkram und an die Fragen. Und all dieser Aufwand wegen eines blöden Käfers. Er betrachtete das Ende des Strohhalms.

Von wegen!

Er steckte den Strohhalm in den Mund, zielte auf das glasklare Sichtfenster der Kommandokapsel und blies kräftig hinein. Die Insektenmasse klatschte gegen die Scheibe und blieb dort haften, wie eine Mücke, die an der Windschutzscheibe eines Landfahrzeugs klebt. Vinnie lachte.

Und das, mein Junge, war der Höhepunkt dieser unendlichen Schicht!

Er ließ seinen Blick über die Kommandokonsole und die Bildschirme gleiten. Alles ruhig. Sehr ruhig. Sterbenslangweilig. Selbst der Geysir spuckte nicht mehr. Der Soldat seufzte, kratzte sich den fast kahl geschorenen Kopf und bemühte sich, nicht die Sekunden auf der Uhr zu zählen, bis seine Schicht vorüber war.

Vielleicht tauchte ja noch mal ein Käfer auf und verschaffte ihm etwas Abwechslung. Er freute sich schon darauf.

1

Dr. Mason Wren durcheilte mit energischen Schritten den Flur, der zu seinem Hauptlabor führte. General Perez hatte ihn mitten beim Frühstück zu einer unerwarteten Besprechung gebeten, und die 23 Minuten, die er dadurch verloren hatte, wirkten sich nun äußerst unangenehm auf den Zeitplan des Wissenschaftlers aus. Zum Glück konnte Wren sich auf seinen Mitarbeiterstab verlassen. Sie kamen pünktlich, starteten die morgendlichen Programme, überprüften die Ergebnisse der Nachtschicht und konnten ihn über den gegenwärtigen Stand des Experiments unterrichten. Gewohnheitsmäßig checkte er den an seinem Revers angebrachten Pager. Keine Nachrichten. *Vater* – oder besser gesagt die künstliche männliche Stimme des Supercomputers, der die Lebenserhaltungs-, die wissenschaftlichen und alle anderen wichtigen Systeme auf der *Auriga* steuerte – würde ihm Bescheid sagen, wenn es irgendwelche Neuigkeiten gab.

Und keine Nachrichten waren immer gute Nachrichten.

Als Perez ihn zu sich bestellt hatte, hatte er Ärger erwartet, irgendwelche neuen Probleme. Aber der Alte wollte ihn lediglich auf ein paar Arbeitsdetails aufmerksam machen, damit er sicher sein konnte, daß sein Chefwissenschaftler auf dem laufenden war. Zwei Wochen waren vergangen, ohne daß er mitten in der Nacht ins Laboratorium gerufen worden war, und Wren hatte den plötzlichen Fortschritt mit Genugtuung registriert. Vielleicht hatten sie endlich den Durchbruch geschafft.

Der schlanke Wissenschaftler mit dem leicht schütteren Haar näherte sich den Labortüren mit seinem üblichen schnellen Schritt. Die beiden bewaffneten Soldaten, die dort Wache standen, registrierte er kaum. Sie waren fast unsichtbar für ihn, ein Teil der Einrichtung wie die Möbel oder die Nieten an den Drucklufttüren. Zwar wußte er, daß die Soldaten alle vier Stunden ausgetauscht wurden, doch kamen sie ihm alle identisch vor, mit ihrem starren Blick, dem ausdruckslosen Gesicht, der olivfarbenen Panzerung und den schweren Waffen, die sie stets entsichert bei sich trugen. Schwarz, weiß, braun, Männer, Frauen, für Wren sahen sie alle gleich aus. Sie waren eben Soldaten, weiter nichts.

Er und sein Team waren Ärzte, also Wissenschaftler. Vom einfachsten Mechaniker bis hin zu ihm diente sein Team einem höheren Ziel: der Erweiterung des Wissens, dem Fortschritt der Menschheit, der Verbesserung der Lebensbedingungen. Die Soldaten erfüllten nur den einen Zweck, Wren und seinem Team zu helfen, ihre Ziele zu erreichen. Sie alle – Soldaten und Wissenschaftler – gehörten zum Militär, aber für Wren war klar, wer von beiden wertvoller war.

Die Türen öffneten sich lautlos und gaben ihm den Weg ins Hauptlabor frei. Als er an den beiden Wachtposten vorbeiging, stellte er amüsiert fest, daß sie nicht nur gleich aussahen, sondern auch ihren Kaugummi im gleichen Takt kauten. Wie Roboter. Nein, nicht wie Roboter. Damals, als es sie noch gab, hatten Roboter relativ individuelle Eigenschaften gehabt.

Hinter ihm schlossen sich die Türen so lautlos, wie sie sich geöffnet hatten, und damit hatte er die Soldaten schon wieder vergessen. Wie zu erwarten, war sein Team bereits vollzählig versammelt, emsig bei der Arbeit, im Dienste der Wissenschaft. Und dieses Labor war dafür der perfekte Ort. Hier gab es nur das Beste von allem, die besten Apparate, die besten Programme und die besten Mitarbeiter. Die Resultate würden das beweisen.

Wren kam an den ersten Arbeitsplatz und beobachtete die Bildschirme. Er verfolgte die rasch wechselnden Datenmuster und registrierte zufrieden den Fortschritt, den sie anzeigten. Als er Dr. Carlyn Williams einen Blick zuwarf, lächelte sie ihm kurz zu.

»Wir sind gut im Geschäft, Dr. Wren«, meldete sie strahlend.

Er lächelte zurück. »Ein schöner Start in den Tag, Carlyn.«

Er ging zum nächsten Platz und begrüßte die Doktoren Matt Kinloch, Yoshi Watanabe, Brian Clauss, Dan Sprague und die Doktorandin Trish Fontaine. Kinloch hielt den Daumen hoch, und Wren wußte, daß er damit den erfolgreichen Abschluß einer Testreihe meinte, die sie gestern abend begonnen hatten. Der Projektleiter erwiderte die Geste und ging weiter. Dabei fiel ihm auf, wie identisch er und sein Team gekleidet waren. Hellbraune oder olivfarbene Overalls, darüber die üblichen Laborkittel. Er fragte sich, ob General Perez seine Leute genauso schlecht auseinanderhalten konnte wie er die Soldaten.

Nachdem er einmal ganz herumgegangen war und sich davon überzeugt hatte, daß alles genau so war, wie er es haben wollte – fast zu schön, um wahr zu sein –, wandte er sich endlich dem Brutkasten zu.

Dr. Jonathan Gediman, sein junger, dunkelhaariger, ehrgeiziger Assistent, wartete bereits auf ihn. Er sah so angespannt aus, daß Wren befürchtete, er würde gleich von einem Bein auf das andere hüpfen. Aber er konnte es seinem Schützling nicht verübeln. Nach all dem, was er heute morgen bereits gesehen hatte, entwickelten sich die Dinge wirklich aufs vortrefflichste. Doch nachdem sie schon so viele Rückschläge hatten hinnehmen müssen, sah Wren keinen Grund, sich zufrieden zurückzulehnen. Es konnte noch immer genug schiefgehen.

»Sie haben auf mich gewartet«, sagte Wren zu seinem Assistenten. »Ich weiß das zu schätzen.«

Gediman nickte. »Ich hatte noch genug zu tun. Möchten Sie die Kleine jetzt sehen?«

Wren unterdrückte ein Stirnrunzeln. Es gefiel ihm nicht, daß Gediman dazu neigte, die Spezies zu personalisieren; es kam ihm nicht besonders professionell vor. Aber Gediman war ein derart guter Wissenschaftler und darüber hinaus so fleißig und loyal, daß Wren versuchte, über solche Spleens hinwegzusehen.

»Sicher«, sagte er. »Sehen wir uns die Spezies einmal an.«

Gediman drückte ein paar Knöpfe, und dann beobachteten sie, wie die Daten über den kleinen Bildschirm auf dem Brutkasten liefen. Der hohe Metallzylinder paßte seine Temperatur an; kalte Dämpfe waberten an der Außenseite.

Langsam begann sich die metallene Außenhülle zu drehen und zu heben, so lange, bis sie die Decke berührte. Dort blieb sie stehen. Das Metallgehäuse öffnete sich automatisch und gab den Blick auf eine kleinere cryogenische Röhre frei, die etwa einen Meter lang und einen Meter breit war.

Wren las die Daten. Dauer und Verlauf der Inkubation, die Bestandteile des chemischen Wachstumsmediums, elektrische Stimulation der Zellen und andere Informationen liefen in einem ständig auf den neuesten Stand gebrachten Strom über den Schirm.

»Da ist sie«, murmelte Gediman mit sanfter Stimme.

Wren sah ihn aufmerksam an. Gedimans Augen waren weit aufgerissen, wie die eines Vaters, der zum erstenmal sein neugeborenes Kind sieht. Das wiederum gefiel Wren. In vielerlei Hinsicht handelte es sich auch um Gedimans Kind. Gediman, Wren, Kinloch, Clauss, Williamson – alle Mitarbeiter in diesem Labor waren die Eltern dieser Spezies, und Wren ermutigte sie sogar, Beschützergefühle zu entwickeln. Diese Art von besitzergreifendem Stolz brachte sie dazu, noch härter zu arbeiten, noch kreativer zu denken, mit einer Hingabe, die kein noch so hohes Gehalt hätte bewirken können. Wren mußte lächeln.

»Sehen Sie sich ihr Gesicht an!« sagte Gediman voll väterlichem Stolz.

Wren beobachtete die Spezies, die auf sie zuschwebte.

Sie wurde von einer gelatineartigen Flüssigkeit umgeben, in der sie ernährt wurde und heranwuchs. Zunächst schien die Spezies nicht mehr zu sein als eine verschwommene Masse. In der klassischen Fötushaltung – und schon das allein kam einem wissenschaftlichen Wunder gleich – trieb sie näher an das Glas heran und erlaubte Wren einen Blick auf das, was Gediman gemeint hatte.

Es war das Gesicht eines kleinen Menschen, eines hübschen Mädchens, und mit einem Schlag spürte Wren die gleiche Erregung, die Gediman ergriffen hatte. Die Gesichtszüge hatten sich bereits so weit entwickelt, daß man ein individuelles Wesen erkennen konnte. Feines Haar schwebte in Form winziger Locken um den vollkommen geformten Kopf herum und gab der Spezies etwas Geisterhaftes, als schwimme dort eine Art Meerjungfrau vor ihnen. Wren blinzelte und schüttelte die Fantasien ab. Sein geschultes Auge untersuchte die verschiedenen Röhren, Kabel und Sensoren, die an der Spezies angebracht waren. Alles war an seinem Platz und erledigte seinen Job, fütterte, überwachte und ließ die Spezies weitaus schneller wachsen und sich entwickeln, als die Natur es jemals beabsichtigt hatte.

Aber Wren hatte sowieso nur wenig Geduld mit der Natur, wegen ihrer Langsamkeit, ihrer Fehler und vor allem wegen der unvorhersehbaren Überraschungen, die sie immer wieder bereithielt. Seine Aufgabe war es, der Natur vorauszueilen und sie nach seinen Bedürfnissen zu formen. Es sah so aus, als habe er es bald geschafft. Er lächelte, und seine Finger strichen fast zärtlich über die Außenwand des Brutkastens.

»Sie ist wunderschön, nicht wahr?« fragte Gediman leise.

Wren öffnete den Mund, sagte aber nichts und nickte nur. *Sie entwickelt sich auf jeden Fall besser, als wir zu hoffen wagen durften.* Als die Spezies wieder davontrieb, glaubte er zu sehen, wie die sich entwickelnden Augen unter den Lidern rollten. Er fragte sich, ob es bereits hell und dunkel unterscheiden konnte. Und er fragte sich, was es spürte, sofern es überhaupt etwas spürte.

Plötzlich wurde es hell, und sie schreckte auf. Im Hellen konnte man gesehen werden. Es war schwerer, sich im Hellen zu verstekken. Ihr Körper krümmte sich zusammen. Die warme Nässe um sie herum bedeutete Sicherheit, aber vor dem hellen Licht hatte sie Angst. Chaotische Traumbilder flackerten durch ihr ungeformtes Bewußtsein.

Die kalte Annehmlichkeit des Hyperschlafs.

Der verzweifelte Drang, ihre Kinder zu beschützen.

Die Stärke und der Zusammenhalt ihrer eigenen Art.

Die Kraft ihres eigenen Zorns.

Die Wärme und die Sicherheit des dampfenden Brutkastens.

Die Bilder waren gleichzeitig ohne Bedeutung und doch auch bedeutungsvoll. Sie spürte sie auf einer Ebene, die weit über das Bewußtsein hinausging, weit über alles Erlernbare. Sie waren ein Teil von ihr, ein Teil dessen, was sie gewesen war. Und sie waren ein Teil von dem, was sie nun wurde.

Sie trieb in der weichen, beruhigenden Wärme dahin und versuchte, sich vor dem Licht zu verstecken. Und dann die Geräusche, murmelnde, ferne Geräusche, die nicht aus ihr kamen und andere, die aus ihr kamen. Die Klänge wogten heran und ebbten ab, und auch sie bedeuteten nichts und gleichzeitig alles.

Sie hörte die Geräusche von innen, darunter eine Stimme, die stärker war als alles andere. Die Stimme, der sie stets zuhörte und an die sich so gern erinnert hätte.

Sie hörte ihr Flüstern:

Meine Mami hat immer gesagt, daß es keine Ungeheuer gibt – keine echten. Aber es gibt sie.

Wenn sie nur wüßte, was das bedeutete. Eines Tages vielleicht …

Einen kurzen Augenblick nur gestattete sich Wren etwas Wunschdenken, etwas Hoffnung. Bald würden die ersten Berichte erscheinen. Dann die Bücher, die Vorträge. Später kamen dann die Auszeichnungen. Dies war nur der Anfang!

Der Fötus trieb in dem mit Gel gefüllten Brutkasten, und Wren mußte zugeben, daß Gediman recht hatte. Er war wunderschön. Eine vollkommene Spezies.

Sie drehte sich, und das gekrümmte Rückgrat berührte sanft das Glas. Da sah er es, etwas, das vorher nicht dagewesen war.

»Ist Ihnen das eigentlich aufgefallen?« fragte er Gediman so beiläufig, wie es ihm möglich war.

»Was …?« stotterte Gediman und starrte auf den Rücken der Spezies.

»Dort.« Wren deutete auf die Knospen auf beiden Seiten des Rückgrats. »Diese vier Stellen dort. Genau dort, wo die Dorsalhörner sein sollten.«

Nun entdeckte Gediman sie auch. Er runzelte die Stirn.

»Glauben Sie etwa, daß sie beginnt, Abnormitäten zu entwickeln?«

Wren schüttelte den Kopf. »Wir beobachten sie. Es könnte der Beginn eines embryonalen Versagens sein.«

»O nein …«, seufzte Gediman.

»Sehen wir nicht gleich schwarz. Wenn wir Glück haben, handelt es sich lediglich um ein rudimentäres Wachstum. Dann könnten wir sie später entfernen.«

Gediman sah enttäuscht aus. Sein Enthusiasmus war verflogen.

Wren klopfte ihm auf die Schulter. »Dennoch ist es immer noch jeder anderen Spezies, die wir bis jetzt gezüchtet haben, weit überlegen. Ich bin voller Hoffnung, und das sollten Sie auch sein.«

Sein Assistent raffte sich zu einem Lächeln auf. »Ja, wir sind weit gekommen, und es geht ihr so gut. Ich hoffe, Sie haben recht, Dr. Wren.«

Das hoffe ich auch, dachte Wren und betrachtete die Spezies. Er hoffte nur, daß Mutter Natur sich nicht wieder einen kleinen Scherz auf seine Kosten erlaubt hatte.

Einen Monat später standen Wren und Gediman erneut vor einem Brutkasten. Dieser war jedoch erheblich größer, über zwei Meter hoch und einen Meter breit. Das kindliche Wesen, das in dem alten Brutkasten wie ein Korken herumgeschwommen war, war gewachsen und gediehen. Jetzt füllte es seine neue Kammer fast gänzlich aus.

Die Atmosphäre im Labor war von höchster Erwartung geprägt. Wren fiel auf, wie oft seine Mitarbeiter an den Brutkasten traten und ihre eigene Leistung bestaunten.

So viel aus so wenig. Alte Blutproben. Ein paar Gewebeteile aus dem Knochenmark, der Milz, der Rückenmarksflüssigkeit. Verstreute, beschädigte DNA. Und aus all dem – das hier.

Das Wesen drehte sich. Sein schulterlanges braunes Haar schwebte um das Gesicht herum und verdeckte einen Teil der attraktiven, erkennbar menschlichen Züge. Die Hand war zu einer Faust geballt. Jetzt öffnete sie sich. Die Augen hinter den geschlossenen Lidern bewegten sich.

Träumte es? Was für Träume mochten das sein? Und vor allem, wessen Träume?

Wren warf einen Blick auf die Inkubatordaten. Der erste Bildschirm zeigte das EKG des Wesens. Der Herzschlag war gleichmäßig und rhythmisch, der Sinus-Arrhythmus vollkommen normal. Gut, sehr gut.

Er schaute auf den zweiten Schirm. Während der erste die Daten für die erwachsene weibliche Spezies zeigte – das Wort ›WIRT‹ leuchtete in großen Buchstaben auf – erschienen auf dem zweiten die Daten für einen sogenannten ›GAST‹. Ein zweites EKG zeigte auch hier einen Herzschlag, viel schneller als der des Wirtes, in einem heftigen Wellenmuster. Dennoch war er so stark wie der andere. Er war gesund.

Wren lächelte. Er blickte in das Gesicht der Wirts-Spezies. Sie runzelte die Stirn. Wenn er weniger nüchtern denken würde, wie etwa Gediman, hätte er geglaubt, daß es unglücklich sei.

Wessen Träume träumst du? Deine eigenen? Oder die deines Gastes? Das wüßte ich wirklich gerne.

Dr. Jonathan Gediman konnte sein Glück kaum fassen. Dr. Wren hatte ihm tatsächlich erlaubt, die Operation eigenständig durchzuführen. Er stand in dem kühlen sterilen OP, in steriler Kleidung, von Kopf bis Fuß abgeschrubbt, und bemühte sich, das chirurgische Sichtgerät an die richtige Position zu führen. Neben ihm stand Dr. Wren, gespannt und erwartungsvoll. Dr. Dan Sprague war ebenfalls anwesend. Dan hatte ihm gratuliert, als Wren seine Entscheidung verkündete. Seine ehrlich gemeinten guten Wünsche hatten geholfen, Gedimans zitternde Hände zu beruhigen. Etwas zumindest.

Das Sichtgerät wechselte ständig den Fokus, und Gediman betätigte die Kontrollschalter. Mit dem Visor konnte er durch weitreichende Binokularsicht auf eine mikroskopische Schärfe gehen, die es ihm erlaubte, Gewebe bis hin zur Zellebene zu untersuchen. Er holte tief Atem und versuchte sich zu beruhigen. Als Sprague ihm mit einem sterilen Tuch den Schweiß von der Stirn wischte, wäre er fast zusammengezuckt.

»Nur die Ruhe, Junge«, sagte Dan kumpelhaft. »Du schwitzt wie ein Hund.«

Gediman nickte und dachte abwesend, Hunde schwitzen doch gar nicht. Er blinzelte und konzentrierte sich. Wenn nur Wren nicht so dicht neben ihm stände. Auch ohne einen Visor würde er die kleinste Panne, den winzigsten Fehler bemerken. Genau wie Sprague.

Ruhig, Gediman, sagte er zu sich selbst. *Das hier ist doch nicht deine erste Operation. Das ist eine ganze Sache. So was ähnliches hast du tausendmal gemacht.*

Ja, aber nicht hier, nicht bei dieser Spezies.

Nicht mit Ripley.

Spezies war Wrens Bezeichnung, aber Gediman hatte schon aufgehört, sie so zu nennen, als sie noch ein mikroskopisches Bündel aus acht vollkommen geformten Zellen gewesen war.

Er drehte den Kopf, um sie anzusehen, sie richtig anzusehen. Sie lag hinter dem dicken Transparenzglas, das die chirurgische Kammer umgab und sie von dem Medizinerteam trennte. Sie atmete langsam, aber normal, im Anästhesieschlaf. Ganz entspannt lag sie dort auf dem Tisch, mit unbeweglichen Augen. Ihre starken Kieferknochen waren etwas herabgesackt, ihre Lippen leicht geöffnet. Bis auf die zahlreichen Katheter und Sensoren, die ihren Körper unter dem durchsichtigen, leichentuchähnlichen chirurgischen Tuch verunzierten, sah sie aus wie Schneewittchen, das auf den Prinzen wartet, der sie wachküßt. Gediman fuhr sich über die Lippen.

Sie sieht ganz normal aus. Eine große, attraktive junge Frau. Selbst das amniotische Gel an ihrem Körper und die bläuliche Färbung ihrer Haut können daran nichts ändern.

Er war sehr stolz auf sie.

Sie hatte so vieles überstanden, so viel erreicht. Und dies würde ihr stolzester Augenblick werden – wenn er keinen Mist baute.

Er ging zum Instrumententisch und steckte seine in den

Gummihandschuhen steckenden Arme bis über die Ellenbogen in die Schläuche, mit denen er die Instrumente fernsteuerte. Wren und Sprague standen neben ihm und sahen zu. Um den Operationssaal herum – hinter Plexiglas – stand der Rest des Teams. Sie alle hatten viel in diese Sache investiert.

Er brachte seine Finger in die empfindlichen Kontrollhandschuhe, fühlte, wie sie sich seinen Händen und Armen anpaßten, und bewegte sie vorsichtig, um zu prüfen, ob die Kontakte funktionierten. Behutsam führte er die Steuerung und beobachtete, wie die Roboterarme in der Operationskammer zum Leben erwachten.

»Ich bin bereit«, verkündete er und warf einen Blick auf die Daten. Alles sah gut aus. Gehirnaktivität, Atmung, Herzfrequenz.

Er führte die Lasersäge in Position, genau über ihrem Brustbein.

»Denken Sie daran«, sagte Wren leise in sein Ohr. »Nur keine Hast. Immer einen Schritt nach dem anderen. Ich bin bei Ihnen.« Damit wollte er den Kollegen beruhigen, erreichte aber genau das Gegenteil.

Er begann den Kontakt mit dem Laser und zog eine helle, gerade Linie. Der Schnitt sollte von der Mitte des Brustbeins bis direkt über den Nabel verlaufen. Er sah zu Ripleys Daten hinüber. Sie war nicht allzu tief betäubt, und er wollte sichergehen, daß sie nichts spürte.

»Ich hab' sie im Griff«, sagte Sprague leise und wischte ihm erneut den Schweiß ab. Dan war der Anästhesist bei der Operation, und Gediman vertraute ihm. Dennoch …

Der erste Schnitt war gemacht. Er bewegte die Roboterklauen, befestigte sie an der Haut und zog sie auseinander, nicht mehr als nötig. Dann schnitt er vorsichtig mit dem Laser zwischen den Muskeln der Faszies, genau auf der Linia alba. Danach das Bauchfell. Kurz darauf war er durch. Die Blutung wurde durch den Laser gestillt, der gleichzeitig kauterisierte. Der Einschnitt sah gut aus.

»Ausgezeichnet«, hauchte Wren. »Okay, jetzt den Behälter an seinen Platz. Vorsichtig … bereiten Sie die amnio…«

Gediman war schon weiter. Er hatte bereits das Zeichen gegeben, auf das hin der kleine Inkubator mit der amniotischen Flüssigkeit herangefahren wurde. Er beobachtete, wie er an seinen Platz neben Ripleys Oberkörper geschoben wurde, dicht neben Rippen und Hüfte. Der Chirurg spürte, wie die Spannung im Raum anstieg, als die kleine Kammer lautlos an ihren Platz gesteuert wurde, wo sich langsam ihr Deckel öffnete.

»Gut«, sagte Wren. »Gut. Wir sind bereit.«

Gediman biß sich auf die Lippen. Er streckte seine rechte Hand in dem Kontrollhandschuh noch einmal aus.

Eine speziell gepolsterte Roboterklaue bewegte sich auf seinen Befehl hin in Position und senkte sich vorsichtig in die Einschnittstelle hinein, bis sie in Ripley verschwunden war. Gediman wandte sich wieder den Monitoren zu und verfolgte den Weg der Greifer in seiner Patientin. Er bewegte die Klauen vorsichtig und geschickt.

Schweißperlen tropften seine Stirn hinab, aber noch bevor sie auf den Visor laufen konnten, war Sprague zur Stelle und tupfte ihm die Tropfen ab. Der Chirurg schwitzte enorm, trotz der Kühle des Raums. Die Nerven.

Er verfolgte die Greifer und die Farbbilder aus dem Inneren seiner Patientin, die von den Biosensoren geliefert wurden. Er lächelte.

»Da ist es«, murmelte er zufrieden.

Der Preis. Das Ziel ihrer Arbeit.

Er zog die Greifer etwas fester an, auch wenn Wren unnötigerweise »Vorsicht, Vorsicht« flüsterte.

»Ich hab' es«, murmelte Gediman, als er die Greifer wieder vorsichtig aus Ripleys Körper führte.

Alle Augen richteten sich auf die Schnittstelle, als der Greifer langsam sichtbar wurde.

In seinem gepolsterten Handschuh lag ein kleines, blutverschmiertes embryoartiges Wesen, dessen Züge durch das Blut und das Schutzgewebe seiner Mutter nicht genau auszumachen waren.

»Die Werte sind gut«, sagte Wren, der die Biodaten des Parasiten las.

»Hier auch«, meldete Dan, der sich um Ripleys Daten gekümmert hatte.

Aus den Augenwinkeln sah Gediman, daß sich der Rest des Teams dicht ans Glas gedrängt hatte, um alles genau zu sehen. Niemand sagte ein Wort. Alle starrten auf das kleine Bündel ...

»Ich trenne jetzt die Verbindungen«, kündigte Gediman an.

»Alles klar«, entgegnete Wren.

Gediman führte einen weiteren Apparat um das Wesen herum, der die sechs dünnen, nabelschnurartigen Verbindungen abschneiden und verätzen sollte, durch die der kleine Alien mit seinem Wirt verbunden war. Schnell und geschickt führte er die Schneideklauen ... vier, fünf, sechs! Es war frei.

Plötzlich begann das Wesen zu zucken und streckte sich, als habe die Trennung von seiner Mutter ihm mitgeteilt, daß es nun an der Zeit sei, sein eigenes unabhängiges Leben zu beginnen. Zeit zu atmen; Zeit zu wachsen; Zeit sich zu bewegen.

Es wand sich in dem gepolsterten Greifer, zuckte mit dem Schwanz und öffnete plötzlich das kleine Maul zu einem stummen Schrei.

»Verdammt!« fluchte Sprague, als er den wütenden Protest des kleinen Bündels sah.

»Vorsichtig!« mahnte Wren. »Lassen Sie es nicht los. Schaffen Sie es in den Tank.«

Gediman nickte heftig. Er wußte, daß er das Ding sicher im Griff der Klauen hatte, auch wenn es kämpfte und wild hin und her zuckte. Es konnte sich nicht befreien. Er packte es in den Amniotank und ließ es nicht los, bevor der Deckel fast ganz geschlossen war. Dann erst löste er den Mechanismus und zog den Greifer mit einer schnellen Bewegung hoch. Das kleine Alien steckte sicher in dem verschlossenen Inkubator.

»Wunderbar!« rief Wren. »Wunderbare Arbeit, Gediman.« Er packte seinen Assistenten bei den Schultern.

Der Chirurg atmete heftig aus, während Sprague ihm die

Stirn abwischte. Er spürte, wie sein Körper sich entspannte, und merkte erst jetzt, wie verkrampft er die ganze Zeit gewesen war. »Danke, Dr. Wren.«

Alle beobachteten, wie der kleine Inkubator, in dem nun das Wesen wie wild herumschwamm und einen Ausweg suchte, auf dem gleichen Weg aus der Operationskammer entfernt wurde, auf dem er gekommen war. Kinloch und Fontaine würden ihn auf seiner Reise in die Wachstumskammer begleiten und es über die Monitore überwachen, bis keine Gefahr mehr bestand.

Gediman blickte zu den Zuschauern hinüber und sah, daß seine Kollegen ihm zulächelten. Kinloch hatte den Daumen gehoben. Er lächelte zurück. Jetzt erst wandte er sich wieder Ripley zu.

Er nahm seinen Sichthelm ab und sah Wren fragend an. »Und ...?« Er deutete auf Ripley, die noch immer schlafend in der Kammer lag.

»Der Wirt?« fragte Wren, ohne Ripley dabei anzusehen.

Gediman sah auf die Daten. »Ihr EKG ist normal ... es geht ihr gut.« Er sprach nicht weiter, um nicht allzu eifrig zu wirken. Wren fand ja schon, daß allein sein Interesse an dieser Spezies unprofessionell war. Er mußte aufpassen, was er sagte. Wren hatte noch keine Entscheidung bezüglich ihres Schicksals getroffen. Gediman wartete ungeduldig.

Wren betrachtete die Bildschirme und warf einen zweiten Blick auf Ripley. Schließlich sagte er: »Nähen Sie die Spezies wieder zu.«

Gediman mußte sich zurückhalten, um nicht laut Danke zu rufen. Er wußte, daß Wren als wissenschaftlicher Leiter durchaus die Befugnis hatte, sie zu terminieren. Aus irgendeinem Grund hätte Gediman das nie akzeptiert. Es schien eine solche Verschwendung. Besonders nach all der Arbeit.

»Dan«, sagte Wren zu ihrem Kollegen. »Machen Sie das, ja? Ich denke, daß Gediman für heute genug Aufregung hatte.«

Gediman lächelte und nickte Dan zu.

»Sicher«, meinte Dan. »Wird mir ein Vergnügen sein.«

Automatisch warf Gediman noch einen letzten Blick auf die Daten. Anästhesie, Atmung, Herzfrequenz, alles sah gut aus. Er ließ sich von Wren zur Seite schieben.

»Nun«, sagte Gediman und kümmerte sich nicht länger darum, ob man seiner Stimme die Aufregung anmerkte. »Das ging doch so gut, wie man nur erwarten konnte.«

»Oh, besser, Doktor«, sagte Wren voller Respekt. »Viel besser.«

Irgend etwas befahl ihr aufzuwachen. Sie ignorierte es. Wenn sie erst einmal wach war, dann würden ihre Träume wahr werden. Wenn sie wach war, würde sie wieder existieren, und nicht zu existieren hatte endlich Frieden für sie gebracht. Sie hatte Angst, daß es damit vorbei sein könnte.

Irgend etwas befahl ihr aufzuwachen. Sie wehrte sich.

Langsam und verschwommen begann sie etwas wahrzunehmen. Etwas außerhalb von ihr. Irgend etwas geschah mit ihr. Man nahm ihr etwas fort.

War das ihr Wunsch?

Sie konnte sich nicht erinnern.

Trotz der Kälte und trotz der Helligkeit öffnete sie die Augen.

Sie konnte alles sehen, was um sie herum geschah, klar und deutlich, aber sie verstand nichts davon. Seltsame Geräte aus Metall und Plastik bewegten sich schnell um sie herum, schlossen eine klaffende Wunde in ihrem Bauch, während andere Geräte schon herankamen, um die geschlossene Wunde zu versiegeln. Sie spürte etwas, aber es war nur ein ganz leichter Schmerz, den sie einfach ignorierte. Ihre Augen bewegten sich, während sie Informationen aufnahm.

Dann verstand sie. Es war fort. Sie hatten es ihr genommen. Ihr Junges. Ein Teil von ihr spürte eine enorme Erleichterung, ein anderer eine unglaubliche Wut. Sie schwankte zwischen diesen Gefühlen, die sie beide nicht verstand, nahm nur die emotionalen Schwingungen wahr, während sie bewegungslos dalag und die chirurgischen Arme beobachtete.

Zwei dieser Arme, erkannte sie, waren irgendwie mit einem der Wesen verbunden, die in diese seltsame, durchsichtige Eierschale starrten, in der sie gefangen war. Diese Wesen umringten sie und blickten auf sie herab. Offenbar nahmen sie an, daß sie hilflos war. Die Arme schwenkten hin und her und machten ihre Arbeit, taten Dinge, um die sie nicht gebeten hatte, die sie nicht wollte und die sie nicht verstand.

Sie beobachtete, wie das Wesen die Instrumente dirigierte und sie dabei ansah. Ohne besonderen Zorn griff sie blitzschnell nach dem Arm des Wesens, das hinter der versiegelten Eierschale stand. Mit einer gewissen distanzierten Neugier packte sie den Arm – nicht einmal besonders fest – und drehte ihn, nur um zu sehen, was passieren würde.

Die Reaktion war interessant. Das Wesen hörte sofort auf, ihr weh zu tun. Gut. Sie drehte weiter und hatte das Gefühl, daß in einem Teil des Wesens, das in dem künstlichen Arm steckte, etwas zu brechen oder zu splittern schien. Noch interessanter war die Reaktion der anderen Wesen außerhalb der durchsichtigen Eierschale. Das Wesen, das an dem Arm hing, zuckte hin und her und schlug mit seinem freien Arm gegen den Behälter. Sein Mund war weit geöffnet, als wolle es sie beißen. Witzig. Sie fragte sich, ob sie Laute von sich gaben. Die seltsame Eierschale, in der sie lag, schien jedes Geräusch abzuhalten, denn außer ihrem eigenen Atem hörte sie keinen Ton.

Sie blinzelte und drehte noch einmal an dem Arm. Wieder Zucken, Schlagen. Jetzt liefen auch die anderen Wesen um dasjenige, das sie gefangen hatte, herum, griffen nach ihm, bewegten ihre winzigen, harmlos aussehenden Münder auf und zu und fuchtelten mit den Händen. Was für eine Aufregung.

Eines der Wesen drängte die anderen beiseite und starrte sie an, die kleinen Augen weit aufgerissen. Er betätigte hektisch einige Schalter auf seiner Seite der Schale, tat Dinge, die sie nicht sehen konnte, und plötzlich fühlte sie, wie ihre Augen schwerer wurden.

Schade. Sie wollte nicht schlafen. Sie wollte die Wesen beobachten. Wollte von ihnen lernen, wenn möglich. Und vor allem wollte sie hier raus … Aber der Schlaf übermannte sie, bevor sie sich noch weiter darüber Sorgen machen konnte.

Innerhalb weniger Sekunden hatte sich der glänzende sterile Operationssaal, in dem eben noch eitel Freude herrschte, in ein chaotisches Tollhaus verwandelt. Wren hatte bei Gediman gestanden und mit ihm über das Alien-Embryo gesprochen, als er hörte, wie Dan Spragues Knochen brachen und splitterten. Dans Schreie hörte man durch die gesamte Station.

Sofort waren alle verfügbaren Mitglieder des Teams in den Saal gerannt, dazu noch die Soldaten und andere Beobachter, wobei sie fast jede der Vorschriften mißachteten, die ihnen so beständig eingebleut worden waren. Aber niemandem gelang es, Sprague aus dem Griff der Spezies zu befreien.

So etwas hatte Wren noch nicht gesehen. Eine völlig unerwartete Entwicklung. Höchst interessant!

Er drängte sich nach vorne, um Wirt und Opfer in den Blick zu bekommen und die Situation zu beenden. Alle anderen schrien durcheinander, während Dan einfach nur brüllte …

… und sie lag einfach da unter ihren Tüchern. Ihre Wunde war erst teilweise versiegelt, doch ihr Gesicht zeigte keinerlei Ausdruck, während sie Dans Arm brach.

Wren betätigte die Anästhesieschalter und erhöhte die Dosis drastisch.

Gediman stand neben ihm, voller Angst um sein Lieblingskind. »Töten Sie sie nicht, Dr. Wren, bitte töten Sie sie nicht!«

Nicht betteln, Gediman, dachte Wren angewidert. *Das ist unprofessionell.*

Der Wirt blinzelte schläfrig, ließ Dr. Sprague jedoch noch immer nicht los. Ihre Augen bewegten sich, und sie schaute Wren genau ins Gesicht. Sie sah ihn an, sah durch ihn hindurch. Er spürte ein Frösteln. Dann schlossen sich ihre Lider langsam, und Sekunden später löste sich ihr Griff.

Kurz darauf hatten Clauss und Watanabe Dan auf eine Bahre gelegt. Watanabe unterzog den übel zugerichteten Arm einer ersten Untersuchung. An mehreren Stellen drangen Knochen durch die Haut und den sterilen Kittel. Der Arm war derart verdreht worden, daß die Hand in einem grotesken Winkel abstand. Das Blut pulsierte aus Dans

Wunden, strömte über den makellos weißen Kittel und klatschte auf den Boden. In dem sterilen OP, in dem Weiß und andere neutrale Farben vorherrschten, wirkte das leuchtende Rot des Blutes um so schockierender.

Zumindest war er steril, dachte Wren, ganz der Arzt. *Wir müßten verhindern können, daß sich die Wunde infiziert, auch wenn so viele Leute die Sterilität des Raumes verletzt haben.* Mit Genugtuung sah er, wie effizient sich Watanabe um alles kümmerte. Er hatte sich auf Orthopädie spezialisiert, bevor er zum Team gekommen war.

Der junge Arzt wandte den Blick von seinem sich vor Schmerzen windenden Patienten. »Dr. Wren, ich würde Dan gerne in OP C bringen und ihn sofort zusammenflikken.«

»Tun Sie das, Yoshi«, stimmte Wren zu. »Brian und Carlyn sollen Ihnen assistieren. Brauchen Sie sonst noch jemanden?«

»Nein, das sollte reichen«, versicherte Watanabe. Dann gab er den Soldaten ein Zeichen, auf das hin sie Dan aus dem OP trugen. Außer Gediman verließen alle anderen den Raum.

Gediman war an die Roboterarme zurückgekehrt und schloß die Wunde des Wirts, ungeachtet dessen, was zuvor passiert war. Wren registrierte es anerkennend.

Aber Gediman sah hochgradig nervös aus. Wren fragte sich, ob der plötzliche Gewaltausbruch des Wirts ihm einen Schock versetzt hatte.

»Alles okay?« fragte Wren. Im OP war alles wieder ruhig, die normale sterile Atmosphäre wieder hergestellt. Nur ein abstraktes Blutmuster auf dem Boden erinnerte an den Zwischenfall.

Gediman nickte abrupt. Er beendete die Schließung der Wunde und zog die Instrumente zurück. Der Wirt schlief weiter, während seine Operationskammer automatisch in eine gesicherte Regenerationszelle überführt wurde.

»Mir geht es gut«, behauptete Gediman, auch wenn seine Stimme dabei zitterte. »Und … und ich bin Ihnen dankbar, Doktor. Ich bin dankbar dafür, daß Sie sie nicht terminiert haben. Ich denke, daß es sich um einen unglücklichen Zwischenfall …«

Wren sah seinen Schützling an. »Damit hatte es nicht das geringste zu tun, Gediman. Aber Dan wird wieder gesund. Und wir wissen jetzt etwas über den Wirt, das wir vorher nicht wußten. Etwas, das wir nicht voraussehen konnten. Das ist ein unerwarteter … Nutzen.«

Er lächelte Gediman an, in der Gewißheit, daß auch er seine Erregung über diese unerwartete Entwicklung nicht verbergen konnte. Amüsiert beobachtete er, wie sich auf Gedimans Gesicht die Erkenntnis spiegelte, daß sich seine Einstellung in bezug auf den Wirt offenbar geändert hatte. Plötzlich wurde dem Assistenten klar, daß sein Chef den Wirt nicht länger als lästiges Anhängsel, sondern als Gewinn betrachtete. Gediman hatte lange dagegen argumentiert, daß die Spezies terminiert werden sollte, aber Wren schien nur an den Daten interessiert, die er aus dem Leichnam gewinnen konnte. Doch jetzt war Wren nicht mehr sein Feind, sondern sein Verbündeter, wenn es darum ging, das Schicksal des Wirts zu entscheiden.

Gediman seufzte erleichtert auf und strahlte Wren an.

»In den nächsten Tagen werden wir einiges mehr wissen«, sagte Wren. »Sowohl über den Wirt als auch über den Gast. Das sollten sehr interessante Tage für uns werden, denken Sie nicht auch?«

Der Assistent lächelte. »O ja, Doktor, das denke ich allerdings auch.«

2

Sie zog sich zusammen, machte sich klein und untersuchte ihre Umgebung. Zumindest war sie endlich wach genug dazu. Das Licht leuchtete nur schwach, aber das störte sie nicht. Sie konnte alles sehen. Der Raum, der sie umgab, war groß genug, um darin zu stehen und sich auszustrecken, ja selbst herumzugehen, aber sie tat nichts dergleichen. Jedenfalls nicht, solange sie nicht mehr wußte. Sie atmete langsam und leise, blieb zusammengekrümmt und sah sich um.

Die Zelle war leer. Es gab kein Wasser, keine Kleidung, keine Möbel, nichts, mit dem sie sich selbst oder anderen Schaden zufügen konnte. Sie wurde von einem durchsichtigen weißen Tuch bedeckt, ein Überbleibsel der Operation.

In der Decke über ihr befand sich ein kleines Sichtfenster, und als plötzlich ein Schatten darüberstrich, spannten sich ihre Muskeln an. Sie bewegte sich nicht und atmete kaum, hielt den Besitzer des Schattens aber genau im Auge. Stiefel wurden über dem Fenster sichtbar, ein paar Sekunden lang. Dann verschwanden sie wieder. Sie wurde also beobachtet. Gut zu wissen.

Erst viele Minuten später, als sie sicher war, daß die Stiefel nicht so bald wiederkommen würden, dachte sie wieder an sich. Ihr Geist kam ihr immer noch etwas träge vor. Sie hatte lange geschlafen, war operiert worden.

Eine Operation. Warum bin ich operiert worden? War ich krank?

Sie schob die Fragen beiseite. Sie verwirrten sie nur. Es blieb ihr nichts anderes übrig, als auf die Antworten zu warten.

Ihr Gesicht juckte. Sie berührte es und kratzte sich vorsichtig. Ihre Haut, die noch naß und zart war, ließ sich in Fetzen herunterziehen. Die Haut darunter fühlte sich stärker und trocken an. Vorsichtig zog sie sich die obere Haut in langen, feuchten Streifen ab, die sie auf den Boden fallen ließ. Das tat gut.

Während sie sich schälte, fiel ihr Blick auf die Narbe, die über ihre Brust lief. Sie fuhr mit der Hand über die glatte, perfekte Li-

nie, spürte dabei nur einen ganz leichten Schmerz. Sie hob die Tücher und betrachtete die Wunde. Sie beunruhigte sie, auch wenn sie nicht wußte, warum.

Als sie mit den Fingern über die Wunde glitt, fiel ihr etwas an ihrer Hand auf. Sie zog sie unter dem Tuch hervor. Irgend etwas war merkwürdig an dieser Hand, unvertraut. Sie betrachtete die langen, schmalen Finger – es waren nur fünf – und die Fingernägel. Sie waren länglich, stark und extrem scharf. Obwohl es ihre eigenen Nägel waren, wirkten sie seltsam. Es kam ihr vor, als hätte sie diese Nägel noch nie zuvor gesehen, als gehörten sie nicht dorthin.

Aus irgendeinem Grund, den sie nicht kannte, beunruhigten sie diese Finger, und sie steckte einen davon in den Mund und kaute an dem Nagel herum, versuchte ihn abzubeißen. Aber er brach nicht. Zähne waren zu schwach für ihn.

Während sie auf dem Nagel herumbiß, entdeckte sie etwas Dunkles auf der Innenseite ihres Arms, nahe dem Ellenbogen. Sofort vergaß sie ihre Fingernägel, streckte den Arm aus und sah ihn sich an. Auf der Haut befand sich ein Zeichen. Sie runzelte die Stirn und versuchte sich zu erinnern.

Eine Ziffer. Die Ziffer Acht.

Sie berührte das Mal, zog aber die Hand sofort wieder weg. Was konnte das bedeuten? Sie spürte instinktiv, daß es sich dabei nicht um eine Art Namen handelte, und um als Identifizierung zu dienen, war die Zahl nicht lang genug.

Die Zahl Acht.

Während sie auf das Zeichen starrte und versuchte, sich einen Reim darauf zu machen, hörte sie ein entferntes Summen. Ein kleiner, fliegender Organismus umkreiste ihren Kopf und lenkte sie ab. Sie beobachtete ihn fasziniert.

Der Organismus senkte sich herab und landete auf ihrem Arm, direkt neben der Tätowierung. Sie beobachtete das Wesen geduldig und neugierig. Was war es? Was würde es tun?

Vorsichtig hob sie den Arm, um besser sehen zu können.

Der winzige Organismus hatte lange, zarte Beine, elegante Flügel und einen langen Stachel. Plötzlich fiel ihr ein Name ein.

Moskito!

Die Erinnerung war so deutlich, daß sie fast lächeln mußte. Es war ein Insekt. Ein Moskito. Sie beobachtete, wie er tänzerisch über ihren Arm balancierte.

Langsam führte er seinen Stachel in ihren Arm ein, so behutsam, daß sie es gar nicht spürte. Der Vorgang verblüffte sie, und sie beobachtete ihn mit der morbiden Faszination eines Kindes. Der Bauch des Wesens füllte sich.

Mit meinem Blut! Es saugt mein Blut.

Lang vergessene Informationen über Insekten liefen in ihrem Kopf ab, während sie zusah, wie sich das Wesen satt trank.

Doch dann begann sich der Moskito plötzlich zu verändern. Sein geschwollener Bauch schrumpfte, die durchsichtigen Flügel knisterten, und die zarten Tänzerbeine falteten sich zusammen, als schmelze die Fliege von innen heraus. In Sekundenschnelle war es zu einem schwarzen Häufchen zusammengetrocknet.

Die Verwandlung erregte ihr Interesse nur für kurze Zeit. Sie pustete das Überbleibsel von ihrem Arm und hatte es auch schon vergessen. Dann richtete sie ihren Blick auf das Sichtfenster und wartete auf das nächste Auftauchen der Stiefel.

3

»Name?« fragte die Stewardeß und blickte auf ihre Liste.

»Purvis«, antwortete der Mann mechanisch. »Larry. ID-Code zwölfsiebenneunundvierzig.« Er reichte ihr seinen Computerchip.

Sie steckte ihn in ihr Handgerät und las die Informationen, die auf dem Bildschirm erschienen. Dann nickte sie und lächelte ihn freundlich an. »Alles klar. Willkommen an Bord, Mr. Purvis.«

Der schlanke untersetzte Mann lächelte ebenfalls. Mr. Purvis. Das gefiel ihm. *Xarem* pries sich als die Fluggesellschaft Nummer eins an, und bislang schien es, als würden sie ihrem Anspruch gerecht werden. Die Stewardeß winkte ihn ins Schiff hinein, um die Personalien der hinter ihm wartenden Frau zu überprüfen. Er folgte den Zeichen zu den Hyperschlafeinheiten. Das Schiff war klein und wurde nur für Personentransporte benutzt. Auch die Crew würde in den Hyperschlaf gehen, nachdem sie auf Kurs waren und das Sonnensystem verlassen hatten.

Nun, Purvis kümmerte es nicht, daß es keine Annehmlichkeiten an Bord gab. In den Broschüren, die ihn davon überzeugt hatten, sich für diesen Job eintragen zu lassen, stand, daß all das in den Nickelraffinerien auf Xarem warten würde. Der ganze verdammte Planet war nach der Gesellschaft benannt worden. Vor dem Minenclaim war er nichts weiter als eine Nummer gewesen. Zwei Monate Schlaf, und er war da. Eine neue Karriere, ein neuer Anfang. Nicht schlecht für einen nicht mehr so jungen Kerl wie ihn.

Über das Leben, das er hier auf dem Mond hinter sich ließ, wollte er nicht mehr nachdenken. Er hatte sich zwei Jahre lang bemüht, noch einmal mit seiner Frau ins reine zu kommen, alles umsonst. Seine Kinder waren erwachsen und gingen ihrer Wege – jetzt war es an der Zeit für ihn, das gleiche zu tun. Und es war ja nicht so, als sei er der französischen Fremdenlegion beigetreten. Die Bedingungen auf Xarem sollten mit die besten sein.

Plötzlich überkam ihn ohne Vorwarnung ein Gefühl der Einsamkeit; es traf ihn hart. Entschlossen schüttelte er den Kopf. Er mußte darüber hinwegkommen, neue Ziele finden. Es war ein neuer Anfang, eine neue Zukunft.

Auf Xarem hatte er ganz andere Chancen als auf dem Mond. Er würde neue Dinge sehen, neue Erfahrungen machen. Vielleicht würde er sich sogar wieder verlieben. Er war noch jung genug ... vielleicht konnte er noch einmal eine Familie gründen.

Mit diesen hoffnungsvollen Gedanken stieg er in die Hyperschlafröhre, auf der sein Name stand. Ein Steward ging an den waagerecht gelagerten Schlafboxen vorbei und überprüfte alles, die Leitungen, die Dosierung der Narkotika, die Computereinstellungen. Gewissenhaft und gründlich, das gefiel Purvis.

Er legte seine Tasche in den Stauraum über der Röhre und machte es sich zwischen den gemütlichen Kissen bequem. Sanfte Musik plätscherte aus Lautsprechern, um ihn zu entspannen, während eine freundliche Frauenstimme ihm von den Dingen erzählte, die ihn auf Xarem erwarteten. Er lächelte, schloß die Augen und wartete darauf, daß die Kühle des Hyperschlafs über ihn kam.

Gediman horchte Ripley ab, die ganz ruhig auf dem Untersuchungstisch saß. Seit man sie aus der Regenerationszelle geholt hatte, war sie eine friedliche, gehorsame Patientin gewesen. Und weil sie sich so verhalten hatte, hatte Gediman die Wachen fortgeschickt, die sie im Auge behalten sollten, so daß Ripley während der Untersuchung eine gewisse Privatsphäre hatte. Natürlich standen weiterhin zwei bewaffnete Wachtposten draußen vor der Station.

Auch wenn sie keinerlei Zeichen jenes gewalttätigen Verhaltens gezeigt hatte, das sie gestern an den Tag gelegt hatte, so hatten sich die Mitarbeiter des Teams doch ziemlich rar gemacht, als sie hörten, daß sie ambulant behandelt werden sollte – ohne Betäubung. Dan Sprague, der sich auf der Krankenstation von seinen Verletzungen erholte, hatte natürlich erst recht keine Lust, Ripley persönlich zu treffen. Gut so. Schließlich hatten die Teamkollegen auch andere Aufgaben, die sie erledigen mußten. Außerdem hatte Gediman keine Angst vor ihr. Sie faszinierte ihn. Er war dankbar für die Zeit, die er allein mit ihr verbringen durfte, in der er sie studieren konnte, ihre Fähigkeiten und Möglichkeiten erforschte.

Du bist nichts als ein moderner Dr. Frankenstein, nicht wahr, Gediman? Und dies ist deine Braut …

Er ging um sie herum, schob das Patientenhemd auseinander, dort, wo es auf dem Rücken getrennt war, und untersuchte die vier diagonalen Narben auf beiden Seiten ihres Rückgrats. Die Einschnitte waren sauber und fielen kaum auf. Es waren die Überbleibsel der deformierten Dorsalhörner, die ihr Körper auszubilden versucht hatte. Wren hatte sie wegoperiert, und er hatte hervorragende Arbeit geleistet. Glücklicherweise hatten sie sich als rudimentär erwiesen, vollkommen nutzlos, und ihr Entfernen hatte ihre Entwicklung in keiner Weise behindert.

Er stellte sich wieder vor sie, wobei ihm bewußt wurde, daß sie ihn die ganze Zeit beobachtet hatte, auch als er hinter ihr stand. Sie schien stets auf der Hut zu sein, stets wachsam, bereit … für was auch immer. Er wollte sie beruhigen, egal was sie fürchtete.

»Ripley«, sagte er leise, mit der sanften Stimme, die er auch einsetzte, wenn er Experimente mit Kindern durchführte. »Ich werde Ihnen etwas Blut abnehmen. Die Nadel wird ein wenig stechen, aber ansonsten kann Ihnen überhaupt nichts passieren.«

Sie sah ihn regungslos an. Er bewegte sich langsam und achtete darauf, daß sie alles sehen konnte. Er wollte sie nicht erschrecken.

Es ist eher so, als würde man mit einer großen Dschungelkatze arbeiten als mit einem Kind. Nur ihre Augen bewegen sich. Ihr Körper bleibt unbeweglich, in sich zurückgezogen. Fast wünschte man sich, sie hätte einen Schwanz, an dessen Zucken man ihre Laune ablesen könnte.

Vorsichtig brachte er eine Bandage an. Dann griff er zu der eigens angefertigten Spritze, der Nadel, der Blutsammelröhre. Das Design war uralt, aber die Materialien ultramoderner Raumfahrtentwicklung zu verdanken. Behutsam führte er die Nadel ein und steckte die Sammelröhre auf, bevor auch nur ein Tropfen Blut entweichen konnte. Schnell füllte sich der durchsichtige Zylinder mit dunkelrot schäumender Flüssigkeit. Sie verzog keine Miene, sondern beobachtete die Prozedur mit der gleichen teilnahmslosen Ruhe, die sie schon die ganze Zeit an den Tag gelegt hatte.

Gerade als er die Röhre und die Nadel aus ihrem Arm entfernt hatte, hörte er Wrens Stimme.

»Nun, wie geht es unserer Nummer acht heute?« fragte er und betrachtete den Computerausdruck, auf dem all ihre Daten gesammelt waren. War jemals ein lebender Organismus so gründlich überwacht worden? Gediman bezweifelte es beinahe.

»Scheint bei guter Gesundheit zu sein«, antwortete Gediman, während er die Röhre beschriftete und in ein spezielles Regal stellte.

»Wie gut?« fragte Wren.

Gediman konnte sich ein Grinsen nicht verkneifen. »Sehr gut! Besser, als wir vorausgesagt haben, viel besser!« Er sah zu Ripley hinüber, um ihre Reaktion auf Wren zu prüfen, aber ihr Ausdruck und ihre Haltung änderten sich nicht, auch wenn ihre Aufmerksamkeit eindeutig dem älteren Wissenschaftler galt. Sie sah ihn an, ohne zu blinzeln, durch emotionslose, halb geschlossene Augenlider.

Noch immer mit den gleichen behutsamen Bewegungen wie zuvor lüftete Gediman Ripleys Patientenhemd, damit Wren einen Blick auf die Operationsnarbe werfen konnte. »Sehen Sie sich das Narbengewebe an. Sehen Sie den Rückgang?«

Wren starrte auf die Narbe. Als Arzt hatte er keinen Blick für Ripleys nackte Brüste, sondern nur für die Schnittlinie, die zwischen ihnen verlief. Er sah ungläubig auf. »Und das seit …«

»Gestern!« vollendete Gediman stolz.

»Das ist gut«, gab Wren zu. Er sah zufrieden aus. »Das ist sehr gut.«

Gediman nickte eifrig, wie ein kleiner Junge. Er wußte nur allzugut, daß Wren noch nie in seinem Leben eine solch schnelle Regeneration von Narbengewebe gesehen hatte.

Wren ging einen Schritt auf die unbeweglich dasitzende Frau zu, während Gediman sie wieder mit dem Hemd bedeckte. Wren lächelte Ripley zu, als wolle er ihr Vertrauen gewinnen. Gediman merkte jedoch sofort, daß Wren nie viel mit Patienten gearbeitet hatte, sei es bei Experimenten oder sonstwie.

»Tja, tja, tja«, sagte Wren herablassend. »Sieht so aus, als könnten wir bald sehr sehr stolz auf dich ...«

Ripleys Arm schoß mit der Geschwindigkeit einer Schlange auf den Doktor zu und packte ihn beim Hals. Wren schnappte nach Luft.

Noch bevor Gediman richtig begriff, was da vor sich ging, war sie vom Tisch gesprungen, hatte den mit den Armen rudernden Wren durch den Raum bugsiert und ihn gegen die Wand gedrückt. Wrens Gesicht leuchtete rot. Er konnte nicht mehr atmen. Gediman starrte mit weit aufgerissenen Augen auf die Frau, die während der ganzen Untersuchung wie eine Schaufensterpuppe dagesessen hatte und jetzt so gewalttätig reagierte. Sie hielt Wren mit einer Hand an der Kehle fest und hob den Arzt ohne sichtbare Anstrengung einige Zentimeter in die Höhe. Starr vor Schrecken sah Gediman, wie Wren blau anlief. Seine Lippen hatten sich zu einem ungewollten Grinsen nach hinten gezogen, während er hilflos mit den Absätzen gegen die Wand schlug. Ripley begann, ihn mit beiden Händen zu würgen, er versuchte ihre Handgelenke zu zerkratzen, versuchte sich zu befreien, aber ohne Erfolg.

Ripleys Augen waren längst nicht mehr zu teilnahmslosen Schlitzen zusammengezogen. Sie standen weit auf, und sie brannten vor Zorn. Gediman hörte voller Entsetzen, wie sie ihr erstes Wort sprach.

»Warum?« fragte sie den Doktor, den sie im Begriff war zu töten.

»O mein Gott ...!« stöhnte Gediman. Er schien ebenso hilflos wie der keuchende Wren.

Tu was! signalisierte Gedimans Gehirn. Verzweifelt suchte er den roten Knopf, der irgendwo sein mußte. *DER NOTRUF!* Dort, an der Wand! Er lief darauf zu und löste den Alarm aus.

Das Geräusch schien Wren neue Kräfte zu verleihen. Er wehrte sich verzweifelt und konnte sich schließlich sogar aus ihrem Griff befreien. Er fiel zu Boden und wollte davonkriechen, aber Ripley stürzte sich auf ihn wie eine Katze, die nur noch ein bißchen mit der Maus spielt, bevor sie sie verschlingt. Sie umschloß Wren mit ihren langen Beinen und preßte ihm die Luft aus den Lungen, während sie seine Schultern auf den Boden nagelte. Wren krallte sich im Linoleum fest, aber er konnte ihr nicht entkommen. Sirenen heulten und Lichter blinkten, aber Ripley schien nichts davon zu merken, während sie ihrem Opfer das Leben aus dem Körper preßte. Sie hatte nur ein Ziel, wie ein Raubtier.

Die pneumatischen Türen öffneten sich mit einem schmatzenden Geräusch und die Wachtposten stürmten herein. Einer von ihnen, auf dessen Helm Distephano stand, lief auf die Frau zu und zielte mit seinem Gewehr auf sie. »Loslassen!« brüllte er, während er mit ruhiger Hand die Waffe auf sie gerichtet hielt. »Laß ihn los oder ich schieße!«

Aus dieser Entfernung! schoß es Gediman voller Entsetzen durch den Kopf. *Das Ding steht auf volle Ladung. Das reicht, um ein Rhinozeros zu betäuben. Er wird sie umbringen ...!* Er sah zwischen Ripley und dem blau angelaufenen Wren hin und her. *Sie muß aufgehalten werden, aber wie ...?* Wrens Bewegungen wurden bereits langsamer.

»Ich sagte loslassen!« rief Distephano. Seine Stimme klang sicher und gelassen. Der zweite Soldat, eine Frau, stand hinter ihm und sicherte ihn ab.

Ripley sah über ihre Schulter hinweg den bewaffneten Mann und seine Partnerin an. Ihr Blick trübte sich, und plötzlich wurde sie wieder zu jener teilnahmslosen Schaufensterpuppe, die sie vor ihrem Angriff auf Wren gewesen war. Eine Sekunde lang bewegte sich niemand. Fast unmerklich krümmte sich Distephanos Abzugsfinger. Dann löste die Frau ihre Hände von Wrens Kehle, fast beiläufig, als habe sie mit einemmal das Interesse an ihm verloren und richtete sich auf. Der Wissenschaftler sackte zusammen und schnappte nach Luft.

Gediman warf seinem Vorgesetzten einen besorgten Blick zu. Er wußte, daß er nun zu ihm eilen sollte, um Erste Hilfe zu leisten und sicherzustellen, daß sein Kehlkopf nicht gequetscht oder seine Rippen gebrochen waren, aber er hatte Angst, sich zu bewegen. Vielleicht würde Ripley dann wieder aggressiv reagieren, und die Soldaten würden sie erschießen.

Plötzlich atmete Wren mit einem rasselnden, harten Geräusch. Seine Farbe wechselte wieder von blau zu rot. Gierig sog er die Luft ein.

Distephano ging auf Ripley zu, die in der Mitte des Raumes stand. »Runter! Das Gesicht auf den Boden! Sofort!« befahl er mit ruhiger Stimme.

Sie wich jedoch keinen Zentimeter zurück, gehorchte seinem Befehl nicht, sondern sah ihm nur trotzig ins Gesicht.

Er feuerte sofort. Die elektrische Ladung traf sie voll und schleuderte sie nach hinten, gegen Apparaturen und Kästen mit Spezies.

»Nein!« Gediman hörte seinen eigenen Schrei. Er klang schrill und hoch – hysterisch. Hatte dieser Soldat sie etwa getötet?

Die beiden Wachtposten gingen auf die leblos am Boden liegende Frau zu. Sie würden ein zweites Mal schießen, und dieses Mal würde es ein tödlicher Schuß sein.

Aber noch bevor Gediman irgend etwas unternehmen konnte, hatte sich Wren auf die Knie gerappelt und winkte den Soldaten zu. »Nein! Nein! Mir ist nichts passiert! Zurück …« keuchte er mit rauher Stimme.

Es ist zu spät, dachte Gediman. Er hätte heulen können. *Zu spät! All die Arbeit. Jetzt ist sie tot. Tot oder so schwer verletzt …*

Ripley stöhnte auf, rollte sich auf den Rücken und sah sich um, als sei sie noch nie zuvor in diesem Raum gewesen.

Ihr Blick fiel auf Gediman und blieb an ihm haften. Verblüfft sah er sie an. Sie schien völlig intakt. Ihr Gehirn funktionierte noch. Und das, nachdem sie eine solche Ladung abbekommen hatte.

Sie sah Gediman unverwandt an und murmelte schließlich ein einziges Wort. »Warum …?«

Gediman hatte die Frage gehört und spürte eine Welle der Furcht. Was würde geschehen, wenn sie es herausfand?

Immer wieder prüfte sie die Stärke der Bänder, die sie hielten. Sie gaben nicht nach. Schließlich gab sie es auf. Der Mann, der ihr gegenübersaß, hatte von all dem nichts mitbekommen, obwohl sie nur ein Tisch trennte. Auch der bewaffnete Wachtposten hinter ihr hatte nichts bemerkt. Sie waren dumpf, diese Menschen.

Der Mann, der vor ihr saß, redete und redete. Er redete schon so lange, daß sie ihm gerne die Kehle zerschmettert hätte, nur damit er aufhörte zu reden. Er versuchte sie zum Sprechen zu bringen. Sie wußten ja nun, daß sie es konnte. Schon über eine Stunde versuchte er es. Sie langweilte sich zu Tode.

Er hielt eine Karte hoch, auf der ein einfaches Haus abgebildet war und buchstabierte langsam. »H-A-U-S.« Sie reagierte nicht, und er buchstabierte es mit unendlicher Geduld noch einmal, wobei er seinen Tonfall leicht änderte. »H-A-U-S.« Sie starrte ihn nur an und sagte nichts, damit ihm ein bißchen unwohl würde. Doch er buchstabierte das Wort noch einmal.

Der Name auf seinem weißen Kittel lautete ›Kinloch‹. Auf dem Helm des Soldaten stand ›Vehrenberg‹. Über dem Türmechanismus hing ein Schild mit der Anweisung: ›Vor dem Öffnen der Tür müssen die Wachen informiert werden.‹ Darunter stand der gleiche Satz in sechs anderen Sprachen, auch in Arabisch und Japanisch. Sie wußte, daß es sich um diese Sprachen handelte, weil sie die Sätze lesen konnte. Sie fragte sich nicht, warum sie diese Sprachen verstand, genausowenig wie sie sich fragte, warum sie atmen, denken oder töten konnte. Sie konnte es einfach.

Kinloch hielt eine weitere Zeichnung hoch. »B-O-O-T.«

Sie fragte sich, ob seine Knochen wohl ebenso zerbrechlich waren wie die des Mannes hinter der Glasscheibe, der Mann, der mit den Roboterarmen an ihr gearbeitet hatte. Dieser Gedanke amü-

sierte sie immerhin etwas, während er immer wieder das Wort buchstabierte. Als er es zum fünften Mal tat, reichte es ihr. »Boot«, murmelte sie entnervt.

Das Gesicht des Mannes leuchtete derart begeistert auf, daß sie es sofort bedauerte. Er zeigte ihr noch ein Bild. Dieses Mal sagte sie das Wort sofort, nur um der ewig gleichen Prozedur zu entgehen. »Hund.«

Die Zeichnungen waren alle mit bestimmten Assoziationen in ihrem Kopf verbunden, aber keine löste irgendwelche bestimmten Erinnerungen aus. Die Dinge hatten eben Namen, einfache Namen, die sie kannte. Die Übung war sinnlos. Sie blickte auf den Stapel von Zeichnungen, die neben Kinloch lagen und hätte fast aufgestöhnt. Der Stapel war noch sehr hoch.

General Martin Allahandro Carlos Perez stand mit verschränkten Armen im Labor und starrte auf die Monitore, auf denen die Testergebnisse dieser Frau angezeigt wurden. Er war sich nicht ganz sicher, ob er der Sache zustimmen sollte. Schließlich hatte es niemals zum ursprünglichen Plan gehört, den Wirt am Leben zu erhalten, nachdem der Gast entnommen worden war. Nachdem die beiden Soldaten Distephano und Calabrese und die beiden Wissenschaftler nach dem Angriff auf Wren ihren Bericht abgegeben hatten, hatte der General die beiden Ärzte sofort zu sich beordert, um ihnen ordentlich den Kopf zu waschen. Aber auch wenn die beiden genau wie er zum Militär gehörten, so waren sie doch keine Soldaten. Trotz ihrer militärischen Ausbildung blieben sie immer Ärzte. Obwohl die Wissenschaft die gleiche gewissenhafte Disziplin verlangte wie der Militärdienst, so handelte es sich bei den Ärzten historisch gesehen jedoch stets um die am wenigsten konventionell denkenden Soldaten. Ständig mißachteten sie Befehle und sorgten im Dienst für Probleme. Perez kannte den Grund: Mediziner fühlten sich in erster Linie dem Wissen verpflichtet, der wahre Soldat hingegen seinem Kommandanten und seiner Einheit sowie den Zwillingsgöttern Disziplin und Ordnung. Wissenschaft und militärische Notwendigkeiten waren oft unvereinbare Herren, und dieser Wirt – diese Frau – war der lebende Beweis dafür.

Sie hatte aus nächster Nähe eine volle Ladung abbekommen und war lediglich kurz betäubt. Was zum Teufel ist sie? Und was zum Teufel wollen diese beiden mit ihr anstellen ? Eines wußte Perez genau. Daß sie auf seinem Schiff blieb, gefiel ihm ganz und gar nicht. Es gefiel ihm kein bißchen.

Die beiden Wissenschaftler waren bemüht, ihn zu besänftigen, nachdem sie hatten zugeben müssen, daß sie das Leben des Wirts erhalten hatten, ohne ihn offiziell von ihrer Absicht zu unterrichten, geschweige denn ihn um seine Erlaubnis zu bitten. Sie schwirrten um ihn herum wie zwei nervöse Motten. Dabei fiel ihm ein, daß man heute in den Lagerräumen der Messe Getreidemotten gefunden hatte. Er runzelte die Stirn. Wie diese zähen kleinen Bastarde den Manipulationsprozeß überstanden hatten, war ihm ein Rätsel.

»So etwas hat es noch nicht gegeben«, sagte Wren, während die Frau gelangweilt die Bilder auf den Karten identifizierte.

»Genau!« plapperte Wrens Schoßhündchen Gediman ihm nach. »Sie verhält sich den Kriterien eines Erwachsenen entsprechend.«

Die beiden Wissenschaftler tauschten Blicke aus, als stünden sie in telepathischem Kontakt.

»Und ihr Gedächtnis?« fragte Perez skeptisch.

Erneut sahen sie sich an. »Es gibt Lücken«, räumte Wren schließlich zögernd ein. »Und es herrscht eine gewisse kognitive Dissonanz.«

Perez fragte sich, ob Wren das wirklich wußte, oder ob er nur riet. Vielleicht machte sie ihm ja etwas vor. Mit ihren unprovozierten Attacken hatte sie die Wissenschaftler schon zweimal überrascht – wenn man den Angriff eines Raubtiers überhaupt unprovoziert nennen konnte. Zu was war sie noch fähig? Perez war für jeden Menschen auf seinem Schiff verantwortlich, selbst für diese beiden verdammten Narren. Konnte er verantworten, daß dieses … dieses … *Was zum Teufel ist sie denn eigentlich?* Konnte er es wagen, sie am Leben zu lassen und möglicherweise jeden in Gefahr zu bringen, nur weil diese beiden großen Kinder ein bißchen Onkel Doktor mit ihr spielen konnten?

Perez' offensichtlicher Mangel an Begeisterung machte Wren nervös. Er wischte einen Fleck vom Bildschirm, auf dem Kinloch gerade das Bild einer rotbraunen Katze hochhielt. Sie betrachtete es und wandte dann stirnrunzelnd den Blick ab, als denke sie über etwas nach.

Das ist interessant, dachte Perez. Warum gerade bei diesem Bild?

»Das turnt sie ab!« rief Gediman.

Wren starrte ihn mißbilligend an. Perez wußte, daß er für diese Art von unprofessioneller subjektiver Sprache keinerlei Verständnis hatte. Amüsiert beobachtete er, wie ihre Allianz bröckelte. *Keine Disziplin. Keine Loyalität. Kein Ziel. Nur Neugier. Aber zuviel Neugier kann tödlich enden.*

»Es hat konnektive Schwierigkeiten. Es handelt sich primär um einen schwach ausgeprägten emotionalen Autismus. Gewisse Reaktionen ...«

Perez schaltete ab. Wren erinnerte ihn manchmal an einen Politiker. Seine Worte mochten komplizierter klingen, waren aber genau so leer. Er richtete seinen Blick auf die Frau. Was immer sie auch noch sein mochte, eine Frau war sie. Zumindest äußerlich. Wrens Versuche, das zu leugnen, gefielen ihm nicht. Ob sie nun beschlossen, sie zu terminieren oder nicht, sie mit einem Haufen medizinischer Fachwörter zu belegen, würde ihre Individualität und ihren Überlebenswillen nicht auslöschen.

Der Wissenschaftler, der bei Ripley saß, legte das Katzenbild schließlich beiseite und versuchte es mit einem neuen. Es handelte sich um eine einfache Zeichnung, die ein blondes Mädchen darstellte.

Der Körper der gefesselten Frau versteifte sich plötzlich. Der gelangweilte Ausdruck auf ihrem Gesicht verschwand, sie sah mit einemmal ausgesprochen aufmerksam aus. Mit sichtlicher Verblüffung starrte sie auf das Bild. Dann entspannte sich ihre Stirn, und ihre Augen bekamen einen weichen Glanz. Einen Augenblick lang sah es aus, als würde sie weinen. In diesem Moment zeigte sie zum erstenmal etwas zutiefst Menschliches. Selbst Kinloch schien berührt und saß schweigend da, drängte sie nicht, das Wort zu buchstabieren, das er hören wollte. Eine Zeitlang schwiegen alle.

Die Zeichnung des Mädchens tauchte vor ihren Augen auf. Sofort bäumte sich ihr Körper in den Fesseln auf. Ihr Kind! Ihr Junges! Nein, nicht ihres … Doch, meins, mein Junges! Das Bild bedeutete gleichzeitig alles und nichts. In ihrem Kopf schwirrten chaotische, konfuse Szenen und Erinnerungen umher, die sie nicht entwirren konnte.

Die dampfende Wärme des Horts. Die Stärke und die Sicherheit ihrer eigenen Art. Die Einsamkeit des einzelnen.

Und die unstillbare Sehnsucht …

Kleine, starke Arme, die sich um ihren Hals klammerten, kleine, starke Beine, die sich um ihre Hüfte schlangen. Es herrschte Chaos, und dieses Chaos war sie. Die Soldaten starben schreiend. Feuer.

Ich wußte, daß du kommen würdest.

Eine Welle des Schmerzes über einen unwiederbringlichen Verlust schwappte über sie. Ihre Augen füllten sich mit Flüssigkeit, bis sie nichts mehr sehen konnte, leerten sich und füllten sich erneut. Es bedeutete nichts – und alles.

Mami! Mami!

Sie suchte nach einer Verbindung zu ihrer eigenen Art, sie suchte die Stärke und die Sicherheit des Horts, doch sie fand sie nicht. Statt dessen nichts als Schmerz, das entsetzliche Gefühl von Verlust. Sie war hohl, leer. Wie nie zuvor.

Sie sah den Arzt an, der das Bild hielt, und hätte ihm gerne die Frage gestellt, die sie den anderen schon gestellt hatte. Die Frage, von der sie wußte, daß sie sie nicht beantworten wollten.

Warum?

Eines Tages würde sie die Antwort bekommen. Wenn nicht hier und jetzt, dann bald. Während die Echos der Stimme ihres Jungen durch ihren Kopf hallten, beschloß sie, die Antwort zu finden. Sie würde sie von ihnen bekommen. Trotz ihrer Gewehre, trotz ihrer Fesseln. Sie würde sie sich nehmen. Mit Gewalt.

Perez sah, wie die Frau auf dem Videoschirm mit den Tränen zu kämpfen schien. Er wunderte sich. *Sie erinnert sich an das Kind, das kleine Mädchen, das sie gerettet hat. Wie ist das möglich?*

»Aber *es* kann sich offenbar erinnern«, murmelte er Wren zu und übernahm unwillkürlich die Wortwahl des Wissenschaftlers. Er sah dem Arzt ins Gesicht. »Warum?«

Wren schien selbst überrascht. Er konnte es nicht verbergen. Er wandte seinen Blick vom Bildschirm ab und versuchte sich an einer Erklärung. »Nun, ich würde sagen ... kollektives Gedächtnis. Über Generationen hinweg von den Aliens auf genetischer Ebene weitergereicht. Fast wie eine hochentwickelte Form des Instinkts. Vielleicht handelt es sich um einen Überlebensmechanismus, der sie vereint und die Spezies erhalten soll, egal welche unterschiedlichen Merkmale sie von ihren jeweiligen Wirten mitbekommen haben.« Er rang sich ein Lächeln ab. »Ein unerwarteter Vorteil des genetischen Drifts.«

Für wie blöd hält er mich eigentlich? Perez sah dem Arzt so lange in die Augen, bis dieser den Blick abwandte.

Der General schnaubte verächtlich. »Ein Vorteil ...?«

Noch einmal sah er zu der Frau hinüber, sah den gequälten Ausdruck auf ihrem Gesicht. *Ich habe genug gesehen.* Er drehte sich auf dem Absatz um und verließ den Raum.

Die beiden Ärzte folgten ihm sogleich. Sie liefen hinter ihm den Flur hinab und versuchten ihn umzustimmen, auf ihre Seite zu ziehen.

»Sie denken doch nicht etwa an Terminierung?« fragte Gediman ängstlich.

»Und ob ich an Terminierung denke!« platzte Perez heraus. Es machte ihm diebischen Spaß, Gedimans entsetztes Gesicht zu sehen.

Wren versuchte sich einzuschalten, versuchte seinen Status als leitender Wissenschaftler in die Waagschale zu werfen. »Wir halten das nicht für ein Problem. Der Wirt ... es ...«

Perez blieb stehen und sah Wren mitten ins Gesicht. Er trat dicht an ihn heran, so daß sich die beiden Männer Fuß an Fuß gegenüberstanden. »Ellen Ripley ist bei dem Versuch gestorben, diese Spezies zu vernichten, und nach allem, was wir wissen, ist es ihr gelungen.« Er stieß mit dem Finger gegen Wrens Brust. »Ich bin nicht scharf darauf zu erleben, wie sie ihre alten Hobbys wieder aufnimmt.« *Besonders dann nicht, wenn sie über den ›unerwarteten Vorteil des genetischen Drifts‹ verfügt!*

Gediman hielt es für nötig, sich in dieses Männergespräch einzumischen. Grinsend gluckste er: »Wüßte nicht, auf welche Seite sie sich schlägt, wenn es zum Kampf kommen sollte.«

Perez wirbelte herum. »Und dieser Gedanke scheint Sie zu beruhigen?« fuhr er Gediman an. Der Wissenschaftler trat zwei Schritte zurück und grinste nicht mehr.

Perez ging weiter. Die beiden anderen folgten ihm dicht auf den Fersen, murmelnd und vertrauliche Blicke austauschend wie zwei Schuljungen, die einen Blick in die Mädchendusche erhaschen wollen. Perez ärgerte sich.

Es gab so viele andere Dinge, die wichtiger waren. Hatten sie ihre Ziele denn völlig vergessen? Den Grund für dieses Projekt?

Schütze mich vor den Wissenschaftlern! dachte er. *Sie schaffen es nicht, diese Station frei von Insekten zu halten, aber es macht ihnen Spaß, Zeit und Geld an das einzige Wesen zu verschwenden, das dieses ganze Projekt gefährden könnte.*

Schließlich blieb er vor einer Sicherheitstür stehen. Er gab einen Code ein und wartete, während der Computer ihn verarbeitete. Der Atemanalysator schob sich heran. Perez hauchte in den Schlauch. Der Computer analysierte nicht nur die verschiedenen Moleküle seines Atems und identifizierte ihn danach, die Retinalanalyse zeigte auch an, ob jemand Alkohol oder Drogen zu sich genommen hatte. Dann wurde der Eintritt verweigert, selbst wenn alle anderen Daten stimmten.

Verärgert hörte er, wie die Ärzte hinter ihm tuschelten. Trotz seiner schlechten Laune schienen sie ziemlich optimistisch, als wüßten sie, daß er schließlich doch nachgeben würde, unter welchen Vorbehalten auch immer. Er wartete, bis die Türen sich geöffnet hatten, und erlaubte den beiden

Ärzten dann den Eintritt in die innere Beobachtungsstation. In der kleinen Zelle war es dunkel und unnatürlich ruhig. Sofort schwiegen auch die Männer, als verlange dieser Ort nach Stille. Zwei bewaffnete Posten standen schußbereit zu beiden Seiten eines großen Beobachtungsfensters. Der General schien die beiden Soldaten nicht einmal zu registrieren, gab ihnen auch nicht den Befehl zum Rühren. Solange sie auf dieser Station Wache hielten, gab es diesen Befehl nicht. Nicht hier.

Perez trat an das Sichtfenster heran. Er blickte in eine weitere Kammer, die noch dunkler war, und wartete, bis sich seine Augen an das Dämmerlicht gewöhnt hatten.

»Eines will ich klarstellen«, sagte er schließlich leise zu den Ärzten. »Sie sieht mich einmal komisch an, und ich schicke sie schlafen. So wie ich es sehe, ist Nummer acht ein Nebenprodukt aus Fleisch und Blut.« Es ärgerte ihn schon, ihnen auch nur soviel einzugestehen, weil er wußte, daß sie es als persönlichen Sieg betrachten würden. Aber nur, weil sie nicht verstanden, wie er dachte. Es spielte keine Rolle, wie lange Ripley an Bord seines Schiffes lebte, wenn sie einmal die von ihm gezogene Linie überschritt, würden ihr keine Gnadengesuche ihres Fanclubs mehr helfen. Er würde alles tun, um dieses Projekt zu einem Erfolg zu machen, und er würde nicht zulassen, daß eine Frau das alles zunichte machte.

Perez sah, wie sich etwas in der inneren Kammer bewegte und zog seine Augen zu Schlitzen zusammen. Er lächelte verhalten. »Diese Dame hier bringt's.« *O Ripley, wenn du jetzt dein kleines Mädchen sehen könntest.*

Die Schatten bewegten sich und kamen näher an die Scheibe heran.

»Wie lange dauert es noch, bis sie sich vermehrt?« fragte Perez die Wissenschaftler.

»Nur ein paar Tage noch«, sagte Wren genau so leise wie der General. »Vielleicht weniger.« Er senkte die Stimme noch mehr. »Wir brauchen bald die Ladung ...«

»Sie ist unterwegs«, sagte der General barsch, entsetzt darüber, daß Wren dieses Thema vor den wachhabenden

Soldaten erwähnt hatte. Wußte der Mann nicht einmal, was ›geheim‹ hieß? Hatte er denn überhaupt keinen Verstand?

Er blinzelt und versuchte, in der dunklen Kammer etwas auszumachen, den wahren Lohn ihrer Arbeit. *Da! Da war sie! Ja, das ist mein Mädchen!*

Und dann bewegte sie sich in das Licht, so daß man sie gerade eben erkennen konnte, ein Schatten aus einem Alptraum: *Regina horribilis* – die Alien-Königin.

Immer wieder prüfte sie den Raum, der sie gefangenhielt, aber hier gab es nichts, das nachgab, keine Möglichkeit zu entkommen. Die Wände waren unnatürlich glatt. Eine Wand war transparent und erlaubte ihr hinauszusehen, doch ihr Blick fiel nur auf einen Raum, der dem ihren ähnelte. Auf der anderen Seite der transparenten Wand standen zwei Menschen mit ihren schmerzbringenden Apparaturen. Sie gaben nie ein Geräusch von sich, sahen sie nie an, sondern standen bloß da. In regelmäßigen Abständen wurden sie von zwei anderen abgelöst, die ihnen so ähnlich sahen, daß sie keinen Unterschied erkennen konnte. Ihren Geruch konnte sie durch die transparente Wand nicht wahrnehmen, auch wenn durch den Schacht des Luftversorgungssystems andere Gerüche zu ihr hereindrangen.

Jetzt standen drei andere Menschen vor der transparenten Wand. Zwei davon erkannte sie. Sie waren bei ihrer bizarren Geburt dabeigewesen. Sie hatte das Gefühl, daß sie für diese Geburt verantwortlich waren – und auch dafür, daß sie jetzt hier festsaß.

Erneut prüfte sie ihre Umgebung, doch die Menschen, die sie beobachteten, bemerkten es nicht, wußten nicht, was sie tat, auch wenn sie nur ein paar Schritte von ihr entfernt standen. Auch die beiden Wachen bemerkten nie etwas. Sie waren dumpf, diese Menschen. Dumpf, verweichlicht und langsam. Aber sie waren in der Lage, Vorrichtungen zu bauen, mit denen sie ihre Nachteile kompensieren konnten. Wie die Vorrichtung, die sie jetzt umschloß. Sie tat nicht weh, war aber stärker, als sie wirkte. Nachdem sie einmal darin saß, konnte sie nicht wieder aufstehen. Sie konnte nicht einmal ihre Arme befreien. Wenn sie darin eingesperrt war, konnten diese Menschen sie überall hinbringen und mit ihr machen, was sie wollten.

Und sie konnte nur dasitzen und warten. Aber sie konnte gut warten. Besser, davon war sie überzeugt, als diese Menschen.

Einer der Menschen sprach mit den anderen. Mehr schienen sie nicht zu machen, sie standen nur herum, sehen sie an und redeten. Sie verstand sie nicht, aber das war auch nicht nötig. Sie wußte, daß die Kolonie ihnen schon früher entgegengetreten war. Es hatte Siege gegeben, und Niederlagen. Bald würde es wieder einen Sieg geben. Sie konnte warten. Das konnte sie sogar sehr gut, auch wenn sie sich augenblicklich zu Tode langweilte.

Auf der Uniform eines der Beobachter stand ›Perez‹. Die Namen der beiden anderen lauteten ›Wren‹ und ›Gediman‹. Über dem Türmechanismus hing ein Schild mit der Anweisung: ›Vor dem Öffnen der Tür müssen die Wachen informiert werden.‹ Darunter stand der gleiche Satz in sechs anderen Sprachen, darunter in Arabisch und Japanisch. Sie wußte, daß es sich um diese Sprachen handelte, weil sie die Sätze lesen konnte. Sie fragte sich nicht, warum sie diese Sprachen verstand, genausowenig wie sie sich fragte, warum sie atmen, denken oder töten konnte. Sie konnte es einfach.

Die Menschen sprachen weiter miteinander.

Sie fragte sich, ob ihre Knochen so zerbrechlich waren wie die des Mannes, der sie von ihrem Wirt befreit hatte. Sie fragte sich, ob ihr Blut wohl so warm war wie das ihres Wirtes, genauso süß schmeckte und genauso spritzte, wenn die Knochen auseinandergerissen wurden. Diese Gedanken vertrieben ihr etwas die Langeweile.

Bald war es an der Zeit, sich zu vermehren. Dann würde dieses winzige Gefängnis zu klein sein, um ihre großartige Legeröhre zu beherbergen, zu klein für ihre zahlreiche Brut. Zu klein, zu kalt, zu feindlich.

Sie sehnte sich nach der dampfenden Wärme des Horts. Nach der Stärke und der Sicherheit ihrer eigenen Art. Die Einsamkeit ihres besonderen Wesens lastete auf ihr. Und diese unstillbare Sehnsucht, sich zu vermehren.

Bald würde es genügend Krieger geben, die sie beschützten und den perfekten Hort für sie bauten. Und diese Menschen, diese bedauernswerten weichen Menschen, würden ihren Jungen als Nahrung dienen, als Wirte der neuen Brut. Es würde so kommen.

Aber da waren diese Erinnerungen. An unerwartetes, plötzliches Chaos. Krieger, die schreiend starben. Und Feuer. Und ein Mensch, der standhaft blieb und ihr eigenes Junges im Arm hielt. Sie hatte Tod und Zerstörung über den Hort gebracht.

Sie blinzelte verwirrt. In ihrem Kopf wirbelten Fragmente von Erinnerungen und Instinkten herum, die sie nicht einordnen konnte. Der alles durchdringende Schmerz des Verlustes, eines unwiederbringlichen, betäubenden Verlustes strömte durch ihren Körper. Er bedeutete nichts und alles.

Sie suchte nach der Verbindung zu ihrer eigenen Art, suchte nach der Kraft und der Sicherheit des Horts, aber sie fand sie nicht. Statt dessen empfand sie nichts als diesen Schmerz über einen furchtbaren Verlust. Sie war hohl. Leer.

Aber das würde nicht immer so bleiben. Ihr Körper wußte es. Es würde einen neuen Hort geben. Es gab immer einen neuen Hort. Sie würde ihn selbst bauen. Sie und ihre Kinder. Trotz ihrer Gewehre, trotz ihrer Fesseln würden diese Menschen ihnen zum Opfer fallen. Sie würden sie ernähren und ihre Jungen gebären. Sie würde diesen Ort mit Gewalt einnehmen. Wie sie es immer getan hatte und immer tun würde.

Unsere strukturelle Perfektion wird nur noch von unserer Feindseligkeit übertroffen. Selbst die Menschen bewundern unsere Reinheit. Wir sind Überlebende, die sich weder durch Bewußtsein, Gewissen oder moralische Illusionen behindern lassen.

Wir sind perfekte Organismen …

4

Gediman saß mit Ripley an einem Tisch in der Messe, allerdings ein paar Stühle von ihr entfernt. Er wollte ihr Platz zum Atmen lassen, auch wenn es nur eine Geste war, die Privatsphäre ersetzen sollte. In der Kombination aus Messe und Erholungsraum war alles still; sie waren die beiden einzigen Gäste, die jetzt dort aßen. Natürlich standen auch hier zwei Wachtposten bei der Tür, aber sie gehörten so untrennbar zum Inventar der *Auriga*, daß Gediman sie kaum noch wahrnahm; Ripley wahrscheinlich auch nicht mehr.

Sie war noch immer gefesselt, aber in den letzten Tagen hatte man die Bänder gelockert, um ihr etwas mehr Bewegung zu verschaffen. Seit sie das Bild von dem kleinen Mädchen gesehen hatte, war sie seltsam passiv und nachdenklich geworden. Sie hatte sich keiner Maßnahme widersetzt und auch keine Tendenz zur Gewalttätigkeit mehr gezeigt. Wren glaubte, daß durch das Bild des Kindes Erinnerungen ausgelöst worden waren, die einen Teil ihrer alten Persönlichkeit zurückgebracht hatten. Sie ist immerhin Schiffsoffizier gewesen, hatte Wren gesagt. Sie weiß, wie man gehorcht, wie man Befehlen folgt. Gediman hatte seine Zweifel.

Die gelockerten Fesseln erlaubten es ihr zum erstenmal, ohne fremde Hilfe zu essen. Gediman war zufrieden. Zwangsfütterung war eine unangenehme Sache, und er hatte befürchtet, daß sie dabei nicht genügend Nährstoffe zu sich nehmen würde. Aber jetzt, da sie die Gelegenheit hatte, selbst zu essen, schien es sie nicht sonderlich zu interessieren. Sie hatte nach ein paar Löffeln angefangen, die Mahlzeit auf dem Teller herumzuschieben. Es handelte sich um die typische Schiffsnahrung, so oft verarbeitet, getrocknet und wieder verarbeitet, daß sie echtem Essen kaum noch ähnelte. Dennoch hätte sie mehr Appetit haben sollen. Gediman befürchtete, daß Ripley unter Depressionen litt, aber Wren hatte seine Sorgen abgetan.

Gediman hatte sein Frühstück schon fast beendet, als ihm auffiel, wie genau sie ihr Besteck, vor allem das Messer betrachtete, das sie offenbar erheblich mehr interessierte als ihr Essen. Er wischte sich den Mund ab.

»Messer«, sagte er freundlich. Er wollte unbedingt eine Beziehung zu ihr aufbauen, wollte sich mit ihr austauschen. Dann fand er vielleicht heraus, was in ihrem Kopf vorging, dem einzigen Teil ihres Körpers, über den sie nicht genau Bescheid wußten. Woran erinnerte sie sich? Was wußte sie? Gediman wollte es unbedingt wissen.

Ripley sah mit zusammengekniffenen Augen zu ihm herüber. Direkten Augenkontakt vermied sie stets. Leise wiederholte sie das Wort, wenn auch nicht ganz korrekt: »Pisser.«

Gediman war froh, daß sie allein waren, die Sache hätte sonst peinlich sein können. »Messer«, korrigierte er nachsichtig.

Ihre Miene veränderte sich. Fast schien es, als habe er ein Lächeln gesehen, aber schon war es verschwunden. Dann überraschte sie ihn mit einer Frage: »Wie habt ihr ...?«

Es schien ihr derart schwerzufallen, die Worte auszusprechen, daß er den Satz für sie zu Ende führte: »... mich bekommen? Harte Arbeit. Blutproben, Gewebeproben. Wir haben sie von Fiorina 161. Sie lagen auf Eis, auf der Krankenstation.«

Eine einfache Erklärung für einen sehr komplizierten Job. Eine solche Arbeit war noch nie geleistet worden. Die Proben waren in ausreichender Menge vorhanden, und es gab auch genügend Zellen, aber die DNS war ein einziges Chaos. Und dann hatten sie zu ihrer Verblüffung festgestellt, daß das Embryo-Alien, das Ripleys Körper schon infiziert hatte, als die Blut- und Zellproben entnommen worden waren, seine Invasion noch weiter fortgesetzt hatte. Wie ein Virus hatte der Embryo die lebenden Zellen seines Wirts befallen, jede einzelne, und sie gezwungen, sich seinen Bedürfnissen nach Wachstum und Entwicklung anzupassen. Ein wahrer Meilenstein der Evolution durch Anpassung. Auf diese Weise wurde garantiert, daß jeder wie auch immer geartete Wirt all das bereithielt, was der sich entwikkelnde Embryo brauchte, selbst wenn der Körper des Wirts eigentlich nicht geeignet war.

Nur weil Alien-DNS in das von Ripley eingedrungen war, war es ihnen möglich gewesen, sie zusammen mit dem Embryo zu inkubieren. Aber leicht war es nicht gewesen. Sie hatten die DNS bis hinunter zur RNS aufschlüsseln müssen, hatten sie rekonstruieren müssen, damit sie wieder funktionierte ... es war harte Arbeit, unglaublich schwere und frustrierende Arbeit, und sie hatte Jahre gedauert.

Aber nun saß sie da, wie jedes andere menschliche Wesen und aß wie ein menschliches Wesen.

Und ihr schreckliches Kind, das jetzt ...

»Fiorina 161 ...«, sagte Ripley leise, als wende sie das Wort in ihrem Mund und prüfe seinen Geschmack. »Fury ...?«

»Läutet da eine Glocke?« fragte Gediman aufgeregt. Wenn sie doch nur mit ihm reden würde. »Woran erinnern Sie sich?«

Sie beantwortete die Frage nicht, sondern bedachte ihn nur erneut mit diesem seitlichen Blick. »... Wächst ... ›es‹?«

Gediman sah sie verblüfft an. »Ob ... ›es‹ ...?« *Sie fragt nach dem Embryo, den wir ihr entnommen haben!* »Ja, ›es‹ wächst. Sehr schnell.«

»Es ist eine Königin«, sagte sie bestimmt und legte die Gabel beiseite. Sie schob den Teller weg.

Aber sie war anästhetisiert. Wie ... »Woher wissen Sie das?«

»Es wird sich vermehren«, sagte sie tonlos. Zum erstenmal sah sie ihm ins Gesicht. »Ihr werdet alle sterben. Jeder von der ...« sie sah das Messer an »... scheiß Gesellschaft wird sterben.« Ihre Augen blieben auf die Gabel geheftet.

»Welche Gesellschaft?« *Wovon sprach sie?*

»Weyland-Yutani«, klärte Wren ihn auf. Er hatte die Messe betreten und war zu den beiden an den Tisch gekommen, aber Gediman war so in das Gespräch vertieft gewesen, daß er ihn gar nicht bemerkt hatte.

Wren zeigte wie immer das herablassende Lächeln, das er aufsetzte, wenn er mit Ripley zu tun hatte. Eigentlich seltsam, dachte Gediman. Die Abdrücke, die sie auf seiner Kehle hinterlassen hatte, waren noch immer gut sichtbar.

Der leitende Wissenschaftler setzte sich direkt neben die Frau. Er hatte kein Interesse daran, ihr Freiraum zu lassen. Im Gegenteil, es schien, als bedränge er sie absichtlich, als wolle er sie provozieren, um zu sehen, ob sie sich noch einmal auf ihn stürzen würde. Gediman gefiel es nicht, aber er konnte nichts dagegen tun. Wren hörte ja doch nicht auf ihn.

Ripley sah ihn aus den Augenwinkeln an, während Wren völlig unbekümmert ein paar Bissen von ihrem Teller aß, so wie ein Vater, der sich etwas vom Essen seines Kindes nimmt.

»Weyland-Yutani«, wiederholte er und sah zu Gediman hinüber. »Ripleys frühere Arbeitgeber, ein Terran-Growth-Konglomerat, das mit dem Militär einige Verträge abgeschlossen hatte. Das war lange vor Ihrer Zeit, Gediman. Sie sind vor Jahrzehnten in Konkurs gegangen und wurden von Walmart geschluckt. Kriegsschicksal.« Mit einem kühlen Lächeln sagte er zu Ripley: »Aber Sie werden bald merken, daß sich seit damals einiges geändert hat.«

Gediman glaubte erneut, den Anflug eines Lächelns auf ihrem Gesicht entdeckt zu haben. »Das bezweifle ich«, sagte sie.

Wren tat gar nicht erst so, als habe er ihren Kommentar mißverstanden. »Wir sind keine Piraten, wissen Sie. Wir sind vom Militär der Vereinigten Systeme, nicht von irgendeiner habgierigen Firma.«

Als würde er nicht auch für eine dieser ›habgierigen‹ Firmen arbeiten, wenn sie seine Art der Wissenschaft finanzieren würde, dachte Gediman, aber er behielt den Gedanken für sich.

Ripley starrte auf ihren Teller. Ihre Stimme klang müde. »Das macht keinen Unterschied.« Der Satz schien eine Erinnerung ausgelöst zu haben, denn sie schwieg und runzelte die Stirn. »Ihr werdet trotzdem alle sterben«, fuhr sie dann fort.

Wren schlug in gespieltem Schrecken die Hände zusammen. »Und wie stehen Sie dazu?«

Sie zuckte mit den Schultern. »Es ist euer Begräbnis, nicht meins.«

Wren gefiel diese Antwort nicht, und er konnte seine Ungeduld kaum verbergen. Mit einemmal sprach er nicht mehr wie mit einem Kind zu ihr. »Ich wünschte, Sie würden verstehen, um was wir uns hier bemühen. Die möglichen Nutzen dieser Rasse gehen weit über die Friedensschaffung hinaus. Neue Impfstoffe, neue Verbindungen ... dieses Wesen eröffnet uns ungeahnte Möglichkeiten.« Plötzlich hielt er inne, als habe er bereits zuviel von sich selbst verraten.

Gediman spürte die Frustration in Wrens Worten. Aber er wußte auch, daß Ripley ihre Pläne nicht verstehen oder gar gutheißen konnte. Es handelte sich schließlich um Träume, die nur von Wissenschaftlern geteilt werden konnten. Und Wren hatte recht – hier steckte ein grenzenloses Potential. Vielleicht dauerte es Jahrzehnte, bis die komplexe Genetik dieser Wesen entschlüsselt war, und weitere Jahrzehnte, bis man den einzigartigen genetischen Code, der säurehaltiges Blut und Silikonpanzer hervorbrachte, an andere Lebensformen anpassen konnte. Wenn man herausfand, wie der parasitäre Gast seinen Wirt genetisch und chemisch veränderte, würden Biochemie und Biomechanik ins nächste Jahrhundert katapultiert. Allein die Arbeit, die sie geleistet hatten, um Ripley und ihr Alien-Nachkommen zu schaffen, hatte das Klonen um hundert Jahre vorangebracht!

Wren nahm wieder seinen herablassenden Tonfall an. »Sie können sehr stolz sein.«

Sie lachte, zum erstenmal, aber es klang bitter und abstoßend. »Oh, das bin ich.«

Wren ignorierte die Ironie. »Und das Tier selbst ist ein Wunder. Sie werden von unschätzbarem Wert sein, wenn wir sie erst einmal gezähmt haben.«

Ripley sah Wren so scharf an, daß er zurückwich. »Sie sind wie Krebsgeschwüre. Man kann ihnen keine ›Tricks‹ beibringen.«

Zu Gedimans Überraschung enthielt sich Wren einer Antwort.

Ripley spielte nachdenklich mit der Gabel. Gediman hätte sie gerne gefragt, woran sie dachte. Aber sie sagte nur ein Wort: »Sie.«

Distephano beobachtete, wie sich das kleine Privatschiff der *Auriga* auf dem Leitstrahl näherte. Bis jetzt war diese Schicht so langweilig verlaufen wie alle anderen in der Kommandokapsel. Er vermerkte die Annäherung des kleinen Raumkreuzers im Logbuch und benachrichtigte offiziell den General. Noch nie hatte er hier draußen ein Privatschiff gesehen. Nicht so nahe an der *Auriga.* Natürlich war das längst nicht so aufregend wie der Zwischenfall mit dieser Retortenfrau letzte Woche. Aber wie oft passierte so etwas schon?

Offiziell hatte er nichts mehr über die Sache gehört, nachdem er seinen Bericht eingereicht hatte, aber hinten herum hatte er mitbekommen, daß seine Salve die Frau wohl zur Vernunft gebracht hatte. Seitdem sei sie lammfromm. Er hatte sogar gehört, daß man sie gestern komplett von ihren Fesseln befreit hatte. Sie durfte sogar ein bißchen herumlaufen. Warum nicht, schließlich waren ständig zwei Wachen bei ihr. Außerdem waren sie jetzt sicherlich um so mehr auf der Hut. Es galt momentan als der heißeste Job an Bord, die Retortenlady zu begleiten. Was für ein irrer Auftrag!

Fast umgehend erhielt er eine Antwort auf seine Meldung.

»Das sich nähernde Schiff hat von General Perez die Erlaubnis erhalten anzudocken«, sagte ›Vater‹, die männliche Computerstimme, die unheimlich durch die kleine Kapsel hallte. »Autorisationscode lautet 6-9-9-3. Sicherheitsstufe eins.«

Interessant, dachte Distephano. Private Schiffe brachten so gut wie nie Vorräte oder andere Lieferungen zur *Auriga.* Die *Auriga* war ein Top Secret, ein ultrageheimes Schiff. Normalerweise mußte hier die Autorisierung autorisiert werden, wenn man nur einen Sack Mehl lieferte. Und diese kleine Schmeißfliege durfte einfach so andocken?

Vinnie hörte die automatisierte Meldung des Schiffes,

das Registrationsnummer und Namen angab. *So so, die Betty.* Er gab die Zahlen, die ihm die weibliche Computerstimme der *Betty* genannt hatte, in seine Konsole ein.

»Registrationsnummer des sich nähernden Schiffes«, sagte *Vater* monoton, »existiert nicht. Möglicherweise liegt ein Eingabefehler vor. Bitte geben sie die Nummer erneut ein.«

Vor allen Dingen liegt da ein Fehler vor, dachte Vinnie verärgert und tippte die Zahl ein zweites Mal ein, langsamer als zuvor.

»Dem Vereinigten Militärsystem liegt keine solche Registrationsnummer vor«, meldete *Vater.* »Wenn kein Eingabefehler vorliegt, handelt es sich um ein nicht registriertes Schiff.«

Das ist doch nicht möglich, dachte Vinnie. Er benachrichtigte erneut den General und kontaktierte das Schiff im Anflug, von dem er vor der Erlaubnis zum Andocken einen gültigen Autorisationscode verlangte.

Aber selbst wenn es ein ... Sie hätten doch nicht die Chuzpe, eine Militärstation anzufliegen!

Vinnie erwartete jeden Augenblick, daß der Code der *Betty* erneut abgelehnt wurde. Dann konnte es sehr interessant werden. Entweder würde sich das Schiff schleunigst aus dem Staub machen, oder es würde einen Notruf senden, falls es aus irgendwelchen Schwierigkeiten notlanden mußte. Und wenn Perez das ablehnte ...

Wenn er es ablehnt, muß ich das Schiff eventuell abschießen! fuhr es Distephano durch den Kopf. Er hatte genug Feuerkraft unter seinem Daumen, um das kleine Raumschiff zu Atomen zu pusten. Er beobachtete, wie die *Betty* die Monitore ausfüllte.

Plötzlich dröhnte die Stimme General Perez' höchstpersönlich durch die Kopfhörer in seine Ohren.

»Ich habe dem Schiff die Erlaubnis anzudocken erteilt, Soldat«, grollte er. »Wo liegt das Problem?«

Distephano suchte nach den richtigen Worten. Er hatte nicht im mindesten damit gerechnet, den Alten selbst zu hören. Um so etwas kümmerten sich in der Regel die Offiziere.

»Oh, es tut mir leid, Sir, … es ist nur, die Registriernummer, ähm …!« Er schluckte und versuchte sich zusammenzureißen. »Sir! Kein Problem, Sir! Andocken erfolgt sogleich, Sir!«

»Das will ich hoffen!« knurrte Perez.

Vinnie beobachtete das Schiff. *Ein Pirat, ein verdammt echtes, hundertprozentiges Piratenschiff. Keine Registrationsnummern. Nichts Offizielles. Und Perez lädt es ein, an Bord zu kommen. Was sagt man dazu.*

Vinnie fiel die Warnung ein, die ihm sein kommandierender Offizier vor diesem Auftrag mit auf den Weg gegeben hatte. *Wenn du erst mal da draußen bist, Junge, darfst du eines nie vergessen – keine Fragen stellen. Nichts erzählen. Kein Wort. Ich will nicht, daß sie zu mir kommen und sagen, ich hätte dich nicht richtig ausgebildet.* Ja, dieser Dienst würde ihn voranbringen – vorausgesetzt, er eckte nicht mehr beim Alten an.

Ich gehe jede Wette ein, daß das nicht mehr vorkommt. Für den Rest der Reise werde ich auch ganz brav sein.

Das kleine Schiff hielt seinen Kurs. Jetzt konnte er es deutlich erkennen. Es sah sogar aus wie ein richtiges Piratenschiff und war in Tarnfarben gestrichen, damit es unauffällig über vegetationsreiche Landschaften fliegen konnte. Es handelte sich offensichtlich um ein vielseitiges kleines Schiff, das zwar für den Raumflug konzipiert war, jedoch auch über angewinkelte Seitenteile verfügte, die für Atmosphärenflüge schnell und einfach in aerodynamische Tragflächen verwandelt werden konnten. Außerdem besaß es Höhen- und Seitenruder, die es beweglicher machten. Aber dennoch handelte es sich um ein altes Schiff, an vielen Stellen geflickt mit Teilen, die nicht ganz paßten, zerbeult und verdreckt. Vor dem riesigen, dunkel glänzenden Rumpf der *Auriga* verschwand es fast.

Dann starrte Vinnie ungläubig auf das Bild auf dem Tank. *Was, zum Teufel …?*

Er mußte lachen. Als Experte für alles, was mit dem Zweiten Weltkrieg zu tun hatte, erkannte er die altmodische Art dieses Gemäldes sofort. Pin-up hatte man so etwas mal genannt. Unter dem Schiffsnamen war eine üppige Frau mit runden Hüften und großem Busen aufgemalt, die in einem engen figurbetonten Badeanzug auf einer altertümlichen Rakete saß, die sich über den Tank des kleinen Schiffes erstreckte.

Die *Betty*, in der Tat. In letzter Zeit wurde es hier auf der *Auriga* immer interessanter.

An Bord der *Betty* war es immer interessant. Zumindest für ihren Kapitän Frank Elgyn, einen hageren, hochaufgeschossenen Mann Mitte Vierzig, dessen dunkle Augen und stark gebogene Nase ihm etwas Raubvogelartiges gaben. Er lehnte sich in seinem Kopilotensitz zurück und stützte seine in Stiefel steckenden Füße an der Konsole ab. Hatte ihn doch eben so ein grünschnäbliger Kommißkopp, der noch feucht hinter den Ohren war, nach seiner *Registrationsnummer* gefragt! Leise lachend drehte er sich zu seiner Pilotin Sabra Hillard, einer großen, kräftig gebauten Frau, die ihm zugrinste und ihren kurzgeschorenen Kopf schüttelte.

Als ob es irgendwo auf der Welt oder wo auch immer einen Autorisierungscode für dieses Schiff geben würde, auf dieser Reise und mit dieser Ladung. Aber klar doch.

Er machte es sich in seinem Sitz gemütlich. Sabra hatte ihre Lieblingsmusik aufgedreht, und der schrille Sound irgendwelcher modernen Rhythmen dröhnte durch das Schiff. Elgyn drehte nicht leiser. Der Pilot durfte sich die Musik aussuchen. Wenn es an Bord der *Betty* überhaupt Regeln gab, dann diese. Er wandte sich über die Kom-Anlage noch einmal an den Soldaten.

»Meine Autorisierung lautet ›Du kannst mich mal‹, mein Sohn!«

Sabra schnaubte vor Lachen. Während sie zur Landung ansetzte, spielte sie nebenbei ein Videospiel, irgendeine Raumschlacht. Es war erstaunlich, was diese Frau alles gleichzeitig konnte. Wenn er nur daran dachte, wurde ihm schon ganz heiß. Er warf ihr einen vielsagenden Blick zu, den sie erwiderte.

»Und jetzt mach das gottverdammte Baby auf«, sagte er

zu dem Soldaten. »Oder General Perez tanzt auf deinem jungfräulichen Arsch Polka.«

Offenbar hatte der General eine derartige Aufforderung bereits erteilt, denn die Computerstimme der *Auriga* gab Hillard die Koordinaten durch, die sie brauchte.

»Bring uns auf drei-null runter«, sagte Elgyn. »Nimm die Parallelbahn.«

Sie machte sich nicht die Mühe, von ihrem Computerspiel hochzusehen. »Wird gemacht, Darling.«

Während die Raumstation immer näher rückte, erhob sich Elgyn von seinem Sitz. »Geh nicht mit dem Gas runter, bevor wir sechshundert Meter dran sind. Ein kleiner Schrekken kann ihnen nicht schaden.« Er strich ihr mit dem Daumen über die Wange, und sie zwinkerte ihm zu.

Sein Blick wanderte durch das Cockpit, das Durcheinander aus improvisierter Ausrüstung, veralteten Videospielen, umherliegenden Kleidungsstücken, und anderem Treibgut der Crew. In der Mitte dieses organisierten Chaos stand Christie. Dieser massige, aber gutaussehende dunkelhäutige Mann ließ fast jeden Raum, in dem er sich befand, klein aussehen. Ein guter Mann, dachte Elgyn – wenn er auf deiner Seite stand.

Christie war damit beschäftigt, seine Rüstung anzuschnallen. Das komplizierte Gebilde bestand aus einer ganzen Reihe von winzigen Flaschenzügen und Schäften von der gleichen dunklen Farbe wie seine Haut. Er hatte es selbst entworfen und gebaut. Nachdem er es an den Unterarmen befestigt hatte, von den Handgelenken bis zum Ellenbogen, war kaum noch etwas davon zu sehen. Damit konnte er Waffen mit sich herumtragen, ohne daß jemand auch nur auf die Idee kam, ihn zu untersuchen.

Elgyn ging auf ihn zu. »Wir landen. Es wird Zeit, etwas von der Gastfreundschaft des Generals in Anspruch zu nehmen.«

»Großartig«, höhnte Christie. Seine ausdrucksvollen, dunklen Augen rollten sich voller Verzweiflung nach oben. »Armeefraß!«

Elgyn half ihm, den letzten Riemen festzuzurren. »Das

wird uns schon reichen, bis wir die Familienladung abgeliefert haben. Vorausgesetzt, die Eingeborenen sind freundlich.«

Christie hatte gut zugehört. »Erwarten wir Ärger?«

Elgyn zögerte etwas zu lange mit seiner Antwort. »Mit Perez? Ich glaube kaum, aber sei auf alle Fälle wachsam.«

Christie stellte keine weiteren Fragen mehr und gab auch keinen Kommentar ab. Er nickte nur kurz und schüttelte seine Dreadlocks. Alles klar.

Der Maschinenraum der *Betty* mußte sich den Platz mit der Ladebucht teilen. Hier arbeiteten Annalee Call und John Vriess und versuchten einem antiquierten Maschinenteil, das sie scherzhaft Stabilisator nannten, wieder etwas Leben einzuhauchen. Call wußte, daß Vriess die Landung geradezu herbeisehnte. Sie waren dicht an ihrer Leistungsgrenze, und einige der alten Teile konnten einfach nicht mehr repariert werden. Sie hatten ihr Bestes getan, aber Elgyn hoffte, daß ihnen die Armee einige Ersatzteile überlassen würde, als kleinen Bonus für gute Arbeit. Call und Vriess hofften das gleiche.

Call, eine kleine, zierliche Frau, stand neben dem Maschinenblock. Mit ihren langen, dünnen Fingern konnte sie besser an einige schwer zugängliche Teile der empfindlichen Vorrichtung kommen. Währenddessen lag Vriess, ein stämmiger Mann mittleren Alters mit sandblondem Haar, einem kräftigen Kinn und einer runden Nase aus einem flachen Fahrgestell, auf dem Boden. Er versuchte die Reparatur von unten anzugehen. Call senkte derweil den oberen Teil des Stabilisators mittels einer mechanischen Kettenwinde über die untere Hälfte. Nicht zum erstenmal hatten sie Stunden gebraucht, um das ›Gehirn‹ der Maschine zu reparieren. Jetzt mußten sie es mit ihrem mechanischen Unterteil wiedervereinen und die beiden Hälften so hinbekommen, daß sie harmonisch zusammenarbeiteten.

Während Call die Maschinenteile zusammenfügte und die Winde entmagnetisierte, dachte sie über ihren Kollegen nach. Sie arbeitete gerne mit Vriess. Er war fleißig, einfallsreich und konnte sich auf seine Arbeit konzentrieren. Das war mehr, als man von den meisten Leuten auf diesem Schiff behaupten konnte. Sie löste die Ketten vom oberen System und sah zu, wie die Winde wieder nach oben unter die Decke rasselte.

Vriess, der noch immer unter der Maschine lag, begann eine kleine Melodie zu pfeifen, die sie bei ihrer letzten Landung in einer Bar gehört hatten. Als sie an den Abend dachte, mußte sie lächeln. Auch einer der Gründe, warum sie gerne mit Vriess arbeitete. Meistens war er gut gelaunt und umgänglich.

Von oben bekam Call plötzlich mit, daß jemand den Arbeitsraum betreten hatte. Sie pfiff weiter, um Vriess nicht zu beunruhigen, sie wollte, daß er seine Arbeit ohne Störung erledigen konnte. Während sie pfiff, warf sie ihren Blick nach oben, wo ein Mann den Laufsteg über dem Maschinenraum betreten hatte.

Es war Johner. Call kannte seinen Vornamen nicht einmal. Vielleicht hatte er gar keinen, was ihr auch egal gewesen wäre. Sie haßte diesen Mann, haßte alles, was er war und was er tat. Es gab Tage, da bestand ihr Hauptjob auf der *Betty* darin, Johner nicht merken zu lassen, wie sehr sie ihn verabscheute. Diese Freude wollte sie ihm auf keinen Fall gönnen.

Aber jetzt mußte sie sich auf ihre Arbeit konzentrieren. Johner würde sich nur über sie lustig machen, wenn sie eine Schraube fallen ließ oder sich einen Knöchel aufriß, nur weil sie nicht aufgepaßt hatte. Außerdem wäre es ihr am liebsten gewesen, wenn Vriess gar nichts von Johner mitbekam. Vielleicht ging er ja, wenn sie ihn einfach ignorierte.

Keine Chance, dachte Call, als der große stämmige Mann genau über ihr stehenblieb. Er grinste ihr zu. Seine kleinen, eisblauen Augen erinnerten sie an ein Schwein. Zweifellos war Johner der häßlichste Mann, den sie je gesehen hatte, und die zerfurchte Narbe, die quer über sein Gesicht lief, trug nicht gerade dazu bei, sein Äußeres attraktiver zu machen. Aber im Grunde verachtete Call ihn am meisten wegen seines ekelhaften Charakters. Sie tat so, als existiere er nicht. Sein Grinsen wurde noch nur breiter, und durch die Narbe verzog sich sein Gesicht zu einer krassen Parodie eines Lächelns. Er begann die Melodie mitzusummen. Allerdings klang das Lied in seiner Version irgendwie unangenehm und schief. Vielleicht paßte es so besser zu ihm.

Call beobachtete, wie er ein Taschenmesser hervorzog, es aufklappte und begann, sich die Fingernägel zu säubern. Sie wandte den Kopf noch weiter ab, so daß sie ihm bei seiner persönlichen Maniküre nicht auch noch zusehen mußte, und pfiff weiter, lauter dieses Mal, damit Vriess Johners Summen nicht mitbekam. Sie bekam nicht mit, daß Johner das Messer in der Luft baumeln ließ, auch nicht, daß er es losließ.

Sie sah nur, wie es Vriess' Bein traf.

Die schmale Klinge drang ein gutes Stück in Vriess' Oberschenkel ein. Call spürte eine Welle der Wut, die sie nicht abschütteln konnte, und starrte mit offenem Mund nach oben. Sie wußte nicht, ob sie schreien oder fluchen oder etwas nach diesem Hundesohn werfen sollte.

Vriess blieb unter dem Stabilisator liegen und arbeitete pfeifend weiter.

»Bist du verrückt?« zischte Call dem kichernden Johner zu.

Jetzt, da sie aufgehört hatte zu pfeifen, bekam auch Vriess mit, daß irgend etwas nicht stimmte, und zog sich unter der Maschine hervor. Er erblickte Johner auf dem Laufsteg und sah verständnislos zur wütenden Call hinauf.

»Nur ein bißchen Zielübung«, sagte Johner vollkommen ungerührt. Er zeigte auf den Mann auf dem Fahrgestell. »Vriess beschwert sich ja auch gar nicht.«

Call sah Vriess an und ließ ihren Blick auf sein Bein gleiten. Als er das Messer sah, das aus seinem Oberschenkel ragte, schrie er entsetzt auf. Er drückte einen Knopf an seinem Gestell, dessen hinterer Teil sich aufrichtete. Der Sitz wurde angehoben, und die Beinstützen zusammengeklappt. Nach wenigen Sekunden hatte sich das Gestell wieder in den mechanischen Rollstuhl verwandelt, den Vriess

selbst konstruiert hatte. Der von der Hüfte abwärts gelähmte Mechaniker starrte auf das kleine Taschenmesser, das in seinem gefühllosen Bein steckte.

»Du verdammter Hurensohn!« fluchte Vriess und warf mit der ganzen Kraft seiner starken Arme einen Schraubenschlüssel nach Johner.

Doch Johner wich dem Werkzeug mühelos aus und lachte nur noch lauter. »Ach komm schon! Du hast doch gar nichts gespürt!« Er grinste, als habe er gerade einen wirklich guten Witz erzählt.

Vriess starrte hilflos zu ihm hinauf, was Call nur noch wütender machte. Ohne viel Aufhebens holte sie ein sauberes Taschentuch aus ihrer Hosentasche, packte das Messer, zog es aus dem Bein und legte das zusammengefaltete Tuch auf die klaffende Wunde. Vriess preßte den Stoff auf das Loch, um die Blutung zu stoppen. Beide sagten kein Wort und arbeiteten so konzentriert zusammen wie bei ihren anderen Aufgaben.

Call sah zum Laufsteg hinauf, zu dem wandelnden Fleischklops, der sie so anwiderte. »Du bist ein schwachsinniges Arschloch, weißt du das?«

Johner schien es nichts auszumachen, daß sie ihn beschimpfte. Er hatte sie beide aus der Fassung gebracht, also hatte er gewonnen. Glucksend streckte er seine Hand aus. »Du kannst mir das Messer jetzt wiedergeben.«

Call wollte das Messer schon zusammenklappen und zu ihm hinaufwerfen, als sie es sich anders überlegte. Sie war zu wütend, um vernünftig zu sein.

Vriess beobachtete sie. Er berührte ihren Arm. »Call, vergiß es. Er hat zuviel Selbstgebrautes intus.«

Sie wußte, daß Vriess keine Angst vor Johner hatte, auch wenn der Mann ihm überlegen war. Aber es sah ihm ähnlich, daß er sich wegen ihr Sorgen machte. Sie hatte drahtige Muskeln, aber sie war klein und zierlich. Und Johner hatte keine Skrupel, auch einer Frau weh zu tun. Er hielt es für Spaß. Aber das war Call egal. Sie hatte es satt, diesem ekelhaften Kerl aus dem Weg zu gehen.

Mit einer schnellen Bewegung klemmte sie das Messer

zwischen zwei Metallstreben ein und brach die Klinge am Griff ab.

Johners Gesicht färbte sich rot vor Zorn. Er deutete mit dem Finger auf sie. »Treib's nicht zu weit, kleine Annalee. Wenn du noch ein bißchen bei uns bleibst, dann wirst du merken, daß man mich nicht ungestraft verarscht.«

Call sah ungerührt zu ihm hinauf. Größe war nicht alles. Sie konnte auf sich selbst aufpassen, und wenn er das herausfinden wollte, von ihr aus gerne.

Die beiden starrten sich einige Sekunden lang an, und dann wandte sich Johner zu ihrer Verblüffung ab. Wütend stapfte er davon.

Call strich sich das kurze schwarze Haar aus den dunklen Augen und mahlte mit dem Kiefer. Sie war noch immer außer sich. Johner hatte es geschafft, ihnen die Laune gründlich zu verderben.

Doch dann stieß Vriess sie an und sagte: »Ich denke, wir sollten uns wirklich nach besserer Gesellschaft umsehen.«

Geschickt steuerte Sabra Hillard die winzige *Betty* in den riesigen aufgeblähten Bauch der *Auriga.* »Und das alles von meinen Steuergeldern«, murmelte sie, bis ihr einfiel, daß sie noch nie Steuern bezahlt hatte. Grinsend setzte sie ihr Manöver fort.

Über ihr öffneten sich die gewaltigen Tore der Andockstation. Sie hörte über Kopfhörer die Stimme des Computers: »Andocken fortsetzen.«

»Aye, aye, Alter«, murmelte sie und brachte das Schiff in Position.

Die massiven Elektromagneten der *Auriga* bewegten sich vorwärts, als Hillard das kleine Schiff heransteuerte. Mit einem lauten metallischen Geräusch klammerten sich die Magneten an den Rumpf der *Betty* und zogen sie ins Dock.

Wie ein Kleinkind im Babysitz, dachte Hillard. *Warum gefällt mir dieser Gedanke nicht? Nun, Fesseln sind eben Fesseln.*

»Andocken beendet«, teilte ihr *Vaters* Stimme mit. »Sie können jetzt von Bord gehen.«

Selbst der Computer klang, als gebe er gerne Befehle.

Hillard wischte ihre negativen Gedanken beiseite und drückte einen Komm-Schalter.

»Auf geht's, Matrosen, Landgang! Denkt daran, der General hat gesagt, keine Waffen auf der *Auriga.* Wir sehen uns an der Luftschleuse, Leute. Ende.«

Warum hatte sie beim Andocken in einer solch riesigen Station nur immer das Gefühl, als würde sie bei lebendigem Leibe verschluckt?

5

Perez beobachtete von einem hochgelegenen Laufsteg aus, wie sich seine Soldaten auf die Ankunft der *Betty*-Crew vorbereiteten. Sein kritisches Auge tastete jeden seiner Männer ab, stets auf der Suche nach einem Anzeichen von Schlamperei oder Ungehorsam, aber die Truppe machte einen guten Eindruck. Der Korridor vor der Luftschleuse sah so sauber und geleckt aus wie der Rest seines Schiffes. Genau so wollte er es; er hatte jeden Soldaten auf der *Auriga* handverlesen. Jeder von ihnen hatte den Ehrgeiz voranzukommen, bessere Posten und interessante Einsätze zu bekommen. Unter Perez' Kommando gedient zu haben, galt als Sprungbrett, wenn sie ihre Zeit auf der *Auriga* beendet hatten. Bis heute hatten sie ihn nicht enttäuscht. Und das würden sie auch jetzt nicht, nicht wenn sie wußten, daß er sie beobachtete.

Die Luftschleuse drehte sich, und *Vater* meldete: »Drehung beendet. Türen öffnen sich.«

Als sich die pneumatischen Türen mit einem Ächzen hoben, zeigte sich die Crew des kleinen Piratenschiffs nach und nach den Soldaten. Perez fragte sich, was einige seiner Männer bei ihrem Anblick wohl dachten. An Bord der *Auriga* war alles blitzblank, so wie es Perez verlangte. Jeder seiner Soldaten trug selbstverständlich die gleiche Uniform, einer sah aus wie der andere. Es spielte keine Rolle, ob es nun Männer oder Frauen waren, ob sie groß oder klein waren oder zu welcher ethnischen Gruppe sie gehörten. Sie bildeten eine Einheit, die ihrem Kommandanten gehorchte.

Im Gegensatz zu diesem zerlumpten Haufen, dachte er abschätzig. Sie glichen sich nur darin, daß keiner dem anderen glich. Ihre Kleidung, die Haare, wie sie gingen … oder *rollten,* dachte Perez verblüfft, als einer der Crew in einem mechanischen Rollstuhl aus der Luftschleuse auftauchte. Er schüttelte den Kopf. Perez konnte sich kaum vorstellen, wie

Elgyn es fertigbrachte, daß diese bizarre, buntscheckige Truppe auch nur den einfachsten Befehlen folgte. Er fragte sich, wie sie mit diesem schrottreifen Schiff dort draußen im All überlebt hatten, dort, wo Disziplin und Ordnung die einzigen Dinge waren, auf die man sich verlassen konnte.

Die Crew der *Betty* schlurfte in die Halle. Als sie näher kamen und Perez sie genauer betrachtete, kamen ihm leise Zweifel an seiner ersten Einschätzung. Er sah ihre aufmerksamen Augen und die gespannte Haltung, bemerkte ihre ledrige Haut, in die sich das Schmieröl wie eine Tätowierung eingegraben hatte. Sie hatten doch etwas gemeinsam. Jeder einzelne trug eine Gelassenheit zur Schau, bei der es sich nicht um bloße Fassade handelte. Wie seine Soldaten, konnten auch diese Männer und Frauen töten, wenn es sein mußte. *Selbst,* nahm er an, *diese junge Frau in der Mitte. Woher kommt sie? Elgyn hatte nichts von einem neuen Crewmitglied erwähnt.* Perez fragte sich, ob sie schon getötet hatte, wischte den Gedanken aber rasch beiseite. Es waren Piraten, im wahrsten Sinne des Wortes, und Perez rechnete sich diese Tatsache nicht zu seiner Ehre an.

Schmuggler, dachte er grimmig. *Gib es zu, Martin, es sind nichts als Diebe und Mörder. Und du hast sie angeheuert. Wieso zierst du dich, sie zu empfangen? Es ist nicht so, als ob du die Wahl hättest.*

Die seltsame Truppe blieb dort stehen, wo die Soldaten sich aufgebaut hatten, um sie zu durchsuchen. Die Besatzungsmitglieder der *Betty* tauschten ungläubige Blicke aus und tuschelten miteinander. Doch dann traten sie vor und ließen sich filzen. Der riesige schwarze Mann, der ganz vorne stand, hob die Arme. Sein offenes Hemd gab den Blick auf seine breite, durchtrainierte Brust frei. Während er abgetastet wurde, schüttelte er den Kopf.

Plötzlich begann ein Sensorlicht an dem Handschuh eines Soldaten zu blinken. Die Frau, deren Signal aktiviert worden war, sah zu einem großen Mann mit einer häßlichen Narbe hoch und sagte bestimmt: »An Bord sind keine Feuerwaffen erlaubt, Sir.«

Der Mann mit der Narbe grinste nur, aber Perez dachte,

sei nett zu ihr, Freund. Sie ist eine erstklassige Nahkampfspezialistin. Wenn du ihr auf die Nerven gehst, kann sie deine ganze Crew auseinandernehmen. Und deine häßliche Fresse macht ihr bestimmt keine Angst.

Doch dann öffnete der Mann seine Jacke und zeigte der Soldatin, was den Sensor ausgelöst hatte. Eine große silberne Thermoskanne.

»Schwarz gebrannt!« verkündete er. »Mein eigenes Zeug. Viel gefährlicher als Waffen.«

Die Crew der *Betty* lachte.

Die Soldatin zeigte keinerlei Regung. »Tut mir leid, Sir. Sie können weiter.«

In diesem Augenblick entdeckte Elgyn Perez auf dem Laufsteg und ging auf ihn zu. »Was ist los – glauben Sie, wir könnten ihr Schiff kapern? Immerhin sind wir zu sechst.« Wieder lachten seine Leute.

Perez wartete, bis sie sich beruhigt hatten. »Nein, aber ich befürchte, daß Ihre Idiotencrew sich vollaufen lassen wird und einer von euch im Suff ein Loch durch unseren Rumpf schießt. Wir befinden uns im All, Elgyn.« Fast hoffte er darauf, daß seine Mannschaft nun ebenfalls in Gelächter ausbrechen würde, aber dazu waren sie alle zu professionell. Sie verzogen keine Miene.

Nachdem alle durchsucht worden waren, durfte die Crew der *Betty* auf ein Zeichen Perez' das Innere der *Auriga* betreten.

Der Rollstuhlfahrer bewegte sich als letzter vorwärts. Er fuhr auf die Soldatin zu, die bei Johner die Thermoskanne gefunden hatte. »Wollen Sie den Rollstuhl nicht auch durchsuchen?« fragte er die Frau mit unschuldigem Blick.

Doch die Soldatin ließ den Mann auflaufen. Perez wußte, daß sie erfahren genug war, um auf das scheinbar treuherzige Angebot des Piraten nicht einzugehen. Er wollte mehr durchsucht haben als seinen Rollstuhl. Die Soldatin hob lediglich den Arm und deutete auf die Gruppe, die dem gelähmten Mann vorausging. Mit einem vielsagenden Grinsen rollte er hinter ihnen her.

Perez ging ebenfalls.

Eine Viertelstunde später ertönte im Privatquartier des Generals das Türsignal. Er wußte, um wen es sich handelte, und befahl *Vater*, zu öffnen. Elgyn stand draußen und lehnte lässig am Türrahmen. Er schlenderte herein, nickte dem General zu und ging sogleich an den Tisch, auf dem Perez zuvor etwas vorbereitet hatte.

Dort – auf der breiten, flachen Tischplatte – lagen Tausend-Dollar-Scheine, gezählt und gebündelt. Es waren eine Menge Bündel. Perez wollte gar nicht lange darüber nachdenken, wie viele. Die Noten waren gebraucht, die Seriennummern nicht durchlaufend. Die Scheine waren rechteckig und grün und trugen das dümmliche Gesicht irgendeines Kongreßführers aus dem letzten Jahrhundert. *Eigentlich,* dachte Perez, *sollten sie leuchtend rot sein.* Schließlich handelte es sich um Blutgeld.

Elgyn setze sich langsam in den Sessel, den Perez für ihn bereitgestellt hatte. Er sah ausgesprochen zufrieden aus. Lächelnd betrachtete er die Bündel, blätterte eins davon mit dem Daumen auf und überflog die Summe.

»Es war nicht so leicht zu beschaffen«, sagte Perez wichtig.

Elgyn hob eine Augenbraue. »Das gilt auch für unsere Ladung. Sie sind doch jetzt nicht verarmt, oder?«

Perez merkte, daß Elgyn ihn mißverstanden hatte. »Ich meine die Banknoten. Heutzutage hat kaum noch jemand Bargeld.« *Und schon gar nicht so viel.*

Elgyn grinste. »Nur diejenigen, die nicht möchten, daß ihre Geschäfte irgendwo registriert werden. Halbseidene Elemente. Sie, zum Beispiel.«

Die Spitze hatte gesessen. *Frag dich noch einmal, Martin, dient man eigentlich so seinem Land?* Perez nahm ein kleines, rechteckiges Paket vom Tisch und stellte ein Glas dazu. »Einen Drink?«

Elgyn nickte, ganz der höfliche Gast.

Perez zog die Schutzkappe des kleinen Plastikbehälters ab und drückte ein Stück braunes Gel in das Glas. Dann bewegte er es unter einem Handlaser hindurch und reichte Elgyn die nunmehr flüssige Erfrischung. Danach bereitete er sich selbst ein Glas zu. Es war ein guter Scotch, wenn auch nicht der beste.

»Ich schätze, was Sie hier durchziehen, ist nicht unbedingt vom Kongreß genehmigt, was immer es auch sein mag«, sagte Elgyn und nahm einen Schluck. Nachdem er gekostet hatte, hob er das Glas und prostete Perez zu.

Freut mich, daß dir der Jahrgang zusagt, dachte Perez grimmig.

Nein, dieses Projekt war nicht vom Kongreß genehmigt. Es war auch nicht von irgendeiner anderen offiziellen Regierungsstelle oder einem Militärausschuß genehmigt. Aber Perez mangelte es nie an Geld oder anderen Mitteln. Doch wenn er mit Gesindel wie diesem arbeiten mußte, *Piraten,* dann brachte ihn das dazu, das gesamte Projekt in Frage zu stellen. Nicht, daß er sich keine Fragen leisten konnte. Er mußte einen Job erledigen, einen Auftrag ausführen, aber er hatte freie Hand in allem. Er mußte einfach daran glauben, daß der spätere Nutzen für die Menschheit die Opfer wert war, die jetzt gebracht werden mußten.

Perez hatte wenig Verständnis für Wrens Zukunftsvisionen vom Fortschritt der Medizin und biochemischen Wundern. Er dachte nur an die Wesen, die, mit elektronischen Implantaten zur Lenkung ihres Verhaltens ausgestattet, die idealen Bodentruppen abgeben würden. Wren und Gediman hatten kürzlich berichtet, daß die Intelligenz der Aliens weitaus höher sein könnte, als ihre bruchstückhaften historischen Daten bislang hatten vermuten lassen.

Für Perez stellte das nur einen zusätzlichen Vorteil dar – schlaue Tiere ließen sich leichter zähmen.

Er wollte daran glauben, daß noch zu seinen Lebzeiten die sinnlose Verschwendung wertvollen, gut ausgebildeten Menschenmaterials vorüber sein könnte. Menschliche Soldaten würden dann nur noch für die Putzarbeit benötigt, nachdem eine Operation beendet war. Das war die richtige Arbeit für Männer und Frauen, die denken, einschätzen und beurteilen konnten.

Irgendwann würden andere Formen von Aliens gezüchtet werden, die für bestimmte Gefechtssituationen besonders geeignet waren. Sie würden dem Militär helfen, von Verbrechen verseuchte Städte zu säubern, neue Planeten für die Kolonisation vorbereiten, indem sie gefährliche Spezies vernichteten. Eine neue Ära des Friedens und der Produktivität würde durch sie beginnen …

Er unterbrach seinen Gedankengang und sah Elgyn an. Der Pirat würde das nicht verstehen, nichts davon. Als sie über den Preis für die Lieferung verhandelt hatten, hatte Elgyn nicht einmal gefragt, wofür diese besondere Fracht gebraucht wurde. Er hatte sich nur für den Haufen Geld interessiert, der nun vor ihnen lag.

Auch wenn Elgyn ein Mensch ist wie ich, dachte Perez, *so gehören wir doch völlig unterschiedlichen Arten an.*

Er wechselte das Thema. »Wo haben Sie die neue Maus aufgegabelt?«

Elgyn lachte. »Call? Ach, irgendwo unterwegs. Sie suchte einen Job als Mechanikerin.«

»Nicht unattraktiv«, meinte Perez trocken.

»Ja, ich würde sie auch nicht von der Bettkante schubsen«, stimmte Elgyn ihm zu. »Und dazu ist sie ein wahrer Teufel mit dem Schraubenschlüssel. Ich glaube, Vriess hat Liebeskummer.« Er nahm ein Bündel Geldscheine, hielt es sich unter die Nase und atmete tief ein. Dabei lächelte er wie ein Mann, der gerade das Bouquet eines erstklassigen Weines genießt oder den sauberen scharfen Duft einer gut gelagerten Zigarre. »Sie fragte dauernd nach unserer kleinen Transaktion. Ich kann das gut verstehen. Klingt doch alles sehr geheimnisvoll und gefährlich …«

Perez fiel nicht darauf rein. »Es handelt sich um eine Militäroperation.«

Elgyn ließ sich nicht so leicht abschrecken. »Die meisten Forschungslabors der Armee müssen aber nicht außerhalb des regulären Raums operieren. Und sie müssen auch keine *privaten Subunternehmer* beauftragen … und die Art Fracht, die wir liefern, brauchen sie auch nicht.«

Perez merkte, daß Elgyn ihn unter Druck setzte. Weshalb? Hoffte er auf einen Zuschlag? Nun, sollte er seine Karten doch aufdecken. »Wollen Sie etwas von mir, Elgyn?«

Der hagere Mann lehnte sich entspannt zurück. »Nur Kost und Logis für ein paar Tage. Vriess hätte gerne ein paar Ersatzteile. Wenn es nicht zu viele Umstände macht.«

Perez fragte sich erneut, ob er nicht einen Fehler beging. Als er Elgyn für dieses Unternehmen angeheuert hatte, hatte er sich ernsthaft überlegt, die Besatzung nach erfolgter Lieferung zu töten und ihr Schiff zu zerstören. Er hatte sich schließlich dagegen entschieden, weil es mehr Probleme hätte schaffen können, als es löste. Vielleicht wäre der Schuß nach hinten losgegangen. Aber jetzt war er nicht mehr so sicher. Und während er darüber nachdachte, war es sicherlich gut, die Crew an Bord zu haben, mit angedocktem Schiff. »Natürlich nicht. Halten Sie sich von den verbotenen Zonen fern, fangen Sie keine Schlägereien an, und *mi casa* ist auch Ihres.«

Elgyn hob dankend sein Glas und trank es aus.

»Ich gehe natürlich davon aus«, fügte Perez hinzu, »daß Sie sich nur um Ihre eigenen Sachen kümmern.«

Der Mann lächelte strahlend. »Dafür bin ich berühmt.«

Ja, dachte Perez, *das stimmt. Deshalb habe ich dich ja auch angeheuert.*

Im Frachtraum der *Betty* zog Call ihre Handschuhe über und ging zu Christie.

Das große Mann sah sie gleichmütig an und fragte: »Was ist mit Johner los?«

Sie zuckte mit den Schultern. »Du kennst Johner. Er ist schon wieder in Partystimmung.«

Christie schüttelte den Kopf. »Ich hätte es wissen sollen. In diesem Fall, danke für die Hilfe.«

Sie nickte lässig.

Dann hörten sie das metallische Geräusch, mit dem sich die Luftschleusen der *Betty* öffneten, und die weibliche Computerstimme der *Betty* meldete: »Luftschleusen gedreht. Türen öffnen sich. Rampe senkt sich.«

Call und Christie gingen zu den automatischen Handwagen, in denen die ersten Container der ›Fracht‹ lagen.

Sobald sich die großen Türen ganz geöffnet hatten,

lenkten sie die Handwagen mit den Behältern über die Rampe, die von der *Betty* zur *Auriga* führte. Diese Behälter aus Metall und Plastik-Glas waren fast drei Meter hoch und einen Meter breit. Zwanzig dieser Dinger mußten entladen werden. Das war die besondere Lieferung für den General.

Und in den Hyperschlaf-Röhren lagen erwachsene Menschen, Männer und Frauen.

Call wollte nicht darüber nachdenken. Es gehörte nicht zu ihrem Job, darüber nachzudenken. Dies war die Fracht, und sie mußte die Fracht liefern. Das war alles. Sie bekam ihr Gehalt und einen Anteil dazu. Dazu hatte sie sich schließlich verpflichtet.

Trotzdem fragte sie Christie leise: »Sag mal, glaubst du, Elgyn weiß, wofür Perez sie braucht?«

Christie sah sie aufmerksam an, als falle ihm erst jetzt wieder ein, daß sie neu an Bord war. »Ich kann dir mit absoluter Gewißheit versichern, daß Elgyn nicht eine Minute lang über die Pläne des Generals nachgedacht hat. Er hat nur an das Geld des Generals gedacht.«

Sie nickte und wollte sich umdrehen, als Christie sie am Arm packte, mit für einen Mann wie ihn erstaunlicher Sanftheit. Genauso klang seine Stimme. »Call, hör zu. Elgyn macht sich keine Gedanken über diese Sache, und er bezahlt uns dafür, daß wir es auch nicht tun, okay?«

Call mußte lächeln. Solch brüderliche Fürsorge hatte sie von Christie nicht erwartet. »Schon klar. Bringen wir's hinter uns.« Sie schob den Handwagen über die Rampe in die *Auriga*.

Einfach nur abliefern, nicht darüber nachdenken. Nicht über sie nachdenken. Schlafende Leute …

Zusammen mit dem schweigenden Christie schob sie die Röhren an Wachtposten vorbei, bis sie sich einer großen Tür mit der Aufschrift ›Verbotene Zone‹ näherten. Auch vor dieser Tür standen Soldaten. Als sie Call und Christie sahen, klopfte einer der Soldaten an das Tor.

Augenblicklich glitt es zischend auf. Call sah einen großen, mittelschweren Mann, der keine Soldatenuniform, sondern einen Laborkittel trug. Er wirkte auch nicht wie ein Soldat. Auf seinem Kittel stand der Name ›Wren‹.

Die beiden Crewmitglieder der *Betty* näherten sich der Tür, aber gerade als sie hindurchgehen wollten, gab ihnen einer der Soldaten ein Zeichen, anzuhalten. Andere Soldaten kamen herbei, um die Hyperschlafröhren zu übernehmen. Christie warf Call einen Blick zu und nickte, und die beiden übergaben ihre Fracht, ohne ein Wort zu sagen. Die Wachtposten rollten die Behälter in die verbotene Zone, während Call und Christie zurück zur *Betty* gingen, um die nächsten zu holen. Genausowenig wie die Soldaten die *Betty* betreten durften, erhielt die Crew der *Betty* Erlaubnis, sich in der verbotenen Zone aufzuhalten.

Doch als Call und Christie sich auf den Rückweg machten, um neue Behälter zu holen, warf Call einen schnellen Blick über die Schulter. Sie sah, wie die Soldaten die Röhren tief in die verbotene Zone hineinfuhren.

Wohin gingen sie mit ihnen? Weckten sie die Schläfer auf oder hielten sie sie im Hyperschlaf? Was geschah in der verbotenen Zone?

Die Türen schlossen sich hinter den Soldaten, noch bevor Call irgendeine Antwort auf ihre Fragen finden konnte. Sie wandte sich wieder der *Betty* und ihrer Aufgabe zu.

Zwanzig schlafende Männer und Frauen einer abseits gelegenen militärischen Forschungsstation zu übergeben. Ja, eine wirklich einfache Aufgabe.

Zumindest, dachte Wren erleichtert, *plappert Gediman endlich einmal nicht.*

Keiner der vollständig versammelten Wissenschaftler sprach ein Wort. Nun, was hätten sie auch sagen sollen. Sie hatten die Berichte gelesen, die Geschichte, aber bislang hatte es keinen lebenden Zeugen dessen gegeben, was sie gleich erleben würden. Es war ein denkwürdiger Augenblick, der respektvolles Schweigen forderte, im Gedenken an die Männer und Frauen, die sich opfern würden.

Wren beugte sich vor und erweckte die verschiedenen Computerbildschirme zum Leben. Seine Mitarbeiter standen unruhig hinter ihm. Wenn sie wollten, konnten sie alles von jedem möglichen Blickwinkel aus verfolgen. Sie konnten aber auch einfach alles durch das riesige Sichtfenster betrachten, von dem aus man die Kammer nebenan einsehen konnte. Plötzlich fiel ihm auf, daß sie im Takt atmeten.

Er schluckte und drückte einige Tasten.

Über die Monitore sahen sie eine Großaufnahme des Raums. Zwanzig Hyperschlafröhren waren auf nach unten geneigten Plattformen zu einer runden, kuchenähnlichen Form zusammengestellt. Ihre Enden trafen sich in der Mitte. Wren betätigte die Kontrollinstrumente, und langsam hoben sich die Röhren, bis sie senkrecht standen. Dann wurden sie mechanisch gesichert.

Wren betätigte weitere Schalter und veränderte langsam die Cryo-Mischung in den Kammern. Er konnte es sich nicht leisten, die Wirte zu beschädigen. Dazu waren sie zu wertvoll.

Nach einer Wartezeit sahen die Daten der Cryo-Mischung optimal aus. Mit Hilfe des Computers öffnete Wren die durchsichtigen Deckel der Schlafröhren. Auf den Monitoren konnte man deutlich sehen, daß einige der in den Röhren liegenden Menschen sich bereits regten. Er sah, wie Augen zuckten, Lippen sich bewegten, Anzeichen dafür, daß sie langsam ihr Bewußtsein wiedererlangten. Die Daten waren gut. Die Schläfer erwachten, alle funktionierten einwandfrei und befanden sich bei guter Gesundheit. Ausgezeichnete Wirte.

Wren warf Gediman einen Blick zu. Der Mann trat unruhig von einem Fuß auf den anderen. Offenbar war ihm nicht wohl zumute. Wren beobachtete die anderen. Carlyn rieb sich die Arme, als sei ihr kalt. Trish hatte die Arme verschränkt und sah mit starrem Blick durch das Sichtfenster, als wolle sie sich durch nichts aus der Ruhe bringen lassen, was dahinter geschah. Kinloch stand mit offenem Mund da, als könne er nicht glauben, daß er hier war und alles beobachtete. Sprague und Clauss tuschelten miteinander, während sie nervöse Blicke durch das Sichtfenster warfen. Clauss rieb sich immer wieder den Hals. Wren wandte sich von ihnen ab. Er wollte sich durch sie nicht stören lassen.

Aber es war kein Wunder, daß sie nervös waren. An dieses Erlebnis würden sie sich ihr Leben lang erinnern.

Es wurde Zeit. Wren bediente die Kontrolltasten, gab etwas ein, und sie sahen, wie sich ein längliches, röhrenförmiges Gebilde von der Decke senkte. Um den mächtigen Transportarm herum befanden sich einzelne Container. In jedem dieser Container lag ein riesiges, auf obszöne Weise organisch aussehendes Alien-Ei. Wenn man diese Dinger überhaupt Eier nennen wollte. Sie waren in sich lebende Organismen, und in ihnen pulsierte feucht ein weiteres Leben. Sie standen fest auf dem breiteren Ende, während das spitze nach oben zeigte. Vier lappenähnliche Falten bildeten an diesem spitzen Ende eine seltsame Öffnung. Mächtige Venen hingen an der Oberfläche der Eier herab und liefen bis auf den Boden des Containers. Wren und Gediman hatten Stunden darüber spekuliert, welchem Zweck sie dienten. Zum einen stabilisierten sie offensichtlich das Ei, und vielleicht konnten sie in ihrer ›natürlichen‹ Umgebung Nährstoffe aus dem Boden ziehen und so die Larven im Inneren über Jahre hinweg am Leben erhalten, sollte es nötig sein.

Wren konzentrierte sich wieder auf den Computer. Der Transportarm positionierte nun jeweils einen Container mit einem Ei vor den Schlafkammern.

Sobald der Transportarm stillstand, tat sich etwas. Es war, als spürten die Eier, die bislang keine Reaktion gezeigt hatten, daß sie in der Nähe anderer lebender Organismen waren. Sie erwachten selbst zum Leben. Die Wissenschaftler sahen, wie sich hinter der ›Schale‹ dunkle Schatten bewegten. Die flexiblen Wände der Eier begannen zu zittern.

Die Übertragung lieferte nicht nur Bilder, sondern auch Geräusche. Und diese Eier gaben Geräusche von sich, schmatzende, feuchte, schlürfende Töne. Es waren Geräusche, die an chirurgische Eingriffe erinnerten, wenn man die Organe im Inneren des Körpers bearbeitete.

Wren bemerkte, daß seine Mitarbeiter vollkommen regungslos hinter ihm standen. Unbewußt wischte er sich mit dem Arm den Schweiß von der Oberlippe.

Einer der Schläfer in den Röhren blinzelte und öffnete die Augen. Der schlanke, dunkelhaarige Mann zeigte die typischen Anzeichen eines Hyperschlaf-Katers; aufgrund der Betäubungsmittel erwachte man schlapp und mit ausgetrocknetem Mund. Der Name auf seiner Kammer lautete Purvis.

Das Ei, das vor seiner Röhre stand, zitterte und öffnete sich dann plötzlich. Die vier Lappen schlugen sich nach hinten und bildeten einen großen unregelmäßig geformten Mund. Hektisch hantierte Wren an den Armaturen, um die Kamera mit dem Schwenkarm so zu drehen, daß sie Aufnahmen vom geheimnisvollen Inneren der Wesen machen konnte. Natürlich hatten sie es schon analysiert, mit jedem ferngesteuerten Sensorsystem, das ihnen zur Verfügung stand. Sie hatten sogar einige der Organe benannt, auch wenn sie noch darüber rätselten, wozu sie dienten. Aber es war doch etwas anderes, wenn man es mit eigenen Augen sah.

Das Ei neben Purvis' Röhre öffnete sich als nächstes. Dann folgte das daneben, bis der Kreis sich geschlossen hatte. Die Opfer waren noch nicht ganz im Wachzustand. Schläfrig blinzelnd bewegten sie orientierungslos die Köpfe. Sie wußten, daß sie nicht mehr dort waren, wo sie eingeschlafen waren, aber sie wußten auch nicht, wo sie jetzt waren und warum. Die Wirkung der Drogen war noch so stark, daß sie nur blinzeln konnten und vielleicht eine leichte Verwunderung empfanden. Schließlich hatte sich jedes Ei geöffnet. Wren hielt den Atem an, wie alle anderen auch. Dann krabbelte vorsichtig etwas mit sechs spindeldürren Beinen aus dem Ei vor Purvis heraus.

Langsam tauchte Purvis aus dem Hyperschlaf auf. Tolle Sache, diese Form des Transports. Eben noch lag man in den Kissen und bereitete sich auf einen langen Winterschlaf vor, und schon wachte man wieder auf, zig Millionen Lichtjahre und zwei Monate von seinem Startpunkt entfernt. Er spürte, wie ihm wärmer wurde und seine Glieder sich entspannten, während die Cryo-Mittel aus seinem Körper gespült wurden.

Er war bereits wach genug, um über seinen neuen Job nachzudenken. Die Xarem-Raffinerie lag ziemlich abseits der üblichen Routen, und daher mußten sie besser zahlen als andere Gesellschaften. Er hatte auch gehört, daß der Komfort besser sein sollte aus genau diesem Grund. Das Paket, das man ihm angeboten hatte, klang vielversprechend. Er hoffte nur, daß die Arbeitsbedingungen auch das hielten, was die Werbung versprochen hatte. Er hatte die Nase voll von ›Luxusunterkünften‹, die sich als Schlafsäle entpuppten, in denen man nicht die geringste Privatsphäre hatte.

Er spürte das Blut in seinen Füßen und streckte sich. Zwei Jahre auf Xarem waren besser als fünf Jahre irgendwo anders. Wenn der Zuschlag entsprechend war, würde er vielleicht sogar verlängern. Er öffnete die Augen und sah sich um.

Hmm, komischer Erholungsraum. Daß man die Schlafröhren vorher bewegte, kannte er gar nicht. Normalerweise erholte man sich auf dem Schiff. Nach dem Aufwachen erhob man sich, duschte, holte seine Sachen …

Er sah sich um. Die Röhren waren auch ganz anders arrangiert als auf dem Schiff. Er blinzelte, um besser sehen zu können. Schließlich bemerkte er das riesige eiförmige Ding, das vor ihm stand.

Was zum Teufel ist das? Er hatte nichts davon gehört, daß es irgendwelche komischen außerirdischen Lebensformen auf Xarem gab, seien es pflanzliche oder tierische. *Also was zum Teufel stellte dieses Ding dar?* Und selbst wenn es zum Planeten gehörte, was hatte es dann in dieser Abteilung zu suchen?

Das längliche Monstrum schüttelte sich plötzlich und bewegte sich, wie zum Leben erwacht. Seine Oberfläche war feucht und glitzerte mit einer Art Schleim. Angeekelt versuchte Purvis irgendwie zu entkommen, aber er konnte sich nicht bewegen. Der Deckel der Hyperschlafröhre hatte sich zwar geöffnet, aber nur, um Kopf und Hals freizugeben. Der Rest seines Körpers steckte fest. Er schluckte und versuchte, seine Stimme wiederzufinden, um nach einem Steward zu rufen, jemanden, der sich um dieses Ding kümmerte – und ihn vor allem aus der Röhre befreite.

Aber noch bevor ihm das gelang, öffnete sich das Ding.

Purvis spürte eine Welle der Übelkeit, als die sich auseinanderfaltenden Lappen häßliche schmatzende Geräusche von sich gaben.

Was geht hier vor, verdammt noch mal? Er ließ seinen Blick über die anderen Röhren gleiten, und jetzt erst, als sein Verstand langsam klarer wurde, sah er, daß auch vor den anderen Kammern diese grotesken Eier saßen. Warum? Und wozu?

Plötzlich begann etwas Langes, Insektenhaftes aus dem Ding zu klettern. Schlanke, fingerähnliche Extremitäten befühlten vorsichtig die ekelhafte Eiform. Schließlich tauchte das Wesen, zu dem die Spinnenbeine gehörten, langsam auf. Es sah aus wie die Ausgeburt eines Alptraums, eine Kreuzung aus einem Skorpion mit weichem Körper und einer Königskrabbe.

Was ist das, eine Art Insekt? Purvis haßte Insekten, kleine, große, jede Art. Das war einer der Gründe, warum er lieber im All arbeitete. Dort sah man fast nie Insekten! Und wenn dies ein Insekt war, dann war es sozusagen die Mutter der ganzen Bande. Wachsam krabbelte es auf seinen länglichen Beinen vorwärts, behende wie ein Tänzer.

Das reicht! Voller Panik hämmerte Purvis auf die Knöpfe und Schalter in seiner Röhre ein in der Hoffnung, das Ding irgendwie aufzubekommen. Er wollte fliehen, so weit weg von diesem Monster, wie es nur ging. Aber egal, was er tat, er erreichte nicht das geringste. Mit weit aufgerissenen Augen starrte er um sich. Die anderen Schläfer schienen noch nicht so weit wie er und bekamen gar nicht richtig mit, was da geschah.

Das Wesen bewegte sich, wiegte sich leicht auf den Beinen. Purvis riß den Mund auf, holte entsetzt Luft, um einen Schrei auszustoßen.

Genau in diesem Augenblick stürzte sich das Wesen mit ungeheurer Schnelligkeit auf ihn, um vieles schneller, als er mit den Augen verfolgen konnte. Etwas Kaltes, Nasses,

Gummiartiges schlug ihm hart ins Gesicht. Gleichzeitig schien es, als würde sein ganzer Kopf von einer riesigen Hand gepackt. Eine lange, dünne Peitsche wickelte sich blitzartig um seinen Hals und nahm ihm die Luft. Dann erkannte er, was geschehen war. Das monströse Insekt, dieses Ding, saß auf seinem Gesicht.

Purvis verlor vor Angst fast den Verstand. Er wollte schreien, aber noch bevor ein hysterischer Laut aus seiner Kehle dringen konnte, wurde er zum Schweigen gebracht. Kaum hatte er den Mund geöffnet, als etwas Fleischiges, Schleimiges seine Kehle füllte, eine Art Röhre, die sich in seinen Mund schob. Der Geschmack und das Gefühl waren ekelerregend, und sein leerer Magen revoltierte, während Purvis verzweifelt versuchte zu atmen. Das Ding drängte in ihn hinein, füllte seinen Mund aus, seinen Hals, rammte sich in seine Kehle, durch die Luftröhre hindurch, in den Leib hinein. Immer noch versuchte er zu schreien, während er verzweifelt seinen Kopf schüttelte, um das Ding irgendwie loszuwerden. Seine Arme und Hände waren noch immer in der Röhre gefangen und sein Kopf zu weit von den Seiten entfernt, um ihn dagegenzuschlagen. Seine Arme zuckten, er trat sinnlos mit den Füßen gegen den Deckel, aber nichts nutzte, nichts half. Vor Angst, schierer, unbeschreiblicher Angst fast um den Verstand gebracht, ergab sich Purvis schließlich der Furcht vor dem Ersticken und versank hilflos in Angst und Schrecken.

Er sah nichts mehr, hörte nichts mehr. Er nahm nur noch wahr, wie der Organismus, der ihn angriff, sein Gesicht, seine Kehle und seinen Körper in Besitz nahm. Dann schien das Wesen mit seiner klammen Kälte auch sein Blut zu durchdringen. Sterne tanzten vor seinen Augen. Er hörte auf, sich zu wehren, schon zu geschwächt. O Gott, er mußte sterben. Er wurde langsam von einem außerirdischen Insekt getötet. Purvis schluchzte, während die Kälte ihn übermannte und das Blut in seinen Venen gefror und seinen Körper lähmte. Jetzt wünschte er sich nur noch, nichts mehr fühlen zu müssen.

Schließlich wurde sein Wunsch erfüllt, und die lähmende Kälte hüllte ihn ein wie zuvor der Hyperschlaf. Dabei spürte er noch, wie das Ding auf seinem Gesicht seine Umklammerung noch verstärkte und sich der peitschenartige Schwanz noch fester um seine Kehle wickelte. Gemeinsam glitten Monster und Mensch in den Schlaf, wobei das eine weitaus sanfter ruhte als der andere. Purvis begann zu träumen, schreckliche Träume, von denen keiner mehr von Xarem handelte.

Im Beobachtungsraum hörte Wren, wie sich hinter ihm Carlyn lautstark übergab. Sprague und Kinloch standen bei ihr und versuchten, sie zu beruhigen. Sie weinte. Clauss war bereits zuvor aus dem Raum gestürzt.

Gediman stand neben ihm und schwieg nachdenklich. Auch er war weiß wie die Wand. Trish Fontaine hielt die Arme verschränkt und bebte vor Zorn. Überrascht sah Wren sie an.

»Sie haben gesagt, daß sie nichts von dem mitbekommen würden, was passiert«, sagte Trish vorwurfsvoll. »Sie haben gesagt, sie würden nichts spüren.«

Wren holte tief Atem und sammelte seine Gedanken. Er brauchte diese Leute. Er konnte es sich nicht leisten, ihre Loyalität zu verlieren. Noch nicht.

»Sie haben ihre Daten gesehen. Sie lagen noch bei vierzig Prozent. In ihren Körpern war noch immer so viel Cryo-Kühlmittel, daß sie noch halb schliefen. Falls sie irgend etwas gespürt, irgend etwas mitbekommen haben, dann muß es wie ein Traum für sie gewesen sein, mehr nicht. Sie haben die Daten selbst verfolgt. Nach der Implantation werden sie sich an nichts mehr erinnern. Und während der Inkubation können wir sie wahrscheinlich in einem Dämmerzustand belassen. Vor dem Durchbruch des Embryos führen wir eine Vollnarkose durch. Es ist vollkommen schmerzfrei, wie ich Ihnen schon erklärt habe.«

Trish starrte ihn düster an. Offenbar glaubte sie ihm nicht mehr. Dann drehte sie sich abrupt um und ging zu Carlyn hinüber.

Verärgert wandte sich Wren an Gediman, doch sein Assistent blickte wie gebannt durch das Sichtfenster. Wütend wandte sich Wren an seine Mitarbeiter: »Jetzt hört mir mal zu, Leute, was wir hier erleben, das ist Wissenschaft, experimentelle Wissenschaft in ihrer reinsten Form!« Sie sahen ihn an, und er erkannte den Ekel in ihren Augen. »Ich gebe zu, es ist nicht gerade nett und sicherlich auch kein hübscher Anblick, aber es ist *Wissenschaft.* Haben Sie vielleicht schon einmal vom Manhattan Project gehört, im zwanzigsten Jahrhundert? In der Gruppe der Wissenschaftler, die sich um die Entwicklung der Atombombe bemühten, gab es einige, die befürchteten, daß die Detonation einer solchen Bombe das Hydrogen in der Atmosphäre entzünden könne. In diesem Fall hätte die gesamte Atmosphäre Feuer gefangen, und die vollkommene Auslöschung des Lebens wäre die Folge gewesen. Und trotz ihrer Furcht haben sie diese erste experimentelle Bombe gezündet. In der Wissenschaft muß man Risiken eingehen, wenn man Fortschritte erzielen will, wenn man etwas entdecken will.«

Seine Mitarbeiter sahen ihn nur schweigend an und wandten sich wieder ab.

Verärgert blickte Wren zu Gediman hinüber. Wo war dessen Enthusiasmus geblieben, jetzt, da sie ihn brauchen konnten? »Ich weiß nicht, was für ein Problem unsere Leute haben. Sie haben die Literatur gelesen. Sie haben gewußt, was sie erwartet, als sie unterschrieben haben.«

Gediman konnte seinen Blick nicht von dem riesigen Sichtfenster lösen. Die Schläfer hatten aufgehört zu kämpfen und lagen regungslos da, in einem komatösen Zustand. Die Sensoren zeigten an, daß die Implantation bereits begonnen hatte. Zwanzig Gesichtsklammerer umarmten zwanzig Menschen. Ihre Sauerstoffblasen pumpten großzügig Luft in ihre Wirte und hielten sie so am Leben.

Schließlich sagte Gediman etwas. Seine Stimme klang blechern und dünn. »Darüber zu lesen ist eine Sache. Es zu sehen ist eine ganz andere.« Er schluckte und betastete abwesend seine Kehle.

Als Wren wieder auf die Videoschirme blickte, mußte er sich bewußt daran hindern, das gleiche zu tun.

6

Call und Christie schlossen zur Gruppe auf, die gerade die Messe betreten hatte.

Vriess grinste die Frau von seinem Rollstuhl aus an. »Alles geschafft?«

Call nickte, und Christie sagte: »Abgeladen und quittiert. Jeder einzelne. Ich nehme an, unser glorreicher Führer sitzt noch bei *El General?*«

»Meinst du damit Elgyn?« fragte Hillard grinsend. »Schätze schon.« Sie wandte sich an Vriess. »Warst du schon einkaufen?«

»Mit leerem Magen?« fragte er zurück. »Du machst Witze. Zuerst werde ich hier in diesem Vier-Sterne-Restaurant speisen, dann sehe ich mir die Teile an. Man muß Prioritäten setzen.«

Lachend bewegte sich die Gruppe durch die offenen Türen. Verglichen mit den Ausmaßen der *Betty* kam Call hier auf der *Auriga* alles riesig vor, auch dieser Saal, der sie an eine Höhle erinnerte. Hier konnten alle Soldaten gleichzeitig essen, wenn es sein mußte, und doch blieb noch genug Platz für sportliche Aktivitäten. Am einen Ende des Raums war ein Basketballkorb angebracht, am anderen standen Fitneßgeräte und Boxutensilien.

Die Soldaten hatten bereits gegessen, und außer ihnen hielt sich nur noch eine Frau im Saal auf, die unter dem Korb mit einem Basketball spielte. Sie war groß, schlank und hatte schulterlanges braunes Haar. Call nahm an, daß es eine Soldatin oder eine Wissenschaftlerin sein mußte, die freihatte.

Die anderen sahen ebenfalls zu ihr hinüber. Als Johner die Frau entdeckte, murmelte er: »Oh, oh …«

Call verzog angewidert das Gesicht.

Johner lächelte und sagte: »Du hast völlig recht, Vriess, ein Mann muß Prioritäten setzen.« Er schlenderte zu der

Frau hinüber, ein paar der anderen folgten ihm in einigem Abstand. Call wußte nicht genau, ob es sich dabei um simple Gruppendynamik handelte, oder ob sie Ärger befürchteten. Sie bezweifelte, daß der groteske Johner auch nur mit einem einzigen Mitglied der *Auriga* leicht fertig werden würde.

Ungeniert stellte sich Johner hinter die Frau. Er legte ihr die Hände auf die Schultern und säuselte mit einer Stimme, die er wahrscheinlich für verführerisch hielt: »Wie wär's mit einem kleinen Spiel, eins gegen eins?«

Call fragte sich, wie weit Johner jemals mit dieser Dampfhammermethode gekommen war. Wahrscheinlich hatte er bislang jedesmal bezahlen müssen, bevor sich eine Frau mit ihm einließ.

Die Frau drehte den Kopf, nur ganz leicht, um ihn wissen zu lassen, daß sie ihn wahrnahm. Sie sah nicht sehr erfreut aus. Dann drehte sie sich wieder um, als wolle sie sagen, du kannst jetzt wieder gehen, und dribbelte weiter mit dem Ball.

»Was hältst du davon?« fragte Johner. Er drückte sein Gesicht in ihr Haar und atmete tief ein.

Call hörte sie genau. »Laß mich in Ruhe!« Die Warnung klang unmißverständlich, auch wenn eine Spur von Resignation mitzuschwingen schien.

»Warum sollte ich?« fragte Johner kokett.

»Weil du es sonst bedauern wirst«, antwortete sie tonlos. In ihrer Stimme war nichts Kokettes.

Johner drückte seinen Leib an sie und rieb sich an ihr. Call sah, wie die Wut in ihr hochstieg. Er strich der Frau über den langen Nacken und murmelte: »Willst du mir weh tun? Ich glaube, das könnte mir gefallen.« Seine kleinen, fast farblosen Augen verengten sich, und sein Gesicht verzog sich zu einem abstoßenden Grinsen. Genaugenommen war an Johner sowieso alles abstoßend.

Die Frau drehte sich um. Die Parodie eines Lächelns, die sie Johner schenkte, war ebenfalls kaum attraktiv.

Die Crew stand um die beiden herum. Es schien, als hätten sie den Ärger bereits vorausgeahnt. Wahrscheinlich kam so etwas mit Johner öfter vor. Call beugte sich ebenfalls vor, bereit, dieser seltsamen Frau zu helfen. Das würde der Crew zwar überhaupt nicht gefallen, aber …

Vriess zupfte sie am Hemd. Sie sah ihn an, und er schüttelte fast unmerklich den Kopf. *Misch dich nicht ein, Call,* schien er zu sagen.

Sie sah wieder zu Johner und der Frau. Vielleicht konnte sie die Situation auflösen, wenn sie Johner zum Essen rief …

Ohne Vorwarnung rammte die Frau ihren Ellenbogen in Johners Magen. Dann trat sie einen Schritt zurück und versetzte ihm einen gut gezielten Kinnhaken. Ungläubig staunend registrierte Call, daß sie während der ganzen Zeit den Basketball in der anderen Hand hielt. Es sah aus, als wolle Johner für den Bruchteil einer Sekunde vom Boden abheben, bevor er mit einem lauten Knall auf dem Boden landete und auf dem glatten Parkett nach hinten rutschte.

Die Crew der *Betty* starrte die Frau an, nicht so sehr, weil sie Johner geschlagen hatte, sondern weil sie ihn mit solcher Kraft getroffen hatte. Call sah verblüfft, wie Johner weiterrutschte, bis seine Fahrt von Punchingbällen auf Ständern aufgehalten wurde, in die er hineinsauste und die über ihm zusammenkrachten.

Noch bevor Call ganz begriff, was sie soeben gesehen hatte, trat Hillard vor und stürzte sich mit einem Schrei auf die Frau, die sich einmal halb um die Achse drehte und Hillards Angriff mit Leichtigkeit abwehrte. Call staunte – die Pilotin war eine zähe Kämpferin, die durchaus töten konnte, und diese Frau schüttelte sie ab, als sei sie ein Kind. Hillard wurde durch ihren eigenen Schwung zu Boden geschleudert. Als Zugabe warf die Frau ihren Basketball nach Hillard und traf sie genau in der Magengrube. Die Pilotin schnappte nach Luft und blieb flach liegen.

Jetzt ergriff Christie, dessen Muskeln reliefartig hervortraten, einen der Punchingbälle, packte ihn am Ständer, holte aus und schlug der Frau den Ball ins Gesicht, mit all seiner Kraft. Mit offenem Mund beobachtete Call, wie die Fremde den Schlag ohne sichtbare Reaktion einsteckte wie ein Boxer. Sie verzog keine Miene. Aus ihrer Nase lief lediglich etwas Blut.

Christie schien ebenso verblüfft, aber dann holte er noch einmal aus und schlug erneut zu, noch heftiger. Und wieder steckte die Frau den Schlag, ohne mit der Wimper zu zukken, weg. Sie blieb einfach nur stehen und sah ihn an. Mit einem Aufschrei holte Christie erneut aus. Dieses Mal schoß der Arm der Frau in die Luft. Sie hielt den niedersausenden Punchingball auf, indem sie den Ständer ergriff, ihn Christie – Christie! dachte Call wie betäubt – entriß und wegschleuderte.

Dann stürzte sie sich auf ihn wie ein wildes Tier. Mit einer Hand griff sie ihn an seinem Schopf, während sie mit der anderen seinen Kiefer packte. Verzweifelt versuchte er sie abzuschütteln, doch gelang es ihm nicht. Brüllend schlug er auf sie ein, kratzte und versuchte alles, von ihr freizukommen, während sie versuchte, ihm den Kiefer zu brechen. Es war eine furchterregende Szene.

Call war beinahe aufgestanden, dieses Mal, um Christie zu helfen, aber wieder hielt Vriess sie fest. »Halt dich raus!« befahl er ihr. Sie zögerte, gehorchte dann jedoch.

Mittlerweile war Johner wieder auf den Beinen. Er lief auf die beiden miteinander ringenden Gestalten zu und wuchtete seine fleischige Faust in Ripleys ungeschützte Leber.

Die Frau wirbelte herum, aber ihr Gesicht war nicht schmerz-, sondern wutverzerrt. Sie ließ Christie los, als habe sie ihn vergessen, und er sackte wie eine Marionette zu Boden. Dann ging sie plötzlich in die Knie, und ihre Hand schoß wie ein Schlange nach vorne. Mit der gleichen Kraft, mit der sie vorhin Christies Kiefer gepackt hatte, faßte sie Johner zwischen den Beinen. Johner stieß einen hohen, verzweifelten Schmerzensschrei aus. Er fiel auf die Knie, und die Fremde versetzte ihm einen Hieb in den Magen, der ihn zusammenklappen ließ wie ein Taschenmesser.

Plötzlich drang eine Männerstimme laut und deutlich durch das allgemeine Tohuwabohu aus Schreien und Stehnen.

»RIPLEY!«

Call drehte sich herum und sah vier Soldaten, die ihre

Gewehre auf die Crew gerichtet hatten – nein, nicht auf die Crew, sondern auf die Frau. Zwischen ihnen standen zwei Männer in Laborkitteln, der eine etwas im Hintergrund. Sie erkannte den ersten Mann. Er hatte die Lieferung in Empfang genommen. Auf der Brusttasche seines weißen Kittels stand ›Wren‹. Auf dem Kittels des Mannes hinter ihm las sie den Namen ›Gediman‹. Gediman sah reichlich nervös aus, aber Wren blieb kalt wie Eis. Nicht schwer zu sehen, wer hier das Sagen hatte.

Die Frau, die Wren angesprochen hatte, hob langsam den Kopf. Sie wirkte wieder vollkommen ruhig, ja fast teilnahmslos, als habe sie nur eben mal den Boden gewischt – mit einer Crew von Leuten, die sich für die Härtesten der Harten hielten.

Call starrte die Frau an. *Hatte er gerade Ripley gesagt* ? Call konnte es nicht glauben. *Ripley?*

Christie richtete sich auf und verschränkte die Arme hinter dem Rücken, so als sei alles okay. Call wußte, daß dies durchaus nicht der Fall war. Auch Hillard hatte sich aus eigener Kraft wieder aufgerappelt. Nur Ripley hielt noch immer mit einer Hand Johners Hemd gepackt, als sei sie noch nicht gewillt, ihre Beute loszulassen, jetzt, da sie sie erwischt hatte.

»Machen wir hier keine Szene«, sagte Wren leise, als spräche er mit einem Kind. Als hätten sie nicht eben eine Szene gehabt, und eine ziemlich schreckliche dazu. Als hätte er nicht vier Soldaten befohlen, ihre Waffen auf sie zu richten. *Als hätte er die Kontrolle über sie.*

Überraschenderweise ließ Ripley den Mann los und trat einen Schritt zurück. Sie stand abseits, als wolle sie zeigen, daß sie zu niemandem gehöre und nur sich selbst verpflichtet sei. Sie zeigte mit der Hand auf den knienden Johner und sagte beiläufig: »Er … stinkt.«

Und als sei das eine vollkommen plausible Erklärung für das, was sie getan hatte, nickte Wren.

Johner bekam wieder genug Luft, um zu sprechen. »Was zum Teufel bist du?« Er schluchzte vor Schmerzen.

Ripley sah ihn verächtlich an und betrachtete dann die

anderen mit halb geschlossenen Lidern. Ohne ein Wort zu sagen, wischte sie sich den Tropfen Blut ab, der ihre Oberlippe herunterlief. Dieser Tropfen war ihr mittlerweile wahrscheinlich genauso egal wie alle Anwesenden, die *Betty*-Crew, die Soldaten, ihre Waffen, Wren und Gediman zusammen ... Call sah, wie der Tropfen Blut auf dem Boden landete ...

Als wäre ihr plötzlich alles zu langweilig geworden, hob Ripley den Basketball auf, der inzwischen weit vom Korb entfernt lag. Sie zielte kurz, warf – und sah zu, wie er durch die Luft segelte und schließlich im Korb landete. Dann drehte sie sich um und ging hinaus.

Wren gab den Soldaten ein Zeichen, auf das hin sie ihre Waffen senkten. Sie hörte, wie er zu Gediman sagte: »Sie hat schon etwas von einem Raubtier, nicht wahr?«

Er bewundert sie deswegen, dachte Call.

Gediman war noch immer nervös wie ein Rennpferd. Er trat von einem Fuß auf den anderen und murmelte: »Na ja, dieser Kerl ... stinkt wirklich.«

Die beiden Wissenschaftler und die Soldaten verließen ebenfalls die Messe. Der Rest der *Betty*-Crew konnte ihre lädierten Kameraden aufsammeln. Call führte Christie zu einer Bank, während Hillard Johner aufhalf. Keinem von ihnen war jetzt noch groß nach Essen zumute.

Call sah zu der Tür, durch die Ripley verschwunden war. Dabei fiel ihr Blick auf den kleinen Tropfen Blut, den Ripley auf den Boden hatte fallen lassen.

Ein winziges Rauchwölkchen stieg von dem Fleck hoch. Darunter warf der Boden Blasen ...

Als sich die Nacht auf die *Auriga* senkte, suchten sich die Crews der beiden Schiffe verschiedene Möglichkeiten der Zerstreuung – gefahrlose Möglichkeiten.

In der Kabine, die man ihr zugewiesen hatte, lag Hillard nackt auf ihrer Koje, mit einem zufriedenen Ausdruck auf dem Gesicht. Sie seufzte wohlig und genoß die Gefühle, die durch ihren Körper strömten. Noch schmerzte ihr Körper von der Attacke in der Messe, aber das hier machte alles wieder gut. Sie verdiente es und wollte jede Sekunde genießen.

Über die Schulter hinweg lächelte sie dem Mann zu, der ihr dieses intime und intensive Vergnügen bereitete.

Elgyn lächelte ebenfalls, während er seiner Geliebten die müden, schmerzenden Füße massierte.

General Perez saß in seinem Quartier und putzte seine Stiefel. Er machte es eigenhändig, genau den Vorschriften entsprechend. Zunächst wachste er sie, wobei er das Wachs nach und nach mit einem Handlaser schmolz. Dann trug er es in einer feinen Schicht auf das Leder auf. Zuletzt polierte er sie von Hand, bis man sich fast darin spiegeln konnte. Für ihn war es eine Art Zen-Aufgabe: es beschäftigte den Körper, während sich der Geist entspannte. Und es verschaffte ihm die Zeit, über die Zukunft seines Projekts zu sinnieren.

In den Lagerräumen des Schiffs rollte Vriess durch endlose Gänge, an endlosen Regalreihen vorbei, die mit genau beschrifteten und kategorisierten Ersatzteilen vollgestopft waren. Tausende von Teilen, abertausende. Ein Mechanikertraum. Und alles war neu, brandneu. High-End-Zeug, perfekt, auf dem neuesten Standard. Für General Perez gab es nur das Beste. Auf Vriess' Schoß stapelten sich bereits Kabel, kleinere Ersatzteile, Schaltkreise. Er blieb vor einer Kiste mit Dioden stehen, nahm sich eine Schachtel und rollte dann weiter. Plötzlich blieb er stehen, rollte noch einmal zurück und schnappte sich eine zweite Schachtel. Bevor er weiterfuhr, sah er mit schuldbewußtem Blick um sich.

Im Wohnzimmer eines Wohntrakts lümmelten sich Christie, Call und Johner vor einem Videobildschirm und reichten Johners Thermoskanne mit Schwarzgebranntem untereinander weiter. Nach der Schlägerei am Nachmittag war ihnen allen nicht sehr nach Unterhaltung zumute. Es überraschte Call, daß die beiden Männer ihr keineswegs übelzunehmen schienen, daß sie ihnen nicht geholfen hatte, aber schließlich war sie die Neue, und sie wirkte nicht sehr kräftig. Außerdem hatte auch Vriess nicht mitgemischt, und nur ein Narr würde denken, daß er sich nicht wehren konnte.

Abgesehen von Call waren die anderen schon seit ewigen Zeiten zusammen. Vriess redete nicht gerne darüber, aber einmal hatte er angedeutet, daß sie alle Söldner gewesen waren, damals – bevor Vriess gelähmt wurde.

Auf dem Bildschirm tauchte das neueste Modell eines chromblitzenden Revolvers auf. Er wurde von allen Seiten gezeigt, so daß sich der Zuschauer von der Qualität der Waffe überzeugen konnte. Die technischen Daten standen daneben. Die Waffe war so modern, dachte Call, daß sie sich wahrscheinlich von selbst laden konnte. Dieses Schmuckstück kann schon bald ihnen gehören, verkündete ein Moderator. *Allerdings für so viele Credits, daß man sich fast ein neues Raumschiff dafür kaufen konnte.*

Johner reichte ihr die Thermoskanne, ohne seinen Blick vom Bildschirm zu wenden. Call schüttete sich noch einen Schluck des tödlichen Gebräus in ihr Glas.

Jeder entspannte sich auf seine Weise.

Gediman arbeitete allein in der verbotenen Zone. Er ging in den drehbaren Beobachtungsraum. Von hier aus konnte er in aller Ruhe die Entwicklung der eingepflanzten Aliens beobachten. Er gestattete sich nicht, über die Schläfer in ihren Röhren nachzudenken, und über die Gesichtsklammerer, die an ihnen klebten. Das gehörte nicht zu seinen Aufgaben. Er war Wissenschaftler, er hatte eine Mission zu erfüllen, und seine Aufgabe bestand hier und jetzt darin, die sich entwickelnden Aliens zu beobachten, die bereits geboren waren.

Schade nur, daß sie so wenig historische Informationen hatten. Gediman hielt es für eine wissenschaftliche Tragödie, daß sie nicht mehr auf dem Planeten LV-426 landen konnten, auf dem die Crew der *Nostromo* die ersten Aliens entdeckt hatte. Welch einen Reichtum an Informationen hätte man dort vorgefunden! Aber das gestrandete Schiff mit seiner Fracht von Tausenden von Eiern war zerstört worden, als der Nuklearreaktor eines beschädigten Atmosphärenwandlers explodierte. Zurückgeblieben war nichts als radioaktiver Abfall und ein neunzehn Megahektor großer Krater. LV-426 würde nie wieder bewohnbar sein.

Zusammen mit einigen anderen war es Ripley gelungen, LV-426 vor der Explosion zu verlassen, doch nach einem Schaden an ihrem Schiff hatten sie auf Fiorina 161 notlanden müssen. Dort war ein einzelnes Krieger-Alien aufgetaucht, das auf die Königin wartete, die Ripley, ohne es zu wissen, in sich trug. Aber dieser Krieger war getötet worden. Ripley hatte Selbstmord begangen, um zu verhindern, daß die Königin in ihr überlebte.

Dies hätte das Ende des menschlichen Kontakts mit der Rasse der Aliens sein können, zumal alle militärischen und privaten Versuche, den Ursprungsplaneten der Aliens zu entdecken, fehlgeschlagen waren. Umsonst hatte man Hunderte von Welten untersucht. Das Geheimnis der nahezu vollkommenen Organismen war zusammen mit LV-426 untergegangen, bis zu dem Tag, an dem man die Blut- und Gewebeproben Ripleys auf Fiorina 161 entdeckt hatte.

Das war jetzt 25 Jahre her. Die ursprünglichen Proben hatten nur wenige Informationen preisgegeben, und sie wären zweimal fast zerstört worden. Doch vor zehn Jahren hatte Mason Wren, ein Militärwissenschaftler, das Potential gesehen, das in diesen Proben steckte, und hatte es irgendwie geschafft, einige sehr wichtige Leute von den Möglichkeiten neuer Waffentechnologien zu überzeugen. Seitdem war es sein Projekt. Doch erst in den letzten beiden Jahren hatte er es geschafft, daß man wirklich an seine Vision glaubte. Damals waren er und seine Mitarbeiter auf die *Auriga* gekommen. Plötzlich hatten sie alles nur Erdenkliche bekommen, um das Projekt voranzutreiben. Nachdem die geklonten Zellen aus den Proben zum erstenmal einen längeren Zeitraum überlebt hatten und sich entwickelten.

Und nun waren sie an diesem Punkt angelangt. Endlich stand eine konkrete Anwendung ihrer wissenschaftlichen Forschung kurz bevor. Aber es gab noch viel zu lernen. Geduldig beobachtete Gediman die Monitore, die ständig erneuerten Daten und die Spezies selbst.

Selbst die Wissenschaftler hatten sehr verblüfft darauf reagiert, nach welch kurzer Zeit einige der Embryos aus ihren glücklosen Wirten hervorgebrochen waren, ganz zu schweigen davon, mit welch rasanter Geschwindigkeit sie sich entwickelten. Wren war sich nicht sicher, ob dieses Tempo auf ihre Manipulationen zurückzuführen war oder ob es sich dabei um den natürlichen Ablauf dieses Prozesses handelte. Die existierenden Unterlagen hatten nur lückenhafte Aussagen zur Zeitspanne machen können, und die Zahl der ›Probanden‹ war letzten Endes zu klein, um Aussagen über Normen oder Trends machen zu können. Auf die meisten Embryos warteten sie ja noch …

Gediman ließ die Kammern an sich vorbeigleiten, bis er eine bestimmte erreicht hatte. Er fuhr seine Zelle bis dicht an das breite Sichtfenster der Kammer heran.

Im Inneren lagen zwei fast ausgewachsene Aliens. Es sah aus, als hielten sie eine Art Winterschlaf. Sie hatten sich auf dem Boden zusammengerollt und lagen völlig regungslos da. Er machte sich Notizen und überprüfte die Zeit. Plötzlich trat ein drittes Alien aus den Schatten heraus ans Fenster.

Unwillkürlich zuckte Gediman zusammen. Er hatte das Wesen überhaupt nicht bemerkt, bis es auf einmal aufgetaucht war. Es lauerte über ihm, dunkel, riesig, bösartig und vollkommen außerirdisch. Der bizarre, längliche Kopf, der lange, breite Schwanz, die sechsfingrigen Hände, das externe, silikonbeschichtete schwarze Skelett, die monströsen Dorsalhörner. Das Biest wuchs noch immer.

Du beobachtest mich also? dachte der Wissenschaftler. Es war ein gespenstisches Gefühl, von einem so riesigen Raubtier betrachtet zu werden – einem Raubtier ohne erkennbare Augen.

Aber du kannst auch so gut sehen, stimmt's? In diesem länglichen Kopf stecken hochempfindliche Sensoren, die auf Wärme, Vibration, Geräusche, Geruch und Bewegung reagieren – 360 Grad gespannter Aufmerksamkeit, alle bekannten Werte des Hörens und Sehens übertreffend. Ein erstaunliches Wesen.

Er warf einen Blick in die Hyperschlafröhre, in der dieser Mann namens Purvis lag, und erinnerte sich deutlich an den Ausdruck des Schreckens auf Purvis' Gesicht, als sich das Ei vor ihm geöffnet hatte. Er war wach gewesen. Dann hatte der Gesichtsklammerer ihn angesprungen, und er hatte sich verzweifelt gewehrt.

Er schüttelte das Bild ab. Purvis trug seinen Embryo noch in sich. Es hatte sich herausgestellt, daß der Mann an Schilddrüsenunterfunktion litt. Nichts Ernstes, aber das war der Grund dafür, daß sich sein Embryo langsamer entwickelte als die anderen.

Vergiß ihn. Nur weil du seinen Namen gelesen hast ... Vergiß alle. Es mußte getan werden. Jetzt bist du so weit gekommen. Sie sind da, und das ist nur der Anfang.

Das Alien beobachtete ihn weiterhin aufmerksam. Es war noch näher an das Fenster herangekommen. Auch Gediman trat von seiner Seite des Sichtfensters näher, als sei er magisch angezogen. Langsam kräuselten sich die dünnen Lippen des Alien, und es zeigte seine chromfarbenen Zähne. Es öffnete sein mächtiges Maul und schob langsam seine starre Zunge vor, als solle Gediman sie wissenschaftlich begutachten. Die Zunge verfügte über zusätzliche Zähne, und von ihrem Schaft tropfte klarer Speichel herab.

Gediman vergaß Purvis tatsächlich sofort, vergaß auch die Gesichtsklammerer und gab sich wie verzaubert diesem Anblick hin, den noch niemand gesehen hatte, ohne getötet zu werden. Plötzlich mußte er grinsen. »Ist das eine ausgefahrene externus lingua ... oder freust du dich nur, mich zu sehen?« murmelte er.

Er stützte sich mit einer Hand an der Konsole ab und kam so nahe an das speziell angefertigte, stahlharte, durchsichtige Plastik, das sie immer noch Glas nannten, heran, daß er mit der Stirn dagegenschlug und für einen kurzen Augenblick an der Scheibe klebte wie ein kleines Kind, das durch ein Schaufenster sieht.

Ohne Vorwarnung schoß die Zunge des Alien wie eine Peitsche heraus und schlug gegen das Glas, genau an seinem Auge. Gediman machte einen Satz zurück. Sein Herz pochte, seine Hände waren feucht. Ohne den Blick von dem Alien abzuwenden, ging er zur Hauptkonsole.

»Zeit für die erste Lektion, mein Kleiner«, sagte er und schlug mit der Hand auf einen großen roten Alarmknopf.

Augenblicklich stürzten Strahlen flüssigen Nitrogens auf das Alien herab. Sobald sich der Stoff mit der Luft verband, entwickelten sich Wolken aus Nitrogendampf. Das Monster kreischte entsetzt auf und taumelte in die Mitte des Käfigs zurück. Dabei trampelte es auf seine schlafenden Artgenossen, die erwachten und ebenfalls in Panik gerieten. Sie stimmten in das Gekreische und Gebrüll mit ein. Gediman ließ den Knopf los.

Der Krieger, der die Dusche abbekommen hatte, wandte seinen obszönen Kopf zu Gediman. Sein riesiger skorpionähnlicher Schwanz zuckte wild hin und her. Die beiden anderen wußten nicht so recht, was geschehen war, und zogen sich in eine Ecke zurück. Das erste Alien kam wieder auf das Sichtfenster zu, aber sofort legte Gediman wieder die Hand über den roten Knopf. Dann wartete er.

Das Monster hielt inne, genau wie Gediman.

Drohend streckte das Alien seine Zunge heraus, machte aber keinerlei Anstalten, näher an das Fenster heranzukommen.

Gediman nickte zufrieden. »So, so, du lernst also schnell, was?« Voller Genugtuung griff er nach seinem Notizbuch.

Der große Krieger stand zitternd in der kleinen, seltsamen Höhle. Er bebte vor Zorn. Dieses kleine weiche Opfer hat mir weh getan, es hat mich verbrannt! Wütend schlug er mit dem Schwanz, während er zusah, wie sein Opfer an verschiedenen Instrumenten herumspielte und Dinge tat, die dem Krieger nicht ganz klar waren. Er starrte auf den gefährlichen roten Punkt in der Nähe des Opfers. Daneben las er die Worte ›Alarm‹ und ›Vorsicht! Nitrogen-Düsen‹. Er beobachtete das kleine Wesen, auf dessen Kleidung der Name Gediman stand, dabei, wie es Worte in eine Vorrichtung schrieb. Das Opfer verströmte Genugtuung und Stolz, als habe es soeben seine wahre Bestimmung erkannt.

Nicht, daß es den Krieger besonders interessiert hätte. Für ihn hatte das Opfer nur eine einzige Funktion, die gleiche wie jede andere Spezies. Er zuckte mit dem Schwanz und streckte warnend seine Zunge heraus. Die Atmosphäre pfiff durch seine Dorsalröhren. Er haßte diese fremde Umgebung, er sehnte sich nach der dampfenden Wärme des Hortes, nach der Stärke und der Sicherheit seiner eigenen Art. Auch wenn zwei andere bei ihm waren, er litt darunter, allein zu sein. Es war Zeit, den Hort zu bauen. Zeit, sich mit den anderen Kriegern zusammenzutun und der Königin zu dienen. Deshalb existierte er.

Er beobachtete das Opfer und lernte alles über es, was er als Krieger wissen mußte.

Dieses Exemplar konnte er mit seinem Geruchssinn nicht erfassen, aber er roch andere seiner Art, deren Geruch durch die dünne Luft getragen wurde. Es handelte sich um warmblütige Sauerstoffatmer. Er konnte selbst durch die durchsichtige Barriere die Farbe des Atems wahrnehmen. Er sah die Farbe des Blutes, rot, durch die blassen Venen hindurch und konnte seine chemische Zusammensetzung analysieren. Er konnte sein Gewicht schätzen, seine Muskelmasse, seine Widerstandskraft. Er wußte, wie stark es war, oder besser, wie schwach. Er sah die Farben seiner Gefühle, wußte, ob es sich warm oder kalt fühlte, ob es Angst oder Schmerz empfand. Jetzt empfand es Angst vor dem Krieger – aber noch nicht genug. Besonders jetzt nicht, da es bewiesen hatte, daß es dem Krieger weh tun konnte. Das ›Gediman‹ zeigte die Farbe des Stolzes und der Zufriedenheit.

Ich werde mich an diese Farbe erinnern, wenn ich dich hole.

Und ich werde dich holen.

Der Körper des Gedimans würde Baumaterial für den Hort abgeben. Wenn er erst einmal dort gelagert war, würde der Krieger entscheiden, ob er als Nahrung für die Königin dienen sollte, als Wirt für ihre Jungen oder gar als Nahrung für die Jungen. Vielleicht würde Gediman ein Junges gebären und sogleich seine erste Mahlzeit werden.

Und da du mir weh getan und Freude daran gezeigt hast, werde ich mich für die Möglichkeit entscheiden, bei der du am längsten am Leben bleibst.

Der Krieger würde zusehen, wie der Stolz des Gedimans langsam dahinschmolz und mit ihm jedes Gefühl, das er kannte, bis nichts mehr übrig war als Furcht, eine alles andere überlagernde Furcht, wie sie Gediman noch nie verspürt hatte. Furcht machte einen erst zu einem guten Wirt, sie war eminent wichtig. Sie machte den Organismus aufnahmefähig, öffnete die Pfade für die Jungen, erlaubte ihnen, feste Wurzeln zu schlagen und zu wachsen. Dafür mußte sich der Wirt ihnen anpassen, und aus diesem Grund war Furcht so wichtig. Und wenn die Jungen ihren fremden Brutkasten verlassen hatten, dann hatten die letzten Wellen von Furcht und Schmerz das Fleisch des Wirtes so weich und zart gemacht, daß es den Jungen als Nahrung dienen konnte.

Der große Krieger zuckte mit dem Schwanz und übertrug alles, was er dachte, fühlte und plante, an seine Brüder und seine Königin. Seine Königin, seine Mutter, sandte ihr Einverständnis. Es würde bald geschehen. Der Krieger würde sich darum kümmern. Und dieses kleine Menschenwesen, dieses Gediman, würde der erste sein. Der erste Brutkasten. Die erste Nahrung. Und er würde es alles mitansehen. Dafür würde der Krieger ebenfalls sorgen.

Die Königin war einverstanden.

Im Wohntrakt sah Call, wie ein bizarr geformtes Schwert auf dem Bildschirm auftauchte. Langsam hatte sie die Nase voll von Videos und Alkohol. Mann, die Abende auf der *Betty* waren interessanter als das hier. Sie wollte aufstehen, fiel jedoch wieder nach hinten, als habe sie die Balance verloren.

Die beiden Männer kicherten amüsiert.

»Mein Gott, Johner«, sagte sie und kratzte sich am Kopf. »Was hast du in dieses Zeug nur reingetan? Batteriesäure?« Sie starrte in ihr leeres Glas, als wisse sie nicht mehr, wann sie es ausgetrunken hatte.

»Och, nur ein bißchen … wegen der Farbe«, sagte Johner entschuldigend. Dann platzten er und Christie schier vor Lachen und schlugen die Hände aufeinander.

»Ich hab' jedenfalls genug«, murmelte sie, hievte sich aus ihrem Stuhl hoch und wankte davon. Dabei pfiff sie die kleine Melodie, die sie mit Vriess eingeübt hatte, auch wenn sie dieses Mal etwas schief klang.

Als sie den Wohntrakt verlassen hatte und sicher sein konnte, daß niemand in der Nähe war, richtete sie sich plötzlich wieder auf und wirkte vollkommen nüchtern. Sie sah sich um und ging dann langsam den Flur hinunter. Dabei folgte sie einer Strecke, die sie vorher festgelegt hatte, bis sie vor der ersten Tür mit der Aufschrift ›Zutritt verboten‹ stand.

Von hier ab, das wußte sie, würde jede Tür zur Barriere. Sie wühlte in ihren Taschen und brachte einen Schlüsselring mit Dietrichen zum Vorschein. Daran befanden sich ein Dutzend Mikro-Spray-Kapseln, die sie zum größten Teil selbst gebaut hatte.

Sie sah über die Schulter, bis sie sicher sein konnte, daß sich niemand näherte. Dann begann sie, mit den Kapseln die Schlösser zu öffnen, eins nach dem anderen. Für manche mußte man in schneller Abfolge einen Code eingeben und zusätzlich die richtige Kombination von Sprühchemikalien in den Atemanalysator sprühen. Bei manchen reichte ein Sprüher aus der richtigen Kapsel. Es gab keines, das ihr widerstand.

Schließlich öffnete sich die letzte Tür lautlos vor ihr, gerade genug, damit sie ihren schlanken Körper hineinschieben konnte. Sie zögerte kurz und schloß dann die Tür hinter sich. Bis jetzt hatte sie keinen Alarm ausgelöst. Offenbar bewachten sie den Insassen dieser Zelle nicht mehr so streng wie am Anfang.

Das Viereck war klein und dunkel, und für einen Augenblick dachte Call, sie habe die falsche, eine unbewohnte Zelle erwischt. Hier gab es nichts – kein Waschbecken, keinen Trinkwasserspender, keine Toilette, nichts. Sie sah nur Schatten und von oben herabfallende Lichtstrahlen, die den kleinen Raum in kleinere Einheiten aufzuteilen schienen. Als sich ihre Augen an die Dunkelheit gewöhnt hatten, stellte sie fest, daß sie direkt vor der Sohle eines Trainingsschuhs kniete, der zu einem Bein gehörte, das aus der Ecke mit den dunkelsten Schatten herausragte. Der Insasse der Zelle lag zusammengekrümmt auf dem Boden. Offenbar hatte er sich ganz bewußt dort hingelegt, wo ein möglicher Beobachter von oben ihn nicht sehen konnte.

Langsam kroch Call auf die Gestalt im Schatten zu. Obwohl sie nahe war, konnte sie das Gesicht des Schläfers nicht erkennen. Call zwängte sich in das dunkel abgegrenzte Gebiet – manchmal war es doch von Nutzen, wenn man einen kleinen, kompakten Körper hatte. Die Finsternis umschloß sie vollkommen, so daß sie beide jetzt unsichtbar waren. Kaum hatte sie sich verborgen, als ein Schatten hoch über ihr hinwegglitt.

Es war ein Wachtposten, der seine Runde über den Zellen drehte und dessen Stiefel für einen kurzen Augenblick über dem Gitter in der Decke sichtbar waren. Call hielt den Atem an.

Schließlich hörte sie seine Schritte nicht mehr. Call drehte sich zu der schlafenden Frau, voller Angst, daß sie die Frau aufwecken könnte, doch diese schlief weiter. Das braune Haar fiel ihr ins Gesicht, und ihr Atem hob und senkte sich gleichmäßig. Menschlich eben. Die Arme der Frau waren über ihrem Bauch verschränkt, als bewache sie etwas dort drinnen, oder als habe sie Schmerzen. Selbst im Schlaf wirkten ihre strengen, aber attraktiven Züge sorgenvoll. Vielleicht träumte sie schlecht …

Du bist hierher gekommen, um einen Job zu erledigen, dachte Call und versuchte, das Gefühl von Mitleid zu unterdrükken. *Also, dann tu es auch. Nur weil sie aussieht wie …*

Call, die Attentäterin, streckte lautlos ihre rechte Hand aus, und das im Ärmel verborgene Stilett glitt hinein. Auf einen Knopfdruck fuhr die Klinge aus. Die silbern glänzende Waffe war fast dreißig Zentimeter lang, mit einer tödlichen Spitze. Waffen mit Kugeln waren etwas für Feiglinge. Call arbeitete lieber aus der Nähe, ohne Geräusche.

Sie duckte sich und hob langsam und ohne zu zittern die Hand. *Hör auf, sie anzustarren. Tu endlich das, weswegen du gekommen bist.*

Sie mußte schlucken. Ein schneller Stich ins Herz, und das war es. Ripley würde es gar nicht merken. Es war das Beste, was sie für sie tun konnte.

Plötzlich bewegte sich die Frau im Schlaf. Call erstarrte. Der Kopf der Frau fiel etwas nach hinten. Ihr langer schlanker Hals lag frei. Ein Teil der Schnürung ihrer braunen enganliegenden Weste hatte sich gelockert. Selbst in den Schatten erkannte Call die bleiche Haut ihrer Brüste und ihres Bauchs.

Call zog die Öffnung mit dem Stilett noch etwas weiter auseinander. Verwirrt starrte sie auf die Narbe. *Eine Narbe?*

O nein!

»Und?« fragte die Frau leise.

Call zuckte zusammen und rutschte etwas zurück. Fast hätte sie ihr Messer fallen lassen.

»Willst du mich jetzt umbringen, oder was?« fragte Ripley mit ihrer wie üblich flachen, tonlosen Stimme.

Call preßte die Lippen zusammen. »Es hat doch gar keinen Sinn mehr, oder?« Mit einer schnellen Bewegung ihres Handgelenks ließ sie die eingefahrene Klinge wieder in ihrem Ärmel verschwinden, so geräuschlos, wie sie das Messer herausgeholt hatte. »Sie haben es doch bereits herausgenommen. O mein Gott ... ist es hier? Hier an Bord?« Sie fröstelte. Noch konnte sie nicht begreifen, daß sie wirklich zu spät gekommen sein sollte.

Zu spät.

Ripley lächelte grimmig. »Du meinst *mein Baby?*«

Call schüttelte den Kopf. Wie bizarr ihr Gespräch mit dieser Frau war, fiel ihr kaum auf. »Das verstehe ich nicht. Wenn sie es haben, warum behalten sie dann dich?«

Ein Schulterzucken. »Sie sind neugierig. Ich bin der letzte Schrei.«

Eine Welle ohnmächtigen Zorns spülte über Call hinweg. Sie hatte nicht damit gerechnet, zu spät zu kommen. Dann zwang sie sich, nicht mehr daran zu denken. Sie sah die Frau an, die vor ihr im Dunklen lag, ließ das Stilett wieder in ihre Hand gleiten, fuhr die Klinge aus und zeigte die Waffe Ripley.

Mit sanfter Stimme bot sie ihr ein Geschenk an. »Ich kann dafür sorgen, daß alles aufhört. Der Schmerz ... dieser Alptraum. Das ist alles, was ich dir anbieten kann.« *Du verdienst etwas Besseres.*

Ripleys Blick wurde etwas offener, und Call entdeckte eine solch unaussprechliche Trauer darin, daß es ihr die

Kehle zuschnürte. Ohne zu antworten, hielt Ripley die Hand hoch und legte sie an die Messerspitze.

»Wieso glaubst du, daß ich dir das erlauben würde?« murmelte sie.

Dann preßte sie ihre Hand gegen die Spitze des Stiletts, bis es in ihr Fleisch drang und am anderen Ende wieder herauskam. Sie hörte erst auf, als die Klinge gute fünf Zentimeter aus ihrem Handrücken ragte.

Call sah sie mit offenem Mund und aufgerissenen Augen an, so wie in der Messe. »Wer bist du?« flüsterte sie und starrte auf die durchbohrte Hand, sah, wie ein dünnes Rinnsal Blut aus der Wunde lief, sah das ausdruckslose Gesicht der Frau.

Mit flacher Stimme antwortete sie: »Ripley, Ellen, Lieutenant, First Class. Nummer 5-1-5-6-1-7-0.«

Call konnte nur mit dem Kopf schütteln. »Ellen Ripley ist vor über zweihundert Jahren gestorben.«

Die Information schien eine Regung auszulösen. Auf Ripleys Gesicht spiegelte sich so etwas wie milde Überraschung. Sie zog sich das Messer aus der Hand und lächelte dabei etwas schief, als habe es doch *ein bißchen* weh getan.

»Ich habe Morse gelesen«, sagte Call heftig. »Ich habe alle verbotenen Geschichtswerke studiert. Ellen Ripley hat ihr Leben geopfert, um uns vor dem Monster zu schützen. Du bist nicht sie.«

Die Frau namens Ripley schaute an Call vorbei zu einem Punkt in der Ferne, den nur sie erkennen konnte. »Ich bin nicht sie? Und wer bin ich dann?«

Gute Frage. Entsetzt beobachtete Call, wie die Klinge des Messers zischte und qualmte, wie sie vor ihren Augen zusammenschmolz, bis nur noch ein scharfkantiger, dunkler Stummel übrigblieb. Das war Ripleys Antwort. Call hielt ihr den Stahl hin. »Das bist du. Ein Ding. Eine Testkonstruktion, ein Klon. Sie haben dich in einem beschissenen Labor gezüchtet.«

»Aber nur Gott kann einen Baum machen«, entgegnete Ripley in einem Anflug schwarzen Humors.

Call spürte eine plötzliche Sehnsucht, diesen Doppelgänger, diesen Schatten Ripleys zu verstehen. »Und jetzt haben sie das wilde Tier in dir hervorgelockt.«

Wieder diese Traurigkeit, dieser Seelenschmerz. Eine Qual, die Call nur erahnen konnte. »Nicht ganz.«

Call verstand sie nicht. »Was?« Ripley sah sie an, ließ zu, daß sie ihr in die Augen schaute. Ihr Blick schien sie zu verbrennen, so wie ihr säurehaltiges Blut Calls Messer verbrannt hatte. »Es ist in meinem Kopf«, flüsterte die Frau. »Hinter meinen Augen.« Zum erstenmal klang sie wirklich menschlich, verletzbar.

»Dann hilf mir! Wenn noch irgend etwas Menschliches in dir ist, dann hilf mir, sie aufzuhalten, bevor dieses Ding ausbricht.«

Die Verzweiflung der Frau kannte keine Grenzen. »Es ist zu spät.«

Zunächst verstand Call sie falsch. Zu spät für mich? Plötzlich wurde ihr bewußt, daß sie wehrlos in der Dunkelheit hockte, nur Zentimeter entfernt von diesem … diesem … Call wußte nicht, wie sie die Frau nennen sollte. Ein Raubtier, das sie wahrscheinlich mit einer Hand töten konnte, ohne daß sie eine Chance gehabt hätte. Ihr Messer nützte ihr ja wohl nichts mehr …

Als Ripley ihre Hand hob, zuckte die jüngere Frau zusammen. Einen Moment lang hielt Ripley inne, dann strich sie Call über die Stirn, strich eine Haarsträhne beiseite. Es war eine sanfte, beinahe sinnliche Geste, so wie eine Mutter ihr Kind streichelt, wenn sie Trost spendet oder schaut, ob alles in Ordnung ist.

»Ich habe mich mit dem Gedanken abgefunden«, murmelte Ripley, und Call erkannte, daß sie das Monster meinte, das sie geboren hatte. Daß dieses Wesen lebte. Daß sie eine neue Plage über die Menschen bringen würde. »Es ist unausweichlich.«

Call machte ein ernstes Gesicht. »Nicht, solange ich da bin.« Ihr war klar, wie albern sich das anhören mußte. Sie haßte ihre kleine, zierliche Gestalt, ihre weiche, perlende Stimme. Nicht zum erstenmal wünschte sie sich, so gebaut zu sein wie Christie.

»Du kommst hier nicht mehr lebendig raus«, sagte Ripley traurig, als müsse sie einem dummen Kind etwas genau erklären.

Call hörte das Zittern in ihrer Stimme, als sie entgegnete: »Das glaube ich nicht, verdammt noch mal.«

Amüsiert hob Ripley eine Augenbraue. »Ach ja?«

Mit blitzartiger Geschwindigkeit schoß Ripleys Hand nach vorn. Sie packte Call beim Hals, die sofort keine Luft mehr bekam. Instinktiv holte Call mit der geschmolzenen Klinge ihres Messers aus, aber die engen Wände und ihre eigene Furcht behinderten sie.

Ripley schlug ihren Arm auf den Boden und kauerte über ihr. Call mußte gegen ihre Panik ankämpfen, versuchte ruhig zu bleiben. Die Augen des Raubtiers über ihr funkelten. Dann sagte Ripley traurig: »Ich kann es aufhalten.«

Call glaubte sich schluchzen zu hören. Sie wußte, daß man den Schrecken auf ihrem Gesicht ablesen konnte. Sie winselte mit den Augen um Gnade.

So plötzlich, wie Ripley sie gepackt hatte, ließ sie Call auch wieder los. Die Frau wich zurück und rollte sich in der Ecke wieder zusammen wie ein Fötus, verkroch sich so tief in den Schatten wie möglich.

Was machst du? Warum versteckst du dich überhaupt? Was glaubst du, wollen sie von dir? Kein Wunder, daß diese Zelle vollkommen leer war. Wenn es eine Pritsche gegeben hätte, dann hättest du dich auch noch darunter versteckt. Findest du wirklich eine Art Frieden und Sicherheit, wenn du dich zu einem kleinen Ball zusammenrollst und in die Ecke zwängst? Ist es eine längst vergessene, jahrhundertealte Kindheitserinnerung?

»Geh«, befahl ihr Ripley. Ihre Stimme klang vollkommen leer. »Verschwinde hier. Sie suchen dich schon.«

Call wich vor ihr zurück. Sie hatte Angst, daß Ripley es sich anders überlegen könnte. Ob sie aus diesem Raum lebendig wieder herauskam, lag einzig und allein in der Hand dieser Frau. Als sie merkte, daß Ripley sie gehen ließ, ergriff eine neue Furcht von ihr Besitz – von den Wachen entdeckt zu werden. Völlig kopflos krabbelte sie zur Tür, heftig nach Atem ringend.

Sie hatte all das vergessen, weswegen sie gekommen war. Jetzt ging es ihr nur noch darum, sich selbst zu retten. Call wunderte sich, wie stark dieser Überlebensinstinkt sie vorantrieb. Sie hantierte an der Tür herum, fand den Mechanismus und drückte sie auf.

Sie rannte davon und vergaß bei ihrer wilden Flucht jede Vorsicht. Aber kaum hatte sie die Zelle verlassen, als etwas Kaltes, Metallisches ihren Nacken traf. Noch bevor sie sich wehren konnte, wurde sie von einem Elektroschock getroffen, der ihr die Haut versengte, ihre Nerven briet und wie ein Blitz durch ihren ganzen Körper fuhr.

Sie stieß einen Schrei aus, und während alles um sie herum dunkel wurde, sackte sie gelähmt zusammen.

Mit einem selbstzufriedenen Grinsen beobachtete Wren, wie die zierliche, dunkelhaarige Frau zu Boden stürzte. Zwei Soldaten packten sie unter den Armen und zogen sie davon. *Was glaubst du, wer du bist, dich in ein Top-Secret-Forschungsprojekt einzumischen?* dachte er. *Hast du wirklich geglaubt, du könntest etwas ausrichten?*

Er war so außer sich vor Zorn, daß er den Soldaten fast dankbar war. Ihre Anwesenheit schützte ihn davor, seine professionelle Haltung aufzugeben. Call schüttelte benommen den Kopf, während sie langsam wieder klar wurde. »Sie werden noch merken, daß dies eine äußerst unüberlegte Tat war«, herrschte er sie an.

»Wo sind ihre Freunde?« fragte er einen der Soldaten.

»Soweit wir wissen, Sir, halten sie sich alle in ihren Quartieren auf.«

»Schlagen Sie Alarm«, befahl Wren. »Und bringen Sie die Bande her – sofort!«

Ripley rollte sich in ihrer dunklen Ecke zusammen und starrte in die Finsternis. Sie versuchte, die Worte der jungen Frau nicht zu nahe an sich herankommen zu lassen. Sie war entsetzlich müde, aber sie wagte nicht zu schlafen.

Ich will nicht schlafen, sagte eine kleine dünne Stimme in ihrem Kopf. Ich habe böse Träume.

Wer hatte das gesagt? Ripley wußte es nicht mehr, aber die Erinnerung daran tat weh.

Sie konnte nicht schlafen ... sie hatte Angst, sie könnten sie im Schlaf berühren. Im Schlaf war ihr Geist ungeschützt, und dann kamen sie an die Oberfläche, die Monster, die echten Ungeheuer. Sie bewegten sich, atmeten brodelnd ... und sie schmiedeten Pläne, träumten und warteten ...

Ein Schauder lief durch ihren Körper.

Sie waren ein perfekter Organismus, der nur ein Ziel kannte. Und diese Frau, diese kleine junge Frau, sie konnte das nicht verstehen.

Ihre strukturelle Perfektion wird nur noch von ihrer Feindseligkeit übertroffen.

Ripley konnte sich nicht erinnern, wer das zu ihr gesagt hatte oder wann, aber sie erinnerte sich an den Satz. Er erfüllte sie mit einem überwältigenden Gefühl der Trauer. Der Eifer der idealistischen jungen Frau, ihr Enthusiasmus bedrückten sie noch mehr. Denn Ripley hatte in den Augen der Frau gesehen, was sie von ihr hielt. Was das Schicksal und ein unbarmherziges Universum aus ihr gemacht hatten.

Und was hat das Schicksal nun aus mir gemacht? fragte sie sich deprimiert. Sie wußte es nicht. Hatte es wieder Ellen Ripley aus ihr gemacht, wie ihr ein Teil ihres verwirrten Geistes weismachen wollte, oder hatte es sie zu einem Kollaborateur gemacht, einem Wechselbalg, genau so grotesk wie ... wie ...

Ich ziehe es vor, als künstliche Person bezeichnet zu werden.

Sie betrachtete die schnell heilende Wunde auf ihrer Hand. Von dem Messerstich war nicht mehr viel zu sehen.

Schließlich überwältigte die Stille sie. Ihre Augen schlossen sich, ihr Körper entspannte sich, und sie glitt in die fremde Welt des Schlafs. Und dann kam es ... das, was auf sie gewartet hatte, hinter ihren Augen ...

Ihre Sehnsucht nach der dampfenden Wärme des Horts, nach der Stärke und Sicherheit ihrer eigenen Art. Sie litt darunter, allein zu sein. Nur im Schlaf konnte sie mit ihnen zusammenkommen, sich unter sie mischen. Es war an der Zeit, den Hort zu bauen. Zeit, sich den anderen Kriegern anzuschließen und der Königin zu dienen. Das war ihr Lebenszweck.

Die Kriegerin zuckte mit ihrem Schwanz und gab alles, was sie dachte, fühlte und plante, an ihre Königin weiter. Und die Königin sandte ihre Liebe und ihr Einverständnis an die Kriegerin zurück. Die Königin würde sich darum kümmern, und die Kriegerin würde dafür sorgen, daß es so geschah. Und diese menschliche Muschel, diese Ripley, sie würde die Mutter von ihnen allen werden. Der erste Brutkasten, der erste Krieger. Und sie würde alles mit ansehen, würde das Glück mit ihnen teilen. Dafür würde die Königin sorgen, denn Ripley war der Grundstock des Hauses. Die Ernährerin des Horts. Die Begründerin der Neugeborenen.

Hilflos zuckte Ripley im Schlaf hin und her. Sie gab leise Laute des Schmerzes und des Protests von sich. Die Königin teilte ihre Träume und hieß sie gut.

7

Christie war gerade im Begriff, Johner mitzuteilen, daß er endgültig genug von seinem schrecklichen Fusel und seiner Gesellschaft habe, als plötzlich die Türen ihres Wohntrakts aufgerissen wurden. Er und Johner sprangen auf, während vier Soldaten in den Raum stürmten. Noch bevor einer von ihnen irgend etwas machen konnte, starrten sie in die Mündungen von vier geladenen und entsicherten Gewehren. Die beiden Männer von der *Betty* tauschten einen schnellen Blick aus. Johner drückte instinktiv seine Thermoskanne an sich.

»Was gibt's für ein Problem?« fragte Christie und achtete darauf, keine plötzliche Bewegung zu machen. Er hielt die Hände an den Seiten, weg vom Körper. Niemand sollte hier irgendeinen Fehler machen.

»Sir«, sagte einer der Soldaten mit einer Höflichkeit, die der Situation nicht angemessen schien, »kommen Sie beide bitte mit uns. Sofort.«

Nun, ich schätze, das werden wir, dachte Christie und nickte Johner kurz zu.

»Sir«, wiederholte der Soldat. »Sofort.«

Christie sah den Mann an, auf dessen Helm der Name Distephano eingestanzt war. »Sicher, Mann, wir kommen. Kein Problem, stimmt's, Johner?« Vorsichtig legte Christie die Hände auf den Rücken und faltete sie zusammen.

»Ganz recht«, murmelte Johner.

Sie wurden in die Messe gebracht, die hell beleuchtet war. Kurz darauf führten andere Soldaten Hillard und Elgyn herein. Elgyn hatte sich offenbar in aller Eile anziehen müssen, denn er war noch immer damit beschäftigt, seine Kleider zu ordnen. Er sah zu Christie hinüber, Hillard ebenfalls. Niemand sagte etwas.

Plötzlich wurde Call in den Raum gestoßen. Sie schien benommen und massierte sich den Nacken. Doktor Wren kam zusammen mit den Soldaten, die Call bewachten. Immer wieder bedachte er die kleine Mechanikerin mit wütenden Blicken.

Sie haben sie betäubt, dachte Christie besorgt. *Was, zum Teufel, hat dieses kleine Mädchen vorgehabt? Und wo ist Vriess?*

Elgyn hörte auf, an seinen Sachen herumzunesteln. Er sah Wren in die Augen. »Was geht hier vor, verdammt noch mal?«

»Sieht aus, als wolle man uns reinlegen, Boß«, sagte Christie laut. Er wollte Elgyn signalisieren, daß er vollkommen klar war. Er hatte stundenlang mit Johner getrunken, aber beide waren es gewohnt, mit einem Alkoholpegel zu arbeiten, der andere Männer umgehauen hätte. Auch wußte er, daß Elgyn sich bereits fragte, ob er sich in dieser Situation auf ihre Reaktionen verlassen konnte. Christie versuchte, sich durch Vriess' Abwesenheit nicht verunsichern zu lassen. Hielten sie ihn irgendwo als eine Art Geisel fest?

Wren sah um sich und fragte Elgyn: »Wo ist der andere? Der in dem Stuhl?«

Nun, wenn er es nicht weiß, dann ist Vriess noch frei, dachte Christie erleichtert.

Er hörte, wie Johner Distephano anknurrte: »Nimm deine verdammten Hände von mir.« Seine Stimme klang undeutlich, leicht lallend. Christie fragte sich, ob Johner nicht doch zuviel gesoffen hatte.

»Doktor«, sagte Elgyn mit ruhiger Stimme. »Unterhalten wir uns. Was geht hier vor?«

Wrens Antwort schien keinen Sinn zu ergeben. »Entweder verratet ihr mir jetzt sofort, für wen ihr arbeitet, oder ihr werdet die Antwort herausbrüllen, sobald der Morgen kommt.«

Was? dachte Christie. *Als wir hierher kamen, haben wir für dich gearbeitet, du blöder Wichser. Ansonsten arbeiten wir für uns – und keinen anderen.* Er tauschte einen vielsagenden Blick mit Elgyn aus.

Plötzlich trat Call mit versteinerter Miene vor. »Wren, die anderen haben nichts damit zu tun.«

Es geht um Call? Wie, zum Teufel, soll denn ein kleines Mädchen dieser hochgerüsteten Militärstation schaden können?

Hillard sah Call an. »Womit zu tun?«

Elgyn hob beruhigend die Hände. »Also, keine Aufregung, Leute. Wir können darüber reden. Kein Grund, sich aufzuregen.«

Christie spannte seine Muskeln an, als er hörte, wie Elgyn die Losung nannte. Er hatte die Hände noch immer hinter dem Rücken. Lautlos glitten zwei Revolver aus seinen Ärmeln in seine Hände. Vorsichtig umschloß er die Griffe. Ein vertrautes, gutes Gefühl.

Wren schäumte weiter. »Kennt ihr die Strafen für terroristische Aktivitäten?«

»Terroristen?« murmelte Johner.

Mist, dachte Christie, *vielleicht hat Johner doch zuviel intus. Wenn er wirklich weggetreten ist … zu langsam reagiert … dann stecken wir wirklich tief drin.*

Endlich zeigte auch Elgyn eine heftigere Reaktion. »In meiner Crew gibt es keine verdammten Terroristen.« Wütend wandte er sich an die einzige Person, die zu wissen schien, um was es eigentlich ging. »Call, was ist hier los?«

Aber noch bevor sie antworten konnte, ergriff Wren wieder das Wort. »Es ist mir scheißegal, ob ihr mit drinsteckt oder nicht. Ihr habt eine subversive Person an Bord eines Militärschiffs gebracht, und was mich betrifft, werdet ihr mit ihr zusammen braten. Habt ihr mich verstanden?«

Elgyn richtete sich auf, und er sah Wren direkt ins Gesicht. »Das haben wir.« Dann wanderte sein Blick an dem Doktor vorbei. »Christie?«

Der Angesprochene rührte sich nicht und stand unbeweglich wie eine Statue da. Aber er hatte zugehört.

Noch bevor irgend jemand reagieren konnte, hatte Christie die Waffen hinter seinem Rücken hervorgezogen. Während er sich drehte wie ein Geschützturm in der Schlacht, feuerte er die ersten Schüsse ab. Obwohl er sich so schnell bewegte, traf er genau. Vier der Soldaten sanken nacheinander zu Boden, genau ins Herz getroffen. Auch wenn die anderen Crewmitglieder so gefährlich nahe bei den Soldaten gestanden hatten, wurde keiner von ihnen auch nur von einer Kugel gestreift.

Die Wucht der Geschosse, die die Soldaten aus solch kurzer Distanz getroffen hatten, schleuderte sie nach hinten. Blut, Gewebe und Knochenteile spritzten aus den Wunden, auf die Wände, Tische, Stühle und auf die Menschen. Schließlich sackten sie zu Boden, aber noch in diesem Augenblick reagierte ein anderer Soldat. Er hatte hinter Christie gestanden, trat nun neben ihn und richtete seine Waffe auf den großen Mann.

Christie sah ihn nicht einmal an. Er riß einfach den Arm hoch, zielte aus den Augenwinkeln und drückte ab. Der Soldat wurde nach hinten geschleudert und war tot, noch bevor er den Abzugsfinger krümmen konnte.

Ein Soldat, der in der Nähe des Eingangs geblieben war, stieß einen Schlachtruf aus und stürmte wild um sich schießend vorwärts.

Christie tauchte aus der Schußlinie, aber die Schüsse und ihre Querschläger wirbelten gefährlich nahe um den langsamer reagierenden Johner herum. Fast sah es aus, als führe er einen komischen Tanz auf, während er sich bemühte, den Deckel seiner Thermoskanne abzuschrauben. Wie durch ein Wunder entging er dabei den ziellos abgefeuerten Schüssen. Doch dann traf ein Schuß dort, wo es Johner am meisten weh tat – in die Thermoskanne mit seinem Selbstgebrannten! Die Kugel durchlöcherte den oberen Teil des Metallbehälters.

Entgeistert sah Johner, daß die Kugel das fertiggebracht hatte, was ihm nicht gelungen war. Sie hatte den Deckel der Kanne gelöst, so daß der darin verborgene Revolver in Johners Hand glitt. Er hatte kaum Zeit zu zielen – der Deckel hing noch am Ende des Laufs – und schoß einfach blindlings auf den Soldaten. Der Deckel explodierte mit einem lauten Knall.

Doch er hatte getroffen. Der Soldat schrie auf, fiel auf den Rücken und rutschte auf dem Boden weiter, so wie Johner am Nachmittag. Nur daß der dabei lebendig gewesen war.

Elgyn hielt den toten Soldaten auf, indem er ihm den Fuß

in den Weg stellte und seinen Helm blockierte, so beiläufig, als stoppe er einen Fußball.

Aber dann hörte Christie ein ominöses Klicken. Jemand stand hinter ihm.

»Stop!« brüllte eine männliche Stimme in sein Ohr.

Christie sah nach hinten. Er erkannte den glatten Lauf einer beeindruckenden Waffe, die auf seinen Kopf gerichtet war.

»Laßt eure Waffen fallen«, befahl der Soldat ihm und Johner. »Oder ich puste ihm den Kopf weg.«

Alle verharrten regungslos. Christie sah, wie Johner hämisch grinste, häßlich wie nie. Die zerborstenen Überreste der Thermoskanne qualmten. Johners Hand mußte ganz schön verbrannt sein.

Meine Waffen fallen zu lassen ist gar nicht so einfach für mich, Junge, dachte Christie, während er ganz langsam die Arme hob. Er breitete die Hände aus, damit alle die Vorrichtung sahen, mit der die Revolver gehalten wurden. Im Grunde hatte er noch gar keine gute Möglichkeit gefunden, sich in Situationen wie dieser schnell von seinen Waffen trennen zu können. Vielleicht weil er geglaubt hatte, nie in eine solche Lage zu kommen.

Der Soldat, der Christie in Schach hielt, hatte nicht damit gerechnet, mit einer solchen Konstruktion konfrontiert zu werden. Aus den Augenwinkeln sah Christie, wie dem Mann der Schweiß das Gesicht herunterlief. Er zitterte vor Anspannung. Jetzt mußte Christie ganz vorsichtig sein. Sie alle mußten vorsichtig sein. Eine falsche Bewegung, und er war tot.

Christie richtete den Blick nach oben und suchte die Dekke ab. Er zielte mit dem Revolver auf eine der verstärkten Ecken. Dann bewegte er die Waffe, kaum merklich ... er zielte.

Er schoß und hörte das hohe Pfeifen der Kugel, als der von der Decke zurückprallende Querschläger in den Helm des Soldaten eindrang. Der Mann stürzte zu Boden wie ein gefällter Baum. Aus dem Loch in seinem Helm stieg Rauch auf.

Damit war nur noch ein Soldat übrig – und ein Doktor. Distephano und Wren. Christie lächelte, senkte die Arme und richtete seine Waffen auf sie.

Kaum war der erste Schuß abgefeuert worden, als im Beobachtungsraum Alarmglocken läuteten und Warnlichter aufblitzten. Gediman und seine Assistentin Carlyn Williamson wandten sich den Videomonitoren zu, von denen einer auch die Messe zeigte. Während sie schockiert zusahen, was dort geschah, meldete *Vaters* perfekt modulierte Stimme: »Notfall, Notfall. In der Messe findet ein bewaffneter Überfall auf Besatzungsmitglieder der *Auriga* statt.« Der Computer wiederholte die Meldung immer wieder, noch während sie zusahen, wie die bunt zusammengewürfelte Crew der *Betty* in wenigen Augenblicken mehr als ein halbes Dutzend gut ausgebildeter und bewaffneter Soldaten tötete.

Noch bevor Gediman ganz verstanden hatte, was da vor sich ging, war alles schon vorbei. Entsetzt sah er, wie ein riesiger schwarzer Mann Dr. Wren einen Revolver an die Schläfe drückte.

»Ach du Scheiße!« zischte Gediman hilflos.

Carlyn hauchte Wrens Namen und packte Gediman beim Arm. Sie wußten beide, daß sie nicht das geringste tun konnten. Nichts, außer der sich ihnen bietenden Szene entsetzt zuzuschauen.

Und was zum Teufel machen wir jetzt? dachte Elgyn, als eine plötzliche Ruhe eingekehrt war. Christie richtete noch immer seine Waffe auf den Kopf des Doktors, um ihn zur bestmöglichen Mitarbeit zu bewegen. *Wie zum Teufel kommen wir heil von diesem Kahn herunter? Indem wir Wren als Geisel nehmen? Hier wird es gleich von Soldaten nur so wimmeln.*

Johner, den die Ereignisse offenbar nüchtern gemacht hatten, entwaffnete den einzigen Soldaten, der überlebt hatte. Er hatte sogar den Namen auf seinem Helm entdeckt.

»Also, Distephano, ganz ruhig …«, murmelte er, während er die Waffe des Soldaten an sich nahm.

Kaum war Johner fertig, als Call sich davonmachen wollte. »Ich bringe die Sache jetzt zu Ende«, verkündete sie.

Welche Sache? Elgyn hatte noch immer keine Ahnung, was all das ausgelöst hatte. Aber Call wußte es. Der Captain eilte ihr hinterher, erwischte eine Handvoll ihres schwarzen, kurzgeschnittenen Haares und zog sie zu sich. Ihr kleiner Körper wand sich in seinem harten Griff.

»Du gehst nirgendwohin, Call!« herrschte er sie zornig an.

Der Krieger registrierte, wie sich die Gefühle der Menschen veränderten, die jetzt mit dem Rücken zu ihm und seinen Brüdern standen. Ein anderer Krieger befand sich neben ihm, während der dritte allein in einer Ecke des Käfigs saß – der kleinste der drei. Der zweite Krieger schritt nervös auf und ab, der erste beobachtete und wartete. Sein Blick fiel auf den roten Knopf, den die Menschen nicht mehr zu beachten schienen.

Die Menschen waren aufgeregt, nervös, machten sich Sorgen. Ihre Farben flammten hell auf. Der Grund für ihre Besorgnis existierte offenbar noch immer. Draußen erklangen seltsame Geräusche, Stimmen, laute Geräusche ohne Sinn. Lichter blitzten. Es war interessant, aber es sollte den Krieger nicht von seinen eigentlichen Zielen ablenken.

Es gab sicherlich einen Weg, um die unerwarteten Probleme der Menschen zum Vorteil seiner Rasse zu nutzen.

Er erinnerte sich an etwas. Es kam von der Mutter.

Ich weiß nicht, welche Spezies schlimmer ist … zumindest sieht man nicht, daß sie sich dauernd belügen und betrügen …

Es stammte nicht aus seiner Erinnerung, und er war sich nicht ganz sicher, was es bedeutete. Aber irgendeine Bedeutung hatte es sicher, irgend etwas konnte er daraus lernen. Er überlegte …

Dann wandte sich der erste Krieger an seinen bei ihm stehenden Bruder und übermittelte ihm Informationen. Der zweite Krieger nahm sie auf. Dann blickten sie beide den dritten an. Der kleinere verstand ihre Ziele und ihre Gründe, das ganze neue Konzept. Er stimmte ihm sogar zu.

Aber auch er litt unter dem Gedanken, allein zu sein, und drückte sich nervös gegen die Wand der Höhle.

Die beiden größeren Krieger wandten sich wieder den Menschen zu und beobachteten sie und vor allem den Knopf, der die Nitrogen-Dusche auslöste. In ihrer Panik hatten ihn die Menschen offenbar völlig vergessen. Die Geräusche, die Stimmen, die Bilder auf ihren Maschinen, das alles lenkte sie von den Kriegern ab. Sie waren eine übersensible Spezies, aber sie konnten sich anpassen. Einer der Gründe, warum sie so gute Wirte abgaben.

Sie würden sich beeilen müssen.

Die beiden Krieger gingen auf den dritten zu, der sich für einen Augenblick in seinem Allein-Sein, seiner Individualität verlor, auch wenn er seine Brüder verstand. Voller Furcht fletschte er die Zähne.

Es spielte keine Rolle.

Die beiden hieben gemeinsam auf ihn ein. Der kleinere Krieger schrie auf und brüllte, als die beiden ihn packten, mit aller Kraft an ihm zerrten. Ihre furchteinflößenden Schwänze hielten sie dabei im Gleichgewicht und schlugen zwischendurch gegen die Wände und das Sichtfenster. Der Bruder, der wußte, daß er sterben mußte, schrie immer lauter, als sich mächtige Zähne in seinen Schädel schlugen, als kraftvolle Hände an seinen Gliedern, seinem Schwanz, seinem Kopf zerrten.

Als sich die Zähne des zweiten Soldaten schließlich durch das feste Außenskelett gebohrt hatten, sprudelte das Blut aus dem Schädel des Opfers. Der erste Krieger riß seinem Bruder den Arm ab, und Blutfontänen spritzten auf Wände, Boden und Sichtfenster. Schon roch der erste Krieger, wie der Boden der Kammer langsam schmolz, hörte das Zischen und Brodeln der Zerstörung. Kreischend bot der sterbende Krieger sein Leben der Königin zum Opfer an. Er tat es für seinen Hort, wenn auch mit einer gewissen Trauer. Schließlich ertönte ein letzter, triumphaler Schrei aus seiner Kehle, gefolgt von einem Todesröcheln.

Die beiden anderen rissen ihm die Brust auf, brachen die Dorsalhörner von seinem Rücken ab, verstümmelten seine Beine. Das Blut ihres Bruders bedeckte sie wie eine Glasur, aber sie waren gegen seine säurehaltige Substanz immun. Der Boden der Höhle jedoch warf Blasen, brodelte, schmolz und wurde weich. Noch immer hieben sie auf ihren toten Bruder ein, bis sie ihn buchstäblich zu Brei geschlagen hatten.

Der erste Krieger spürte, daß die Königin das Opfer ihres Sohnes mit Trauer und Stolz akzeptierte.

Inmitten des Chaos aus blitzenden roten Alarmlichtern und dem Heulen der Sirenen änderte *Vater* plötzlich die Ansage, die er seit dem Beginn des ersten Alarms durchgegeben hatte. Erst nach drei Wiederholungen drang der Inhalt der Nachricht zu Gediman und seiner Assistentin durch.

»Schwerwiegende strukturelle Schäden an der Tierhaltungseinheit Nummer 0-0-1. Der Schaden ist so beträchtlich, daß er die Sicherheit der Tierhaltungseinheit 0-0-1 gefährdet. Schwerwiegende strukturelle Schäden an der …«

Schaden an der Höhle? Gediman vergaß das Blutbad in der Messe und lief an das Sichtfenster. Er hörte die schrecklichen Schreie, die von drinnen nach außen drangen, konnte aber kaum etwas ausmachen außer sich hektisch bewegenden Schatten. Ein riesiger Schwanz schlug gegen das Sichtfenster und ließ es erzittern. Plötzlich klatschte rote Flüssigkeit gegen das Glas …

… das zu schmelzen begann.

Zwei dieser Dinger reißen das dritte in Stücke. Was, zum Teufel …?

»Dr. Gediman!« schrie Carlyn und deutete auf das Fenster. »Doktor!«

Nach all dem Durcheinander war es in der Zelle still geworden. Gediman sah Fetzen am Boden liegen, von etwas, das einmal lebendig gewesen war. Auf dem Boden hatte sich ein brodelnder, Blasen werfender Teich gebildet. Die beiden anderen Aliens wandten sich ihm zu, und es sah aus, als ob sie *grinsten!*

Der Teich begann plötzlich, tiefer zu sinken.

Gediman riß die Augen auf. Entsetzt sprang er auf den Notfallknopf zu und drückte ihn. Sofort spritzte das Nitrogen von der Decke herab, aber er hörte keine Schreie aus dem Käfig. Er hörte gar nichts mehr. Kurz darauf füllte das Nitrogengas die Zelle, so daß er für eine Weile lediglich den Nebel sah. Er nahm die Hand vom Knopf und wartete darauf, daß der Nebel sich verzog, damit er …

»O mein Gott, Doktor!« schrie Carlyn und deutete in die Kammer.

Während der Nebel sich lichtete, sah Gediman nur noch, wie ein langer Schwanz in einem tiefen, tiefen Loch verschwand.

Mit einem Schrei schreckte sie aus ihrem Alptraum hoch.

Wach auf. Sei ruhig. Es gibt Ärger.

Nein, das war nur eine Erinnerung.

Sie lauschte, starrte in die Dunkelheit hinein. Sie spürte etwas.

Nein, es war keine Erinnerung – und auch kein schlechter Traum. Etwas ging vor sich. In der Wirklichkeit.

Gediman sah, wie sich die Tore des Käfigs öffneten. Das war unmöglich. Das konnte nicht geschehen. *Sie waren verschwunden. Weg! Er konnte nur an eines denken – Wren wird mich umbringen. Meine Stipendien, meine Karriere, alles im Eimer.*

Er betrat das verbotene Gebiet, den Käfig. Noch immer konnte er es nicht fassen, daß dieses Gefängnis leer war. Vorsichtig ging er um Stellen auf dem Boden herum, die noch immer schmolzen und fleißig Blasen warfen. Der Gestank von verbranntem Plastik raubte ihm fast den Atem.

In der Mitte des Raumes tat sich ein gewaltiges Loch auf. Hier war der Boden einfach weggeschmolzen wie Pudding. Das war nicht möglich. Wohin konnten sie denn gehen? Was konnten sie denn schon tun?

Er beugte sich über das Loch, darauf bedacht, nicht in die brodelnden Flecken zu treten. Er konnte nichts erkennen, es war zu dunkel. Vielleicht waren sie dort unten, hatten sich im vielfältigen Gitterwerk des Schiffs verfangen, so daß man sie wieder einsperren konnte … wenn er nur etwas sehen könnte …

Er kniete nieder und starrte in die Finsternis.

Hinter ihm sagte Carlyn mit zitternder Stimme: »O Gott, Dr. Gediman, seien Sie doch vorsichtig!«

Es war schlimmer, als er gedacht hatte. Er sah jetzt einen

Lichtschein. Das Blut hatte sich bereits durch zwei Ebenen gefressen.

»Verdammt, Carlyn«, sagte er. »Sie können überall sein.«

Plötzlich tauchte am Rand des geschmolzenen Lochs etwas Schwarzes, Spinnenartiges auf. Gediman starrte so angestrengt in die Tiefe, das er es nicht sofort wahrnahm. Vielleicht eine halbe Sekunde zu spät.

Dann registrierte sein Gehirn: *Sechs Finger, lange Nägel, nichtmenschliche Hand –*

Er versuchte seinen Kopf zurückzuziehen, war aber nicht annähernd schnell genug. Die breite Hand umschloß sein Gesicht, packte es und hielt es fest. Er schrie, aber sein Schrei erstickte in der silikonhäutigen Hand des Alien. Gedimans Furcht erblühte wie eine böse Blume, sie überwältigte ihn, wurde sein ein und alles. Es war ihm ganz egal, ob ihn jemand hörte. Er mußte schreien, und er tat es. Immer und immer wieder.

Mit einer Kraft, die er so nicht erwartet hatte, zog der riesige Alien-Krieger ihn mit einem fast elegant zu nennenden Schwung in die Dunkelheit des Gitterwerks unter dem Boden. Dort unten umarmte das Alien Gediman. Seine Arme und sein Schwanz schlangen sich um ihn, als seien sie Liebhaber. Das Alien drückte ihn an sich und hielt ihn fest, damit er nicht fiel. Dann nahm das Biest seine Hand von Gedimans Gesicht und betrachtete ihn mit einer gewissen Neugier, während Gedimans Lunge die Luft pumpte, die er brauchte, um seine schrecklichen Angstschreie auszustoßen.

Fast schien es, als lächele das Wesen wie die Cheshire-Katze, dort unten in der Dunkelheit, aber Gediman sah nur die furchterregenden Silberzähne, zu einem Grinsen entblößt. Es grinste ihn an. Gediman schrie weiter.

Carlyn starrte mit weit aufgerissenen Augen auf das Loch, in dem Dr. Gediman gerade auf unerklärliche Weise verschwunden war.

Nein, nicht auf unerklärliche Weise. Sie wußte genau, was geschehen war. *O Gott,* sie wußte es.

Zitternd wankte Carlyn aus dem Käfig und hieb auf die Kontrollknöpfe, mit denen die Tür geschlossen wurde.

Sie waren frei. Sie waren frei!

Vater plapperte immer noch etwas von strukturellen Schäden und Gefährdung der Sicherheit. Terroristen hatten Dr. Wren in ihre Gewalt gebracht, und nun …

In Panik rannte sie davon. Sie mußte jemanden finden, der ihr helfen konnte. Doch sie wußte, daß es hier, im Außenbezirk von Pluto, keine Hilfe gab. Sie hatten einen bösen Flaschengeist losgelassen, aber das Schlimmste war, daß sie selbst in der Flasche saßen.

Call war vollkommen frustriert. Sie mußte an Elgyn herankommen, sie mußte. Sie spürte, wie er schwankte, ihr auf der einen Seite glaubte, auf der anderen geneigt war, seine Verluste zu minimieren und sich aus dem Staub zu machen.

»Er führt illegale Experimente durch.« Sie schrie den Kapitän der *Betty* fast an. »Er züchtet …«

Johner, der noch immer ziemlich betrunken war, unterbrach sie: »Sie ist ein verdammter Spitzel! Legen wir die Schlampe auf Eis …«

Call übertönte ihn und deutete auf Dr. Wren. »Er züchtet hier eine Alien-Spezies, und das ist mehr als gefährlich. Wenn diese Wesen ausbrechen, haben wir es hier mit einer Situation zu tun, gegen die die Wurmpest auf Lacerta der reinste Square Dance war.«

Elgyn nahm ihre Worte offenbar sehr ernst. Sein Blick wanderte zwischen Call und Wren hin und her.

Plötzlich murmelte Christie: »Psst! Hört mal zu!« Auch wenn er nur leise gesprochen hatte, lauschten sie alle, auch Wren und Distephano.

Es kam aus der Ferne, aber sie konnten es dennoch hören. Schreie. Schreckliche Schreie. Allen schien etwas klarzuwerden, und niemand rührte sich. Stimmen. Schüsse. Ein hohes Kreischen, nicht menschlich, furchtbar …

Langsam drehte sich Wren in die Richtung, aus der der Lärm kam.

Plötzlich meldete sich *Vaters* Stimme: »Notfall. Die Tierhaltungseinheiten 0-0-1 bis 0-1-0 haben derartig schwere strukturelle Schäden erlitten, daß ihre strukturelle Integrität zerstört ist. Die Spezies, die in diesen Einrichtungen untergebracht waren, sind frei. Die Besatzung wird angewiesen, die *Auriga* umgehend zu evakuieren. Ich wiederhole: die gesamte Besatzung sofort evakuieren.«

»Nein!« schrie Wren.

Vom durchdringenden Klang der Alarmsirenen aus dem Schlaf gerissen, schreckte Martin Perez von seinem Lager hoch. *Vaters* ruhige Stimme übertönte den Lärm und gab die Notfallanweisungen, darunter auch den Befehl zur sofortigen Evakuierung.

Evakuierung? dachte Perez schlaftrunken. *Das ist unmöglich. Der einzige Grund, die Auriga zu evakuieren, wäre …*

Vater wiederholte seine Meldungen und nannte den Grund für den Alarm: »… Tierhaltungseinheiten haben extensive strukturelle Schäden erlitten. Die Spezies sind frei …«

Mit einem ohnmächtigen Stöhnen griff Perez nach seiner Kappe, stülpte sie sich auf den Kopf und suchte nach seinen Schuhen. Wenn dieser Klon für all das verantwortlich war, dann würde er seine sofortige Zerstörung anordnen, bis hinunter zur letzten Zelle.

Die Wissenschaftler eilten zur Hilfe herbei, kaum daß sie *Vaters* Meldung gehört hatten. Keiner von ihnen mochte glauben, daß die Aliens wirklich frei waren. Das war doch unmöglich. Wie konnte das geschehen?

Dr. Brian Clauss hatte sich ganz in der Nähe der Käfige aufgehalten, als er die Schreie und die Schüsse hörte. Ohne groß nachzudenken, rannte er zum Ort des Geschehens. Unterwegs streifte er seinen Laborkittel ab. Darunter trug er den gleichen Overall wie die Soldaten.

Als er den Teil der Einrichtungen erreicht hatte, in dem sich der Beobachtungsraum befand, bewegte er sich langsamer, vorsichtiger vorwärts. Plötzlich blieb er stehen. Vor ihm lagen fünf tote Soldaten. Oder waren sie gar nicht tot?

Er kniete sich neben einen jungen weiblichen Sergeant und fühlte ihren Hals. Dabei sah er um sich, auf alles achtend, was in seiner Nähe geschah. Er spürte, daß unter der noch warmen Haut das Blut pulsierte. Das Herz schlug kräftig und regelmäßig. War sie gelähmt? Egal. Sie konnte ihm jedenfalls nicht helfen, konnte ihm nicht verraten, was hier geschehen war.

Brian richtete sich auf, doch dann beugte er sich noch einmal zu der Soldatin hinab, nahm ihren Revolver an sich und überprüfte das Magazin. Sicher ist sicher … Vorsichtig sah er sich um.

Wren hätte sicher angeordnet, die Wesen nicht zu töten. Er wollte, daß sie betäubt und wieder eingesperrt wurden. Brian hatte lange genug mit dem Wissenschaftler gearbeitet, um das zu wissen. Aber als er die zerstörten Käfige vor sich sah und an die gelähmten Soldaten dachte, gab ihm die Waffe, die er an sich preßte, wenigstens etwas Sicherheit.

Scheiß auf Wren, dachte er. Der Sinn der Wissenschaft bestand darin, aus Fehlern zu lernen. Er untersuchte die anderen wie tot daliegenden Soldaten. *Ich nicht,* dachte er, *ich werde nicht so enden. Soll doch einer dieser Bastarde versuchen, mich zu überraschen, dann werden wir schon sehen, wer am Schluß auf dem Boden liegt.* Er entsicherte die Waffe und erinnerte sich dankbar an das Waffentraining, das er für diesen Job auf sich genommen hatte. Es konnte losgehen.

Wir werden ja sehen, wie diesen häßlichen Bastarden die fetten Geschosse gefallen, die ich für sie auf Lager habe. Er bewegte sich an den zerstörten Käfigen entlang und stieg lautlos über die Soldaten hinweg.

Jeder einzelne Käfig war vollkommen zerstört, zu Klump geschlagen, sogar der einzige, der leer gewesen war. Die Gewalt, die dabei angewendet worden war, schien unglaublich. Als hätten diese Tiere die Gefangenschaft abgrundtief gehaßt. Aber das war verrückt. Schließlich waren es in der Tat nur Tiere … oder?

Er stand vor dem ersten Käfig. Hier mußte es angefangen haben. Er lugte hinein und sah ein riesiges geschmolzenes Loch im Boden. Wie war das passiert? Das Licht war schwach, aber er meinte zu sehen, daß sich in dem düsteren Loch etwas bewegte. Versteckte sich einer von ihnen etwa noch dort?

Clauss zielte, konnte aber nicht genug erkennen. Er lauschte. Kein Geräusch. Vorsicht betrat er durch das zerstörte Sichtfenster die Kammer. Sein ganzer Körper war angespannt. Er war bereit zu schießen. Er zog die Augen zusammen, blieb jedoch in der Nähe des Fensters und beobachtete von dort das Loch.

Da! War da nicht etwas gewesen? Etwas, das sich bewegte? Ein Schwanz vielleicht?

Brian sah noch genauer hin und zielte. Er fühlte sich nicht mehr wie ein Wissenschaftler. Er fühlte sich wie ein Soldat. Wie gerne würde er einen von diesen Bastarden abknallen, nach dem, was sie den Soldaten draußen angetan hatten – und vor allem nach dem, was sie laut Carlyn Dr. Gediman angetan hatten.

Der Krieger, der sich im Beobachtungsraum versteckte, wartete, bis der Mensch ihren alten Käfig ganz betreten hatte, wartete, bis das Opfer auf das Loch zugegangen war, zu dem ihn einer seiner anderen Brüder mit einem Zucken seiner Schwanzspitze gelockt hatte. Sie waren so leicht verführbar, diese Menschen. Er sah zu, wie der Wissenschaftler die Waffe hob.

Der Krieger wartete …

Dann fuhr seine steife Zunge hervor, schlug auf den verhaßten roten Knopf und drückte ihn nach unten.

Die Düsen versprühten das Nitrogen auf den Menschen, durchnäßten seine Kleider und sein Gesicht. Er wurde von dem Schwall überwältigt und von einer schrecklichen Kälte verbrannt. Der Mensch zuckte unter der Nitrogendusche und griff mit den Händen nach seinem zu Eis erstarrten, brennenden Gesicht. Seine Hand blieb an der gefrorenen Haut kleben. Das Opfer schrie, bis seine Lungen vereisten und keinen Sauerstoff mehr transportierten. Der Schmerz ließ ihn durch den Käfig taumeln, und der Arm, der die Waffe hielt, schlug gegen die Wand. Wie ein Eiszapfen brach er am Ellbogen ab. Wieder taumelte er herum und kam gegen eine andere Wand, an der er sich den Unterarm zerschmet-

terte. Die Hand klebte jedoch noch immer an seinem Gesicht. Schließlich sackte er zusammen, und Beine und Rückgrat brachen durch den Sturz und ihr eigenes Gewicht auseinander. Der Kopf zersplitterte in winzige Scherben, wie der Rest des Körpers.

Der Krieger hatte alles beobachtet, selbst durch den Nitrogennebel. Er ließ den Knopf erst los, als der Rest des Menschen auf dem Boden lag, regungslos, in unzählige Scherben zerbrochen, über den Käfigboden verstreut. Er konnte trotzdem noch als Nahrung dienen. Er würde ihn später holen – wenn die Teile nicht mehr ganz so kalt waren.

Schließlich erreichte der Lärm auch Ripleys Zelle. Sie öffnete ihre Augen in der Dunkelheit. Sie fuhr zusammen, wie jedesmal, wenn sie erwachte, und lauschte mit all ihren Sinnen.

Langsam kam sie aus dem Schatten heraus und begab sich in die Mitte des Raums. Sie konnte sie hören, die Menschen, wie sie schrien und Schüsse abfeuerten. Sie hörte das Chaos. Es kam ihr bekannt vor.

Und sie konnte die Krieger hören. Sie waren frei, und sie brüllten ihren Sieg über die Opfer heraus, die versucht hatten, sie einzusperren, und die nun bald ihre Wirte werden würden. Ganz in der Ferne hörte sie auch die Königin. Sie spürte ihre Freude, ihre Genugtuung über ihre Untertanen, ihren Stolz auf den Mut der Krieger.

Mit all ihren Sinnen nahm sie die Menschen und die Aliens wahr. Sie hatte das alles schon einmal gehört …

Ellen Ripley konnte nicht anders. Sie saß zusammengekrümmt auf dem Boden ihrer Zelle und mußte lachen. Es war ein freudloses Lachen, in dem Hysterie mitschwang.

Plötzlich hämmerte etwas gegen ihre Zellentür. Sie sprang auf und lachte nicht mehr. Ein erneutes Hämmern, immer wieder. Die Tür beulte sich ein und gab leicht nach. Noch einmal dieses Hämmern, laut und brutal.

Sie waren gekommen, um sie abzuholen. Ihre schrecklichen Kinder.

8

Zu einem passenden Zeitpunkt würde Perez Rechenschaft für das verlangen, was an Bord seines Schiffes geschehen war. Dann würde er wissen, wer genau Mist gebaut hatte. Aber er war ein zu guter Kommandant, um nicht zu erkennen, daß jetzt der falsche Zeitpunkt dafür war. Wenn *Vater* zu der Meinung gelangt war, die Gefahr für die Besatzung sei so groß, daß sie das Schiff aufgeben mußten, dann würden sie das tun. Noch war nicht alles verloren. Sie konnten die *Auriga* auch in den Rettungsschiffen vom All aus kontrollieren und die Raumstation zu einem anderen Dock schleppen, während die Wesen darin in der Falle saßen. In einer Falle ohne Beute. Dann hätten sie die Zeit, sie in neuen Gefängnissen unterzubringen …

Aber diese Pläne mußten noch warten. Jetzt mußte er sich darum kümmern, seine Truppen in Sicherheit zu bringen.

Seine gut ausgebildeten, handverlesenen Soldaten reagierten perfekt, so wie sie es gelernt hatten. Das erste Rettungsboot war bereits startbereit und füllte sich mit Soldaten. Perez gab seine Anweisungen ruhig und effizient, ohne Verschwendung von Zeit und Energie. Einer nach dem anderen glitten die Soldaten die Stange hinab in den Bauch des Schiffs, wo sie sich anschnallten. *Vater* zählte die Mitglieder der Mannschaft, die das Schiff bestiegen. Eigentlich hätten es mehr sein müssen …

Olsen hastete hinterher, wie immer zu spät. Wenn er nicht ein so guter Techniker wäre …

»Bring deinen Arsch in Schwung, Junge, und rein in das Schiff!« brüllte Perez den dahintrabenden Soldaten an.

Olsen sprang im letzten Moment an die Stange, gerade als die Luke des Rettungsschiffs sich hinter ihm zu senken begann.

Irgend etwas bewegte sich seitlich von Perez. Er schaute auf.

Plötzlich schoß ein riesiger schwarzer Schatten reptilienhaft und mit unglaublicher Geschwindigkeit das Dock hinab, glitt wie ein gut geschmiertes Maschinenteil unter der Luke hindurch und rutschte die Stange hinunter in das Rettungsschiff.

»Sir!« schrie der Soldat, der hinter ihm stand und die Andockbucht kontrollierte; er deutete mit dem Finger auf die Luke.

Mein Gott! Erstarrt stand der General an Deck und sah voller Entsetzen, wie der riesige Alien-Krieger das Rettungsschiff enterte. »Die Luke öffnen! Laßt sie raus!«

Der Soldat schlug mit der Hand auf seine Tastatur.

Als sich die Luke wieder öffnete, hörten sie die Schreie, menschliche und nichtmenschliche, die aus dem Schiff drangen.

Die Männer und Frauen dort drinnen sind angeschnallt, und sie haben keine Waffen bei sich!

Perez sah, wie Blut – menschliches Blut – gegen die Sichtfenster der Raumkapsel spritzte. Die Schreie wurden lauter.

Perez drehte sich um, nahm eine Granate aus dem Gürtel des Soldaten, der in stummem Entsetzen hinter ihm stand, und riß die Sicherheitslasche ab.

In diesem Augenblick tauchte Olsen an der Luke auf, als habe ihn jemand in die Luft geschleudert. Sein Gesicht war angstverzerrt, er klammerte sich an die Stange, an das Geländer und versuchte zu entkommen. Doch dann umklammerten riesige dunkle Hände seine Beine und zogen ihn wieder zurück, hinab in die Hölle.

»Die Luke wieder schließen!« befahl Perez.

»Aber, Sir ...!« protestierte der Soldat.

»Schließen! Sofort!« wiederholte der General.

Der Soldat zögerte nur für einen Wimpernschlag, dann gehorchte er. Während die Schiffsluke sich senkte, rollte Perez die Granate wie eine Kugel über den Boden.

»Das Schloß drehen!« ordnete er gleichzeitig an.

Dieses Mal zögerte der Soldat nicht. Kurz bevor sich die Luftschleusen ganz geschlossen hatten, trudelte die Granate unter ihnen hindurch. Perez sah gerade noch, wie sie in das

Rettungsschiff fiel, dessen Luke sich ebenfalls gerade schloß. Nachdem Luke und Luftschleuse dicht waren, senkte sich eine gnädige Stille herab. Aber Perez hörte noch immer die Schreie seiner Soldaten. Er würde sie sein ganzes Leben lang schreien hören.

Hastig stieß er den Soldaten beiseite und betätigte eigenhändig den Mechanismus, der das Rettungsschiff startete. Er spürte, wie die *Auriga* bebte, als das Boot durch das Dock ins All geschossen wurde. Er blickte auf den nächsten Monitor und verfolgte die Fahrt.

Das Schiff hatte die *Auriga* verlassen. Die Sichtfenster waren nun von roten Vorhängen bedeckt, aber hinter diesem Schirm aus Blut konnte er noch immer schattenhafte Bewegungen im Inneren ausmachen.

Mit grimmigem Gesicht betätigte Perez den ferngesteuerten Auslöser für die Granate. Er und der Soldat neben ihm sahen, wie das Schiff lautlos im All explodierte.

Er schloß die Augen im Gedenken an seine gefallenen Soldaten und salutierte dann noch einmal den schnell auseinandertreibenden Wrackteilen des Rettungsschiffes zu, das seine Truppe in Sicherheit hatte bringen sollen. Er wandte sich an den Soldaten, der übriggeblieben war.

Der junge Mann sah ihn angstvoll an, und Perez gab sich alle Mühe, zuversichtlich und selbstsicher zu klingen. »Schließen Sie sich der nächsten Truppe in Boot zwei an und warnen sie alle! Geben Sie Obacht! Und jetzt ab mit Ihnen!«

Der Soldat nahm die Habachtstellung ein und salutierte: »Jawohl, Sir!« Er eilte davon. Perez starrte in die Leere des Alls, in der eben noch das Rettungsschiff zu sehen gewesen war.

Allein mit seinen Sorgen und der Frage, welche Schuld er auf sich geladen hatte, fuhr Perez mit den Fingern über einen der Monitore.

Plötzlich lief es ihm kalt den Rücken hinab, und alles in ihm spannte sich an. Er spürte genau, daß er nicht mehr allein war. Ein Teil von ihm wollte das Gefühl als Hirngespinst abtun, aber der Teil, der ihn all die Jahre beim Militär hatte überleben lassen, wußte es besser. Er starrte unbeweglich auf den Bildschirm und sah schließlich *sein* furchterregendes Spiegelbild, als es sich hinter ihm aufrichtete.

Eines von ihnen. Es ragte über ihm auf, größer als der größte Mann, furchterregend, stumm, den Tod bringend.

Perez stand kerzengerade da. Er weigerte sich, Furcht zu zeigen, weigerte sich, seine Niederlage einzugestehen. Das schuldete er seiner vernichteten Truppe. Er starrte den furchtbaren Widerschein an. Der Alien-Krieger entblößte seine dünnen Lippen zu einem hämischen Grinsen und zeigte dabei die primären silbernen Zähne. Aus seinem Maul tropften Speichelfäden, als es die spinnenartigen Hände hob.

Perez nahm vorsichtig die Hand zur Seite. Wenn er schnell genug war ... er griff nach dem Revolver ...

Und sah, wie die steife, mit weiteren Zähnen besetzte Zunge aus dem Maul schnellte. Es tat nicht einmal weh, als sie seinen Hinterkopf traf. Der Hieb kam so heftig, so plötzlich und so präzise, daß er den Schmerz des tödlichen Schlages gar nicht mehr spürte. Er hatte keine Zeit gehabt, zu reagieren.

Die Hand, die auf dem Revolvergriff ruhte, erschlaffte und fiel herab, und auf dieser Seite spürte Perez gar nichts mehr. Wie betäubt von den Ereignissen, die sich zu plötzlich und zu erschreckend verändert hatten, als daß er sie begreifen konnte, faßte sich Perez mit der anderen, noch brauchbaren Hand an den Hinterkopf. Als er sie vor sein Gesicht hielt, sah er Blut und Gewebe. Düster registrierte er, daß es sich um sein eigenes Hirn handeln mußte.

Dann reagierte sein Körper plötzlich und versagte mit Verzögerung den Dienst – wie eine Maschine, der zu schnell der Strom abgedreht wird.

Perez stürzte zu Boden. Sein Mörder beugte sich zu ihm hinab; er hatte mit seinem Opfer noch etwas vor. Niemand war da, der dem General salutiert oder wenigstens hätte bezeugen können, daß er soeben das größte Opfer für sein Land und dieses tödliche Projekt geleistet hatte, an das er so fest geglaubt hatte.

»Rettungsschiff eins ist zerstört worden«, meldete *Vater*.

Seine Stimme klang unangemessen ruhig. »Rettungsschiff zwei wurde von unbekannten Kräften außer Betrieb gesetzt. Notfall für das gesamte Schiff. Die Besatzung muß sofort evakuiert werden. Wiederhole: Die Besatzung muß sofort evakuiert werden.«

»Nein!« schrie Wren außer sich. Selbst in der Messe hatten sie die Zerstörung des ersten Schiffes gehört und gespürt. Sie hatten auch Schüsse gehört, Explosionen, die Schreie von Menschen – und anderen Wesen.

Und es schien immer schlimmer zu werden. *Wie war das möglich?* Je mehr *Vater* ihm von diesem Alptraum, der sich auf der *Auriga* abspielte, berichtete, desto mehr packte Wren der Zorn.

Er wandte sich an Call, die Frau, mit der alles angefangen hatte. »Was haben Sie getan?«

»*Ich?*« gab sie zurück.

»Also gut«, unterbrach Elgyn. Er klang erstaunlich gelassen. »Genug damit. Es wird Zeit zu verschwinden. Wir schlagen uns zur *Betty* durch.«

Hillard sah ihn skeptisch an. »Die *Betty* befindet sich am anderen Ende des Schiffes. Wer weiß, was uns unterwegs erwartet.«

Der Soldat Distephano trat vor und wandte sich an Wren. Auch er klang bemerkenswert ruhig. »Sir, wir müssen gehen.«

Gehen? dachte Wren ungläubig. *Meine ganze Arbeit zurücklassen? Ich gehe nirgendwohin.*

Aber bevor er noch etwas sagen konnte, meinte Distephano zu Elgyn: »Lassen Sie ihn gehen. Es gibt keinen Ärger.«

Versuchte er etwa, mit diesen Terroristen ein Geschäft zu machen? Ich sorge dafür, daß er entlassen wird. Unehrenhaft!

Elgyn schüttelte bestimmt den Kopf. »Du kannst ihn haben, wenn wir weg sind. Vorher nicht.«

Der riesige schwarze Mann schubste Wren vorwärts, der fast gefallen wäre. Er sah, daß die Männer und Frauen der *Betty* ihre Waffen noch immer auf ihn und den Soldaten richteten. *Lächerlich! Ungeheuerlich! Er mußte in sein Labor …*

Elgyn beugte sich über einen toten Soldaten und nahm ihm seine Waffe ab.

»Was ist mit Vriess?« fragte Hillard besorgt.

Der häßliche Mann, den sie Johner nannten, knurrte: »Scheiß auf Vriess.«

Jetzt erst dämmerte es Wren, was hier vorging. Ihm wurde klar, daß er von diesen Leuten nicht erwarten konnte, daß sie ihn, seine Arbeit und das, wofür sie stand, jemals verstehen würden. Wie auch, wenn ihnen selbst das Schicksal eines ihrer Freunde gleichgültig schien. Er erkannte, daß sein Leben in ihren Händen lag.

Er sah zu Distephano hinüber, der ihm als einziger potentieller Verbündeter geblieben war, und beschloß, mit diesen Piraten zu kooperieren, bis sich die Gelegenheit ergab, das Heft wieder in die Hand zu nehmen. Im richtigen Augenblick vielleicht …

Er wurde aus der Messe hinaus auf den Gang geschoben. Die Reise begann.

John Vriess hatte gerade die letzten Ersatzteile in den verschiedenen Taschen und Schubladen verstaut, die Bestandteile seines Rollstuhls waren, als es mulmig wurde.

Er hörte seltsame Geräusche, als explodiere irgendwo auf dem Schiff etwas. Dann Schreie. Schließlich verkündete der Computer die Evakuierung, während Vriess noch immer nicht wußte, was zum Teufel da vor sich ging. Vorsichtig machte er sich auf den Weg zur *Betty*. Er wußte, daß Elgyn nicht ohne ihn losfliegen würde, aber Johner würde sich den Teufel um ihn scheren. Auch dann nicht, wenn Vriess einen Haufen Ersatzteile brachte.

Er rollte die beängstigend leeren Korridore entlang. Was, zum Teufel, mochte sich auf diesem massiven Schiff ereignet haben, was konnte so schnell einen so großen Schaden verursacht haben, daß der Computer die Evakuierung anordnete? Kernbruch?

Er hatte die Hälfte eines langen Gangs hinter sich gebracht, als er über sich ein Geräusch hörte. Vriess sah zum Deckengitter hinauf. Er sah, wie etwas über die Gitter huschte. Und er hörte schlitternde Geräusche. *Ratten? An Bord eines Militärschiffs? Unmöglich.* Immerhin hatte er vorhin einen Moskito erschlagen müssen, was auch schon ziemlich seltsam war, aber …

Schon wieder hörte er es. Was immer es war, es bewegte sich. In seine Richtung. Vriess hatte das Gefühl, daß es etwas ziemlich Großes sein mußte. Es kam näher, immer schneller, bis es genau über ihm war.

Vriess griff an die Seite seines Rollstuhls, ohne sichtbare Panik, ganz ruhig, aber zügig. Unter der Lehne zog er etwas hervor, das eigentlich wie eine Zierleiste aussah, in Wahrheit jedoch ein Teil einer Waffe war. Er griff auf die andere Seite und holte das Gegenstück hervor. Der Schußmechanismus befand sich hinten am Stuhl. Die drei Teile waren so in das Design eingearbeitet, daß man sie kaum bemerkte und schon gar nicht annehmen konnte, daß sie zusammengehörten. Mit drei schnellen Bewegungen hatte er die Waffe zusammengesetzt und bestückt. Ohne Hektik hob er sie langsam an, zielte auf die Decke …

Und schoß!

Ein lauter Knall zerriß die Stille. Das Etwas über der Decke schrie auf. Es war ein unglaublich schriller, nichtmenschlicher Schrei. Vriess hörte, wie es sich entfernte, und wußte, daß er es nicht richtig erwischt hatte, was immer es war. Er versuchte das Wesen zu verfolgen, das über dem Gitter davonlief.

Dabei bemerkte er nicht, daß von der Decke ein Tropfen Alien-Blut herabfiel, direkt auf sein gelähmtes Bein. Der Tropfen traf fast genau die Stelle, die Johner gestern mit dem Messer verletzt hatte. Dann fiel ein zweiter Tropfen herab. Und ein dritter.

Vriess bemerkte es erst, als er verbranntes Fleisch und verbrannten Stoff roch. Entsetzt starrte er auf seinen Oberschenkel und sah, wie ein kleiner Teil davon weggeätzt wurde. In panischem Schrecken rieb er, ohne nachzudenken, mit der Hand über die Wunde. Etwas von dem Zeug, das sein Bein verätzte, kam an seine Finger und brannte höllisch. Er schüttelte die Hand und hätte sie fast in den Mund gesteckt, als ihm klarwurde, was dann geschehen würde. Währenddessen kämpfte er gegen den Schmerz an, denn er wollte nicht, daß seine Schreie dieses Wesen, das dort oben lauerte, wieder anlockten.

Plötzlich traf ein Tropfen Säureblut sein Ohr, und der Schmerz, den er verspürte, war so immens, daß er sich auf die Zunge biß, um nicht laut loszubrüllen.

Dann kam es wieder, er konnte es hören. Oder war es ein anderes? Jedenfalls verhielt es sich aggressiver, es trampelte nicht nur auf dem Gitterwerk herum, sondern versuchte tatsächlich, es zu zerstören. Plötzlich brach ein Stück der Dekkenplatte heraus, und ein Kopf schob sich durch das Loch. Es war ein riesiger, länglicher Kopf aus einem Alptraum, ohne Augen, ohne Ohren, ohne Haare, nichts als Schädel und –

ZÄHNE!

Gigantische Stahlfänge, Tausende in einem riesigen Maul, das ihn anzischte. Dann öffnete sich das Maul, etwas kam heraus und Vriess sah noch …

MEHR ZÄHNE!

Vriess verlor die Nerven und brüllte hysterisch. Er drückte ab und feuerte. Immer wieder.

Das Ding mit den Zähnen brüllte zurück, bevor es in tausend kleine Fetzen explodierte, die auf Vriess herabregneten. Verzweifelt versuchte der gelähmt Mann, mit seinem Rollstuhl davonzukommen.

Die Tür ihrer Zelle beulte sich ein, während die Wesen dagegenhämmerten. Lange würde sie nicht mehr standhalten.

Ripley sah sich in der Zelle um, auf der Suche nach irgend etwas, das ihr helfen konnte. Sie schaute nach oben, und ihr fiel auf, daß sie den Wachtposten seit längerem nicht mehr gesehen hatte. Aus der Ferne hörte sie die Stimme des Computers, der die Evakuierung anordnete. Keine schlechte Idee, aber wie …

Sie erinnerte sich an etwas.

Zerbrich Glas. Beeil dich.

Es gab kein Glas, das sie zerbrechen konnte.

Sie haben den Strom unterbrochen. Wie haben sie das geschafft? Es sind Tiere!

Sie suchte die Zelle ab, bis sie eine metallummantelte Stromleitung entdeckte, und folgte ihr bis zu einem Metallgehäuse, das an die Wand geschweißt war.

Den Strom unterbrechen!

Sie schlug mit ihrer Faust gegen das Gehäuse, mit der gleichen Kraft, mit der die Aliens gegen die Tür schlugen und versuchten, zu ihr zu kommen. Immer wieder schlug sie dagegen. Das Metall bewegte sich, dellte sich ein, gab nach. Die ganze Zeit schaute sie immer wieder fieberhaft zu der Tür, die nicht mehr lange halten würde.

Schließlich gelang es ihr, die Finger unter einen kleinen Spalt im Metall zu schieben. Sie zerrte daran und drehte es hin und her, bis sie das Gehäuse schließlich aus der Wand gerissen hatte. Darunter lagen elektrische Schaltkreise.

Mit der scharfen Kante des abgerissenen Metalls fügte sie sich einen bösen Schnitt in den Arm zu. Sie hielt den Arm über die Schaltkreise und Kabel, die sie freigelegt hatte, und drückte die Wunde auseinander, damit noch mehr Blut herausfloß. Kaum hatten die ersten Tropfen die Kabel berührt, als sie zu schmelzen begannen. Plötzlich sprühten Funken auf, und sie schreckte zurück. Die Lichter gingen aus, Ripley konnte gut im Dunkeln sehen.

Dann öffnete sich mit einem Zischen der Notausgang in der Zellenwand. Mit einem letzten Blick auf die erzitternde Tür verließ Ripley ihre Zelle.

Christie ging voran, Elgyn bildete die Nachhut. *Wie in alten Zeiten,* dachte der Captain der *Betty,* aber es waren keine schönen Erinnerungen. Sie gingen hintereinander, der Doktor und der Soldat irgendwo in der Mitte. Eigentlich kamen sie ziemlich schnell durch die Gänge der *Auriga.* Elgyn wußte nicht, was er von den seltsamen Dingen, die sich auf diesem Schiff taten, halten sollte. Wo, zum Teufel, steckten all die Soldaten, Offiziere und Wissenschaftler? Dieses Schiff war wie ein verdammter Bienenstock, aber wo steckten die Bienen?

Die ständig zur Evakuierung auffordernde Computerstimme nervte ihn, und er hätte die Lautsprecher kaputtgeschossen, wenn er sie gesehen hätte. Dabei fiel ihm ein, daß es möglicherweise sehr dumm gewesen war, den toten Soldaten in der Messe nicht mehr Waffen und Munition abgenommen zu haben. Zu viele Waffen und zuviel Munition konnte man nie haben.

Seine Mannschaft eilte weiter, kreuzte einen anderen, ebenfalls halb dunklen Korridor. Als Elgyn daran vorbeikam, entdeckte er etwas. Ungläubig schaute er noch einmal hin.

Eine schwere Militärwaffe lag dort einfach auf dem Boden. Wie, zum Teufel …

Wie kam ein Soldat dazu, sein bestes Stück so einfach liegenzulassen? Egal, jedenfalls konnte Elgyn seinen Fehler aus der Messe korrigieren.

Wer's findet, behält's.

Er sah sich vorsichtig um und hob die Waffe auf, als er eine zweite entdeckte, die nur ein paar Schritte weiter den Flur hinauf lag. Sehr merkwürdig. Er schulterte die erste Waffe, ging vorsichtig auf die zweite zu und nahm auch diese an sich.

Das Gewehr klebte förmlich am Boden, war mit irgendeinem widerwärtigen Film bedeckt. Als Elgyn die Waffe hochhielt, tropfte eine gelatineartige Flüssigkeit vom Lauf herab wie Schneckenschleim. Ekelhaft.

Funktionieren dürfte es trotzdem noch. Was ist eigentlich mit dem Licht hier unten?

Er hörte Hillards Stimme.

»Elgyn?«

»Ich komme!« rief er und wollte sich gerade umdrehen, als er eine dritte Waffe sah, ein paar Meter vor ihm. Sie lag neben einem seltsamen Loch im Boden, als sei dort das Deck einfach weggeschmolzen. War hier eine Granate explodiert? Vorsichtig trat er an das Loch heran und griff nach dem dritten Gewehr.

Irgend etwas, vielleicht ein sechster Sinn, ließ ihn plötzlich zögern. Er erinnerte sich daran, wie er als kleiner Junge einmal mit seinem Großvater auf Eichhörnchenjagd gegangen war. Sie hatten eine Falle für die kleinen Tiere aufgestellt, mit einer Spur aus Erdnußbutter, die bis zum Käfig führte.

»Elgyn!« rief Hillard noch einmal.

Verschwinde. Du hast zwei. Laß die dritte liegen und mach, daß du ...

Zwei riesige dunkle Hände schossen mit wahnsinniger Geschwindigkeit aus dem Boden heraus, wickelten sich um seine Knöchel und zogen ihn mit einem plötzlich Ruck nach unten. Elgyn brach durch die Bodenplatten. Er breitete die Arme aus, um seinen Fall aufzuhalten. Seine Handflächen schlugen auf das Deck.

Verzweifelt versuchte er, sich irgendwie am Boden festzuklammern und sich aus dem Loch herauszuziehen, aber die Hände ließen seine Beine nicht los. Er hatte die gefundenen Gewehre fallen lassen. Eines lag zu weit von ihm weg, das andere war in dem Loch im Boden verschwunden.

Elgyn strampelte mit den Beinen, trat wie wild um sich, um aus den Klauen zu kommen, die ihn umschlangen und ihn hinabzogen. Er spürte sie an seinen Knöcheln, seinen Waden, seinen Knien, und was immer es war, das ihn gepackt hatte, es begann sich an seinem Körper hochzuziehen. Hilflos schrie er auf, schlug mit den Fäusten auf den Boden, trat und kämpfte, um sich zu befreien; er wußte, er kämpfte um sein Leben.

Sein Unterleib war vollständig umschlossen, und nun packten ihn starke, unglaublich starke Arme um die Hüften und hielten ihn fest.

Was ist das? Was, zum Teufel, ist das?

Etwas ungeheuer Kräftiges und Rasiermesserscharfes – wie ein langer Speer – durchbohrte seine Brust, so schnell, daß es ihm den Atem nahm.

Der Piratenkapitän spürte jeden Zentimeter, den sich das Ding durch seinen Körper grub, durch Rippen, Lunge und Herz, bis es auf dem Rücken wieder herauskam und ein klaffendes Loch zurückließ.

Elgyn, der nicht mehr atmen konnte, spürte, wie das Leben aus ihm entwich, während er sich im Griff seines Mörders wand.

Was ist das? Was, zum Teufel, ist es, das mich tötet? Und warum?

Das letzte, was Elgyn sah, war eine widerwärtige, riesige schwarze Gestalt, die aus dem Loch im Boden aufstieg. In ihren silbernen Zähnen hielt sie sein rotes Herz.

9

Christie hatte den Gang schon halb durchquert, als er merkte, daß die anderen nicht mehr hinter ihm waren. Er rannte zurück und fand sie am letzten Korridor, den sie gekreuzt hatten. »Was zum Teufel treibt ihr hier? Wir haben's eilig.«

Niemand antwortete ihm. Sie starrten nur alle in den düsteren Gang.

»Elgyn! Elgyn!« rief Hillard.

Christie schob sich nach vorne und sah gerade noch, wie die schattenhafte Gestalt seines Captains durch den Boden nach unten gezerrt wurde. »Verdammte Scheiße!«

Er rannte den Gang hinunter. Die anderen folgten ihm.

Elgyn war nur noch von den Schultern auf zu sehen.

Sein Gesicht war eine Maske aus Schmerz und Schrekken.

»Zieht ihn raus!« schrie Hillard. »Holt ihn raus, verdammt!«

Johner und Distephano packten Elgyn bei den Armen und zogen ihn in den Gang herauf. Christie starrte entsetzt auf das klaffende Loch, das mitten durch Elgyns Körper hindurchging. Er war tot. *Der Captain tot?* Christie konnte durch das Loch hindurchsehen. Elgyn war tot.

Sie starrten die Leiche fassungslos an. Selbst Wren war erbleicht, auf seiner Haut hatte sich kalter Schweiß gebildet. Hillard hielt ihren toten Freund im Arm und sah ihn wortlos an.

Dann ertönte ein lautes Krachen. Sie wirbelten herum. Der Boden zwischen ihnen und dem Hauptgang schien förmlich zu explodieren, und ein Schauer aus Schutt und Bodenteilen regnete herab. Und dann wurde der Hauptgang von einer Vision aus der Hölle verdeckt. Ein riesiges, lauerndes Monster. Christie erinnerte sich, daß Call über Wrens wissenschaftliches Projekt gesprochen hatte, davon, daß er Ungeheuer züchtete, davon …

»Wenn diese Wesen ausbrechen, dann haben wir es hier mit einer Situation zu tun, gegen die die Wurmpest auf Lacerta der reinste Square Dance war.«

O, ja, dachte Christie, damit hattest du wohl recht.

Das Wesen öffnete sein Maul und zeigte eine unglaubliche Reihe glitzernder Edelstahlzähne. Dann streckte es seine Zunge heraus und zischte.

Voller Panik ließ die Gruppe die Leiche ihres Captains bei dem Loch liegen und rannte davon, in den Gang hinein, um ihm zu entkommen, diesem – *Ding!*

Sie bogen um eine Ecke und fanden sich in einer Sackgasse wieder.

Das hat es geplant! fuhr es Christie durch den Kopf. Dieses Ding hat einen Weg gefunden, Elgyn anzulocken, und dann hat es Elgyn dazu benutzt, uns eine Falle zu stellen. Und jetzt hat es uns. Verdammt. Er holte tief Luft. Er mußte nachdenken. Wenn sie sich jetzt nicht wenigstens halb so clever verhielten wie dieses Ding, dann waren sie tot. Christie drückte sich gegen die Wand und schob sich langsam zur Ecke vor. Er mußte wissen, wo sich dieses verdammte Ding befand.

Er packte Johner beim Hemdsärmel und zog ihn zu sich heran. Johner war ganz grau im Gesicht, besonders um die gezackte Narbe herum. Aber zumindest war er wieder nüchtern, dessen war sich Christie sicher. Johner zitterte. Christie hatte ihn noch nie vor Furcht zittern sehen, ja, er hätte sogar geschworen, daß Johner so etwas gar nicht konnte.

»Bist du okay?« flüsterte Christie.

Johner blinzelte und holte tief Luft. »Ja. Ja, alles klar.«

Das wollte ich hören, dachte Christie.

Christie warf einen Blick um die Ecke. Er sah, wie am anderen Ende des Gangs das Alien aus dem Boden stieg und sich auf den toten Elgyn zubewegte, der über dem geschmolzenen Loch lag. Christie lief der Schweiß in die Augen, und er mußte blinzeln.

»Kommt es?« flüsterte Johner heiser. »Kommt es?«

»Weiß nicht. Sieht aus, als kümmere es sich erst mal um die Leiche.«

Hinter ihnen stieß Hillard einen leisen Seufzer aus.

Johner hatte sich wieder im Griff, das spürte Christie, denn er wollte nun selbst einen Blick in den Gang werfen.

»Kommt es?« flüsterte Christie.

»Ja!« sagte Johner fast beiläufig.

Hillard atmete pfeifend aus. »Na, großartig.«

»Das meine ich doch auch!« sagte Johner und legte sein Gewehr an. »Bringen wir es hinter uns.«

Christie sah den vernarbten Mann an, und beide konnten sich ein breites Grinsen nicht verkneifen. Dann wurde Christie klar, daß sie nur einen Schritt davon entfernt waren, hysterisch zu werden, und er zwang sich zur Ruhe.

Christie sah wieder um die Ecke. In der Tat, es kam. Es war fast drei Meter groß, und dennoch stieg es geschickt wie eine Spinne über Elgyns Leiche und kam auf sie zu.

Doch dann bewegte sich die Leiche.

Ungläubig starrte Christie auf die Szene, aber er sah genau, wie sich Elgyns Körper zwischen den Spinnenbeinen des Monsters rührte. Er zog Johner zu sich heran. Hillard trat zu ihnen, ganz vorsichtig.

Elgyn ist tot! Wie, zum Teufel –

Diese absurde Bewegung hatte offensichtlich auch das Ungeheuer verwirrt, denn es machte kehrt und beugte sich über den Körper. Fast schien es, als beschnüffele es ihn. Die Leiche bewegte sich erneut, richtete sich leicht auf. Christie kannte sich aus mit den seltsamen Sachen, die ein Körper nach dem Tod machen kann, aber das hier stand nicht auf seiner Liste.

Jetzt schnüffelte das Monster an dem großen Loch in Elgyns Brust. Währenddessen schaukelte der Körper etwas, und dann tauchte plötzlich der Lauf eines Gewehres aus dem Loch in Elgyn auf. Christie traute seinen Augen nicht, und Johner sah ebenso fassungslos drein.

Auch das Alien wußte offenbar nicht, was es davon halten sollte. Es schnüffelte am Lauf und verzog dann hämisch grinsend sein Maul. Plötzlich tippte der Lauf des Gewehres leicht an den Kopf des Alien.

Dann fiel ein Schuß.

Die Salve pustete seinen Kopf bis zur Hölle und wieder zurück, und die *Betty*-Crew versteckte sich hinter der Ecke, um nicht von Blut und Gewebefetzen bespritzt zu werden. Christie wagte als erster einen Blick. Das Monster war auf den Boden gesunken und alles, was sein Blut berührt hatte, begann zu schmelzen. Vorsichtig schob Christie sich mit schußbereitem Gewehr um die Ecke. Johner ging neben ihm, und langsam folgten auch die anderen.

Der Gewehrlauf, der aus Elgyns Körper geragt hatte, verschwand wieder im Loch. Dann wurde seine Leiche hochgehoben und zur Seite gerollt.

Zwei schmale Hände tauchten am Rand des Loches auf und legten das Gewehr auf dem Boden ab. Dann schwang sich der Schütze aus dem Loch. Schockiert erkannte Christie, daß es sich um die gleiche Frau handelte, die ihnen die Tracht Prügel verpaßt hatte – die Frau, die sie Ripley nannten. Sie zog sich mit einer eleganten Bewegung nach oben, klopfte sich lässig ab und schulterte ihr Gewehr, als hätte sie schon ihr ganzes Leben lang eins getragen.

Christie sah Johner an, der nicht den Eindruck machte, als wolle er sich ein zweites Mal mit ihr anlegen.

Niemand bewegte sich, bis die Frau sich zu Elgyn hinabbeugte und ihn zu durchsuchen begann.

Plötzlich stürzte Hillard auf sie zu, wütend, als sei diese Frau der Grund für all ihre Probleme. »Laß ihn in Ruhe!« schrie sie.

Christie verzog das Gesicht. Er fragte sich, wie viele von diesen Biestern wohl unterwegs waren und wie viele die laute Stimme wohl anlocken könnte.

Ripley würdigte Hillard kaum eines Blickes. Sie entdeckte in Elgyns Taschen eine Handvoll Munition, verglich sie mit ihrer und steckte sie ein. Dann richtete sie sich auf und lud ihr Gewehr, das sie gewissenhaft überprüfte. Dabei tat sie, als existierten die anderen überhaupt nicht.

Call fand plötzlich ihre Stimme wieder. »Okay … ganz ruhig … verdammt …« murmelte sie.

Ripley sah sie alle für einen langen, unbehaglichen Augenblick an. Dann ging sie wortlos zu dem toten Ungeheuer. Sie beugte sich über den Kopf und griff hinein! Eine klare, klebrige Flüssigkeit lief aus dem zerschmetterten Kiefer. Es zuckte noch im Todeskampf.

Christie hörte ein leises Geräusch neben sich und stellte verblüfft fest, daß es von Johner kam. Der Mann starrte angeekelt auf das Monster. *Aber klar. Mann, Johner haßte Insekten und Reptilien, und dieses Ding sah wie die Mutter dieser Biester aus.*

Ohne Vorwarnung packte Ripley die Zunge des Alien. Einen Kampfschrei ausstoßend, zog sie mit schier unmenschlicher Kraft daran und riß die rigide, mit Zähnen bewehrte Zunge direkt aus dem Kopf des Aliens heraus!

Während die anderen nur dastanden, ging Ripley auf Call zu und legte der kleineren Frau das ekelerregende, tropfende Ding in die Hände.

»Hier«, sagte Ripley. »Das gibt ein tolles Armband.« Dann ging sie ein paar Schritte zurück.

Call starrte entsetzt auf ihr Geschenk und ließ es auf den Boden fallen. Die anderen sahen angewidert weg.

Christie fiel auf, daß Wren versuchte, die Gruppe zwischen sich und Ripley zu halten, aber die Frau schien ihn gar nicht zu beachten.

Mit zitternder Stimme fragte Johner Christie: »Was machen wir jetzt?«

Er zuckte mit den Schultern. »Das gleiche wie bisher. Wir machen, daß wir hier rauskommen.«

»Was ist, wenn es mehr von ihnen gibt?« Johners Augen glänzten nervös. »Wir … wir sollten hierbleiben. Sollen sich die Soldaten um die Biester kümmern. Irgend jemand wird schon kommen … ich meine … wo bleibt sie denn, die Armee …?«

Es gefiel Christie ganz und gar nicht, Johner in dieser Verfassung zu sehen. Wenn sie hier rauskommen wollten, dann brauchte er ihn.

»Sie sind tot«, sagte Call plötzlich. Sie klang sehr bestimmt, und Christie hatte ihr nichts entgegenzusetzen. Schließlich hatten sie keinen einzigen Soldaten gesehen, seit sie die Messe verlassen hatten.

Johners Blick fiel auf Wren und verdüsterte sich. Mit gezogener Waffe ging er auf den Wissenschaftler zu. Obwohl er unbewaffnet war, trat ihm der Soldat, Distephano, in den Weg. Johner ignorierte ihn, sein ganzer Zorn und seine Furcht richteten sich auf Wren. Call hatte gesagt, daß er für die Züchtung der Aliens verantwortlich sei, und daran erinnerte Johner sich jetzt.

»Dieses Arschloch brauchen wir nicht mehr«, knurrte er. »Machen wir ihn fertig.«

»Zurück!« befahl Distephano vergeblich.

Johner hob die Waffe und zielte auf das Gesicht des Soldaten. Distephano wich ihm nicht aus, aber Wren sah ihn ängstlich an.

»Hör auf!« rief Call und drängte sich vor.

Wütend drehte sich Johner zu ihr um. Er stand kurz davor, zu explodieren. »Du hast hier gar nichts zu sagen!«

Die zierliche kleine Frau gab nicht klein bei. Sie sah Johner in die Augen und sagte: »Wir töten niemanden, es sei denn in Notwehr.«

Widerwillig beschloß Christie, sich einzumischen. Er wandte sich an Wren. »Doktor. Dieses Ding. Das ist das Ergebnis ihres kleinen Projekts?«

»Ja«, gab Wren kleinlaut zu.

»Und es gibt noch andere?« Wren nickte.

»Wie viele?«

Der Doktor sah nervös um sich, und Christie merkte, daß er noch immer Angst vor Ripley hatte, die mehrere Meter entfernt auf dem Boden hockte. Mit kaum hörbarer Stimme murmelte er: »Zwanzig.«

Johner verlor fast die Beherrschung. »Zwanzig? Wenn es wirklich so viele von diesen Biestern gibt, dann sind wir ja wohl in den Arsch gekniffen!«

Alle begannen durcheinander zu reden, bis Ripleys klare Stimme durch das Palaver drang. »Es werden mehr sein. Viel mehr.«

Sie sahen sie an.

»Sie pflanzen sich fort«, erklärte sie. »In ein paar Stunden werden es doppelt so viele sein. Wahrscheinlich mehr.«

Sie richtete sich mit einer fließenden Bewegung auf.

Ohne irgendeine größere Regung zu zeigen als bisher, sagte sie: »Also, mit wem muß ich schlafen, um von diesem Schiff runterzukommen?«

Niemand reagierte auf den Scherz. Sie machte sie reizbar, nervös. Ungeachtet der Tatsache, daß Ripley sie vor dem Ungeheuer gerettet hatte, fühlte sich niemand in ihrer Nähe wohl.

Call trat vor und deutete auf Ripley. »Einen Moment mal. Sie war der Wirt für diese Monster. Wren hat sie geklont, weil sie eins davon in sich trug.«

»Das erklärt einiges«, flüsterte Christie Johner zu.

»Sie ist ein zu großes Risiko«, beharrte Call. »Lassen wir sie hier.«

Johner nickte. »Dieses Mal bin ich auf Calls Seite.«

Keine gute Idee, dachte Christie. *Wir brauchen sie.* Er wußte nicht warum, er wußte es einfach, und er war es gewohnt, dem Gefühl in seinem Magen zu folgen, besonders wenn es knüppeldick kam. Ohne Elgyn hatten sie keinen Führer mehr. Alle sahen sie ihn an, aber – Mann, er wollte diesen Job nicht.

Schließlich wandte er sich an die Gruppe und entschied: »Sie kommt mit.«

»Sie ist kein Mensch!« protestierte Call wütend. »Sie ist ein Teil von Wrens Experiment! Sie kann sich jeden Augenblick gegen uns wenden!«

Die ganze Zeit über beobachtete Christie Ripley, die noch immer diese teilnahmslose Kälte zeigte. Und ihre Augen, diese Raubtieraugen ... Sie verloren mit dieser Diskussion nur wertvolle Zeit. Zwanzig von diesen Dingern?

Er wandte sich an die Gruppe. »Es ist mir völlig egal, ob ihr mit allem einverstanden seid oder nicht. Wenn wir diese Scheiße hier überleben wollen, dann müssen wir zusammenhalten. Wir werden gemeinsam dieses Schiff verlassen. Erst dann heißt es: jede einsame Seele für sich selbst.« Er ergriff Elgyns Gewehr und reichte es Distephano. Johner sah ihn entsetzt an, doch Christie beachtete ihn nicht. Der Soldat nickte ihm dankbar zu und checkte das Magazin.

Call starrte Ripley an. »Du kannst ihr nicht vertrauen«, warnte sie Christie ein letztes Mal.

Christie sah Ripley an, dann Distephano, dann Call. »Ich vertraue überhaupt niemandem«, sagte er.

Hillard, die geschwiegen hatte, ganz auf ihren toten Liebhaber konzentriert, legte ihren Mantel auf Elgyns Gesicht.

Johner wurde sich plötzlich bewußt, daß sie ihren alten Kameraden ohne Begräbnis auf fremdem Boden zurückließen, und sein Gesicht verzog sich zu etwas, das man als Ausdruck des Bedauerns interpretieren konnte. »Vaya con Dios, Mann«, murmelte er.

Hillard berührte Elgyns Hand ein letztes Mal und erhob sich. Call legte ihr tröstend die Hand auf die Schulter, aber Hillard wandte sich mit einem mißtrauischen Blick ab.

Ripley übernahm Elgyns letzte Position, die Nachhut. Sie beobachtete die Gruppe mit einer Art distanzierter Faszination. Christie sah, wie Call sich zu ihr umschaute und Ripley die kleine Mechanikerin mit einem kalten Lächeln bedachte. Der Ausdruck auf dem Gesicht der Frau ließ ihn frösteln.

»Also, verschwinden wir hier«, befahl Christie und übernahm ein zweites Mal die Führung. Ohne ihren Captain und Freund setzten sie ihren Weg zur *Betty* fort.

Das muß der Zellentrakt sein, dachte Christie. *Eine Menge Türen. Eine Menge Orte, an denen sich diese verdammten Dinger verstecken können.* Seit sie den Gang verlassen hatten, in dem Elgyn gestorben war, hatten sie kein einziges Alien mehr gesehen. Nirgendwo hatte sich irgendeine Form von Leben gezeigt, alles wirkte leer und verlassen. Aber das Gefühl, daß ihnen irgend etwas folgte, wurde Christie nicht los. Vielleicht war es nur Ripley, die die Nachhut bildete. Christie wußte es nicht. Jedenfalls waren alle wachsam und auf das Schlimmste gefaßt.

Jetzt verhielten sie sich endlich wie eine Einheit und nicht wie der zusammengewürfelte Haufen, der sie ja in Wirklichkeit waren. Er konnte sich darauf verlassen, daß

Johner, Hillard, Distephano und selbst Call – auch wenn sie keine Waffe trug – jede Tür und jeden Winkel genau beobachteten.

Als Christie einen geschlossenen Fahrstuhl passierte, kam ihm zum erstenmal der Gedanke, daß sie es vielleicht schaffen würden. Kaum war er fünf Meter weiter gegangen, ertönte ein Klingeln.

Der Fahrstuhl, dachte Christie und blieb wie angewurzelt stehen, so wie alle anderen.

Langsam hob er seine Waffe und hörte, wie die anderen es ihm gleichtaten.

Als sich die Fahrstuhltüren langsam öffneten, stand Christie davor. Die anderen waren ebenfalls in Position gegangen und richteten ihre Waffen auf den Lift. Niemand bewegte sich. Sie hielten den Atem an.

Im Inneren des Fahrstuhls war es so dunkel, daß man nichts erkennen konnte.

Plötzlich schlugen Funken aus der Fahrstuhldecke, und das Innenlicht begann zu flackern. Christie sah etwas Gebücktes, Rechteckiges in der Ecke.

Mit einem Schlag ging plötzlich die Beleuchtung an, und der Fahrstuhl wurde in ein gleißendes Neonlicht getaucht.

Vriess saß vor ihnen, ein Gewehr im Arm. Er zitterte, und seine Augen waren starr vor Schreck. Der Schweiß lief in Strömen an ihm herab.

Eine Sekunde lang starrten Vriess und die Crew einander an, als würden sie nicht glauben, was sie da sahen. Dann atmeten sie erleichtert auf und ließen die Waffen sinken.

»O Mann«, japste Johner.

»Vriess!« rief Call strahlend und lief auf ihn zu.

Vriess lächelte schwach und sagte mit zitternder Stimme: »Hallo, Leute, wie geht's euch so? He, Call.«

Christie wischte sich den Schweiß von der Stirn. »Ich dachte schon, sie hätten Hack aus dir gemacht.«

In Vriess' Stimme klang alles über seine Erlebnisse mit, was sie ihn hätten fragen können. »Ihr ... ihr habt dieses beschissene Ding auch gesehen?«

»Wir haben sie gesehen«, antwortete Christie grimmig.

»Mist«, sagte Vriess. »Ich dachte, ich hätte sie vielleicht alle erwischt.«

Christie schüttelte den Kopf. Er sah die Brandwunden an Vriess' Bein und Ohr. Ja, sein Freund hatte offenbar eine wirklich unheimliche Begegnung gehabt.

Johner fragte Wren: »Können wir diese Dinger irgendwie aufspüren?«

Wren schüttelte den Kopf. »Nein.«

Sagst du uns auch die Wahrheit, Doc? fragte sich Christie.

Johner schien sich mittlerweile wirklich Sorgen zu machen. »Wenn wir in die *Betty* kommen, könnten sie schon da sein! Vielleicht sogar drinnen.«

Wren schien etwas Aufmunterndes beisteuern zu wollen. »Ihre Aktivität scheint sich bis jetzt auf den hinteren Bereich zu konzentrieren, bei den Quartieren. Es gibt keinen Grund anzunehmen, daß sie woandershin gehen.«

Christie sah den Doktor zweifelnd an.

»Sie werden dort bleiben«, warf Ripley ein.

Sie klang so überzeugend, daß Christie ihr einfach glauben wollte. Die Crew schien sich immer noch unwohl in ihrer Nähe zu fühlen, als rätselten sie, wer oder was sie war.

»Sie brüten«, erklärte Ripley mit ihrer flachen, emotionslosen Stimme. »Sie haben jetzt neue Wirtskörper. Sie bleiben in der Nähe. Wenn sie jemanden losschicken, dann in dieses Gebiet hier ... dort, wo das Fleisch ist.«

Wenn sie jemanden losschicken. Christie dachte nach. *Als seien sie Menschen, die denken und planen können – aber vielleicht können sie das wirklich.*

»Das Fleisch«, sagte Call angeekelt. »Mein Gott.«

Christie wollte mehr wissen. Er scherte sich nicht um die Worte. »Sie brüten also. Wie lange dauert das?« Er hatte nicht Wren gefragt, weil er sich lieber auf eine verläßlichere Quelle verließ.

»Stunden«, sagte Ripley.

»Oder weniger«, fügte Wren plötzlich hinzu. »Der Prozeß ist beschleunigt worden. Es hat etwas mit den ...« Er warf Ripley einen schuldbewußten Blick zu. »... geklonten Zellen zu tun.«

Ihr Miene wurde noch verschlossener.

Okay. Das wissen wir jetzt. »Je schneller wir zum Schiff kommen, desto besser.«

Johner zeigte mit dem Daumen auf Vriess. »Ich würde mal vorschlagen, daß wir diesen Krüppel hier nicht unbedingt mitschleppen sollten, wenn wir zügig vorankommen wollen.« Er grinste den Mann im Rollstuhl schamlos an. »Ist nicht persönlich gemeint.«

Vriess lächelte bitter zurück und zeigte ihm den Mittelfinger. »Aber sicher nicht.«

Noch bevor Christie Johner mitteilen konnte, daß er ein Idiot sei, trat Hillard vor. Sie hatte seit Elgyns Tod geschwiegen. Irgendwie schien sie in ihrer Trauer Call und Ripley dafür verantwortlich zu machen. Christie hatte sich bereits Sorgen gemacht, daß ihre depressive Haltung die Gruppe gefährden könne. Aber jetzt hatte sie den Kopf gehoben, und etwas von ihrem alten Mut schien zurückgekehrt.

»Niemand wird zurückgelassen«, befahl sie streng. »Nicht einmal du, Johner.« Ihre Stimme klang fest, wenn auch traurig. Niemand wagte ihr zu widersprechen.

Christie wandte sich an Distephano. »Welches ist der beste Weg?«

Der Soldat dachte kurz nach. »Die Fahrstühle. Sie gehen von der obersten Ebene des Schiffes bis hinunter zu den Maschinenräumen. Allerdings ohne Zwischenstop. Aber wenn wir in den Schacht kommen, führt dort ein Versorgungstunnel entlang, der über Deck 1 läuft. Der führt uns direkt ins Dock.«

Christie nickte. »Klingt nicht dumm. Wie kommen wir dorthin?«

»Diesen Gang hinunter. Dann biegen wir ab und nehmen eine Abkürzung durch die Labors zu den Fahrstühlen.«

»Na schön«, sagte Christie. »Dann machen wir es so.«

Vriess begann, irgendwelche Teile von seinem Stuhl abzuschrauben und zusammenzusetzen. Seine Waffen. Bald lag ein kleines Arsenal auf seinem Schoß. Christie mußte lächeln.

Vriess entging das Lächeln seines Freundes nicht. »Den Stuhl filzen sie nie.«

Distephano blickte kopfschüttelnd auf die Waffensammlung.

»Call!« sagte Vriess. Als das Mädchen aufblickte, warf er ihr eine kleine, aber tödliche Waffe zu, die wie für sie geschaffen schien.

»Wieso kriegt sie eine?« grummelte Johner.

Christie ignorierte ihn. »Seid ihr bereit? Dann los jetzt. Wir gehen in Zweiergruppen.«

Gerade als sie losgehen wollte, ertönte Ripleys flache Stimme. »Wir bewegen uns.«

»Was?« fragte Christie.

»Das Schiff bewegt sich«, wiederholte Ripley. »Ich kann es fühlen.«

Sie kann es fühlen? dachte Christie entgeistert.

Wren schüttelte den Kopf. »Das ist bei diesem Schiffstyp unmöglich. Selbst wenn sich die *Auriga* bewegen sollte, so kann sie es gar nicht spüren.«

Sie warf ihm einen Blick zu, der ihn veranlaßte, sich wieder hinter einem der Crewmitglieder zu verstecken.

Christie überlegte noch, als Call nachdenklich sagte: »Sie hat recht.«

»Das Schiff bewegt sich seit dem Angriff«, beharrte Ripley und sah Wren herausfordernd an.

Alle Augen richteten sich auf ihn. Der Schweiß lief ihm von der Stirn, als er schließlich einräumte: »Nun … ähm … das ist, glaube ich … ganz normal.«

Distephano nickte besorgt. »Es stimmt. Wenn das Schiff schwer beschädigt wird, dann kehrt es per Autopilot zu seiner Basisstation zurück.«

Call schob den Kiefer vor. »Ich schätze, das hätten Sie uns sicher bald mitgeteilt, Wren, oder?«

Der Wissenschaftler senkte den Kopf und stotterte.

»Ich … hab's vergessen.«

Aber sicherlich, dachte Christie angewidert.

»Zu welcher Basisstation?« fragte Hillard.

Leise antwortete Wren: »Zur Erde.«

»O Gott, du Bastard, du …« Call war außer sich, schien fast die Beherrschung zu verlieren.

Johner schüttelte voller Abscheu den Kopf. »Die Erde? Ich will aber nicht zurück auf diesen Scheißhaufen.«

Call schrie Wren aufgebracht an: »Wenn diese Dinger auf die Erde kommen, dann ist das … ich meine …«

»Das Ende«, sagte Ripley scheinbar ungerührt.

Call schüttelte den Kopf, als wolle sie es nicht akzeptieren. »Wir müssen das Schiff in die Luft sprengen!«

»Wir müssen gar nichts«, meinte Christie. »Nur von ihm runter müssen wir! Wie lange dauert es, bis wir die Erde erreichen?« fragte er Distephano.

Der Soldat, der an einer Konsole stand, holte einige Daten auf den Bildschirm. »Knapp drei Stunden.«

Call wandte sich an Christie. Sie wußte, daß sie vor allem ihn überzeugen mußte. »Verstehst du nicht? Die Viecher werden mitten auf einer dicht bevölkerten Station landen. Niemand hat die geringste Ahnung davon, was sie erwartet. Und wir rollen den roten Teppich für das Ende unserer Art aus!«

»Das ist nicht unser Problem«, schaltete sich Hillard ein.

»Call«, sagte Christie bestimmt. »Du wirst dieses Schiff nicht sprengen, jedenfalls nicht, solange wir noch an Bord sind. Wenn wir aus diesem Schlamassel raus sind, kannst du machen, was du willst.« Er wandte sich an den Klon. »Ripley, hättest du was dagegen, an der Spitze zu gehen?«

Sie schüttelte den Kopf und ging nach vorne, und sie machten sich erneut auf den Weg.

Christie bildete nun die Nachhut. Vor sich hörte er Johner murmeln. »O Mann, die Erde … was für ein Slum.«

Aber je länger Johner darüber nachdachte, desto mehr Dinge fielen ihm ein, die schlimmer waren, als auf der Erde zu enden. *Zum Beispiel so zu enden wie Elgyn.* Bei dem Gedanken daran, wie das ekelhafte reptilienhafte Ding auf sie zugekommen war, schüttelte es ihn.

Während sie Gang nach Gang durchquerten, konnte Johner eine gewisse Bewunderung für die große Frau, die jetzt die Gruppe führte, nicht verhehlen. Sie mußte Eiswasser in den Venen haben, so wie sie sich dem Ding gestellt hatte, mit nichts als einem warmen Leichnam zwischen sich und ihm. Sicher, sie war ein Klon, aber verdammt noch mal, auch Klone hatten Gefühle.

Sie kamen an eine weitere Kreuzung, an der Ripley stehenblieb und lauschte. Nach kurzer Zeit sagte sie: »Frei.«

Johner schloß zu ihr auf. »Du hast schon vorher mit diesen Dingern zu tun gehabt?« fragte er ohne Umschweife.

Sie schien sich auf ihre Aufgabe konzentrieren zu wollen. »Ja«, antwortete sie knapp.

Als nichts mehr kam, fragte Johner nach: »Und was hast du gemacht?«

»Ich bin gestorben«, sagte sie kühl.

Sie ging weiter, während Johner fast stehengeblieben wäre. »Das war eigentlich nicht das, was ich hören wollte«, sagte er zu Distephano, der neben ihm ging.

Der Soldat schüttelte nur den Kopf, grinste und klopfte Johner auf die Schulter. Nachdem sie etwas weiter gegangen waren, gab Distephano Ripley ein Zeichen. Er deutete auf eine Tür.

»Hier entlang«, sagte der Soldat. »Eine Abkürzung.« Er öffnete die Tür und ging hindurch. Die anderen folgten ihm.

Es handelte sich um eines der Labors. Zum erstenmal fiel Johner auf, daß Ripley so etwas wie eine Regung zeigte, als sie an einer großen Röhre mit der Aufschrift ›Inkubator‹ vorbeikamen. *Erinnerungen an den Kindergarten?* dachte Johner.

Doch schon hatten sich ihre Züge wieder geglättet, und sie folgte dem Soldaten.

Dann bogen sie um eine Ecke, und Johner entdeckte etwas ganz anderes. Als seine Kameraden es sahen, fuhr jedem einzelnen der Schreck in die Glieder. Am Ende des Raums, dort, wo die Schatten dunkler wurden, änderte sich die Struktur des Zimmers. Die Schatten tanzten und zeichneten groteske Bilder. Der Boden, die Wände, die Decke – alles war verändert worden. Ein ganzer Raum – umkonstruiert. *Sie* waren hier gewesen und hatten sich hier für eine Weile ein Zuhause eingerichtet, hatten die menschliche Umgebung nach ihren Wünschen umgeformt. So etwas hatte Johner noch nie gesehen. Es war in der Tat völlig unmenschlich. Die Wände waren nicht mehr glatt, sondern auf seltsame Weise strukturiert, fast wie das Innere eines Brustkorbs, mit gleichmäßig verteilten Rippen oder Knochen, die mit dunklen Membranen verbunden waren. Und oben an den Wänden …

Johner erstarrte und merkte, daß alle ebenfalls verharrten und nach oben sahen, die Waffen bereit. Ripley stand da wie eine Statue, bewegte sich nicht und atmete nicht.

An den Wänden hingen Menschenkörper. Sie klebten dort, totenstill, wie Fliegen auf Fliegenpapier. Offenbar wurden sie durch elastische Membranen dort festgehalten wie mit Klebstoff. Johner starrte entsetzt die Gestalt an, die vor ihm hing.

Distephano, der hinter ihm stand, hatte einen Lichtschalter entdeckt und betätigte ihn. Johner zuckte zusammen. Ein Spot beleuchtete plötzlich den Mann über ihm. Es war einer der Wissenschaftler, und er trug noch immer seinen weißen Kittel mit der Aufschrift ›Kinloch‹. Sein Gesicht war eine Maske aus Schmerz, die seine letzten Zuckungen zeigte, seine aufgerissenen Augen. Sein Kittel war mit seinem eigenen Blut getränkt. Es sah aus, als sei etwas in ihm detoniert und habe seine Brust durchbohrt. *Oder sich vielleicht durchgenagt,* dachte Johner angeekelt. Er konnte Kinlochs Lungen und seinen Darm genau erkennen.

Distephano bewegte den Spot und leuchtete auf die anderen Körper, die an der Wand hingen. Sie sahen alle aus wie Kinloch. Alle waren sie tot, alle hatten die gleiche gräßliche Wunde. Offenbar alles Leute, die in diesem Labor gearbeitet hatten. Johner las die Namen auf den Kitteln – Williamson, Sprague, Fontaine … *Es wäre gar nicht so schlimm,* dachte Johner, *wenn diese Namen nicht wären. Wenn sie namenlos wären.*

Für die meisten aus der Gruppe war der Anblick dieser Menschen schier unerträglich, und selbst Johner, der von sich dachte, er hätte schon alles und noch ein bißchen mehr gesehen, mußte sich schließlich abwenden. Er wußte, wenn sie diese Sache überlebten, würde er diesen Anblick nie mehr vergessen.

Ripley sah die Leichen nur regungslos an, als sei dies ein Bild, das sie schon so oft gesehen hatte, daß sie es nicht mehr groß interessierte.

Dann entdeckte Johner, daß in einer der Hyperschlafröhren noch ein Mensch lag. *Das ist einer der Schläfer, den wir entführt und hier abgeliefert haben.* Er ging auf die Röhre zu und sah, daß der Deckel teilweise geöffnet war. Er klappte ihn ganz auf. In der Röhre lag eine Frau. Ihre Brust war aufgerissen, ihr Gesicht schmerzverzerrt.

»Das ist alles nur ein besserer Traum!« murmelte er, aber er wußte, daß es aus diesem Traum kein Erwachen gab.

Zu seiner eigenen Verärgerung stellte Johner fest, daß ihn tatsächlich so etwas wie Schuldgefühle plagten. *Du hast sie hier abgeliefert, damit die das mit ihr machen. Du hast sie entführt, genau wie all die anderen, und hast keine Fragen gestellt. Das Geld nehmen und verschwinden. Und damit hast du deinen eigenen Tod heraufbeschworen. Sieh dir ihr Gesicht an. Und die Gesichter der anderen dort an der Wand. So wirst du auch enden. Und du hast immer gedacht, du sähest schon abstoßend genug aus.* Plötzlich spürte Johner, wie eine Welle der Übelkeit in ihm aufstieg. Er holte tief Luft, wandte sich von dem Sarkophag ab und unterdrückte das Gefühl.

Christie kam auf ihn zu und bot schweigend Hilfe an. Johner war dankbar dafür, daß der große Mann bei ihm war. »Gehen wir weiter«, sagte Christie leise, und Johner riß sich zusammen und nickte.

Sie setzten ihren Weg durch das Labor fort und fanden überall Spuren der Aliens – Blutlachen und regelrechte Pfützen von menschlichem Gewebe.

Als sie einen weiteren verdunkelten Abschnitt betraten, verlangsamten sie ihr Tempo. Eine flackernde Neonröhre warf abwechselnd Licht und Schatten – wie ein großes Stroboskop – über die Alptraumlandschaft des zerstörten und verwandelten Labors. Vriess hielt seine Waffe nach oben und stieß gegen die Röhre, aber das Licht flackerte nur um so heftiger.

Hier gab es so viele Apparate, so viel Zeug, daß der ganze Raum eine Ansammlung von Schlupflöchern und Ecken darstellte. Alles war abwechselnd in Licht und Schatten getaucht. Es zerrte an den Nerven.

Ripley nahm wieder ihren Platz an der Spitze ein, während sie langsam weitergingen, alles genau beobachtend. Johner sah sich mit zusammengekniffenen Augen um. Eines dieser riesigen schwarzen Viecher mit seinem komischen Exoskelett würde sicherlich gut in diese Szenerie passen. Johner starrte durch das pulsierende Licht. Röhren, Apparate, Schreibtische, Ecken und Winkel, Röhren, *ein Gesicht*, noch mehr Röhren – Johner blinzelte. Hatte er eben tatsächlich ein Gesicht irgendwo dort in einer Ecke gesehen? Ripley reagierte noch vor ihm und wandte sich um, gefolgt von Johner und Christie. Das Licht ging an und aus. Da war es. Ein bleiches Gesicht, starr vor Angst.

Im nächsten Augenblick stürmte die Gestalt aus ihrem Versteck. Der Mann hielt etwas Längliches in der Hand, ein Rohr vielleicht. Schreiend stürzte er sich auf die verblüffte Ripley, die für eine Sekunde das Gleichgewicht verlor und den Schlag voll abbekam. Sie stürzte zu Boden.

Sofort sprang Christie ihr zu Hilfe und blockte den nächsten Hieb ab.

Johner richtete seine Waffe auf den Mann und brüllte: »Laß es fallen, laß es fallen, Mann!« Viel fehlte nicht, und er hätte den Angreifer erschossen. Das Adrenalin pumpte durch seinen Körper.

Die anderen sahen zu, gleichermaßen erregt.

Christie stand über Ripley, die sich langsam wieder regte und rief: »Beruhigt euch, Leute! Keine Panik, ganz ruhig bleiben.«

Der Mann war in seine Ecke zurückgekrochen. Wie durch ein Wunder flammten die Neonlichter plötzlich wieder auf.

Die ganze Crew hatte ihre Waffen auf den Mann gerichtet, der sich in der Ecke krümmte. Ripley schüttelte den

Kopf, als reiche das, um die Wirkung eines schweren Schlages zu verdauen. Sie erhob sich.

»Laß die Stange fallen, Mann!« befahl Christie der winselnden Gestalt. »Los!«

Der Mann sah ihn mit vor Angst geweiteten Augen an. »Geht weg!« stieß er hervor, aber seine zitternde Stimme machte keinen Eindruck auf sie. Der Angriff hatte ihn offenbar allen Mut gekostet, den er noch hatte aufbringen können. Die Stange, die er hielt, fiel dröhnend auf den Boden. Sein Blick wanderte unsicher von einem zum anderen. Schließlich fragte er mit zittriger Stimme »Wer seid ihr?« und kam schwankend und ängstlich aus seinem Versteck gekrochen.

Johner las den Namen ›Purvis‹ auf dem Overall des Mannes. Verdammt. *Noch einer von den Schläfern, die wir entführt haben.* Christie ging auf ihn zu, ohne in seiner Aufmerksamkeit nachzulassen. »Purvis, wir sind die Leute, die von diesem verdammten Schiff runterwollen.«

Purvis sah sie völlig verwirrt an. Er war schweißgebadet, und der Geruch von Furcht ging wellenförmig von ihm aus. »Von welchem Schiff?« fragte er. »Ich war im Hyperschlaf, unterwegs nach Xarem, um dort in der Nickelraffinerie zu arbeiten ...«

Christie und Johner sahen einander betreten an. Selbst Wren wandte sich ab.

»Ich bin aufgewacht ... ich verstehe das nicht«, fuhr Purvis fort. »Dann ... dann ... habe ich etwas ... Schreckliches gesehen. Es hat mich erstickt ...!« Er sah aus, als würde er gleich in Tränen ausbrechen.

Call mischte sich ein, und zum erstenmal war Christie ihr dankbar dafür. »Hör zu«, sagte sie zu Purvis. »Du kommst mit uns. Hier ist es zu gefährlich für dich.«

Johner und Christie sahen sich an und zuckten mit den Schultern. Was Johner betraf, schuldeten sie ihm etwas, weil sie ihn entführt hatten, auch wenn sie nicht gewußt hatten, daß er als Alienfutter enden sollte.

Plötzlich trat Ripley an Purvis heran. Er zuckte zusammen und wich zurück, aber sie roch lediglich an ihm. Johner roch den Mann aus einem Meter Entfernung, und bestimmt nicht, weil er ein bißchen viel Rasierwasser aufgetragen hatte.

»Laßt ihn hier«, sagte Ripley tonlos.

»Scheiße!« herrschte Call sie an. »Wir lassen niemanden auf diesem Schiff zurück.«

Ripley verzog keine Miene. »Er trägt eins von ihnen in sich. Ich kann es riechen.«

Purvis zuckte nervös. Es sah aus, als würde er gleich einen Nervenzusammenbruch bekommen.

»In mir? Was ist in mir?«

Johners Haut begann zu kribbeln, als ob Tausende von Ameisen darüber liefen. Ameisen mit silbernen Zähnen. »Scheiße, ich fände es nicht gut, wenn irgendwo in meiner Nähe eines von diesen Dingern zur Welt kommt.«

Vriess rollte zu ihnen. »Das Risiko ist zu groß.«

Call stellte sich gegen sie. »Wir können ihn nicht im Stich lassen«, forderte sie.

Verdammt, hört sie denn nie auf, dachte Johner erschöpft.

Vriess versuchte, sie zu überzeugen. *Gute Idee,* dachte Johner, *wahrscheinlich ist er der einzige, der das fertigbrächte.* »Ich dachte, du bist hierher gekommen, um zu verhindern, daß sie sich ausbreiten.«

Vriess' Worte schienen Eindruck auf sie gemacht zu haben. »Können Sie den Vorgang nicht irgendwie aufhalten?« fragte sie Wren verzweifelt.

Christie schüttelte den Kopf. »Dafür haben wir wohl keine Zeit.«

Wren wagte es nicht, Purvis ins Gesicht zu sehen. »Hier ginge es auf keinen Fall. Das Labor ist völlig zerstört.«

Christie flüsterte Call etwas zu. »Ich könnte das übernehmen. Schmerzlos. In den Hinterkopf. Vielleicht wäre es das beste so.«

Der alte Softie, dachte Johner.

Call schüttelte den Kopf. »Es muß einen anderen Weg geben. Wenn wir ihn einfrieren ...«

Purvis' Blick wanderte zwischen ihnen hin und her, und mit jedem Wort, das er hörte, wuchs seine Panik. Er starrte auf seine Brust. »Was zum Teufel ist denn in mir?«

Sie alle sahen ihn an, und Johner fiel auf, daß es ihnen allen sehr unangenehm war, selbst Distephano. Keiner von ihnen war unschuldig.

Schließlich sagte Wren leise: »Ein Parasit. Ein fremdes Element, das ...«

Ripley unterbrach ihn ungeduldig. Sie hatte genug von diesem Unsinn. »In deiner Brust sitzt ein Ungeheuer«, sagte sie Purvis mit ruhiger Stimme mitten ins Gesicht. »*Diese* Typen hier«, sie deutete mit dem Daumen auf die Crew der *Betty*, »haben dein Schiff gekapert und dich mitsamt deiner Hyperschlafröhre an *diesen* Kerl verkauft.« Sie nickte zu Wren hinüber. »Und er hat ein außerirdisches Wesen in dich eingepflanzt. In ein paar Stunden wird es durch deinen Brustkasten brechen und du bist tot. Noch irgendwelche Fragen?«

Oh, was für ein eiskaltes Biest, dachte Johner bewundernd.

Sie sah Purvis noch immer ins Gesicht. »Und ich bin die Mutter des Monsters«, fügte sie hinzu. Dann sah sie Wren mit dem gleichen Blick an, bis dieser sich abwandte.

Call hatte offenbar vor, Ripleys direkte Art zu imitieren. Sie drängte sich vor, packte Purvis am Arm und verkündete: »Er kommt mit uns. Wir können ihn auf der *Betty* einfrieren, und der Doktor kann es später entfernen.«

Alle Blicke richteten sich auf Wren. »Also gut«, sagte er schließlich und nickte.

Johner wollte nicht glauben, daß alle anderen das einfach so akzeptierten. Drohend beugte er sich über Call. »Und seit wann hast du hier das Kommando?«

Sie sah ihn, ohne mit der Wimper zu zucken, an. »Seit du ohne Eier auf die Welt gekommen bist.«

Bevor Johner eine gute Antwort einfiel, rollte Vriess zwischen sie. »Ruhig, Leute.«

Mittlerweile schob Christie Purvis bereits hinter Ripley her. »Du kommst mit. Vielleicht überlebst du sogar. Wenn's Scherereien mit dir gibt, erschieße ich dich.«

Ärgerlich murmelnd folgte Johner der Gruppe, die ihren Weg durch das Labor fortsetzte.

10

Klonlager? Ripley las das Schild über dem letzten Labortrakt, den sie durchqueren mußten, registrierte das Wort aber kaum. Sie hatte genug damit zu tun, die Gruppe anzuführen.

Distephano trat an eine der vielen Konsolen. Seine Hände glitten über die Tasten. »Die *Auriga* ist gerade an den Jupitermonden vorbeigekommen«, meldete er.

Ripley wußte, daß sie eigentlich so etwas wie Verantwortung spüren sollte, den Wunsch zu helfen, aber das einzige Gefühl, das sie an sich wahrnahm, war ein alles andere überlagernder Selbsterhaltungstrieb. *Wie bei jedem anderen Tier auch,* dachte sie bitter. *Genau wie bei den Tieren.* Sie versuchte, nicht an die Aliens zu denken, aus Angst, die Wesen könnten sie dann aufspüren. Aber bald, wenn sie nicht mehr mit anderem beschäftigt waren, dann würden sie kommen, um sie zu holen.

Sie gingen an einer endlosen Reihe von Türen vorbei, mit Aufschriften, die Ripley nicht das geringste sagten. Doch dann ...

Ripley blieb stehen.

Dort drinnen war etwas. Etwas Lebendiges?

Seit ihrer ›Geburt‹ hatte Ripley nichts in sich gespürt, außer einer grenzenlosen Leere. Doch jetzt lief so etwas wie eine Welle der Furcht durch ihren Körper. Sie schaltete ihre Sinne auf Höchstleistung und ging auf die Tür zu. Auf dem gläsernen Sichtfenster stand etwas.

1 / 7.

Sie starrte auf die Ziffern.

Dann zog sie ihren Hemdsärmel hoch und betrachtete die Zahl auf ihrem Arm – eine 8.

Geh weg, sagte eine Stimme in ihr. *Geh weit weg.* Sie schloß die Augen, und ein Schauder lief durch ihren Körper. Hinter dieser Tür befand sich etwas Furchtbares, und es hatte mit ihr zu tun.

Distephano stand neben ihr. »Dort geht es nicht lang«, sagte er leise.

Auch Christie kam auf sie zu. Ihr seltsames Verhalten beunruhigte ihn offenbar. »Ripley, wir haben jetzt keine Zeit, die Sehenswürdigkeiten zu genießen.«

Es spielte keine Rolle. Sie konnten auch ohne sie weitergehen. Sie wußte, daß sie dort hinein mußte.

Plötzlich hörte sie Wren neben sich. Er klang nervös. »Ripley … tun Sie es nicht.«

Sie mußte es. Sie öffnete die Tür, blieb einen Herzschlag lang stehen und versuchte sich auf das vorzubereiten, was sie gleich sehen würde.

Die ganze Zeit über hatte sie beklagt, daß sie keine Gefühle hatte, nicht menschlich war. Und nun wurde sie plötzlich von Gefühlen überflutet, geradezu ertränkt: Schmerz. Schrecken. Ekel. Schuld. Trauer, vor allem Trauer.

Die anderen blieben verwirrt an der Tür stehen. Keiner wagte es, ihr zu folgen.

Ripley blickte in einen Raum, in dem lauter Brutkästen standen. Nein, es waren keine Brutkästen, jetzt nicht mehr.

Es waren Lagereinheiten. Einmachgläser auf dem neuesten Stand der Technik. Für meine Schwestern.

Die erste Einheit enthielt einen Organismus von der Größe eines voll ausgebildeten menschlichen Fötus. Er war jedoch völlig deformiert, kaum erkennbar. Das Glas, in dem er in einer Konservierungsflüssigkeit schwamm, trug die Aufschrift *Nummer 1*.

Nicht ›er‹, dachte Ripley, sondern ›sie‹. Behutsam berührte sie das Glas und ging weiter.

Die nächste Einheit, *Nummer 2*, enthielt ein kleines Kind. Es war ebenfalls schwer deformiert, halb Mensch, halb Alien. Ellen Ripleys Gesicht schaute aus jenem schrecklichen länglichen Kopf. Dorsalhörner traten aus dem Rücken aus. Ripley zog die Schultern zusammen und spürte die Narben an ihrem Rückgrat.

Nummer 3 hatte einen Schwanz und kein Gesicht. Sie war ungefähr zwei Jahre alt.

Nummer 4 war etwa vier Jahre alt, hatte ein Exoskelett

und die rigide, mit Zähnen besetzte Zunge, die aus einem halbmenschlichen Kopf ragte, der ihr Gewicht nicht tragen konnte.

Irgend etwas lief aus Ripleys Augen. Sie berührte ihre Wangen. *Tränen? Die Tränen eines Monsters.* Fast hätte sie gelacht.

Nummer 5 war fast erwachsen. Auch sie hatte Dorsalhörner, doch waren diese eindeutig rudimentär. Der Kopf war der eines Alien, einer Königin, aber er steckte auf der grotesk verzerrten Version eines weiblichen Körpers. Die Tränen strömten Ripleys Gesicht herab.

Acht von uns. Aber wie viele Hunderte, Tausende von Zellen sind gezüchtet worden, die nie über das Acht-Zellen, nie über das Sechzehn-Zellen-Stadium hinausgekommen sind. Sie haben uns erst eine Nummer gegeben, nachdem wir eine gewisse Stufe der Entwicklung erreicht hatten.

Sie dachte an die Wissenschaftler, die an ihren Zellen gearbeitet hatten, Woche für Woche, Monat für Monat, Jahr für Jahr. Sie waren tot und dienten nun als Futter für ihre eigenen Schöpfungen. Der Gedanke konnte sie nicht trösten.

Sie kam zu *Nummer 6*. Auch ihr Gesicht steckte in einem bizarren, länglichen Kopf, war aber fast erwachsen, sah beinahe aus wie sie. Sie hatte die gleichen Hände, mit den seltsamen kräftigen langen Nägeln. Die Augen waren geöffnet. Ihre Augen. Sie sahen …

Was? Meine Zukunft? Ein Monster mehr in der Sammlung?

Sie ging weiter durch ihre ganz persönliche Alptraumwelt.

Nummer 7 war keine Lagerröhre. Es war ein großer, rechteckiger Behälter, von vorne nicht einsehbar. Ripley bemerkte, daß elektrische Drähte hineinführten. Sie sah Meßgeräte, die irgend etwas anzeigten.

Das Gefühl von Furcht, das sie packte, als sie um die Einheit herumging, war überwältigend.

Das ist keine Lagereinheit! Das ist eine Intensivstation mit einem Hydro-Bett, mit den all den Apparaten, die man braucht, um …

Sie begann, unkontrolliert zu zittern. Ihr Mund öffnete sich, ihre Augen weiteten sich vor Schreck.

Auf dem Bett lag ein lebendes Wesen, sofern man das Leben nennen konnte, was dieser Organismus erdulden mußte.

Das Monstrum besaß Ripleys Gesicht in einem mißgestalteten Kopf, auf dem nur an wenigen Stellen kleine Büschel braunen Haares wuchsen. Seine grotesk verrenkten Glieder wurden von Gurten festgehalten, während gleichzeitig eine Unzahl von Röhren Nährstoffe in seinen Körper führten und es am Leben erhielten. Leuchtende, intelligente Augen sahen Ripley an.

Das Wesen erkannte sie!

Meine Schwester, dachte Ripley entsetzt.

Der Mund öffnete sich und zeigte silberne Zähne. Stränge klaren zähen Speichels tropften herab, als das Monster zischend kundtat, daß es wußte, wer Ripley war.

Dann stieß sie zwei Worte hervor, mehr nicht. »Töte mich!« Sie flehte den einzigen Menschen an, von dem sie wußte, daß er ihr diesen Wunsch erfüllen würde. Ripley weinte hemmungslos, während das Monster sich in seinen Gurten wand, bettelnd und flehend.

Ripley wankte bestürzt zurück. Sie stieß einen leisen Klagelaut aus, Tränen strömten über ihr Gesicht. Plötzlich stand Call neben ihr. Sie hielt eine Waffe in der Hand, die ihr sonderbar vertraut vorkam.

»Das ist ein Flammenwerfer«, sagte Call. »Distephano hat ihn in einer Waffenkammer gefunden, an die er sich erinnerte.«

Ripley sah die Waffe durch einen Tränenschleier an. Ja, sie wußte, was das war. Sie drehte sich um und warf einen letzten Blick auf ihre Schwester. Das Monster auf dem Bett zuckte hin und her, es öffnete seinen obszönen Mund. Klebriger Speichel tropfte auf ihr Kinn, auf die Bettlaken. Ihre Augen sagten das, was ihr gequältes Hirn nicht ausdrücken konnte.

Ohne nachdenken zu müssen, entsicherte Ripley die Waffe und feuerte auf die angekettete Kreatur. Sie zwang sich, nicht auf die schrecklichen, halb menschlichen, halb alienartigen Schreie zu hören, während sie immer und immer wieder feuerte, die Einheit schmolz, die Röhren, die Fesseln, bis alles zerstört war.

Sie ging zurück. Der Flammenwerfer in ihren Händen fühlte sich gut an, wie für sie geschaffen. Sie feuerte auf jede Lagereinheit, setzte alle in Brand. Alarmglocken läuteten, und eigentlich hätte sofort die Sprinkleranlage ihren Dienst aufnehmen müssen, aber offenbar enthielt sie kein Wasser mehr, und Ripley konnte ihre Orgie der Zerstörung ungehindert fortsetzen. Einer nach dem anderen zerbarsten die Behälter, und Plastiglas und Stahlteile regneten herab, als Ripley sich von ihren ›Entwicklungsstufen‹ befreite.

Sie hörte erst auf, als das Labor eine einzige brennende, brodelnde Masse war. Die Waffe war leer. Ripley warf den Flammenwerfer auf den Boden und schlug die Tür hinter sich zu, damit das Feuer sich nicht ausbreitete.

Ripleys Tränen waren versiegt, aber an ihrer Stelle sah man etwas viel Gefährlicheres in ihrem Gesicht.

Sie ging auf Wren zu.

Der Wissenschaftler duckte sich und schaute sich ängstlich und hilfesuchend um. Aber die anderen, die einen kleinen Teil dieser Hölle gesehen hatten, wichen zurück und ließen ihn wissen, daß ihm niemand mehr helfen würde. Nur Call trat dazwischen, als Ripley vor Wren stand.

»Ripley ... tu es nicht«, sagte Call leise.

Eine unglaubliche Müdigkeit schien mit einemmal Besitz von Ripley zu ergreifen. Ihre Schultern sackten herab. »Tu was nicht?« flüsterte sie verzweifelt.

Die Spannung wich aus der kleinen Gruppe. Wren atmete hörbar auf und hatte sogar den Nerv, selbstgerecht zu lächeln.

In diesem Augenblick wirbelte Call herum und schlug ihm mit der Faust aufs Kinn, mit aller Kraft, die in ihrem sehnigen kleinen Körper steckte.

Wrens Kopf kippte nach hinten, und der Wissenschaftler brach vor Ripley zusammen.

Ripley sah die jüngere Frau an und spürte, wie irgendeine Verbindung zwischen ihnen entstand. Was genau es war, konnte sie nicht sagen.

»Das«, sagte Call. Sie rieb ihre Hand. Ohne noch einen weiteren Blick auf den am Boden liegenden Mann zu werfen, marschierte sie den Gang hinunter.

Ripley sah den am Boden Liegenden an. Wren hielt sich das Kinn und schüttelte den Kopf. Christie beugte sich über ihn, als sei er sich noch nicht ganz sicher, ob Ripley den Job nicht doch noch zu Ende bringen würde.

»Das mußte mal so kommen, Doc«, sagte er fast freundlich.

Ripley hätte beinahe gelacht. Sie nahm ihre eigene Waffe und ging hinter Call her.

Johner, der ebenfalls am Eingang des Labors stehengeblieben war, fragte Christie: »Wozu die ganze Aufregung? Das war doch nur Verschwendung von Munition.«

Christie zuckte mit den Schultern und half Wren auf die Beine.

Call drehte sich um und rief: »Beeilen wir uns. Vielleicht hat der Lärm sie angelockt.«

Johner hatte sich noch immer nicht beruhigt. »Verstehst du das, Christie? Ich meine – Frauen!«

Sie hatten den Laborkomplex hinter sich gelassen. Nach einiger Zeit blieb Distephano bei einer Bodenluke stehen und öffnete sie. In dem darunter liegenden Schacht brannten einige Notlichter, doch ging er zu tief hinab, um bis ganz nach unten sehen zu können.

»Hier müssen wir runter«, erklärte Distephano überflüssigerweise.

Christie wandte sich an den gelähmten Mechaniker.

»Vriess, ab hier geht's ohne Rollstuhl weiter.«

»Ich weiß«, sagte Vriess resigniert und holte einige Seile hervor, die er an seinem Stuhl verborgen hatte.

Als Call den anderen in den Schacht folgte, sagte Christie zu Vriess: »Wird wieder ein Kawlang-Manöver, was?«

Vriess lachte verbittert auf. »Wie in alten Zeiten …«

Damals hatten sie gedacht, ihr letztes Stündlein habe geschlagen. Sie hatten sich nicht vorstellen können, jemals etwas Schlimmeres zu erleben.

Jetzt stand Christie in einem Gang auf der *Auriga,* und es kam ihm vor, als sei Kawlang wie ein Urlaubstag auf dem Lande gewesen …

Als sie am Ende des Schachtes von der Leiter sprang, stand Call bis zu den Knien im Wasser. Sie befanden sich im Kühlturm, und eigentlich hätte hier kein Wasser sein dürfen. Distephano und Johner, die vor ihr heruntergestiegen waren, standen Rücken an Rücken und checkten die Lage. Schweigend bedeuteten sie Call weiterzugehen, während die anderen herunterkamen.

Call watete bis zum Ende des Raums, wo Ripley bereits wartete. Die große Frau betrachtete ihre Hände, die seit dem Erlebnis im Labor nicht mehr aufgehört hatten zu zittern. Der Schmerz hatte sich in ihr Gesicht eingegraben, und ihre Augen waren gerötet. Call hatte Probleme mit ihr. Immer wieder hatte sie sich gesagt, daß sie kein richtiger Mensch sei, daß sie eigentlich gar nichts fühlte. Aber nun mußte sie sich der Wirklichkeit stellen. Ripley war mindestens so menschlich wie sie. Sie hatte Gefühle, vielleicht sogar zu viele.

Call blieb neben ihr stehen. Sie mußte irgend etwas sagen. »Ich … ich kann mir nicht vorstellen, wie du dich fühlen mußt.«

Ripley sah sie düster an. »Nein, das kannst du nicht.«

Call untersuchte die Umgebung. Die dunkle, von Rohren durchzogene Kammer war überflutet, und der Wasserpegel stieg. Aus den Kühlrohren lief das Wasser die Wände herab. Die Crew hatte sich wieder versammelt. Auf Christies Signal hin wateten sie los.

Alle waren bis aufs äußerste angespannt. Langsam erschöpfte sie diese dauernde Aufmerksamkeit, dieser Mangel an Ruhe. Call sah ihnen die Belastung an, Johner, Hillard, dem nervösen Purvis. Christie schritt ungerührt durch das Wasser, obwohl er Vriess trug. Sie gingen Rücken an Rücken. Der gelähmte Mann hatte sich mit den Bändern aus seinem Rollstuhl an Christie festgebunden. Auch er beobachtete die Decke.

»Das kommt aus den Kühltanks«, sagte er. »Jemand muß die Ventile geöffnet haben.«

»Die Viecher können es nicht gewesen sein«, sagte Johner, doch dann stockte er. »Oder?«

Hillard sah ihn verwirrt an. »Aus welchem Grund ...«

Sie gingen weiter durch das Wasser.

Plötzlich standen sie vor einer Wand. Eine Luke mit einer Leiter führte auf die unterste Ebene hinab. Die Luke war noch sichtbar, stand aber schon fast unter Wasser.

»Wir sind jetzt auf dem Grund des Schiffes«, sagte Wren. »Dieser Abschnitt ist versiegelt. Wir müssen die Leiter hinunter durch die Kombüse, etwa fünfundzwanzig Meter, bevor wir durch einen anderen Schacht wieder raufkönnen.«

Call wurde sich bewußt, daß er fünfundzwanzig Meter *unter Wasser* meinte.

Christie wandte den Kopf und sagte zu Vriess: »Bereit für ein kleines Bad, Partner?«

Vriess lachte. »Okay!«

»Die Sache stinkt«, beschwerte sich Johner.

»Sie sind sich sicher, was die Distanz betrifft?« fragte Hillard Wren.

Der Doktor nickte.

Christie schien unsicher. »Wir sollten jemanden vorausschicken. Ripley?«

Call sah Christie stirnrunzelnd an, aber Ripley ging zur Luke und beugte sich über den Schacht.

»Es gefällt mir nicht«, sagte sie.

Christie stimmte ihr zu. »Was soll einem hier schon gefallen?«

Ripley sah ihn amüsiert an und zuckte schließlich mit den Schultern. »Also gut!« verkündete sie, holte tief Luft und tauchte in das Wasser.

Offenbar hatten sich die Tanks geleert, denn das Wasser versiegte langsam, bis es nur noch träge die Wände heruntertröpfelte.

Niemand sagte etwas, und keiner bewegte sich. Alle starrten nur die Luke an, in der Ripley verschwunden war.

Wie lange konnte sie den Atem anhalten?

Distephano holte eine Schutzhülle aus seiner Gürteltasche und stülpte sie über den Zylinder seiner Waffe. Christie sah ihm zu. »Das solltet ihr auch machen«, schlug der Soldat dem Schwarzen und seinem siamesischen Zwilling vor.

Christie zeigte ihm seine Waffen. »Das sind Einwegwaffen. Die vertragen das.«

Distephano sah das Gewehr interessiert an. »Einwegwaffen. Ich habe davon gehört. Wie viele Magazine?«

»Zwanzig«, sagte Christie. Plötzlich waren der Pirat und der Soldat nur zwei Männer, die über ein gemeinsames Thema redeten. »Eingeritzte Kugeln. Damit erzielt man auch bei einem kleineren Kaliber gute Ergebnisse.«

Distephano nickte bewundernd. »Cool.«

Christie redete weiter, als lenke ihn das Geplauder von der schrecklichen Anspannung ab, die über ihnen lag. »Sind bei Killern sehr beliebt, weil du sie nach dem Job wegwerfen kannst. Niemand wirft gern eine Waffe weg, die er schon lange besitzt, verstehst du?«

Distephano sah ihn komisch an, und Christie erkannte, daß er zu weit gegangen war. Dafür hatte der Soldat kein Verständnis. Schließlich war er Soldat. Dem Vaterland dienen und dieser ganze patriotische Mist.

Ein peinliches Schweigen setzte ein. Die beiden Männer hatten sich plötzlich nichts mehr zu sagen. Vriess beobachtete weiter die Decke.

Das einzige Geräusch, das sie hörten, war das Tropfen des Wassers. Call tauchte ihre Hand hinein und kühlte sich die Stirn. Es machte sie nervös, daß Ripley so lange fort blieb.

Plötzlich sprudelte das Wasser hinter ihnen auf. Sie fuhren herum und richteten ihre Waffen auf den Fleck. Sekunden vergingen, und eine letzte Blase zerplatzte an der Oberfläche. Dann war alles wieder ruhig. Sie wandten sich wieder der Luke zu.

Plötzlich schoß Ripley vor ihnen aus dem Wasser. Sie zuckten zusammen, während Ripley nach Luft schnappte.

Als sie wieder sprechen konnte, stieß sie hervor: »Nach ungefähr zwanzig Metern bin ich an eine verschlossene Tür gekommen. Es hat etwas gedauert, bis ich sie aufhatte. Ich bin nicht ganz bis zum Ende geschwommen, aber der Ausgang war nicht mehr weit weg.«

Call sah die anderen an. »Muß ich euch raten, tief Luft zu holen?« Sie lächelten sogar.

»Christie«, sagte Vriess grinsend. »Tu mir einen Gefallen, wenn wir auf der anderen Seite an die Oberfläche kommen – bitte nicht rückenschwimmen.«

Der große Mann lachte. Die Mitglieder der Gruppe atmeten so viel Luft ein, wie sie nur konnten, und folgten Ripley, die vor ihnen ins Wasser tauchte, um ihnen den Weg zu zeigen.

Hillard und Johner waren die letzten, die eintauchten. Die Sicht unter Wasser ließ zu wünschen übrig. Das Wasser war zwar klar, aber in der Kombüse funktionierten nur noch wenige Lichter, so daß alles im Halbdunkel lag. Hillard gefiel es nicht, obwohl sie nicht wußte, ob ihr helles Licht besser gefallen hätte. Die Kombüse war riesig, was die Sicht noch verschlechterte. Sie beobachtete Wren, der vor ihr auf das Ende des Raums zuschwamm. Sie mißtraute ihm, weil er den Bauplan der *Auriga* genau kannte. Vielleicht wollte er sie irgendwann austricksen.

Sie schwammen um eine Ecke. Noch ein ziemlich langer Weg. Hillard spürte langsam den Druck auf ihren Lungen, den Wunsch zu atmen. Sie kämpfte dagegen an. Neben ihr bewegte sich Johner unbeholfen fort. Plötzlich sah er sich um, wurde langsamer und blieb hinter ihr zurück. Hillard wandte sich nach hinten und sah, was auch Johner gesehen hatte.

Fast hätte sie aufgeschrien. Zwei Aliens schwammen hinter ihnen her, trotz ihrer Masse beweglich wie Aale. Ihre Schwänze zuckten im Wasser.

Johner riß die Augen auf. Aber dann hob er seine Waffe

und drückte ab. Die Kraft des Rückstoßes drückte ihn nach hinten.

Das Projektil raste auf die Wesen zu und traf eines genau in den Kopf. Mit einem gedämpften Knall wurde es in Stükke gerissen. Das zweite Alien schwamm ungerührt weiter.

Johner schoß wie eine Rakete an Hillard und Ripley vorbei. Er ruderte wild mit den Armen. Ripley sah sich um und erblickte das Ungeheuer. Als die anderen es bemerkten, machte sich Panik breit. Nur Ripley blieb ruhig. Sie trieb Hillard an, als bliebe die Pilotin freiwillig zurück.

Sie hat hier unten überhaupt keine Probleme. Es scheint, als bräuchte sie gar nicht zu atmen, dachte Hillard und schlug wild mit den Beinen. Sie spürte den Druck und das Summen in ihrem Kopf, das lauter wurde. *Luft! Ich brauche Luft!*

Hillard sah, wie Purvis und Distephano Wasser schluckten, während das Monster immer näher kam.

Ripley trieb die Schwimmer weiter an. Hillard fiel auf, daß sie sich immer weiter von ihr entfernten – sie konnte ihnen nicht mehr folgen.

Ich kann nicht mehr. Ich muß atmen. Dieses Ding erwischt mich!

Sie versuchte, nicht daran zu denken, steckte all ihre Energie in den Versuch weiterzuschwimmen. Aber dann machte sie doch den Fehler, sich umzusehen.

Es war so nahe! Noch zwei Armlängen, und es hatte sie. Es entblößte seine Zähne, und die düsteren Lichter der Unterwasserwelt spiegelten sich in den chromglänzenden Fängen. Sie sah, wie sein Schwanz noch schneller zuckte.

Panik ergriff sie, und plötzlich schluckte sie einen Mund voll Wasser. *Nein!* Sie strampelte noch wilder mit den Beinen.

Kräftige, unmenschliche Hände zerrten an ihrem Fuß.

Instinktiv stieß sie einen Schrei aus und preßte allen Sauerstoff aus ihren Lungen. Dann atmete sie wieder ein, hoffte verzweifelt auf Luft, um weiterschreien zu können, doch in ihre Lungen drang nichts als Wasser. Die riesigen Hände wanderten ihren Körper hinauf, packten sie um die Hüften, um die Brust, bis sie in der tödlichen Umarmung versank.

Verzweifelt trat und schlug sie um sich, sah, wie sich die anderen im trüben Dunkel immer weiter entfernten, bis sie sich schließlich ihrem schrecklichen Liebhaber hingab, dort unter Wasser.

Hillard ist verschwunden. Sie ist weg! schoß es Call durch den Kopf, als sie durch die Tür schwamm und dicht vor ihr das Licht des Fahrstuhlschachts ausmachen konnte. Wie viele würden sie noch an diese Biester verlieren? Würden sie nacheinander geholt werden, bis keiner von ihnen mehr übrig war? Konnten sie überhaupt etwas tun, um das Schiff an seiner Rückkehr zur Erde zu hindern?

Sie konnte es sich nicht erlauben, die Hoffnung aufzugeben.

Einen Schritt nach dem anderen. Erst mal an die Luft. Wir brauchen Luft. Sie ruderte mit den Füßen und stieg an die Wasseroberfläche hoch, dorthin, wo es heller wurde. Doch kurz bevor sie ihren Kopf in das Licht und den Sauerstoff recken wollte, schlug sie gegen etwas Undurchlässiges, Flexibles und Durchsichtiges.

Was, zum Teufel …

Sie drückte dagegen und spürte, wie es nachgab, wenn auch nur ein bißchen. Die Luft war nur wenige qualvolle Zentimeter entfernt. Es mußte irgend etwas sein, das die Aliens gespannt hatten, eine Art durchsichtiges Netz. Aber warum? Mit den letzten Resten ihrer Kraft schlug Call auf die transparente Decke ein.

Die anderen waren nun neben ihr. Auch sie kämpften gegen das Netz und brauchten dabei ihre letzten Reserven auf.

Call sah nach oben. Ein paar Meter über ihnen befand sich ein Fahrstuhl, dessen Decke wie ein Spiegel glänzte. Und dann entdeckte Call sie. Das Metall reflektierte sie. Am Rande des Wassers lagen Alien-Eier, nebeneinander aufgereiht.

Call vergaß fürs erste diesen Anblick. Wenn es ihnen nicht gelang, das Netz zu zerstören, um an die Luft zu kommen, würden sie jetzt und hier sterben. Sie holte ihr Stilett hervor, das noch immer in ihrem Ärmel gesteckt hatte. Die geschmolzene Klinge hatte eine scharfe Kante. Sie stach damit auf das Netz ein und schaffte es tatsächlich, ein Loch hineinzubohren, wenige Zentimeter groß. Ihr tat alles weh. Sofort schwammen Johner und Christie herbei, steckten ihre mächtigen Hände durch das Loch, zerrten und rissen daran, ohne jedoch das Netz aufbrechen zu können.

Aus den Augenwinkeln sah Call, wie Distephano hilflos im Wasser trieb, ohne Bewußtsein. Und irgendwo hinter ihnen kam dieses Ding …

Plötzlich war Ripley bei ihnen. Sie packte das Netz mit beiden Händen und riß es mit einem gewaltigen Ruck auseinander. Die Crew schoß an die Oberfläche, nach Luft schnappend, hustend, die wunderbare Luft einatmend. Auch Ripley schnappte nach Luft, und Call war dankbar, daß sie zumindest eine gewisse menschliche Schwäche zeigte.

Call wischte sich das Wasser aus den Augen und blickte zum Fahrstuhlschacht hinauf. Sie sah, wie sich eines der Eier langsam und mit einem schmatzenden Geräusch öffnete. Mit einer schnellen, explosiven Bewegung katapultierte sich etwas Vielbeiniges, Groteskes aus dem Ei. Noch bevor irgend jemand reagieren konnte, landete es mit einem ekelerregenden Geräusch auf Ripleys Gesicht. Purvis stieß einen schrillen Schrei aus, als Ripley zusammen mit dem Wesen unterging. Call versuchte, ihr mit den Augen zu folgen, hatte sie aber nach kurzer Zeit in der Finsternis bereits verloren. Das letzte, was sie sah, war, wie Ripley unter Wasser mit dem Wesen kämpfte, das sich um ihr Gesicht gewickelt hatte.

»Verdammte Scheiße«, zischte Johner und sah zum Fahrstuhl hinauf. Sie beobachteten, wie sich die anderen Eier mit den gleichen schmatzenden Geräuschen öffneten und spinnenartige Beine über den Rand krabbelten.

»Das ist eine Falle!« brüllte Johner. »Sie haben uns in einen verdammten Hinterhalt gelockt. Tauchen! Alles tauchen!« Er verschwand im Wasser.

Alle taten es ihm, ohne zu zögern, nach.

Wollen sie uns wirklich ertränken? dachte Call. Dann wurde ihr alles klar. *Entweder wir brechen durch das Netz und schnappen mit weit aufgerissenem Mund unachtsam nach Luft, und die Biester springen uns an, oder wir verlieren unter Wasser das Bewußtsein, und sie pflücken uns wie Blumen. So oder so haben sie uns.*

Wieder schwammen sie unter Wasser, aber dieses Mal wußten sie nicht mehr, wohin. Call konnte Ripley nicht mehr sehen, aber in der Ferne erkannte sie das Alien, das Hillard getötet hatte. Als es sah, daß die Opfer wieder unter Wasser waren, schwamm es schneller.

Christie hatte es ebenfalls gesehen. Er blickte nach oben zum Frachtlift hinauf, sah die Spiegelbilder der schrecklichen Eier, die dort saßen und auf sie warteten, und griff nach seinem Granatwerfer. Alles geschah in völliger Stille. Nur wenige gedämpfte Geräusche drangen durch das Wasser. Christie stellte die Reichweite seiner Waffe ein, hielt sie nach oben und zielte auf das Spiegelbild. Dann schoß er.

Die Granate zischte durch das Wasser nach oben und prallte von der Decke ab. Von dort fiel sie mit einem nassen, schlürfenden Geräusch auf eines der Eier. Ein kurzer Schlag, und dann erfolgte eine Explosion, die sie selbst unter Wasser erzittern ließ.

Christie hatte bereits die nächste abgefeuert, dann noch zwei weitere. Eine nach der anderen zerstörten die tödlichen Granaten die wartenden Eier. Spinnenmonster und Eigewebe spritzten durch die Luft. Dann bedeutete Christie ihnen, daß alles vorbei sei und sie auftauchen könnten.

Call beobachtete noch immer das Alien. Es schien von irgend etwas abgelenkt, aber wovon? Und wo war Ripley?

Für Call war der Gedanke, Ripley verloren zu haben, und dazu noch an einen dieser widerlichen Gesichtsklammerer, unerträglich. Als sie zusammen mit Christie und Johner auftauchte und ihnen half, den bewußtlosen Distephano aus dem Wasser zu ziehen, konnte sie nicht mehr anders; sie schrie Ripleys Namen, bis Vriess ihr befahl zu schweigen, wenn sie nicht die Hölle herbeirufen wollte.

Sie biß sich auf die Lippen und widmete sich ganz der

Aufgabe, Distephano das Wasser aus den Lungen zu pumpen. Tränen liefen ihr aus den Augen.

»Los!« befahl Christie. »Das Ding wird bald kommen. Wir müssen die Leiter hoch.«

Call sah den Schacht hinauf, sah die Leiter, die an der Seite hochführte, bis ganz nach oben, mitten durch das Schiff. Hustend und spuckend kam Distephano wieder zu Bewußtsein. Call starrte ins Wasser;

Vriess, der noch immer an Christies Rücken hing, strich ihr über die Schulter. Sie sah zu ihm hoch, und alles, was sie an Gefühlen für die geklonte Frau in sich trug, zeigte sich auf ihrem Gesicht.

»Okay, Call«, sagte er leise. »Das war's. Der Soldat ist wieder okay. Wir müssen los.«

Sie nickte und folgte ihm mit einem letzten Blick zurück.

Ripley zerrte an dem Wesen auf ihrem Gesicht, während es versuchte, seine Implantationsröhre in ihren Mund zu schieben. An der Barriere ihrer zusammengebissenen Zähne kam es nicht vorbei, aber das konnte es in seinem von einem einzigen Instinkt gelenkten Bemühen nicht aufhalten. Es hatte nur ein einziges Ziel, eine einzige Aufgabe im Leben, und selbst nachdem Ripley ihm die Beine abgerissen hatte, kämpfte es weiter für dieses Ziel.

Sie wehrte sich mit aller Kraft und sank dabei auf den Grund des Wassers. Die Beine des Ungeheuers waren zerstört, aber sein Schwanz wickelte sich noch immer fest um ihren Hals.

Sie biß sich mit den Zähnen in dem fibrösen, geriffelten Schwanz fest und riß ihn ab. Dabei löste sich auch ein Stück Haut an ihrem Hals, aber nun hatte sie sich von dem Monster befreit, und mit ungeheurer Wut begann sie, es in Fetzen zu reißen. Aber kaum hatte sie sich bewußt gemacht, daß sie das Wesen endgültig getötet hatte, schaute sie auf und sah das Alien auf sich zukommen, mit einem Haß, der dem ihren durchaus ebenbürtig zu sein schien.

Ohne zu zögern, stieß sie sich vom Grund ab und schoß nach oben, so schnell sie nur konnte.

Kaum hatte sie die Oberfläche des Wassers durchbrochen, als zwei starke Hände sie packten und ins Freie zogen. Ripley schnappte nach Luft und blickte voller Verblüffung in Johners vernarbtes Gesicht.

»Es ist dicht hinter mir!« stieß sie hervor.

Er schob sie auf die Leiter. »Dann nichts wie weg!«

Sie begann die Sprossen hinaufzuklettern. Als sie hinunterschaute, sah sie, daß das Alien wie ein Unterseeboot tauchte und verschwand. Unter den Umständen war jedoch selbst das nur ein schwacher Trost. Ripley beeilte sich, um den Rest des Teams einzuholen. Sie wunderte sich über ihre Hast, bis ihr klar wurde, daß sie Call wissen lassen wollte, daß sie okay war.

Call wunderte es nicht, daß Wren als erster das Ende der Leiter erreichte. Distephano hatte ihnen gesagt, auf welche Ebene sie gelangen mußten, und Wren hatte dafür gesorgt, daß er als erster dort ankam. Call war es ziemlich egal. Das Wichtigste schien, so weit und so schnell wie möglich von diesem Alien wegzukommen. Wenn er wußte, wie man die Tür aufbekam, um so besser.

Wren balancierte auf einem schmalen Vorsprung neben dem Eingang, als Call zu ihm aufschloß. Er sah auf die anderen hinab, die noch auf der Leiter kletterten, und tippte einen Code in die kleine Tastatur neben der Tür ein.

»Schnell!« drängte ihn Call. Sie konnte nicht sehen, ob das Alien ihnen folgte.

»Sie klemmt!« schrie Wren. Frustriert schlug er mit der Faust gegen die Tastatur. »Verdammt! Ihre Waffe!« Er streckte die Hand aus, ohne Call dabei anzusehen, wie ein Chirurg, dem sein Assistent ein wichtiges Instrument reichen soll.

Call schaute noch einmal hinab und ärgerte sich, daß sie nichts sehen konnte. Ohne zu überlegen, reichte sie Wren die kleine automatische Waffe, die Vriess ihr gegeben hatte. Sie dachte erst wieder daran, was sie getan hatte, als sie in die Mündung blickte, die direkt auf sie gerichtet war.

Wie konnte ich nur so dumm sein? dachte sie entsetzt.

Ripleys Verschwinden und das Alien, das ihnen auf den Fersen war, hatten sie zu sehr abgelenkt.

Wren grinste sie überheblich an, als er ihr aus kürzester Entfernung in die Brust schoß. Call griff sich an die Wunde und starrte Wren ungläubig an. Ihre Glieder schienen gelähmt, ihr Gehirn hörte auf zu arbeiten, während jedes Organ in ihrem Körper verzweifelt um sein Leben kämpfte. Sie verlor das Bewußtsein, wankte und stürzte die lange Röhre des Fahrstuhlschachts hinab.

Von ganz weit her hörte sie noch wie Vriess »Neeeein!« schrie, als sie an ihm und Christie vorbeifiel, an Johner und an Ripley …

Ripley? Ripley? Du hast es geschafft …? Dann schlug sie auf dem Wasser auf und versank, vorbei auch an dem untergetauchten Alien, das sie treiben sah, ohne eine Bewegung zu machen.

Calls letzter Gedanke war, *Ripley hat es geschafft, Ripley hat es geschafft.*

Ripley sah, wie Call an ihr vorbei in die Tiefe fiel und erstarrte vor Schreck. Sie wunderte sich, daß sie so empfand. Call schlug auf dem Wasser auf und ging unter. Ripley sah, wie die Frau an dem Alien vorbeitrieb, das sich nicht rührte, und auf den Grund sank. Irgend etwas regte sich in ihrem Gedächtnis. Etwas …

Ein kleines blondes Mädchen, das in hüfthohem Wasser watete und ihren Namen rief. »Ripley! Ripley!« Sie eilte herbei, um dem Mädchen zu helfen, ein Rennen gegen die Zeit und gegen die Ungeheuer. »Ich komme! Halt aus! Ich komme!« Aber als sie die Stelle erreicht hatte, fand sie nichts. Nichts als den Kopf einer Plastikpuppe, der unten im Wasser trieb, so wie jetzt Call. Sie hatte geschluchzt, geschrien. »Ich muß sie retten! Sie werden sie nicht töten, versteht ihr nicht, sie werden sie nicht töten …«

Sie erinnerte sich an die Tränen, sie erinnerte sich an die Gefühle, die sie schier zerrissen hatten; Gefühle, die sie auch im Labor gespürt hatte, als sie ihre Schwestern sah.

Sie beobachtete, wie Calls Körper langsam verschwand,

und erinnerte sich an den Kopf der Puppe, der ebenfalls im Wasser verschwunden war.

Ripley sah hinauf zu Wren, der sie für seine Ziele geschaffen hatte. Wren, der Call kaltblütig getötet hatte. Kaltblütiger als die Aliens. Kaltblütig wie kein anderer. Der Doktor tippte einen neuen Code ein, dieses Mal sicherlich den richtigen. Ripley hörte auf, ihre Gefühle zu analysieren, und hetzte die Leiter hoch, vorbei an Johner, vorbei an Purvis und Distephano, vorbei an Christie und Vriess.

Vriess begann hysterisch zu brüllen: »Wren, du Bastard! Du verdammtes Arschloch!« Außer sich vor Schmerz und Zorn lud der gelähmte Mann seine Waffe und schoß auf den Doktor, aber durch seine Position auf Christies Rücken konnte er nur schlecht zielen. Die Kugeln zischten um Wren herum, aber dann öffnete sich die Tür, und er verschwand dahinter, gerade als Ripley den Vorsprung erreicht hatte.

Sie stürzte sich auf die Türen, die kurz vor ihr zusammenglitten. Es gelang ihr noch, ihre Hände zwischen den Türspalt zu bringen, und sie versuchte mit aller Kraft, sie wieder auseinanderzuzwingen, aber schließlich mußte sie die Hände wegziehen, und die Türen schlugen zusammen. Ripley stieß einen Schrei aus, den gleichen Wutschrei, den sie über dem toten Alien ausgestoßen hatte. Frustriert hämmerte sie mit den Fäusten gegen die Tür.

Ein Teil ganz hinten in ihrem Kopf fragte sich, ob es ihr nicht besser gegangen war, bevor sie ihre Gefühle entdeckt hatte.

»Vriess!« schrie Christie dem Mann auf seinem Rücken zu. »Vriess! Hör auf zu schießen, Mann, du bringst uns noch alle um.«

Schließlich drangen die Worte zu ihm durch, und er hörte auf. Christie spürte, wie sich Vriess auf ihn sacken ließ, völlig fertig. »O Scheiße, Christie«, sagte er mit erstickter Stimme. »Dieser Hundesohn hat Annalee getötet. Die kleine Annalee …«

»Ja, Mann«, sagte Christie und spürte, wie sich seine Kehle zuschnürte. »Sie war eine Kämpferin. Eine tolle Frau. Es tut mir leid, Mann.« Vriess zitterte auf seinem Rücken, und Christie hoffte, daß er nicht weinte. Wenn Vriess jetzt durchdrehte, dann würde ihm das vielleicht auch bald passieren, und das konnte er sich nicht leisten. Nicht, solange er ihn trug.

Plötzlich fuhr Vriess zusammen. »O Gott, Christie. Beeil dich, um Himmels willen, beeil dich!«

Christie blickte noch rechtzeitig genug hinab, um zu sehen, wie das Alien aus dem Wasser sprang und begann, behende wie ein Affe die Leiter hinaufzuklettern. Ein Affe auf Speed. Verdammt, war das Ding schnell.

Christie legte zwei Gänge zu und wuchtete sich und Vriess die Leiter hinauf. »Mach doch was!« brüllte er Vriess zu.

Er spürte, wie Vriess an seiner Waffe hantierte. »Sie klemmt, verdammt noch mal!«

Mit einer Hand feuerte Christie nach unten auf das heranstürmende Monster, aber da Vriess auf seinem Rücken hing, konnte er nicht direkt nach unten schießen. Die Kugeln verfehlten den Kopf des Alien und prallten als harmlose Querschläger von der Wand ab.

Das Alien stieg ein paar Sprossen höher und hielt plötzlich an. Als Christie nach unten blickte, sah er, wie das Biest sein silbernes Maul öffnete. Dann spuckte es plötzlich nach ihnen wie eine monströse Kobra.

Es hatte gut gezielt. Die Speichelkugel traf Christie genau am Auge. Der Schock und der alles durchdringende Schmerz kamen so plötzlich, daß Christie aufschrie und die Leiter losließ. Die beiden Männer stürzten hinab, auf das Monster zu, während Christie sich brüllend an sein von Säure zerfressenes Gesicht griff.

Plötzlich kamen sie zu einem abrupten Halt. Irgendwie hatte Vriess es geschafft, eine der Leitersprossen zu erwischen. Der gelähmte Mann verfügte in seinen Armen über enorme Kräfte, aber würden sie ausreichen, sie beide zu halten? Christie versuchte, nicht an die Säure zu denken, die seine Haut und sein Gesicht wegfraß. Das Auge war dahin, aber er wollte trotzdem leben. Gleichzeitig wurde ihm jedoch klar, daß auf einmal *er* die Last für Vriess geworden war. Das war traurig, wirklich. Verdammt traurig.

Vriess gelang es, die Sprosse auch mit seiner anderen Hand zu packen. Mit seinem unverletzten Auge sah Christie, daß ihre Beine gefährlich dicht über dem Kopf des Monsters baumelten. Vriess begann, sich die Leiter hochzuziehen, doch plötzlich schoß die Hand des Aliens hoch und packte Christies Bein wie ein Schraubstock. Christie stöhnte auf, als er den unmenschlichen Griff spürte. Er dachte an Elgyn. Und an Hillard.

Das Alien zog an seinem Bein. Es hatte die Kraft von fünf, ja vielleicht sogar zehn Männern. Christie hörte Vriess' Stöhnen, der sich mit allem, was in ihm steckte, an die Leiter klammerte.

Plötzlich dachte Christie an Kawlang …

Er beugte sich über Vriess, mitten in einem gräßlichen Sumpfgebiet, und sah die Schrapnellgeschosse, die in seinem Rücken steckten. Er erinnerte sich, wie Vriess schluchzte, schrie. »Haut ab! Laßt mich hier liegen! Ihr werdet alle sterben, wenn ihr mich nicht hierlaßt!« Er erinnerte sich, wie Elgyn sagte: »Vriess, halt verdammt noch mal dein Maul!« und Christie zunickte. Er erinnerte sich, wie Hillard den verletzten Mann auf seinen Rücken gebunden hatte, während Johner die ganze Zeit herumstänkerte. »Wenn wir alle hier draufgehen, du Bastard«, fluchte Johner, »dann komme ich als Geist zurück und suche dich heim, du Arschloch.« Sie hatten es fast geschafft, als sie in den Hinterhalt gerieten. Daher hatte Johner die Narbe in seinem Gesicht. Er gab Vriess die Schuld dafür, daß er nicht mehr so ›ein verdammt hübscher Bursche‹ war, und seitdem waren die Dinge nicht mehr so wie früher.

Aber vor allem erinnerte Christie sich daran, wie er Vriess auf seinem Rücken getragen hatte, wie er dessen stämmigen Körper und dessen Gewicht auf sich gespürt hatte. »Mann, stirb mir bloß nicht, Partner«, hatte er immer wieder gesagt. »Du mußt mir den Rücken decken. Hör bloß nicht auf damit, Mann!«

Komisch, an was man dachte, wenn einem keine Zeit mehr blieb.

Das Alien zog fast spielerisch an seinem Bein, und als Christie heruntersah, hätte er schwören können, daß es ihn angrinste. Es spielte tatsächlich mit ihnen. Vriess klammerte sich keuchend an die Leiter.

Jetzt wäre ich eigentlich an der Reihe, Junge, dachte Christie, um dir den Rücken zu decken. Aber ich fürchte, wir sind am Ende. Und Mann, eines sage ich dir, ich hatte noch nie solche beschissenen Schmerzen, nicht so, noch nie.

Das Alien zog erneut, und Vriess stöhnte auf. Christie spürte, wie seine Hände langsam den Halt verloren, und es kam ihm vor, als seien es seine eigenen.

Johner traute seinen Augen nicht, als er sah, wie Vriess die Sprosse erwischte und ihren Sturz aufhielt. Das war eine tolle Leistung, aber jetzt sah es danach aus, als ließe das Glück den Krüppel und Christie endgültig im Stich. Er sah, wie sich das Alien offenbar einen Spaß mit ihnen machte. Er sah auch das schmerzverzerrte Gesicht Vriess', der verzweifelt versuchte, sein und das Leben seines alten Freundes zu retten.

Ohne nachzudenken, nahm Johner eine Waffe in jede Hand. Dann hakte er seine Beine über eine Leitersprosse und ließ sich wie ein Trapezkünstler nach unten fallen, so daß er fast kopfüber an der Leiter hing. Er hielt sich mit den Beinen fest und hatte die Arme frei. Dann zielte er auf den schwarzen Schädel, der unter seinen Kameraden auftauchte, und schoß.

Die Kugeln flogen an den beiden Männern vorbei, die hilflos an der Leiter hingen, und drangen tief in den Kopf des Monsters ein. Eine Sekunde lang passierte gar nichts.

Dann explodierte der Alienkopf mit einem dumpfen Wummern, und Blut und Gewebe flog durch die Gegend. Einiges davon landete auf der Leiter, wo es zischend in das Metall eindrang, aber Christie und Vriess blieben wie durch ein Wunder von weiteren Verbrennungen verschont.

»Hab' ich dich, du Bastard!« brüllte Johner. Er schwang sich wieder die Leiter hinauf und setzte seinen Aufstieg fort.

Doch kaum hatte er sich aufgerichtet, als er über sich etwas anderes Schreckliches entdeckte. Sein Gesicht verzog sich vor Abscheu und Ekel, und er wäre fast von der Leiter gefallen. Zwischen zwei Rohren erstreckte sich ein großes Netz, in dem ein fettes, spinnenähnliches Ding saß ... genau in der Mitte.

Mit einem Schrei hob Johner seine Waffe und pustete das verdammte Ding zu Brei. Dann wurde ihm mit einem Schlag klar, daß er überreagiert hatte. Zitternd hielt er sich an der Leiter fest.

»Ist es tot?« fragte Vriess atemlos. Er hielt sich noch immer an der Leiter fest.

»O ja«, hauchte Christie, der vor Schmerzen fast keinen Laut herausbringen konnte. »Es ist tot, das schon.« Auch wenn der Schmerz seinen ganzen Körper erfaßt hatte, so spürte er doch, daß die leblose Kreatur noch immer seinen Fuß umklammert hielt. Er konnte sie nicht abschütteln. Wie ein totes Gewicht baumelte es unter ihm, für immer an ihn gekettet. Vriess verlor langsam den Halt. Sie hatten keine Chance mehr.

Vriess mußte ebenfalls nach unten geschaut haben. Er murmelte eine Litanei. »O Scheiße, Scheiße, Scheiße ...«

Da hast du verdammt recht, alter Kumpel, dachte Christie, dem der Schmerz fast den Verstand raubte. Er spürte, wie Vriess' Griff sich wieder etwas lockerte. Keine Chance.

Die anderen hoch über ihnen mußten ebenfalls erkannt haben, was da vor sich ging. Aus der Ferne hörte er Distephano fluchen. Ripley rief etwas. Vielleicht kamen sie nach unten – aber sie würden es nicht mehr rechtzeitig schaffen. Christie wußte, was er zu tun hatte.

Blind griff er in seine Seitentasche und bekam das Messer zu packen.

Ripleys Stimme drang zu ihm herab, schrill, fordernd. »Christie, tu's nicht. Verdammt noch mal, nein!«

Na so was! dachte Christie, während er das Messer unter die Riemen schob, die ihn und Vriess zusammenhielten. *Ich war mir nicht mal sicher, daß sie meinen Namen kennt.*

Auch Vriess hatte gemerkt, was sein Freund vorhatte.

»Mann, was ... was zum Teufel tust du ...? Christie! Nein! Neeein!«

Hör auf zu schreien, Mann, dachte Christie, *und spar dir deine Kräfte.* Die Schmerzen und das Gewicht an seinem Bein, das ihn in die Tiefe ziehen wollte, hatten ihn so geschwächt, daß er es kaum schaffte, die Riemen durchzuschneiden. Aber er mußte es tun, sonst würden sie beide sterben. Er schloß die Augen und legte noch einmal all seine Kraft in den letzten Schnitt.

Er hörte, wie seine Freunde seinen Namen schrien, auch Ripley, als die Seile schließlich nachgaben. Christie stürzte zusammen mit dem Alien den Fahrstuhlschacht hinunter. Sie schlugen krachend gegen etliche Stahlträger, bevor sie ins Wasser klatschten und schließlich darin versanken.

Nachdem er von dem schrecklichen Gewicht seines Freundes und des Monsters befreit war, zog Vriess sich mit aller ihm noch verbliebenen Kraft die Leiter hinauf. Christie war gestorben, um ihn zu retten. Er durfte seinen Freund nicht entehren, indem er jetzt aufgab. Doch wie sollte er weitermachen? Zuerst Elgyn. Dann Hillard. Call. Und jetzt Christie.

Aber Christie hatte sich geopfert, damit er leben konnte. Er mußte leben. Und sei es, um von diesem Opfer Zeugnis abzulegen.

Mit all seiner Willenskraft zog Vriess sich Sprosse um Sprosse hinauf. Er weinte.

11

Ripley stand an der engen Röhre, die den Schacht umrundete, und überlegte, was sie als nächstes tun sollten. Christies Opfer, so kurz nach Calls Tod, hatte ihren Gleichmut erschüttert. Aber sie hatte keine Zeit für Gefühle wie Trauer, nicht einmal Zeit dafür, sich einzugestehen, daß sie überhaupt Gefühle hatte. Sie spürte, daß bereits ein neuer Krieger unterwegs war, um den zu ersetzen, den Johner getötet hatte. Sie mühte sich mit der Tastatur ab, mit der man die Tür öffnen konnte. Hatte Wren sie irgendwie beschädigt?

Der Gedanke an Wren löste Wut in ihr aus. Ohne Zweifel befand er sich auf dem Weg zur *Betty*, um mit ihr zu flüchten. Sollten die anderen zurückbleiben und mit den Aliens fertig werden.

Distephano und Purvis beobachteten sie und warteten darauf, daß sie irgendeinen Plan hervorzauberte. Sie seufzte entmutigt und fragte sich, wieso sie darauf kamen, daß ausgerechnet sie eine Antwort auf alles hatte. Dann fragte sie sich, seit wann es ihr etwas bedeutete, was sie dachten.

Zu guter Letzt tauchte auch noch Johners häßlicher Kopf am Rande der Leiter auf. Er hatte nichts Besseres zu tun, als zu ihr hinaufzusehen und zu fragen: »Und was machen wir jetzt?«

Nicht er auch noch!

Und bevor sie ihm gestehen konnte, daß sie die Tür nicht aufbekam und auch keine Ideen hatte, ertönte plötzlich ein Pfeifsignal. Verwundert blickte Ripley auf die Tastatur, an der ein Licht aufblinkte. Kurz darauf leuchteten die Lampen an den versiegelten Schachttüren auf.

Alle standen mit einem Schlag still und richteten ebenso einmütig ihre Waffen auf die Tür. Niemand atmete.

Hat Wren es sich überlegt und holt uns? dachte Ripley, tat diesen lächerlichen Gedanken jedoch sofort wieder ab. Schließlich gab es eine weitaus wahrscheinlichere Möglichkeit. *Sie haben gelernt, wie man die Türen öffnet. Sie sind schlauer als ich.*

Sie selbst hatte keine Waffe. Bewegungslos stand sie an der Wand und wartete die schlechten Neuigkeiten ab. *Was konnte es sonst sein?*

Als sie auf die Türen blickte, fiel ihr auf, daß Wasser darunter hervorsickerte. *Wasser ...?*

Schließlich öffneten sich die Türen mit einem Zischen, und Ripley schaute genauso ungläubig auf das, was sie sah, wie alle anderen.

Call? Aber das war doch nicht möglich ...

Die kleine Frau stand triefend vor Nässe vor ihnen, aber davon abgesehen schien sie keine Schäden davongetragen zu haben. Sie sah die Gruppe einfach an und sagte freundlich: »Hier entlang, bitte.«

Aber niemand bewegte sich. Sie waren alle zu verblüfft. Noch immer hielten sie wie hypnotisiert ihre Waffen auf Call gerichtet.

»Los jetzt!« herrschte sie die Gruppe an, um sie aus ihrer Lähmung zu lösen.

Schließlich reagierten sie, und einer nach dem anderen ging durch die Tür und trat auf der anderen Seite auf einen Schiffsgang hinaus.

Auch Vriess hatte schließlich das Ende der Leiter erreicht, und Purvis und Distephano ergriffen ihn bei den Armen, zogen ihn hoch und schleppten ihn durch die Tür. Auf dem Gang brach er zusammen, während die anderen völlig erschöpft an den Wänden lehnten und langsam wieder zu Atem kamen.

Vriess sah Call mit großen Augen an. »Baby, ich bin vielleicht froh, dich zu sehen. Ich war sicher, daß dieses Arschloch dich erwischt hat. Bist du verletzt?« Er streckte die Hand aus, aber sie wandte sich von ihm ab, von allen, und murmelte nur: »Es geht mir gut.«

Ripley sah die anderen an und fand in ihren Gesichtern die gleiche Frage, selbst bei Vriess.

Schließlich fragte Distephano: »Trägst du eine Körperrüstung?«

»Ja«, sagte sie abweisend. »Kommt jetzt.«

Aber Ripley glaubte ihr nicht. Sie hatte Call am Boden des Schachts mit offener Jacke gesehen. Ihr dünnes nasses T-Shirt hatte an ihren Rippen geklebt. Sie trug keine Körperrüstung. Ripley ging auf sie zu.

»Die Kugel hat dich mitten in die Brust getroffen«, sagte sie sacht. »Ich hab's genau gesehen.«

Call warf ihr einen trotzigen Blick zu. »Es geht mir gut.«

Ripley sah ihr in die Augen. Sie suchte nach Antworten, nach der Wahrheit. Call konnte ihrem Blick nicht standhalten. Ihr Kinn begann zu zittern, und dann brach sie schließlich zusammen, und die zähe, kleine Mechanikerin heulte wie ein Kind, das sich verirrt hat.

Ihre Tränen berührten Ripley tief in ihrem Inneren. Trotzdem beugte sie sich vor und zog Calls versiegelte Jakke auseinander.

Sie war genau in die Brust getroffen worden, daran hatte sich nichts geändert – aber dort, wo man jetzt eigentlich Blut, Knochen und Lungengewebe hätte sehen müssen, enthüllte die häßliche Wunde ein wirres Durcheinander aus Computerteilen, künstlichen Organen, Memory-Komponenten und synorganischen Drähten und Schläuchen.

»Ein Roboter«, sagte Ripley tonlos.

Eine Erinnerung blitzte in ihr auf. *»Ich ziehe den Begriff ›künstlicher Mensch‹ vor.«* Müde schloß sie die Augen.

»Ich werd' verrückt«, murmelte Johner entgeistert.

»Die kleine Annalee steckt voller Überraschungen.«

Ripley ließ die Arme hängen und redete mehr zu sich selbst. »Ich hätte es wissen müssen. All dieser Mist über Menschlichkeit. Niemand ist so beflissen wie ein *Wiedergeborener.*«

Distephano war nähergetreten und betrachtete fasziniert die blauweiße Flüssigkeit, die Call als Blut diente. Es war über ihre Brust und ihr T-Shirt gespritzt, aber offensichtlich hatte sie den Verlust irgendwie aufgehalten, da sie immer noch funktionierte.

»Ich dachte, diese Syntheten denken streng logisch und all dieser Scheiß«, sagte Johner zu der Gruppe. »Aber sie ist ein richtiger Psychopath!«

Fast hätte Ripley die Augen verdreht. Wie schnell Johner doch eine Seelenverwandtschaft erkannte.

»Eine Terroristin?« fragte Purvis nervös. »Dann war sie nicht hier, um uns zu beschützen?«

Ripley versuchte die Antwort in Calls Augen, in ihrem Gesicht zu finden, aber die Frau – der Roboter – verweigerte sie ihr.

Vriess konnte kaum sprechen. »Du bist eine aus der zweiten Generation, stimmt's?«

Ripley durchstöberte ihr Gedächtnis, fand jedoch keinen Bezug zu diesem Ausdruck. War es nach ihrer Zeit, und vor dieser?

»Laßt mich in Ruhe«, flehte Call, die ihre Tränen wieder unter Kontrolle hatte. Ihre Stimme allerdings nicht. Ihre Vokalspuren schwankten, ein Beweis für die Schwere ihrer Verletzung. Die Worte kamen etwas verlangsamt aus ihrem Mund, mit einem seltsamen, mechanischen Echo. Es klang unheimlich.

»Call ...?« Vriess forderte eine Antwort, vielleicht weil er glaubte, daß er eine verdiente.

»Zweite Gen?« Johner lachte prustend. »Verdammt, das erklärt eine Menge.«

Ripley kannte den Ausdruck nicht, aber sie stellte keine Fragen, sondern wartete ab und hörte zu.

»Du bist ein Autonom, nicht wahr?« fragte Distephano. Er klang eher neugierig als entrüstet. Wahrscheinlich dachte er daran, daß Call ihm in der Messe das Leben gerettet hatte. Johner hätte ihn kaltblütig getötet, und zwar mit Vergnügen.

Distephano bemerkte die Verwirrung Ripleys und erkannte, daß sie nicht verstand, worum es ging. »Roboter, die von Robotern konstruiert wurden«, erklärte er. »Mit hohen ethischen Werten und sehr emotional. Sie sollten die synthetische Industrie wiederbeleben. Statt dessen halfen sie dabei, sie zu Grabe zu tragen.«

Ripley sah Call an. Sie dachte an Bishop. Dann dachte sie an Ash. Jetzt verstand sie. »Sie waren zu gut.«

Distephano nickte. »Sie ließen sich nicht gerne sagen, was sie tun sollten. Die Regierung startete eine Rückrufaktion.« Seine Stimme klang nachdenklich. »Es gab ein verdammtes Massaker. Ich habe oft davon gehört, daß ein paar unversehrt davongekommen sein sollen, aber Mann … ich hätte nie gedacht, daß ich mal einen kennenlernen würde.«

Ripley beobachtete Vriess aus den Augenwinkeln. Er sah enttäuscht und traurig aus, wie ein gebrochener Mann, jemand, der alles verloren hat.

Purvis sah von einem zum anderen. »Großartig. Wirklich großartig. Sie ist also nichts als ein verdammter Toaster. Können wir jetzt gehen?«

Die grobe Bemerkung schien genau das zu sein, was sie nach dieser letzten Überraschung brauchten. Alle atmeten tief durch.

»Wieviel Zeit noch bis zur Landung?« fragte Johner den Soldaten.

»Weniger als zwei Stunden«, antwortete er.

»Und wir sind vom Kurs ab«, murmelte Johner. »Wir sollten wirklich los.«

Call hatte sich von der Gruppe abgewandt, scheinbar ganz mit den Reparaturen an ihrem Leck beschäftigt. Plötzlich begannen alle auf einmal zu reden. Und wieder stand Ripley abseits und beobachtete, wie die Gruppendynamik sich erneut veränderte. Diesmal jedoch stand Call, wie sie, außerhalb der Gruppe, von ihr getrennt. Und sie würde nie wieder dazugehören. Sie erinnerte sich daran, wie Call ihr im Klonlabor den Flammenwerfer gereicht hatte. Das Gespräch stockte, und sie sah, wie Vriess verstohlen zu Call hinüberschaute. Er wirkte traurig und enttäuscht. »Mein Gott …«, hörte sie ihn angewidert murmeln.

»Okay«, meinte Johner, »dann schnapp dir mal deinen Schraubenschlüssel. Vielleicht braucht sie nur einen Ölwechsel. Und dieses Teil hätte ich beinahe gefickt.«

Voller Verachtung sah Vriess ihn an. »Als hättest du's noch nie mit einem Androiden getrieben.«

Sie drifteten auseinander, dachten wieder als Individuen, nicht länger als Einheit. Ripley wollte die Führung nicht übernehmen, doch es schien ihr nichts anderes übrig zu bleiben. Christie war tot. Sie trat auf die anderen zu und fragte: »Wo genau befinden wir uns, Distephano?«

»Auf den oberen Decks«, meinte er. »Alles Laderäume ... Die Kapelle ist hier oben, sonst nicht viel.«

»Kommen wir von hier zum Raumschiff?«

Er dachte nach. »Es liegt ein Paar Decks tiefer, aber machbar wäre es.«

Johner kam ein wenig erfreulicher Gedanke. »Und wenn der gute Doktor die *Betty* als erster erreicht?«

»Verdammt!« fluchte Vriess.

Ripley sah den Soldaten an. »Gibt's einen anderen Weg? Einen schnelleren?«

Er dachte nach. »Hm ... Ja. Durch die Wand. Wir müssen die Türblockade aufbrechen. Das wird ein Weilchen dauern. Haben Sie Werkzeug?« wandte er sich an Vriess.

Alle dachten an den zurückgelassenen Rollstuhl.

Vriess schüttelte den Kopf. »Werkzeug schon, aber keinen Schweißbrenner.«

»Dann jagen wir die Tür in die Luft!« entschied Johner. Distephano zeigte zur Decke. »Wir sind ganz oben in diesem Schacht. Das ist der Außenrumpf.«

»Falls Wren es bis zum Computer schafft«, fiel Ripley ein, »kann er uns fertigmachen.« *Und das würde er tun. Ohne zu zögern.*

»Wir müssen zu einem Terminal«, rief Johner.

»Auf diesem Deck gibt es keinen«, meinte Distephano. »Wir müssen zurück.«

Zurück? Ripley starrte ihn an. Kommt nicht in Frage.

Der Soldat stieß einen angewiderten Seufzer aus. »Außerdem kenne ich Wrens Paßwort nicht.«

Sonst noch was? Habt ihr noch ein paar schlechte Nachrichten auf Lager? Nervös fuhr Ripley sich mit den Fingern durchs Haar. Sie dachte nach, suchte nach einem Ausweg ... Dann fuhr sie plötzlich herum, schaute zu der abseits stehenden Call hinüber, die immer noch an ihrem Leck herumfummelte, und trat auf sie zu.

»Call.«

Der Android sah nicht auf. Es war nicht zu erkennen, ob Call überhaupt etwas gehört hatte. Mit klarer Stimme sagte sie jedoch unvermittelt: »Nein, das kann ich nicht.«

Johner hatte begriffen. »Scheiße! Klar hat die den Maschinentalk drauf!«

»Verdammt«, murmelte Vriess. »Natürlich, du gehörst zu den neuesten Modellen. Du kannst dich von jeder Außenstation in den Hauptcomputer einklinken.«

Den Blick noch immer gesenkt, schüttelte Call heftig mit dem Kopf. »Kann ich nicht. Ich habe meinen Modemtreiber verbrannt. Wie wir alle.«

Vriess beugte sich zu ihr hinunter. »Dann kannst du dich trotzdem noch mechanisch einstöpseln. Das weißt du.« Seine Stimme hatte ihren sanften Klang wiedergefunden.

Er mußte etwas in Call berührt haben, denn endlich sah sie auf und blickte ihnen in die Augen. In ihrem ausdrucksvollen, ach so menschlichen Gesicht spiegelten sich Verachtung, Wut und Ekel. Sie wußte, sie hatte keine Wahl; sie schlossen eine Art Vertrag. Doch Ripley fühlte sich nicht wohl dabei, ihn auf diese Weise zu erzwingen.

Aber hat irgend jemand von uns hier eine Wahl?

»In der Kapelle gibt es Anschlüsse«, meinte Distephano bedrückt.

Sanft legte Ripley die Hand auf die Schulter des Androiden.

»Dann los«, drängte sie leise. Als sie merkte, daß alle Call und sie anstarrten, wandte sie sich um. »Und ihr«, rief sie dem Rest der Gruppe zu, »kümmert Euch um die Wand.«

Als hätte sie ihnen ein Feuer unter dem Hintern angezündet, machten sie sich sofort ans Werk.

Als Ripley und Call die kleine Kapelle betraten, wunderte sich Call über die Veränderung, die in Ripley vorgegangen war, und fragte sich, inwiefern diese mit ihrer eigenen Veränderung zu tun haben mochte. Selbst die Vernichtung des Klonlabors hatte Ripleys eisige Zurückhaltung nicht zum Schmelzen gebracht, zumindest war davon nichts zu bemerken gewesen. Aber die schwierigen Situationen, die sie gemeistert hatten, der Tauchgang durch die überflutete Küche und die Klettertour im Fahrstuhlschacht, all das hatte sie letztendlich wohl doch berührt. Vielleicht hatten diese Erlebnisse die wirkliche Ripley neu erstehen lassen. Vielleicht war diese geklonte Frau, deren ganzer Kampf der Zerstörung der Aliens galt, jetzt endlich ganz und gar menschlich geworden.

Gerade rechtzeitig wiedererstanden, um ihre Mitmenschen noch einmal zu retten.

Sie hat wenigstens Mitmenschen, die sie retten kann, dachte Call bitter. Der Ausdruck auf Vriess' Gesicht, als er ihre Wunde sah und erkannte, was sie war, hatte sich unauslöschlich in ihr Gedächtnis eingegraben. Flüchtig überlegte sie, wie Christie wohl reagiert hätte, wenn er noch am Leben gewesen wäre. Armer Vriess. *Er hat alles verloren, was ihm je am Herzen gelegen hat, selbst mich. Er wird nie wieder so an mich denken wie vorher ...* Seine Zuneigung zu verlieren bedeutete ihr mehr, als sie jemals für möglich gehalten hätte.

Ach Ripley, dachte sie, du warst besser dran, als dir alles scheißegal war. Ich wünschte, ich könnte diese Verbindungen in mir finden und abschalten. Aber diese menschlich-emotional mitfühlenden Reaktionen waren fest in ihr verdrahtet. Große Worte für den ehrlichen Liebeskummer eines Roboters.

Sie sah sich in dem engen Raum um. Eine typische Kapelle, peinlich saubergehalten und sehr klein. Es gab einen Altar und verschiedene religiöse Gegenstände, die je nach anwesender religiöser Gruppierung ausgetauscht werden konnten: einen Davidstern, ein schlichtes silbernes Kreuz, eine grüne Flagge mit dem Halbmond, einen Wiccanstab aus Eberesche und – ironischerweise – die weiße Friedenstaube. Beinahe hätte sie gelacht beim Anblick dieses Symbols auf einer Militärstation, deren einziger Zweck es war, die tödlichste biologische Waffe, die je entdeckt worden war, in den Griff zu bekommen.

Das einzige religiöse Symbol, das hier noch fehlt, wäre ein göttliche Strahlung aussendender Computerchip für Typen wie Wren und Perez, die nur die Technik anbeten.

Hinter dem kleinen Altar hatte man ein unechtes, von Lampen beleuchtetes Buntglasfenster an die Wand geschraubt. Die letzte Zeremonie hier war wohl eine christliche gewesen, denn auf dem Altar vor dem Fenster steckte das Kreuz. Unwillkürlich bekreuzigte Call sich.

Überrascht sah Ripley sie an. »Bist du darauf programmiert?«

Call warf ihr einen bösen Blick zu. *Nein, ich bin nicht darauf programmiert. Ich besitze ein funktionierendes Gehirn und habe mich mit dem Thema beschäftigt. Zufällig* glaube *ich. Aber es hat keinen Sinn, das mit dir zu diskutieren. Du lebst noch nicht lange genug, um eine eigene Philosophie zu entwickeln, du Klon.*

Sofort fühlte sie sich schuldig. Wer war sie denn schon, daß sie so abfällig über ein menschliches Wesen denken konnte, eines mit einer wirklichen Seele. Wenn sie einst an ihr Ende kommen sollte, würde es für sie kein Leben nach dem Tod geben, ebensowenig wie für eine Glühbirne.

Call musterte die Bankreihen und entdeckte eine Bibel. Sie zog sie aus dem Fach und schlug das elektronische Gerät auf. Unter dem Deckel aus unechtem Leder befand sich ein kleiner Bildschirm, auf dem stand: ›HEILIGE SCHRIFT. DRÜCKEN SIE START.‹ Ehrfürchtig ließ Call die Finger über den Bildschirm gleiten. Wieviel Trost hatten ihr einige Zeilen dieses Buches gebracht, nachdem sie von dieser Mission erfahren und sich entschlossen hatte, den Auftrag anzunehmen, ungeachtet aller Risiken.

Muß ich auch wandern in finsterer Schlucht, ich fürchte kein Unheil, denn du bist bei mir, dein Stock und dein Stab geben mir Zuversicht.

Ripley sah ihr über die Schulter, zog den Stecker aus der Bibel und hielt ihn ihr hin.

»Bitte zwing mich nicht«, flüsterte Call mit immer noch brüchiger Stimme.

»Zwing du mich nicht, dich zu zwingen«, antwortete Ripley.

Beide sprachen mit gesenkter, ehrfürchtiger Stimme. Schließlich befanden sie sich in einer Kirche.

Call wagte es, dem Klon in die Augen zu sehen. Das Mitgefühl, das sie dort las, traf sie bis ins Mark. Trotzdem protestierte sie noch einmal. »Ich will da nicht rein. Mein Inneres ist flüssig. Es existiert nicht wirklich.«

Was sie eigentlich sagen wollte, war: So lange habe ich vorgegeben, ein Mensch zu sein, so lange wurde ich als Mensch akzeptiert, ich habe vergessen, wie es ist, Auton zu sein! Und das hier wird mich daran erinnern. Es wird mich wieder zu einer Maschine machen! Ich glaube nicht, daß ich das ertragen kann.

Mit entschlossenem Gesichtsausdruck packte Ripley sie am Handgelenk. Erschrocken erkannte Call, daß sie endlich aussah wie ein Mensch. Endlich wirkte sie wie die wirkliche Ellen Ripley, die vor über zweihundert Jahren gestorben war.

»Überwinde dich«, sagte Ripley sanft. Dann fügte sie das einzige hinzu, das trotz Calls Beschädigung und trotz ihres Verlusts zu ihr durchdringen würde. »Du kannst das Schiff in die Luft jagen. Bevor es die Erde erreicht. Du kannst die Aliens töten. Sie alle töten.«

Das war der Anstoß, den Call gebraucht hatte, weswegen sie hierher gekommen war. Ihre Mission. Ihr Sinn.

»Laß uns nur Zeit genug, hier herauszukommen«, fügte Ripley hinzu.

Das ist der Grund, erkannte Call. *Deswegen hast du immer überlebt, sie immer wieder geschlagen. Dein Ziel. Deine Bestimmung. Genetik? Umwelteinflüsse? Persönliche Stärke? Egal. Du bist* Ripley. *Du allein.*

Call nickte. Ihr war, als sei etwas von Ripleys Kraft – von Ripleys Menschlichkeit – auf sie übergegangen. Sie schob einen Ärmel hoch, suchte das Muttermal auf ihrem Unterarm und öffnete es wie einen kleinen Deckel. Darunter wurden zwei Anschlüsse sichtbar.

Sie nahm Ripley das Kabel aus der Hand, steckte es ein und wartete, bis die automatischen Verbindungen ihren Tanz aufnahmen. Zuerst geschah gar nichts. Hatten die Aliens den Hauptcomputer sabotiert? Nein, das konnte nicht sein. Sie legte den Kopf zur Seite, horchte, wartete, spürte. »Mist«, flüsterte sie.

»Was ist?« fragte Ripley besorgt.

»Warte …«

Als es dann funktionierte, geschah alles auf einmal. In einem Augenblick war sie noch Annalee Call, von menschlicher, wenn auch beschädigter Gestalt, und im nächsten Augenblick war sie die *Auriga.* Behäbig. In Bewegung. Von Invasoren besetzt. Und dennoch merkwürdig unberührt. So gleichgültig, wie es das in einer Roboterfabrik gefertigte Kerngedächtnis der Annalee Call gewesen wäre. Zwar hatte man Call Gefühle und Moral *implantiert,* aber wie ein neugeborenes Kind hatte sie erst *lernen* müssen, sie zu benutzen. Das Raumschiff hatte sich mit so etwas nicht herumzuschlagen, für es gab es nur Probleme und ihre Lösungen. Alles war entweder schwarz oder weiß, grau existierte nicht. Auch die Invasion war einfach ein Problem, das es zu lösen galt. Ein noch nicht gelöstes Problem. Aber es arbeitete daran.

Als *Auriga* wußte sie alles, sah alles, hörte alles. Sie sah sich selbst, ihr Annalee-Selbst, neben Ripley in der Kapelle sitzen. Sie sah aus wie eine abgestellte Puppe, die Augen aufgerissen, ohne zu sehen, die Pupillen stark geweitet. Ripley neben ihr wirkte besorgt.

Irgendwie rührte es sie, daß diese Frau, dieser Mensch, sich um sie sorgte. Natürlich war Ripley nicht *wirklich* menschlich … Nein, ihre Matrix verwarf diesen Gedanken. Ripley war vollkommen menschlich. Ihr Bluttyp, ihre Fingernägel, ihre Fähigkeit, unter Wasser zu existieren, ihre Kraft – all das hatte letztendlich keine Bedeutung. Ripley war ein Mensch. Und das verletzte Call. Das Schiff war auf eine neue, beunruhigende Weise berührt. Es würde das überprüfen müssen. In der Zwischenzeit durchleuchtete es sich selbst auf der Suche nach Informationen. Es wollte, mußte *alles* wissen.

Ripley rief sanft »Call, wie sieht es aus?«

Das Schiff antwortete sofort. Ripley kannte keine Paßworte, deshalb löschte Call diese Anforderung. Sie beeilte sich, ihr *alles* zu sagen, so schnell sie konnte.

»Störung in Sektor sieben, Sektor drei. Sektor neun instabil. Maschinen arbeiten mit sechsundachtzig Prozent. Noch sechsundvierzig Minuten bis zur Erdlandung.« Und mehr, so viel mehr, daß das Schiff, in dem Bemühen, alles mitzuteilen, immer schneller und schneller sprach.

Schließlich berührte Ripley ihren Arm, und die Wärme der menschlichen Berührung erschütterte das Schiff, veränderte es.

»Ruhig, Call. Kannst du jetzt zurückkommen?«

Der Android blinzelte, während er sich von dem Computerhirn des Schiffes löste und wieder zu Call wurde, einem mißbrauchten, leicht beschädigten Auton. Sie schüttelte sich und meinte zu Ripley: »Wir haben zuviel Energie verbraucht. Ich kann keine kritische Masse bilden, ich kann es nicht in die Luft jagen.« Sie hatte ihre Gefühle wieder, und es waren die trostlosesten, die sie je gehabt hatte.

Ripleys ruhiger, eindringlicher Blick hielt sie weiter umfangen. »Dann zerschmettere es«, sagte sie entschlossen.

Während alle fieberhaft damit beschäftigt waren, die verschlossene Tür aufzubrechen – Vriess bemüht, die Rolle des Anführers aufrechtzuerhalten, obwohl er mit dem Herzen nicht dabei war –, versuchte Larry Purvis, den Gedanken an die bizarren Umstände, die ihn in diese Lage gebracht hatten, zu verdrängen. Andernfalls würde seine Wut auf jeden einzelnen, mit dem er hier zusammenarbeitete, außer Kontrolle geraten. Es lag eine grausame Ironie darin, daß seine einzige Rettung in den Händen eben jener Menschen lag, die ihm dies angetan hatten, aber das war nun einmal die Realität. Und Purvis war Realist. Er arbeitete härter als je zuvor in seinem Leben, ohne seinen Gedanken freien Raum zu lassen. Er rammte eine Stange in eine Ecke der Tür, um die Hebelkraft auszunützen und sie aufzubrechen. Keuchend warf er sich darauf und wartete, bis sein Gewicht die scheinbar unbewegliche Tür in Bewegung setzte.

Ein heftiger, stechender Schmerz in seinem Brustkorb ließ ihn die Luft anhalten. Er packte sich an die Brust. Sofort hielten auch alle anderen bei der Arbeit inne. Trotz seines Schmerzes bemerkte Purvis, daß Johner und Distephano ihre Waffen in Anschlag hielten.

Nein! Nein, so darf es nicht enden, so sinnlos, so dumm! NEIN! Er biß die Zähne zusammen und wartete. Dann, so schnell wie es gekommen war, verschwand es. Purvis atmete zweimal tief durch. Es war vorbei. Die Nerven vielleicht. Streß? Ja, Streß. Schwach lächelte er den anderen zu, die ihn mißtrauisch beäugten. »Ich bin okay. Ich bin okay. Wirklich. Ich fühle mich gut.« Er nickte heftig mit dem Kopf, als könne er sie mit einem gekünstelten Lachen und einem zu breiten Grinsen überzeugen. Die Waffen wurden gesenkt, und alle wandten sich wieder der Arbeit an der Tür zu.

Aber Purvis wußte, daß sie ihn aus den Augenwinkeln heraus beobachteten.

Ripley sah zu, wie Call sich wieder einstöpselte, ihre Lider erstarrten, die Pupillen weiteten sich, erst die eine, dann die andere.

»Landeplatz neu bestimmt ... Neue Flugrichtung sieben, sechzig vier-null-drei. Quadrant unbewohnt. Bremssysteme außer Kraft, Beschleunigung steigern. Zeit bis zum Aufprall jetzt dreiundvierzig Minuten, acht Sekunden.«

»Versuch uns den Weg zur *Betty* freizumachen«, erinnerte Ripley sie. »Und wirf sie an.«

Call blinzelte einmal, wie zur Bestätigung, dann fiel sie wieder zurück in ihre Trance.

Die *Auriga* kontrollierte die Gänge auf dem Weg zu dem nicht registrierten Schiff. Sie öffnete vier Luken hintereinander, um den Zugang zum Schiff zu ermöglichen. Sie loggte sich in die *Betty* ein und nahm sie in Betrieb. An Bord der *Betty* gingen die Lichter an, Bildschirme und Anzeigetafeln leuchteten auf, der Motor erwachte brummend, und das Piratenschiff begann seinen Eigencheck vor dem Aufwärmen.

Zurück in der Kapelle, meldete sie Ripley über Call, »Schiff in Aufwärmphase, Treibstoff ausreichend ...« Das Schiff hielt inne. Irgend etwas ... »Bewegungen auf der *Au-*

riga, Decks sechs bis neun. Video nicht funktionsbereit. Versuchte Neuausrichtung – ohne Erfolg, Halt, teilweise Sicht im Abfalltank. Nicht autorisierte Anwesenheit ...«

Neben Calls körperlicher Hülle fragte Ripley: »Nicht autorisiert?«

»Nicht menschlich«, präzisierte das Schiff.

Ripleys Stimme veränderte sich. »Wie viele?«

»Einen Moment«, sagte Call/*Auriga*. »Notschaltung in Terminal fünfundvierzig V, Deck eins ... Handabdruck ID ...«

Call blinzelte und, wieder zurückgekehrt, wandte sich zu Ripley um. Mit ihrer eigenen Stimme sagte sie: »Wren. Er ist fast an der *Betty*.«

Ripley zog die Augenbrauen hoch. Wrens herablassenden Tonfall nachahmend, fragte sie Call: »Und, wie stehst du dazu?«

Dr. Mason Wren erreichte die nächste verschlossene Luke. Diese Türen hielten ihn zwar auf, aber mit seinem Top-Secret-Code waren sie kein wirkliches Hindernis. Inzwischen war er nur noch fünf Türen von der *Betty* entfernt. Befand er sich erst einmal an Bord des kleinen Piratenschiffs, konnte er sein Wissen über die *Auriga* und seine Paßworte für den Schiffscomputer einsetzen, um das große Gefährt von außen zu kontrollieren. Er würde das Militärschiff anhalten und es in eine sichere Umlaufbahn um den nächsten Planeten bringen. Lag es dann erst einmal ruhig, würde er den Generalstab verständigen, und der würde ihm alles schikken, was er zur Reparatur des Schiffes benötigte, außerdem genügend Truppen und Ausrüstung, um das gesamte Schiff einzugasen und jeden Alien außer Gefecht zu setzen, bis sie sie alle unter Kontrolle hatten. Dann konnte er seine Nachforschungen mit mehr Probanden fortsetzen, als er sich je hätte träumen lassen.

Aber alles der Reihe nach. Erst einmal galt es, an Bord der *Betty* zu gelangen und sie in Gang zu bekommen.

Er bedauerte immer noch, den Ripleyklon auf der Flucht verloren zu haben, aber immerhin hatte er ihn eine Zeitlang studieren können. Und jetzt, wo er so viele Exemplare der Aliens bekommen würde, wie er sich nur wünschen konnte, mußte er sie wohl nicht noch einmal klonen. Nicht, daß er es nicht gekonnt hätte. Sie hatten noch unzählige Zellproben ihres jetzigen Körpers auf Eis liegen. Jetzt wäre es ein leichtes, Hunderte von Ripleys zu klonen, jede mit einer Königin in sich.

Wren stand vor der verschlossenen Tür und tippte sein Paßwort ein. Die Lämpchen auf dem automatischen Schloß blinkten, und das rote ›Geschlossen‹-Signal schaltete auf grün. Mit einem dumpfen Geräusch sprangen die Türschlösser auf.

Vaters Stimme ertönte: »Notschaltung bestätigt.«

Die massive Tür begann sich zu heben. Nervös schaute Wren sich um, stets auf der Hut vor irgendwelchen Anzeichen von Aliens. Er war schon so nah …

Nur wenige Zentimeter über dem Boden blieb die schwere Tür plötzlich stecken. Viel zu tief für einen erwachsenen Mann, um sich darunter durchzuquetschen. Wren runzelte die Stirn und tippte seinen Code erneut ein. Aber diesmal reagierte *Vater* nicht.

Gerade wollte er den Code ein drittes Mal eingeben, als plötzlich alle Lichter im Flur ausgingen. Er stand in nahezu völliger Dunkelheit, nur von den Instrumententafeln und Notlichtern ging ein schwaches Leuchten aus.

Wren spürte, wie ihm das Blut aus dem Gesicht wich. Nervös schaute er sich um, in seiner Kehle saß ein dicker Klumpen. Er fuhr sich über die trockenen Lippen und sagte leise: »*Vater*, Systeme auf fünfundvierzig V booten. Paßwort ›Starling‹.«

Eisiges Schweigen antwortete ihm. Obwohl ihn fröstelte, brach Wren der Schweiß aus allen Poren. Konnten die Aliens das verursacht haben? Einen so umfassenden Energieausfall, oder einen so totalen Computerabsturz, daß …?

»*Vater*, Energieverlust lokalisieren. Bericht.« Immer noch Schweigen. »*Vater?*«

Die Stimme, die ihm aus den Lautsprechern entgegenschallte, war jung und weiblich. »*Vater* ist tot, du Arsch.«

Er erkannte sie sofort. Es war die Stimme dieser kleinen Terroristin Call, die er in Ripleys Zelle erwischt hatte. Er wirbelte herum und versuchte, sie zu entdecken. Aber die Stimme war überall, ganz so wie die von *Vater* es immer gewesen war.

Die Tür, die er hatte öffnen wollen, krachte plötzlich herunter und verfehlte nur knapp seine Zehen. Die Schlösser schnappten ein. Ihr Klang war endgültig. Unumkehrbar.

Wie angewurzelt stand Wren da und starrte versteinert auf die Tür, auf das ganze Schiff, das soeben zu seinem eingeschworenen Feind geworden war.

Hinter ihm öffnete sich eine andere Tür. Er konnte die Notbeleuchtung wie einen Pfeil in seine Richtung pulsieren sehen. Verdammt, das war die falsche Tür, die völlig falsche. Niemals würde er durch diese Tür zur *Betty* gelangen.

Calls Stimme hallte durch das Schiff. »Eindringling auf Deck 1. Eindringling auf Deck 1. Alle Aliens umgehend auf Deck 1. Dort befindet sich Dr. Wren.«

Wren überfiel Panik. Er ließ von der Tür ab und stürzte keuchend zurück in den Flur.

Ripley sah zu, wie Call den Stecker aus dem Anschluß in ihrem Arm zog. »Du kannst ja richtig bösartig sein«, sagte sie lächelnd. »Das gefällt mir.«

Call vermied es, sie anzusehen. »Das war's. Das sollte reichen ...«

Wieder rutschte ihre Stimme ab, klang mechanisch. »Mist!« Sie wühlte in dem Leck in ihrer Brust herum und versuchte, sie zu reparieren.

Ripley beugte sich vor, um ihr zu helfen. »Laß mal sehen ...«

Call wich zurück, weiterhin Ripleys Blick ausweichend. »Faß mich nicht an.«

Betroffen richtete Ripley sich auf und stellte die Distanz zwischen ihnen wieder her. Die Zurückweisung schmerzte, und das ärgerte sie.

»Du findest das wohl ziemlich komisch«, brummte Call

immer noch mit fremdartig klingender Stimme. Sie hob den Kopf und sah Ripley trotzig und wütend ins Gesicht.

Ripley seufzte. Plötzlich fühlte sie sich sehr müde. »Ja. Aber in letzter Zeit finde ich eine Menge Dinge komisch. Und ich bin mir nicht sicher, ob sie es wirklich sind.«

Call warf ihr einen wütenden Blick zu und explodierte. »Warum lebst du überhaupt noch? Wie erträgst du das? Wie erträgst du dich?« Ihre schwankende, mechanische Stimme klang immer bizarrer.

Ripley zuckte mit den Schultern. »Keine andere Wahl.« Eigentlich hatte sie nie eine Wahl gehabt, nicht von dem Moment an, als sie auf einem Schiff namens *Nostromo* vorzeitig aus dem Hyperschlaf geweckt worden war. Egal, Call meinte im Grunde ja nur sich selbst und nicht Ripley.

Call wandte ihre Aufmerksamkeit wieder ihren Eingeweiden zu und kämpfte mit den Instrumenten, die ihren Sprachmechanismus regelten. »Du bist wenigstens teilweise menschlich! Ich bin nur ... Ich bin nur ... Scheiße. Sieh mich doch an ...«

Ripley gehorchte und blickte in das Leck in Calls Brust, auf das triefende, weiße Durcheinander von zerrissenen und klebrigen Fasern. Es kam ihr merkwürdig vertraut vor ... Sie blinzelte, als sie sich an Bishop erinnerte, seinen Mut, seine Menschlichkeit. »Ich bin abstoßend ...«, klagte Call bitter. Ihre Stimme wurde immer langsamer und klang leise und seltsam, wie eine schlecht aufgenommene Synchronstimme. Obwohl Ripley wußte, daß das Problem mechanischer Art war, klang es in ihren Ohren wie Verzweiflung.

»Warum wurdest du nicht mit den anderen zerstört?« fragte sie.

Call sah ihr direkt in die Augen. »Um dich zu töten. Erinnerst du dich nicht?« Sie hielt einen Moment inne und setzte ihre Selbstreparatur dann fort. »Vor der ›Rückrufaktion‹ – bevor für uns alles zusammenbrach – bin ich in den Hauptcomputer eingedrungen. Den von der Verteidigung. Und da fand ich jede dreckige kleine verdeckte Operation, die sich die Regierung jemals ausgedacht hatte. Sogar diese hier. Die Pläne, Perez' Verwicklung darin, die Aliens, dich ... Sogar die Idee, die Mannschaft der *Betty* anzuheuern. Und mir war klar, wenn sie mit ihren Plänen durchkämen, wäre das ihr Ende.« Ihre Stimme war wieder im Klang, der richtige Tonfall, die richtige Geschwindigkeit. »Das Ende der Menschheit.«

Ripley konnte ein Lächeln nicht unterdrücken. In dem Ganzen lag eine schreckliche Komik. »Was kümmert es dich, was mit *ihnen* geschieht?«

»Ich bin nun mal so programmiert, okay?« brauste Call auf.

Ripley begann zu lachen. »Bist du auch darauf programmiert, so ein Arsch zu sein? Bist du das neue Arsch-Modell, das sie jetzt herausbringen?«

Call konnte nicht anders, auch sie begann zu lächeln und stimmte dann in Ripleys Lachen ein. Aber sie wurde rasch wieder ernst, und als sie sprach, schwang in ihrer Stimme eine Anteilnahme, die sie zuvor nicht gezeigt hatte. »Ich konnte sie nicht einfach machen lassen«, erklärte sie Ripley. »Ich konnte sie sich doch nicht selbst zerstören lassen. Ergibt das einen Sinn? Kannst du das verstehen?« Ripley überlegte. »Ich habe es einmal verstanden.« Sie ließ ihren Blick durch die Kapelle schweifen. Vor ihren Augen tauchten blitzartig Gesichter, Namen und Ereignisse auf, mehr ein Durcheinander in ihrem Kopf als zusammenhängende Erinnerungen.

»Ich … Ich habe versucht … Menschen zu retten … Vergeblich. Da war ein Mädchen. Ein kleines blondes Mädchen. Sie hatte Alpträume. Ich habe versucht, ihr zu helfen … und … sie ist gestorben … Ich kann mich an ihren Namen nicht mehr erinnern.«

Call streichelte ihre Hand und zog sich dann wieder zurück.

In diesem Moment kam Distephano herein. »Sind Sie gleich soweit?«

»Sofort«, antwortete Ripley.

Der Soldat verließ die Kapelle, und die beiden Frauen folgten ihm zur Tür.

»Träumst du eigentlich?« fragte Ripley neugierig.

Ausweichend antwortete Call: »Ich … wir besitzen neurale Prozessoren, die durch …« Sie unterbrach sich und setzte neu an.

»Ja.«

»Wenn ich schlafe«, meinte Ripley und schloß die Augen, »dann träume ich davon. Von ihnen. Jede Nacht. Es ist, als wären sie überall um mich herum. In mir drin.« Sie hörte das kleine Mädchen sagen: Ich will nicht schlafen. Ich habe schreckliche Träume. »Ich hatte mal Angst vor diesen Träumen, aber das ist vorbei.«

»Warum?« fragte Call.

Ripley fixierte das Buntglasfenster. »Egal, wie schlimm die Träume sind … wenn ich aufwache, ist die Realität immer schlimmer.«

Ripley überlegte, was für eine Art übernatürliches Wesen wohl den Gebeten eines Androiden lauschte, und dann fragte sie sich, ob es wohl auch den Gebeten eines Klons Gehör schenken würde …

Schweigend verließen sie die Kapelle. Als sie hinaustraten, ertönte die Stimme des Bordcomputers – jetzt auf Calls Stimme programmiert – über das ganze Schiff.

»Lüftungssysteme stabilisiert. Sauerstoffgehalt dreiundvierzig Prozent.«

Call wirkte überrascht. »Ist das *meine* Stimme?«

Ripley nickte. »Schiffe sind sowieso von Natur aus weiblich.«

12

Rasch, aber immer auf der Hut, liefen sie durch die Flure, an der Spitze Johner, Distephano und Call trugen Vriess, hinter ihnen lief Purvis und als letzte kam Ripley.

Ripley hörte Distephano vor ihr sagen: »Jetzt ist es nicht mehr weit.«

Purvis seufzte. »Gut, ich bin hundemüde ...«

»Mann, komm schon«, zischte Johner, dessen Nerven kurz vor dem Zerreißen standen, »schlafen können wir, wenn wir tot sind.«

In diesem Moment spürte Ripley etwas Glitschiges unter ihren Füßen. Sie blieb stehen und sah auf den Boden. Unter ihrem Stiefel waberte eine durchsichtige, gelartige Schmiere. Auch die anderen bemerkten sie, als sie hineintraten. Sie kämpfte gegen den Drang, gab dann nach, bückte sich und berührte sie mit den Fingern, um sicherzugehen. Der Schleim tropfte dickflüssig von ihrer Hand. Ja. *Sie.*

Purvis sah sich um. »Schlechtes Zeichen, wie?«

Ripley musterte den Weg, den sie gekommen waren, und blickte dann nach vorn. »Wir müssen ganz in der Nähe des Nests sein.«

Obwohl sie nicht hätte sagen können, warum oder woher, *wußte* sie instinktiv, daß die Aliens dort versammelt waren.

»Na gut«, meinte Vriess ungeduldig, »dann gehen wir eben woanders lang.« Distephano verwarf diese Möglichkeit. »Einen anderen Weg gibt es nicht. Dies ist der einzige.«

Johner krümmte sich vor Angst. »Nein! Vergiß es! Da gehe ich nicht lang!«

»Der Soldat hat recht«, meinte Call mit gedrückter Stimme. »Ich habe das Schiff untersucht. Wir müssen hier entlang ...Wenn wir nicht den ganzen Weg zurück wollen.«

»Damit kann ich leben«, verkündete Vriess. »Wir können umkehren ...«

»Dazu reicht die Zeit nicht mehr«, sagte Call kurz. Sie schaute zu Ripley hinüber.

»Wir haben noch fast neunzig Minuten!« beharrte Johner.

Call zögerte einen Moment und schüttelte dann den Kopf.

»Nicht mehr.«

»Was soll das heißen?« fragte Distephano.

Johner bemerkte, wie die beiden Frauen einen Blick tauschten und explodierte. »Was hast du gemacht, Android?«

»Vergiß es«, fuhr sie ihn an.

Aber Johner hörte nicht mehr zu. Drohend kam er auf Ripley zu, »Hey, wenn du mit deinen kleinen Brüdern und Schwestern hier sterben willst, okay. Aber ich möchte noch etwas länger leben als heute, und wenn dieses Stück Plastik da« – er stieß seinen Daumen in Calls Richtung – »irgendeinen Scheiß baut, dann bringe ich sie um.«

Er wirbelte zu Call herum. »*Dich bringe ich um!* Geht das in deine Kabel ein? Oder soll ich es dir ...?

Ripley war bei ihm, ehe er Luft holen konnte. Eine Hand schoß vor und packte seine zappelnde Zunge ... die andere hielt seinen Kiefer umklammert. Er erstarrte, nicht mehr in der Lage, auch nur noch ein einziges Wort zu sagen. Ripley näherte sich seinem häßlichen Gesicht bis auf wenige Zentimeter.

»Das gäbe eine fantastische Halskette«, schnurrte sie und zerrte drohend an seiner Zunge. Dann ließ sie los. Johners Mund schnappte zu und blieb es.

Ripley wandte sich an Distephano. »Wie weit noch bis zum Dock?«

»Hundert Meter etwa«, schätzte der Soldat. Wie ein Mann starrten sie in den verbotenen Flur. Er wirkte verlassen, aber ...

»Also, was machen wir?« fragte Vriess müde. Sie sahen sich an. Die Antwort lag in der Luft. Sie war eindeutig. Keine Wahl. Wieder einmal.

Ohne weiter zu diskutieren, hoben Call und Distephano

Vriess hoch, und plötzlich rannten alle so schnell sie konnten den Flur entlang. Ripley lief als letzte. Sich immer wieder umschauend, rannte sie hinter den anderen her. Dann plötzlich *traf* es sie. *Sie.* Hinter ihren Augen. In ihrem Geist. In ihrer Seele. *Sie.* Sie kamen sie holen. Sie taumelte, versuchte weiterzulaufen, konnte nicht. Sie sank auf die Knie.

Call mußte Vriess an Purvis weitergegeben haben, und plötzlich stand sie über ihr und schüttelte sie. »Ripley? Ripley? Was ist los?«

Das schreckliche insektenartige Summen in Ripleys Gehirn machte sie beinahe taub für Calls Worte. Sie schüttelte den Kopf, preßte die Hände auf die Ohren. Ihr Gesicht war schmerzverzerrt.

Sie versuchte, eine Warnung hervorzupressen. »Fehler ...! Fehler ...!«

»Ripley!« schrie Call hilflos.

»Ich höre sie«, keuchte der Klon, den Tränen nahe. Schmerz und Entsetzen überwältigten sie. Sie verlor sich selbst, ihre Identität, ihre Menschlichkeit. Sie überwältigten sie. »Der Stock ... Er ist ganz nah. Wir sind genau über dem Stock ...«

Sie waren beide so sehr mit Ripley beschäftigt, daß sie den Niet nicht bemerkten, der sich direkt neben Ripleys Fuß aus dem Boden bohrte.

»Ich kann sie hören«, würgte Ripley heraus. Jedes Wort schnitt wie ein Messer in ihre Kehle. »Ganz nah ... Ganz nah.«

»Himmel!« rief Call und zerrte nervös an ihr. »Komm weiter!«

Aber Ripley war wie angewurzelt. Schmerz und Entsetzen machten jede Bewegung unmöglich. »Ich höre sie ... Die Königin!«

Unbeachtet bohrte sich ein zweiter Niet aus dem Boden.

»Die was ...?« fragte Call.

Wie durch einen Nebel wurde Ripley klar, daß Call von den Familienstrukturen der Aliens keine Ahnung hatte. Und sie war nicht in der Verfassung, jetzt ins Detail zu gehen. »Sie hat Schmerzen ...!«

Plötzlich bemerkte sie eine Bewegung unter sich und wurde sich der Gefahr, in der sie sich befand, bewußt. Sie blickte nach unten und sah, wie die Hand eines Alien durch das Lüftungsgitter nach oben schoß, eine Bodenplatte packte und sie heftig nach unten zog.

Als der Boden unter ihr weggerissen wurde, taumelte Ripley und rutschte langsam nach unten. Zappelnd suchte sie nach einem Halt, versuchte, sich an der Fußbodenkante vor ihr festzuklammern. Sie sah, wie Call entsetzt die Hand nach ihr ausstreckte, aber es war zu spät. Mit einem Ruck fiel sie nach unten.

Calls Kopf verschwand beinahe in dem Loch, das sich plötzlich im Fußboden aufgetan hatte, während sie die Hand nach der verschwindenden Ripley ausstreckte.

»Ripley!« rief sie in die Dunkelheit unter dem Fußboden hinein. »RIPLEY!«

»Was zum Teufel ist da los?« brüllte Johner und lief zu ihr zurück.

»Ich weiß es nicht. Ich weiß es nicht!« Call geriet in Panik.

»O mein Gott!« stöhnte Johner.

Vriess zog sich an den Rand des Loches heran und packte Call an ihrer Bluse. »Annalee, du fällst! Komm zurück!«

Sie bemerkte die Sorge nicht, die in seiner Stimme schwang. Ihr ganzes Denken galt einzig dem schwarzen Loch, in dem Ripley verschwunden war.

»Hier!« meinte Distephano und drückte ihr eine Taschenlampe in die Hand.

Call beugte sich wieder über das Loch, aber alles, was sie erkennen konnte, war ein schwaches, weit entferntes Leuchten. In weiter Ferne kreischte etwas, aber es war nicht Ripley. Sie knipste die kleine Lampe an. Ihr Licht beleuchtete eine Szenerie, die direkt aus der Hölle zu stammen schien. Zunächst meinte Call, in eine abgrundtiefe Schlangengrube zu blicken, ein Nest voller Gewürm, aber dann erkannte sie, daß alles, was sie sah, all die schwarzen, glänzenden, sich windenden Teile zu ihnen gehörten. Den Aliens. Unzählige von ihnen, gemeinsam arbeitend, Seite an Seite, Rücken an Rücken. Ein ungeheures Gewirr von Schwänzen, Schädeln, Armen, alle schimmernd und sich windend wie ineinander verschlungene Schlangen, die im Licht der Lampe um sich schlugen.

Und inmitten dieser wimmelnden, klebrigen, lebendigen Masse lag Ripley, wehrlos, festgehalten, mit ausgestreckten Armen auf dem Rücken liegend. Vor Calls innerem Auge erschien plötzlich das Kreuz in der Kapelle, und sie mußte blinzeln. Beinahe hätte sie nach Ripley gerufen, deren Augen weit geöffnet nach oben starrten, aber dann merkte sie, daß Ripley sie nicht sah. Sie sah nur noch eins – ihre Zukunft.

Während Call und die anderen in angewiderter Faszination in das Loch starrten, versank Ripley langsam in der Masse der sich bewegenden Aliens, ganz allmählich, wie in Treibsand ... bis sie völlig verschwunden war, bedeckt von den Körpern der Wesen, die sie zurückerobert hatten.

Zuerst spürte Ripley nur den Schock, dann Entsetzen, dann Ekel, als sie mitten in der wabernden, wogenden Alienmasse landete. Dann war da eine schreckliche, grenzenlose Panik, als sie sich mit ihr bewegten, gegen sie, sie umarmten, sie akzeptierten, aufnahmen als eine von ihnen. Aber diese Gefühle lösten sich rasch auf, als der Teil von ihr, der nicht wirklich Ripley war, die Oberhand gewann. Und als die Wärme ihrer Körper sie umgab, als sie in ihrer kollektiven Masse versank, spürte sie, wie eine große Lethargie sie überkam.

In der Stille dieses Augenblicks wurden ihre Lider schwer, ihr Körper schlaff, und ohne es zu merken, fiel sie in einen tiefen Schlaf. Und da war es, wartete auf sie ...

Ihr Sehnen nach der dampfenden Wärme des Nests, die Stärke und Geborgenheit ihrer Art. So lange hatte sie die Einsamkeit ihrer Individualität getragen. Nur im Schlaf konnte sie zu ihnen kommen, mit ihnen jubeln. Jetzt war der Zeitpunkt gekommen. Sie hatten das Nest gebaut. Es wurde Zeit für sie, sich mit den anderen Kriegern zu vereinen und der Königin zu dienen. Das war es, wofür sie lebte.

Im Schlaf schlug Ripley, die Kriegerin, mit dem Schwanz

und übermittelte jeden ihrer Gedanken und Gefühle ihrer Königin. Und ihre Königin sandte ihre Liebe und Anerkennung zurück zu ihrem Krieger. Und ihr Verlangen. Bald würde es geschehen.

Call spürte, daß ihre Wangen feucht wurden, und ein entfernter, logischer Teil ihres Gehirns registrierte, daß ihr Tränenmechanismus noch funktionierte. Sie fühlte sich zerstört, geschlagen. Es schmerzte schlimmer als die Schußwunde. War also alles umsonst gewesen? Ripleys Mut, ihr Kampf um ihre Menschlichkeit, ihr Selbst? Wenn ja, was konnte dann ein beschädigter Android noch ausrichten, um irgend etwas zu ändern?

Der Krieger kroch in die dampfende Wärme des Nests. Die Stärke und Geborgenheit seiner Art. Er trug nicht länger die Einsamkeit seiner Individualität. Die Königin hatte ihn geehrt, auserwählt wegen seiner Klugheit. Er war als erster entkommen, hatte die anderen befreit und die ersten Gastkörper, die erste Nahrung erbeutet. Darum hatten sie ihn erneut ausgewählt, um seiner Königin zu dienen. Er hatte diese Ripley von der Beute weggeholt und trug sie nun durch den Stock zum Nest.

Dort gab es Krieger genug, um sie zu beschützen. Dort warteten Menschen, diese erbärmlichen, weichen Menschen, darauf, dem Jungen der Königin als Nahrung zu dienen und die neue Brut in sich zu tragen. Es würde geschehen. Es würde bald geschehen.

Aber der Krieger trug an seiner Erinnerung. Ein unerwartetes Chaos. Brüllende und sterbende Krieger. Und Feuer. Und diese Ripley mitten unter ihnen, ihr Junges in den Armen. Tod und Zerstörung bringend dem Nest.

Ein überwältigendes Verlustgefühl durchflutete seinen Körper, schmerzender, unersetzlicher Verlust. Es bedeutete nichts, es bedeutete alles. Er suchte nach der Verbindung zu seiner Art und fand die Stärke und Geborgenheit des Nests.

Es war ein anderes Nest gewesen, eine andere Zeit. Er durfte jetzt nicht daran denken, jetzt, da seine Königin nach ihm rief. Trotz ihrer Gewehre, trotz ihrer Fesseln waren die Menschen ihnen wieder einmal in die Hände gefallen. Sie hatten sie genährt und das Junge der Königin ausgetragen. Gewaltsam hatten sie sie überwältigt. Wie sie es immer getan hatten. Und immer tun würden. Mit der Klarheit ihres Instinkts und ihrer Bösartigkeit.

Die Perfektion unserer Struktur wird nur übertroffen von unserer Feindseligkeit.

Der große Krieger schlug mit dem Schwanz und übermittelte jeden seiner Gedanken, Pläne und Gefühle seinen Brüdern und seiner Königin. Seine Königin, seine Mutter, sandte ihre Liebe und Anerkennung und ihr Verlangen. Ihr Verlangen nach Ripley, die er so behutsam in seinen Armen trug.

Seine Königin sandte ihre Liebe und Anerkennung zurück zu ihrem Krieger.

Und diese menschliche Hülle, diese Ripley, war ihrer aller Mutter. Die erste Gebärmutter. Der erste Krieger. Und sie würde leben, alles zu sehen und die Herrlichkeit mit ihnen zu teilen. Die Königin hatte dafür gesorgt, und der Krieger hatte es geschehen lassen – denn Ripley war der Grundstein des Stocks. Die Hegerin des Nests. Die Urzelle des Neugeborenen. Hilflos wand sich diese Ripley im Schlaf, stieß leise Töne des Protests und des Schmerzes aus. Der Krieger blies ihr ins Gesicht, um ihr Luft und Wärme zu geben. Sie hegend, die sie alle gehegt hatte. Die Königin sandte ihre Anerkennung.

Call stand erstarrt an dem klaffenden Loch im Fußboden, unfähig, das Geschehene zu akzeptieren. Sie bemerkte die Blicke, die zwischen den anderen hin- und hergingen, und erkannte, daß die Ereignisse sie verändert hatten. Ripleys Stärke, ihr Mut, hatten die Gruppe zusammengeschweißt – aber jetzt war Ripley verschwunden, und sie begann auseinanderzufallen.

Selbst Johner schwieg, in seiner Kehle arbeitete es hart, als hätte er etwas zu Großes verschluckt.

In Vriess' Augen standen so viel Trauer und Mitgefühl für Call, daß sie wußte, sie würde es nicht ertragen, seinem Blick zu begegnen.

Distephano starrte wütend und mit zusammengebissenen Zähnen vor sich hin. Er umklammerte sein Gewehr, daß die Handknöchel weiß wurden.

Und wieder war es Purvis, der die richtigen Worte fand, um die Starre zu durchbrechen. Call erinnerte sich vage, daß es nicht das erste Mal war. Es war richtig gewesen, ihn mitzunehmen, richtig für ihrer aller Seelenheil.

»Wir müssen weiter, Miß«, meinte er leise. »Das Beste, was Sie ihr jetzt wünschen können, ist ein schneller Tod.«

Den würde sie bekommen, sobald die *Auriga* auf der Erde aufprallte. Dann wäre Ripley endlich heimgekehrt.

Immer noch konnte Call sich nicht bewegen, den Ort nicht verlassen, an dem sie sie zuletzt gesehen hatte. »Es ist nicht gerecht ...« Die Worte blieben ihr im Hals stecken, aber diesmal war es keine Fehlfunktion ihres Sprachmechanismus. Purvis schob eine Hand unter ihren Arm und drängte sie vorwärts. Die anderen gingen vor, und Purvis geleitete Call zur *Betty* hinüber.

»Es ist nicht gerecht«, beharrte Call kopfschüttelnd. Purvis seufzte. »Das sage ich schon den ganzen Tag.«

Wach auf. Sei ganz ruhig. Wir haben Probleme.

Sie verharrte, lauschend, spürend. Irgend etwas geschah. Kein Traum. Etwas Wirkliches. Immer noch lag Ripley in den Armen des Tieres. Es gab kaum Licht, aber das störte sie nicht. Sie atmete ruhig, nahm den Atem des Tieres auf. Die warme Feuchtigkeit um sie herum wiegte sie in Sicherheit, aber wirre Traumbilder zuckten durch ihr schwindendes Bewußtsein.

Die kalte Geborgenheit des Hyperschlafs.

Das instinktive Bedürfnis, ihr Junges zu schützen.

Die Stärke und die Gesellschaft ihrer Art.

Die Kraft ihrer eigenen Wut.

Die Wärme und Geborgenheit des dampfenden Nests.

Die Bilder waren sinnlos und sinnvoll zugleich. Sie erkannte sie mit einem Gespür jenseits des Bewußtseins, jenseits aller Erfahrungen. Sie waren Teil von ihr, Teil derjenigen, die sie gewesen war, dessen, was sie gewesen war. Und jetzt waren sie Teil dessen, was sie werden würde.

Sie trieb auf der feuchten, beruhigenden Wärme und wünschte sich in ein Versteck. Murmelnde, weit entfernte Geräusche erklangen außerhalb von ihr. In ihr. Sie kamen und gingen, die Töne, bedeuteten nichts, bedeuteten alles. Von Ferne hörte sie die Königin und ihr schreckliches Verlangen.

Dann setzten die Stimmen in ihr erneut ein, eine deutlicher als die anderen. Die eine, der sie immer lauschte. Die eine, an die sie sich so verzweifelt zu erinnern versuchte. Sie flüsterte – Meine Mami hat immer gesagt, es gibt keine Monster – keine echten. Aber es gibt sie. *Diese Stimme zwang sie aufzuwachen. Aber war sie erst wach, dann würden die Träume Wirklichkeit werden. Sie war müde, so müde. Aber wenn sie schlief …*

Ich will nicht schlafen, *sagte die kleine Stimme.* Ich habe böse Träume. *Sie betasteten sie im Schlaf. Die Monster, die echten Monster. Sich bewegend, atmend, wimmelnd – träumend, planend … Sie schauderte.*

Sie waren ein perfekter Organismus, mit nur einer Funktion. Die Perfektion ihrer Struktur wird nur übertroffen von ihrer Feindseligkeit. *Sie stöhnte leise, niedergeschlagen.*

Eine idealistische junge Frau hatte ihr einen Spiegel ihrer selbst vorgehalten, wie sie einst gewesen war. Was das Schicksal aus ihr gemacht hatte. Aber was war sie jetzt? War sie Ellen Ripley oder ein Wechselbalg, grotesk wie … wie …

Du bist wenigstens teilweise menschlich! Ich bin nur – Ich bin nur …

Ich bevorzuge die Bezeichnung künstliche Person.

Ganz allmählich nahm sie eine vage Berührung wahr. Etwas außerhalb von ihr. Etwas geschah mit ihr. Ihre Blicke wanderten durch den Raum und sammelten Informationen. Ihre schrecklichen Kinder hatten sie schließlich zu sich geholt. Sie waren überall, trugen sie, hießen sie willkommen.

Aber die anderen waren verschwunden. Die Menschen. Die, für deren Schutz und Rettung sie so lange gekämpft hatte. Sie war von ihnen getrennt worden, von ihnen genommen. Ein Teil von ihr verspürte ungeheure Erleichterung. Ein Teil von ihr verspürte unbändige Wut. Zwischen diesen Gefühlen hin- und hertaumelnd, lag sie in den Armen des Tiers.

Durch ihre Gedanken flimmerte der zeichenhafte Umriß eines blonden Kindes, der allmählich durch das deutlichere Bild eines wirklichen Kindes ersetzt wurde. Ihr Kind? Nein, nicht ihres …

Doch, mein Kind!

In ihrem Bewußtsein strudelten chaotische Erinnerungen durcheinander.

Die dampfende Wärme des Nests. Die Stärke und Geborgenheit ihrer Art. Die Einsamkeit der Individualität. Und das instinktive Bedürfnis – zu finden.

Kleine, kräftige Ärmchen um ihren Hals, kleine, kräftige Beinchen um ihre Hüfte. Chaos. Die Krieger brüllten und starben. Feuer.

Ich wußte, daß du kommen würdest.

Sie blinzelte verwirrt, in ihrem Kopf ein heilloses Durcheinander von Fragmenten, Erinnerungen, Instinkten, die sie nicht einordnen konnte.

Ein überwältigendes Verlustgefühl durchflutete ihren Geist, ihren Körper. Schmerzender, unersetzlicher Verlust. Er bedeutete nichts – er bedeutete alles. Ich heiße Newt. Niemand nennt mich Rebecca.

Ich komme, Newt! Ich komme.

Mami! Mami! *Ripley suchte nach der Verbindung zu ihrer Art, sie suchte nach der Stärke und Geborgenheit des Nests, aber sie waren nicht da. An ihrer Stelle war nichts, außer diesem Schmerz, dem schrecklichen Verlust. Sie war hohl. Leer.*

Aus den Augenwinkeln sah sie zu dem riesigen Krieger empor, der sie trug, und wünschte sich, ihm dieselbe Frage stellen zu können, die sie den anderen gestellt hatte, den Menschen. Die Frage, die niemand beantworten konnte.

Warum? Warum?

Während die Erinnerung an Newts Stimme durch ihren Kopf geisterte, beschloß sie, daß sie eine Antwort bekommen würde. Sie würde sie ihnen entwinden. Trotz ihrer Größe, ihrer Stärke, trotz ihrer Wildheit und ihrer Feindseligkeit. Sie würde sie sich mit Gewalt holen.

Nervös brachten die Überlebenden der Mannschaft das letzte Stück des Weges zur *Betty* hinter sich, eilig, aber ohne zu hasten. Sie stießen auf keine weiteren Anzeichen von

Aliens, keinen Schleim, keine Säureschäden, nichts. Alles blieb überraschend ruhig.

Als Vriess ins Schiff getragen wurde, überkamen ihn unerträgliches Heimweh und tiefe Trauer. Johner und Distephano trugen ihn zum Sitz des Copiloten, wo die Hinweise auf Hillards Existenz allgegenwärtig waren, so wie die Elgyns um den Pilotensitz. Er schüttelte die Erinnerungen ab und nahm sich vor, sich zu einem passenderen Zeitpunkt mit ihnen zu beschäftigen, wenn sie ihre Ärsche erst einmal sicher hier herausbekommen hätten. Falls er es *schaffte,* ihre Ärsche hier herauszubekommen.

Während Vriess sich im Sitz festschnallte, fragte Johner: »Wie lange noch, bis wir in der Luft sind?«

Vriess stellte einige Tabellen und einen ungefähren Flugplan zusammen und betrachtete das Bild der Erde auf ihrem Schirm, das mit jeder Sekunde näher kam. »Ich brauche Call, sie muß sich noch mal in das Schiff einloggen, das Tor öffnen und die Magneten lösen.«

»Wir tauchen in ein paar Minuten in die Atmosphäre ein«, drängte Johner. »Dann wird's nicht leichter.

Vriess nickte, seine Hände flogen über das Steuerpult. Er versuchte, nicht daran zu denken, wie selten er dieses Schiff bisher geflogen hatte. Er wollte nicht über seine mangelnde Erfahrung nachdenken. Immer waren Hillard oder Elgyn dagewesen, um die *Betty* mit Christies Unterstützung zu fliegen. Vriess war der verdammte Mechaniker und Johner der Kraftmops vom Dienst. Sie waren so in ihre Rollen hineingewachsen, daß sie nur selten aus ihnen heraustraten. Aber darüber wollte er jetzt nicht nachdenken. Heute war er der Pilot. Er mußte es sein.

Call war hinter ihn getreten und lenkte ihn von seinen Sorgen ab. Er hielt inne und sah sie an. Seit sie ihm zum erstenmal begegnet war, hatte sie in ihm niemals den Krüppel gesehen. Nie hatte sie seine Beine angestarrt, nie seinen Rollstuhl wahrgenommen. Sie sah immer nur ihn, den Mann, Vriess. Er blickte in das fein gezeichnete, hübsche Gesicht. Das mindeste, was er für sie tun konnte, war, sich ebenso zu verhalten. Call zu sehen. Nicht das kabelbestück-

te Leck in ihrer Brust. Nicht den mechanischen Anschluß in ihrem Arm.

Sie schenkte ihm ein schwaches Lächeln. »Brauchst du meine Hilfe?«

Er nickte erleichtert. »Falls … falls es dir nichts ausmacht … Annalee.«

Beim Klang ihres Vornamens zuckte sie zusammen, aber dann nickte sie kurz. »Klar. Kein Problem.« Sie klinkte sich in das Hirn des Computers ein, als habe sie in seiner Anwesenheit nie etwas anderes getan. Er achtete nicht darauf, was sie tat. Er sah nur ihr Gesicht. Ihr kleines, hübsches, menschliches Gesicht.

Ganz allmählich tauchte Ripley aus der Bewußtlosigkeit auf. Ein Schwindelgefühl überkam sie, ein Taumel, der sie nicht loszulassen schien. Sie schloß für einen Moment die Augen. Sie hörte nasse Geräusche: Tropfen, Spritzen. Sie hörte Stöhnen, menschliches Stöhnen. Sie hörte ein Surren wie von Insekten. Und der Geruch – Blut. Innereien. Tod. Und alles so naß, heiß und feucht wie ein tropischer Sumpf. Vorsichtig versuchte sie, sich zu bewegen. Ihr Körper war zu ermattet, um zu reagieren. Hatte man sie betäubt? Hypnotisiert? Sie lag auf etwas Festem, Starrem, Solidem. Plötzlich platschte von oben etwas Klebriges auf ihr Gesicht. Sie runzelte die Stirn, doch die Taubheit ließ nicht nach. Schließlich wurde ihr das unangenehme Tropfen zuviel, und sie öffnete die Augen.

Das auf ihr Gesicht tropfende Zeug rann über ihre Wange auf den Boden, wo es sofort fest zu werden begann und ihren Kopf festzurrte. Sie hob eine Hand, zog es herab und wischte sie, ohne nachzudenken, am Boden ab. Während dieser instinktiven Handlungen blinzelte sie, sah sich um, versuchte zu denken, zu verstehen, wo sie sich befand, was geschah. Sie wußte, sie sollte beunruhigt oder wachsam sein, sollte sich um ihr eigenes Wohl Gedanken machen, doch dafür fehlte ihrem Gehirn die nötige Klarheit.

Ripley sah sich im Halbdunkel um. Sie war nicht allein. Über ihr – auf einer Art Vorsprung ganz in der Nähe – waren andere Menschen, mindestens acht. Sie kniff die Augen zusammen und versuchte, besser zu sehen. Endlich wurde ihr Blick schärfer, und sie erkannte, daß die anderen keineswegs auf einem Vorsprung standen. Sie waren an Armen und Beinen festgezurrt, mit Fäden aus Exkrementen an die Wände eines riesigen, zylinderförmigen Raums geleimt. In ihrer Erinnerung hörte sie Calls mechanische Stimme etwas über Aktivitäten in einem Abfalltank sagen, und sie wünschte, sie hätte besser aufgepaßt.

Die acht Menschen, die sie sehen konnte, waren an die Wände des Tanks gefesselt. Soldaten, Forscher, alle klebten sie dort wie riesige Fliegen, halb eingesponnen.

Sie erinnerte sich an eine ähnliche Szene ...

Die Kolonisten von Hadley's Hope an der Wand eingesponnen, Brustsprenger züchtend. Die meisten waren schon geschlüpft. Hier jedoch schienen alle noch intakt ...

Sie fuhr sich über die eigene Brust, aber sie war nicht reinfiziert worden. Sie würde es wissen. Sie könnte es *spüren.* Hielten sie diese Menschen hier fest, um sie zu infizieren? Der Gedanke entsetzte sie, doch als sie sich umsah, bemerkte sie, daß sich keine Eier im Tank befanden. Dennoch ließ sie der Anblick der acht wie Insekten in einem Spinnennetz gefangenen Menschen nicht los.

Ripley zwang sich, den Blick von den gefesselten Menschen abzuwenden, und sah sich um. Und endlich entdeckte sie sie. Die Aliens. Sie schwammen in dem tief abfallenden unteren Teil des Abfalltanks, wie Alligatoren in einem Sumpf, nur daß ihr Sumpf aus menschlichem Blut, Eingeweiden und ihren eigenen Ausscheidungen bestand. Ripley kauerte an der Stelle, wo der Boden auf die Wand traf, dem höchstgelegenen Teil des Fußbodens, direkt am Ufer des übelriechenden Sees. Sie zögerte, sich zu bewegen, beobachtete die Krieger und überlegte, ob sie wohl hier waren, um sich um die eingesponnenen Menschen zu kümmern. Würden sie die Eier bringen und sie infizieren?

Ripley runzelte die Stirn und schaute sich weiter um. Dann erblickte sie sie, die Königin.

Das riesige Wesen lag ihr direkt gegenüber, aber sein

Anblick war so verwirrend, daß Ripley einige Augenblicke brauchte, um ihn zu verstehen.

Sie erinnerte sich gut daran, die Königin und ihren ungeheuren Legestachel schon einmal gesehen zu haben. Damals war das riesige Fortpflanzungsorgan festgeschnürt gewesen, um es bei seinem ungeheuren Gewicht und Ausmaß zu stabilisieren, während die Königin Ei um Ei auf den Boden der Atmosphärenkammer in Hadley's Hope legte. Aber das war nichts dagegen, was Ripley jetzt sah.

Auch diese Königin war festgeschnürt, aber nicht an ihrem Legestachel. Sie *besaß* keinen. Offensichtlich hatte sie diesen Teil von ihr schon abgeworfen. Die Königin selbst war inmitten des Blut- und Exkrementensees auf dem Boden des Abfalltanks versponnen. Entweder war dort eine seichte Stelle im Tank, oder die Aliens stützten sie durch eine unsichtbare Schlinge aus demselben Material wie das Unterwassernetz. Jetzt begriff Ripley auch, daß die halb in der chemischen Suppe unter ihr verschwindenden Aliens die Königin versorgten, sie pflegten. Die im Tank festgemachte menschliche Beute ignorierten sie völlig.

Immer noch bemüht, zu verstehen, was sie sah, starrte Ripley sie an. Die Königin war auf dem Rücken festgemacht, ihre Beine, der Schwanz und die Arme waren zur Hälfte versunken. Ihr Kopf schlug vor und zurück, ihre Extremitäten zappelten fieberhaft. Hatte sie Schmerzen? Und was war das Ding auf ihrem Unterleib …?

Und dann endlich verstand Ripley die ganze Entsetzlichkeit dessen, was sie sah. Die Königin hatte einen riesig aufgeblähten, fleischigen Bauch, über den sich dicke schwarze Venen zogen. Er bewegte sich, als hätte er ein eigenes Leben. Das große Maul der Königin öffnete sich, und sie zischte wütend.

Ripley starrte sie an und hauchte: »Keine Eier. Einfach …«

Eine seltsam vertraute Stimme rief aufgeregt: »Unsere größte Errungenschaft!«

Ripley schauderte es, sich umzudrehen und dem Besitzer dieser Stimme zu begegnen, doch fühlte sie sich dazu gezwungen. Als sie aufblickte, erkannte sie Dr. Gediman, fest versponnen zwischen den anderen Forschern und Soldaten. Seine Augen waren weit aufgerissen und glänzten. Er stand eindeutig am Rande des Wahnsinns.

»Ein sekundärer Fortpflanzungszyklus«, plapperte er fröhlich. »Asexuell. Wie ein Säugetier. Ohne Wirt!«

Ripley unterdrückte ein Stöhnen. »Das ist unmöglich.«

Gediman grinste breit. »Wir dachten, wir könnten sein Fortpflanzungssystem verändern. Die Eierlegezyklen umgehen. Aber das Vieh ließ nicht mit sich handeln.« Er kicherte. »Es hängte einfach einen zweiten Zyklus hinten dran. Fantastisch!«

Ein gellender Schrei der Königin erschreckte Ripley, und sie wandte sich wieder zu dem Wesen um. In offenbar ungemildertem Schmerz schlug es wild um sich. Die sie umsorgenden Aliens wichen mit wirrem Geplapper zurück, ihr insektenhaftes Summen erschien Ripley fast harmonisch.

»Aber wie ...?« murmelte sie verwirrt.

»Genetische Kreuzung«, erläuterte Gediman hilfreich. Dann blickte er sie mit weit aufgerissenen Augen an und grinste irre. »Mit der DNA des Wirts.«

»*Nein ...!*« Ripley konnte, wollte das nicht akzeptieren.

»Sehen Sie doch hin!« gluckste Gediman schadenfroh. »Das sind Sie! Sie sind das!«

Es ging über ihre Kräfte, aber Ripley unterdrückte die Tränen des Entsetzens und der Wut und zwang sich, die Königin anzuschauen. Alles, was sie in ihrer Verzweiflung denken konnte, war: Das ist mein schreckliches Kind.

Die Wölbung im Bauch der Königin wuchs deutlich und begann, sich wellenförmig zu bewegen.

Das war der Anstoß, den Ripley brauchte. Mühevoll erhob sie sich vom Boden des Tanks, ihr Körper bewegte sich jedoch nur langsam und schwerfällig. Ohne darauf zu achten, kämpfte sie sich hoch und schwor sich: »Ich komme hier raus. Verdammt, ich komme hier raus!«

Gediman beobachtete sie immer noch grinsend. Als Ripley zu ihm aufsah, erlosch der letzte Funken Vernunft in seinen Augen. »Wollen Sie nicht sehen, was als nächstes passiert?« fragte er gutgelaunt.

13

Call klinkte sich aus der *Betty* aus und sah zu, wie Vriess das Abkoppelmanöver von der *Auriga* vorbereitete. Der Gedanke an Ripley quälte sie, zunächst einmal mußten sie die anderen in Sicherheit bringen. Als Vriess seinen Flugplan geordnet hatte, lächelte er ihr zu, und unsicher lächelte sie zurück.

Es gab noch eine Menge zu tun. Sie verließ die Kommandobrücke und ging zu Johner und Purvis hinüber. Zu dem Mann mit dem Narbengesicht aufschauend, murmelte sie: »Johner, bring Purvis in den Kühlraum.«

Johner war die Erleichterung, zurück auf der *Betty* zu sein, deutlich anzumerken. Er gab Purvis einen freundschaftlichen Klaps und meinte: »Okay. Zeit für ein kleines Nickerchen, Kumpel.«

Purvis, der unglaublich müde und ausgelaugt wirkte, nickte und setzte sich in Bewegung.

Call ging voran, um Johner mit dem Hyperschlafmix zu helfen. Es ging schneller, wenn sie es machte, und für Purvis zählte jede Sekunde. Sie lief den dunklen Gang hinunter und wartete darauf, daß die Lichter vor ihr angingen, doch es blieb dunkel. Sie runzelte die Stirn. Als sie sich in das Schiff eingeklinkt hatte, waren ihr keine mechanischen Defekte aufgefallen, aber sie hatte auch nicht auf Kleinigkeiten geachtet. Trotzdem, diese Lichter hätten schon angehen sollen, als sie das Schiff betraten. Unruhig wandte sie sich zu Johner um.

Ehe sie etwas sagen konnte, schob sich eine Hand aus der Dunkelheit hinter ihr, der Lauf des Gewehrs, das sie hielt, blitzte im Licht. Als es losging, fuhr die ohrenbetäubende Explosion in dem engen Raum Call bis ins Mark. Die Kugel traf Purvis in die Schulter. Er schrie auf und sackte zusammen.

Als Johner nach seiner Waffe griff, legte sich ein Arm fest um Calls Hals. Der noch rauchende, harte Gewehrlauf bohrte sich in ihre Wange. Sie erstarrte.

Wer …? Was …? Woher …?

Der Mann hinter ihr schob sie aus dem Dunkel hinaus ins Licht, und sie hörte eine vertraute Stimme.

»Keine Bewegung«, sagte sie zu Johner, »oder ich puste ihr das Hirn weg!«

Wren!

Call sah, wie Vriess in seinem Stuhl herumfuhr und sie anstarrte, auf seinem Gesicht spiegelten sich Wut und Hilflosigkeit, während er festgeschnallt dasaß, unfähig, ihnen zu helfen.

Johner war angespannt und konzentriert. Dies war ein Konflikt, den er verstand, ein Feind, dem er gewachsen war. Der narbengesichtige Mann stand breitbeinig da, die Hände vom Körper weggestreckt, bemüht, nicht bedrohlich zu wirken. Aber Call hatte Johner im Kampf erlebt. Hätte Wren auch nur ein Quentchen Erfahrung mit Männern wie ihm, würde er ihn sofort und ohne weitere Diskussion töten. Aber Call hatte den Verdacht, daß Wren sich in diesen Dingen nicht sehr gut auskannte.

»Distephano!« rief Wren dem Soldaten zu. »Nehmen Sie ihre Waffen.«

Call sah den Soldaten an. Was würde er tun? Bei dem Kampf im Kasino hatte sie ihm das Leben gerettet. Würde er sich jetzt gegen sie wenden? Distephano richtete sich auf, als wolle er salutieren. »Tut mir leid, Sir, aber … Sie können mich mal!« Er machte keinerlei Anstalten, seine eigene Waffe abzulegen oder Johner zu entwaffnen.

Wren preßte sie enger an sich, sein Arm drückte ihr die Luft ab. Sie spürte die Anspannung in seinem Körper, das Zittern, als seine Verzweiflung wuchs. Er drückte die Gewehrmündung tiefer in Calls Gesicht. »Waffen runter!« schrie er den anderen zu. »Runter damit, oder wir sterben alle zusammen!«

Ein plötzlicher schriller Schrei ließ sie alle zusammenfahren. Mit aufgerissenen Augen bäumte Purvis sich auf und griff sich an die Brust. Niemand rührte sich, selbst Wren nicht.

Ripley suchte panisch nach einem Fluchtweg aus dem Abfalltank, aber von dort, wo sie kniete, konnte sie keine Türen, keinen Ausgang irgendwelcher Art erkennen. Sie hatten sie hier hineinbekommen, also mußte es auch einen Weg *hinaus* geben!

Die Königin schlug derweil immer wilder um sich und schrie jetzt ununterbrochen. Die anderen Aliens wurden zunehmend unruhiger, sie summten, pfiffen und schossen durch den Schlamm.

Ein Schrei der Königin war besonders laut, so daß Ripley erstarrte. Der Bauch der Königin hob und senkte sich wie ein Lebewesen, es war deutlich zu erkennen, daß sich in ihm etwas bewegte.

Ripley verspannte sich, als die Erinnerungen aufstiegen. *Auch ich habe das erlebt. Ich habe geboren. Ich war einmal eine Mutter, eine richtige Mutter. Ich lag in meinem eigenen Bett, und mein Mann war da. Und eine Krankenschwester und ein Arzt. Ich habe geschrien, als mein Bauch sich hob.*

Sie spürte es förmlich, so stark war die Erinnerung. Instinktiv fuhr sie sich mit den Händen über den Bauch.

Ich habe geschwitzt, aber ich wollte keine Medikamente, auch dann nicht, als mein Mann mich bat, welche zu nehmen. Ich machte mir Sorgen über all die Jahre unter Hyperschlafdrogen und wollte bei meiner Niederkunft nichts nehmen. In meinem eigenen Bett. Meinem Zuhause.

Sie beobachtete, wie die Königin unten im Schlamm um sich schlug und schrie, und der Dreck, diese ekelerregende Parodie ihrer eigenen Erfahrung bereitete ihr Übelkeit.

Ich hatte ein Mädchen, ein wunderhübsches kleines Mädchen. Sie sah aus wie ihre Eltern. Wir haben sie Amy genannt.

Die Tränen schossen ihr in die Augen bei der Flut menschlicher Erinnerungen, die auf sie einstürzten, während sie in dieser Hölle der Aliens gefangen war.

Du hast Amy gesagt, du wärst zu ihrem elften Geburtstag zurück. Du hattest es versprochen. Das war, als du sie das erstemal besiegt hast. Aber dein Fluchtgehäuse wurde siebenundfünfzig Jahre nicht gefunden. Amy ist gestorben, ohne je zu erfahren, warum du nicht zu ihrem Geburtstag gekommen bist.

Ripley schloß die Augen. Für einen Augenblick stand das Gesicht ihrer Tochter deutlich vor ihr. Dann stiegen andere Erinnerungen hoch. *Newt.*

Hicks.

Selbst Jonesy …

Alle waren sie fort, verloren mit den Jahren.

Neben ihr starrte Gediman mit weit aufgerissenen Augen und irrem Grinsen auf die Szene. Er kicherte mit einem leisen ›he-he-he‹, das fast so enervierend war wie die Geräusche der Aliens.

Wieder schrie die Königin auf und streckte die Arme nach Ripley aus, als könnte der Klon, ihre eigene ›Mutter‹, ihr durch diese Erfahrung helfen, die Geburt irgendwie leiten. Brüllend versuchte das Alienweibchen, sich aus seinem übelriechenden Bett zu befreien.

In Erinnerung an ihre eigenen Schmerzen stöhnte Ripley gemeinsam mit der Königin, ihr Bauch zog sich reflexartig zusammen.

Und in ihr, in ihren Genen, spürte sie die Schmerzen der Königin in den Eingeweiden. Die telepathische Verbindung zwang sie ihr auf, zwang sie, die Königin zu sein, die Königin bei ihrer grauenvollen Niederkunft. Der aufgeblähte, wogende Bauch, der reißende, brennende Schmerz, der erbarmungslose Druck. Die totale Rebellion ihres Körpers zwang sie, eine Funktion zu erfüllen, die sie nicht länger erfüllen wollte. Ripley stöhnte zusammen mit der Königin, litt mit ihr, voller Bemühen und Sympathie. Gleichzeitig spürte sie die Unruhe der Krieger, die sich der hilflosen Königin näherten. Sie spürte ihre Angst. Jeder von ihnen – jeder ihrer Ehemänner – verzehrte sich danach, ihr zu helfen, aber keiner wußte wie.

Plötzlich schoß eine Blutfontäne wie ein Geysir aus dem wogenden Bauch der Königin. Tropfend und sickernd rann das Blut dieser ersten Eruption in ätzenden Bächen über den gewölbten Fleischberg. Ripley versuchte, sich abzuwenden. Sie wollte dieser widerwärtigen Karikatur einer menschlichen Geburt nicht länger zusehen.

Aber wieder schrie die Königin, hob ihren Kopf und starrte Ripley an, als wäre sie ihre Hebamme. Ripley krümmte sich, um-

klammerte ihren eigenen Unterleib und schrie im Gleichklang mit der Königin.

Die sich windende Kreatur sackte zurück in den Schlamm. Plötzlich, als spürten sie etwas, wichen die sie umgebenden Krieger zurück. Ripley blinzelte erschöpft und starrte wie betäubt auf den pulsierenden Bauch. Erneut spritzte eine Blutfontäne, und dann preßte etwas von unten gegen die dünner werdende Bauchdecke der Königin. Es drückte sich nach oben, immer weiter nach oben, bis das widerstrebende Fleisch die Form der Gestalt unter sich annahm.

Ripley rieb sich die Augen. Es sah aus, als kämpfe sich ein Schädel – ein menschlicher Schädel – aus dem zerreißenden Unterleib der Königin heraus.

Das Baby ... dachte Ripley abwesend. Die Schädeldecke des Babys. Ich sehe seinen Kopf ...

Ein letzter Schrei, ein schrecklicher, gellender Schrei, und plötzlich kam das Neugeborene zum Vorschein, wand sich aus der engen Umhüllung der Gebärmutter. Das Wesen war hellhäutig, nicht schwarz, seine Haut ähnelte eher menschlichem Fleisch als dem harten silikonartigen Exoskelett der Aliens. Sein Kopf hatte die typische längliche Form, aber das Gesicht ... Das Gesicht ...

Neben ihr brabbelte Gediman vor sich hin, er weinte in wahnsinniger Freude.

»Wunderschön! Ein wunderschöner Schmetterling ...!«

Das Gesicht des Neugeborenen hatte etwas eindeutig Menschliches. Viel zu menschlich! Es sah aus wie ein Schädel, mit tiefen Augenhöhlen, langen, blitzend weißen Zähnen, hervortretenden Kieferknochen und den Hohlräumen, in die eine menschliche Nase gehört hätte. Das Gesicht des Neugeborenen war das Ebenbild des Todes.

»Wunderschön«, murmelte Gediman.

Ripley sah ihn an. Er schwamm in Glückseligkeit, als hätte er dem Universum das schönste Geschenk gemacht, das die Wissenschaft hervorbringen konnte.

Ripley fühlte sich seinem Wahnsinn nahe. Sie wandte sich von dem Wissenschaftler ab und versuchte, ihre auf und ab wogenden Gefühle in den Griff zu bekommen.

Das Neugeborene wand seinen massigen Körper aus den Eingeweiden seiner Mutter.

Die Königin, deren akute Schmerzen nachließen, stöhnte leise, ihre Bewegungen wurden ruhiger.

Und es ist noch nicht ausgewachsen, dachte Ripley, ohne zu ahnen, woher dieses Wissen kam. *Innerhalb eines Tages wird es seine Körpergröße verdoppeln, wenn nicht verdreifachen. Und sein Hunger ist grenzenlos. So wie seine Wildheit und Feindseligkeit. Der perfekte Organismus.*

Als das Neugeborene sich allmählich aus dem Mutterleib befreite, bemerkte Ripley seine Hände. Sie waren kräftig und groß wie die typischen Hände der Aliens, aber sie hatten nur fünf Finger. Mit den langen Nägeln und der hellen Haut sahen sie aus wie …

… Genau wie meine! dachte Ripley angeekelt.

In einer Parodie menschlicher Zärtlichkeit krabbelte das Neugeborene den Körper der Mutter hinauf zum Kopf. Sichtlich stolz auf ihre Leistung stieß die Königin leise, gurrende Töne aus, mütterliche Töne, und betrachtete ihr Junges. Das Neugeborene kroch näher, und für einen Augenblick sah es so aus, als ob das Junge seine Mutter küssen wolle.

Dann holte es mit einer wuchtigen, abrupten Bewegung seiner mächtigen Hand aus und riß der Königin den Kopf ab, daß das Blut in alle Richtungen spritzte.

Ripley, die immer noch telepathisch mit der Königin verbunden war, spürte die Todesschreie des Alienweibchens bis tief ins Mark. Ohne innezuhalten, packte das Neugeborene mit seinen riesigen Zähnen den zitternden Körper seiner Mutter, riß die Königin in Fetzen und verschlang große Stücke von ihr. Immun gegen das ätzende Blut, weidete das Neugeborene sich am Fleisch seiner Mutter.

Ripley spürte, daß die Königin starb, als die telepathische Verbindung zerriß. Es war ein schmerzlicher Riß, wie ein gebrochener Knochen, dessen spitze Enden in ihrem Kopf und ihrer Seele knirschten. Ihr Geist suchte nun den Kontakt zu den Kriegern, *verlangte* nach ihnen. Aber die Verbindung zu den Kriegern war beladen mit Entsetzen und Verwirrung. Die Aliens wimmelten panisch durcheinander und wußten nicht, was sie tun sollten, jetzt, da ihre Königin, ihr ganzer Lebenssinn, vernichtet war.

Ripley schien es, als sei sie von den gepeinigten Seelen der Hölle umgeben, als die Aliens vor Schmerzen pfiffen und zwitscherten, während das Neugeborene weiter seine Mutter verschlang. Dann fiel ihr auf, daß der Lärm nicht allein von den Kriegern ausging. Sie drehte sich um. Gediman brabbelte immer noch vor sich hin, sein Wimmern verwandelte sich rasch in entsetztes Schreien.

Gedimans Augen weiteten sich. Er begann, sich zu winden und immer wilder um sich zu schlagen. Er kreischte hysterisch und zerrte panisch an dem Harz, das ihn gefangenhielt.

Ripley fiel zurück gegen die Wand. Erneut versuchte sie, die Kraft zur Flucht aufzubringen, doch sie war zu erschöpft. Der Verlust der telepathischen Verbindung mit der Königin ließ sie leer und ohne Orientierung zurück.

Plötzlich erstarrte das mit dem Blut seiner Mutter überströmte Neugeborene und legte den Kopf zur Seite, als lausche es. Langsam drehte es sich um, und Ripley hatte zum erstenmal die Gelegenheit, in sein Gesicht zu sehen. Tief drinnen in seinen riesigen Augenhöhlen blitzte ihr ein Augenpaar entgegen, das dem ihren nicht unähnlich war. Sie starrte es an. *Auch Amy hatte meine Augen,* dachte sie, und ein hysterisches Lachen stieg in ihr auf.

Auch Gediman sah die Augen, die aus dem gräßlichen Totenkopf des Neugeborenen leuchteten, und sein Schreien wurde lauter und panischer.

Das Neugeborene erhob sich unbeholfen.

Es ist schon größer geworden, erkannte Ripley.

Auf seinen beiden spindeldürren, wackeligen Beinen stehend, machte das zwei Meter große Baby seine ersten Schritte und torkelte auf den Wissenschaftler zu.

Als es näherkam, brachte seine riesige, grauenerregende Gestalt Gediman zum Schweigen. Sein Mund klappte zu, und er erstarrte. Die Augen quollen ihm aus dem Kopf. Das Wissen um die Gefahr versetzte ihn in einen Zustand jenseits allen Entsetzens. Das Neugeborene beschnüffelte den Mann. Ripley sah ihn zittern, als hätte er einen Schlaganfall. Dann öffnete sich das riesige Maul, öffnete sich weiter und weiter. Wie bei einer Schlange, die ihre Beute verschlingen will, schien der Unterkiefer sich über dem gefesselten Mann auszuklinken. Ripley konnte bei diesem Wesen keine mit Giftzähnen bestückte Zunge erkennen, nur das riesige Maul und gräßlich lange, weiß blitzende Zähne.

Mit entsetzlicher Plötzlichkeit schlug das Neugeborene zu und senkte seine gigantischen Zähne in Gedimans Schädeldecke. Der Mann fand seine Stimme wieder, und während ihm das Blut über die Stirn in Augen, Ohren und Mund strömte, brüllte er schrecklicher als je zuvor.

O Gott! O nein. NEIN! dachte Ripley und betete, daß sie sich mit dem Neugeborenen verbinden und es irgendwie von seinem Vorhaben abbringen könnte. Aber das Wesen ignorierte sie.

Mit einem gräßlichen Ruck und dem krachenden Geräusch brechender Knochen riß das Neugeborene die Schädeldecke ab, mühelos, als köpfe ein Mensch ein hartgekochtes Ei. Gedimans offenliegendes Gehirn schimmerte rosafarben und pulsierte.

Ripley stöhnte auf vor Entsetzen und wandte sich ab. Sie hörte das weiche Gewebe zerreißen, hörte feuchte Kau- und Schluckgeräusche, begleitet vom Stöhnen und Gurgeln des sterbenden Forschers. Sie roch den metallischen Geruch frischen Bluts, als der Mann endlich erschlaffte, immer noch gefangen in den harzigen Tentakeln. Die letzten Blutstropfen versanken im Morast unter ihm.

Das einzige, was Ripley tun konnte, war, die Augen zu schließen. Sie sah nicht, wie das Neugeborene sich umdrehte, sie bedeutsam anschaute und mit langer gewundener Zunge hungrig seine blutigen Zähne leckte.

Purvis krümmte sich vor Schmerzen, derartigen Schmerzen, daß er kaum sagen konnte, wo es am meisten weh tat. Seine Schulter brannte wie Feuer, die Kugel, die dort saß, tat schrecklich weh. Die Wunde pochte so sehr, daß er kaum denken konnte. Aber die Schmerzen in seinem Bauch – o Gott, die Schmerzen in seinem Bauch waren wirklich unerträglich. Ihm war, als laufe etwas in ihm herum, winde sich wie eine Schlange, auf der Suche nach einem Weg nach draußen. Er fühlte Übelkeit aufsteigen und neue, grauenvolle Schmerzen.

Trotz seiner Qualen gelang es ihm, sich auf die Szene vor ihm zu konzentrieren.

Wren, der allmählich ausflippte, hatte Call so fest gepackt, daß sie fast erstickte. Wo ihre Kontrollampen offenlagen, blitzte und blinkte die Brustöffnung auf bizarre Weise. Er hielt die Mündung seines Gewehrs eng an ihr Gesicht gepreßt. Purvis konnte sehen, daß er ihr weh tat. Call, die alles getan hatte, um sie zu retten. Vor allem ihn, Larry Purvis.

Wren brüllte: »Dieses synthetische Biest hier wird sich jetzt in die *Auriga* einklinken und sie den Vorschriften gemäß zur Landung bringen.«

Tapfer versuchte Call zu sprechen. »Das wird sie nicht!«

Distephano wandte sich gegen seinen Vorgesetzten. »Sie sind wahnsinnig! Wollen Sie diese Viecher immer noch auf die Erde runterbringen?«

»Sie haben heute wohl nicht besonders gut aufgepaßt?« meinte Johner sarkastisch.

Purvis spürte, wie sich etwas in ihm entrollte. Er stöhnte und preßte die Arme gegen die Brust.

Offensichtlich verlor Wren allmählich die Kontrolle. »Um die Aliens werden sich die Quarantänetruppen der Basisstation kümmern.« Mit einer hastigen Bewegung riß er seine Waffe von Calls Gesicht weg und richtete sie auf die anderen.

»Ja, fünf Sekunden lang vielleicht«, brummte sie.

Der Wissenschaftler schwenkte das Gewehr zurück und drückte es so fest in ihre Wange, daß sie aufschrie. »Maul halten!« schrie er. »Ich sagte: Maul halten!«

In diesem Moment spürte Purvis ein grauenhaftes *Reißen* mitten in seiner Brust, direkt unter dem Rippenbogen. Er sah auf seinen Bauch hinunter. Auf seinem Hemd wuchs ein Blutfleck. Er starrte ihn an, ohne zu begreifen.

Auch die anderen hielten inne, sogar Wren.

Dann begriff Purvis. Das Ding in ihm. Seine Zeit war gekommen, geboren zu werden. Sie hatten ihn nicht rechtzeitig eingefroren, und jetzt war es zu spät. Das Monster würde sich einen Weg aus seinem Körper beißen und ihn töten. Und Wren, dieser Hurensohn, dieser verdammte Wissenschaftler, war verantwortlich dafür. Auch wenn die Mannschaft der *Betty* ihn gekidnappt und hierhergebracht hatte, den Plan, diese Kreaturen der Hölle in menschliche Wirte einzupflanzen, hatte dieser Mann ausgeheckt.

Die Wut, die in Purvis aufstieg, war stärker als das Alien, das ihn tötete. Er stützte sich auf und starrte Wren haßerfüllt in die Augen.

Offenbar standen Purvis seine Gefühle ins Gesicht geschrieben, denn Wren riß das Gewehr aus Calls Gesicht und richtete es auf Purvis. Der ließ sich jedoch nicht abhalten, schließlich war es nur ein Gewehr. Es konnte ihn lediglich töten, und das wäre eine Gnade.

Taumelnd wie ein Zombie versuchte Purvis, sich aufzurichten. Er torkelte auf den vor Entsetzen erstarrten Wren zu. Die Panik in den Augen dieses selbstgefälligen Bastards bereitete Purvis unmäßige Freude. Seine Qualen unterdrükkend, sprang der im wahrsten Sinne des Wortes besessene Mann nach vorne.

Voller Entsetzen drückte Wren ab.

Die Kugel traf Purvis in die andere Schulter. Er wich einen Schritt zurück, ohne jedoch stehenzubleiben. Das Wesen in ihm bewegte sich jetzt so wild und fraß sich seinen Weg in die Freiheit mit solcher Hast, daß Purvis selbst eine Kugel, die ihn aus nächster Nähe traf, nicht mehr spürte. Wie durch einen Nebel bemerkte er das Blut, das über seinen Bauch, seine Schultern und seinen Rücken rann. Aber er war zu konzentriert, um weiter darauf zu achten. Sein Blickfeld hatte sich verengt, für ihn gab es nur noch Wren …

Wren feuerte ohne Unterlaß, und jeder Schuß traf. Der Griff, mit dem der Wissenschaftler Call umklammert hielt, lockerte sich. Mit einer raschen, geübten Bewegung rammte sie ihm den Ellbogen in die Brust; gleichzeitig packte sie den kleinen Finger der Hand, mit der er sie hielt, und bog ihn so heftig nach hinten, daß es laut knackte.

Wren schrie auf und ließ sie los. Während sie zusammensackte, löste sich ein weiterer Schuß. Mit dumpfem Aufprall blieb die Kugel in einem gepolsterten Stuhl stecken.

Dann war Purvis über ihm und schlug ihm mit der Faust so hart ins Gesicht, daß er das Nasenbein unter seinen Knöcheln splittern fühlte. Das Gewehr flog durch den Raum, und aus den Augenwinkeln sah Purvis, wie Johner danach angelte, um es außerhalb von Wrens Reichweite zu bringen.

Irgendwie fand Purvis die Kraft, wieder und wieder in das verhaßte Gesicht zu schlagen, bis das Blut in Strömen aus Nase und Mund floß. Und er schlug immer weiter.

In dem verzweifelten Bemühen, den wilden Schlägen zu entkommen, sackte Wren zusammen. Er fiel auf den Bauch und versuchte mit dem Rest seiner Kräfte, Purvis' erbarmungsloser Wut zu entfliehen. Wie ein dämonischer Liebhaber schwang sich Purvis rittlings auf seinen Rücken, packte eine Handvoll von Wrens Haaren und riß seinen Kopf mit einem Ruck hoch.

»NEIN!« brüllte Wren. »Nein! Nein! Nein!«

Die Faust in Wrens Haaren, ließ Purvis das Gesicht auf den Boden krachen, ein-, zwei-, drei-, viermal, bis Wren hilflos stöhnend und schluchzend in seinen Armen hing. Plötzlich rief Vriess »Call! Johner! Soldat! Hier!« und warf der Mannschaft Gewehre zu, die unter dem Steuerpult versteckt gewesen waren.

Während er Wrens Haare umklammert hielt und dessen Gesicht in den Boden rammte, spürte Purvis, wie der schreckliche Schmerz in seinem Brustkorb den Höhepunkt erreichte. Er vergrub seine Hände in Wrens Haaren und packte den Kopf des sich nur noch schwach wehrenden Wissenschaftlers fester, als dieser zuvor Call umklammert hatte.

Der Schrei stieg aus der Tiefe von Purvis' Bauch empor, und während der Ton sich den Weg durch seinen Körper und aus seiner Kehle heraus bahnte, überlegte Purvis, ob das der Schrei des Wesens sei, sein Geburtsschrei. Er spürte, wie es sich bewegte, mit kleinen scharfen Zähnen um sich biß und ihn von innen heraus auffraß, sich durch seine Organe fraß, das Zwerchfell hinauf, durch seine Lungen, seine Rippen brach.

Seine Brust wölbte sich nach außen, der Blutfleck auf seiner Brust schwoll an, wuchs und explodierte in einem Schwall aus Blut, Knochen und Organen. Mit einem verzweifelten letzten Aufwallen von Rache und Haß riß Purivs Wrens Kopf zu sich heran und preßte ihn gegen den blutigen Flecken auf seiner Brust. Jetzt schrien beide, Purvis und Wren. Wren ruderte mit den Armen und versuchte, seinen Peiniger abzuschütteln, doch Purvis war erbarmungslos in seinem Todeskampf. Er fühlte, wie seine Rippen aufsprangen. Wrens Kopf fest gepackt, wußte er, daß es nun bald vorüber sein würde. Es ging zu Ende. Aber auf seine Weise. Einmal wenigstens würde es auf eine Weise zu Ende gehen, die er bestimmt hatte.

Purvis spürte die Geburt. Als seine Lungen zerstört waren, verstummte sein Schreien, aber Wrens Stimme war laut genug für sie beide. Der Alienembryo platzte aus Purvis heraus und prallte gegen Wrens Hinterkopf. In einem letzten Aufflackern seines Bewußtseins sah Purvis, wie sich etwas Dünnes, Schlangenartiges durch Wrens Gehirn und aus seiner Stirn herauswand. Die Schreie des Wissenschaftlers erklommen neue Höhen. In ihnen gellten die vereinten Schreie aller entführten Hyperschlafreisenden, aller von den Aliens gefangenen Soldaten. Für Purvis waren sie ein lieblicher Choral der Rache.

Bei der Geburt des Alien spritzte Blut und Gewebe auf die zurückweichenden Umstehenden. Das durchscheinende Wesen wand sich in Wrens Gesicht und versuchte, sich aus dem engen Gefängnis seines Schädels zu befreien.

Trotzig schrie es der bewaffneten Mannschaft entgegen, Wrens Schreie bildeten das grauenvolle Echo.

Ehe es um ihn herum dunkel wurde, sah Purvis, wie die Mannschaft der *Betty* die Waffen hob. Als sie das Feuer eröffneten, hätte er ihnen gerne gedankt. Die vier Überlebenden feuerten eine Salve nach der anderen auf die sterbenden Männer und den kreischenden Alien ab. Die Körper bäumten sich auf und tanzten, sie besudelten den Innenraum der *Betty* mit Menschen- und Alienblut.

Dann, endlich, brachen die Körper von Wren und Purvis zusammen. Das Alienwesen war derart zerfetzt worden, daß so gut wie nichts von ihm übriggeblieben war.

Laut schluchzend lief Call zu den Leichen hinüber. Mit wütenden Tritten schob sie den toten Wren zur Seite. Gerne hätte sie noch weitere Schüsse auf ihn abgefeuert, aber sie hielt sich zurück. Es wäre, wie Johner es nennen würde, nur hirnrissige Verschwendung von ›Muni‹ gewesen. Sie kniete neben Purvis nieder und strich ihm sanft über das Gesicht. »Er … er sieht fast dankbar aus …«, schluchzte sie.

Johners große Hand legte sich auf ihre Schulter. »Das war er, Annalee. Er wußte, daß wir ihm einen Gefallen taten. Er hat sich darauf verlassen.« Sie sah dem narbengesichtigen Mann ins Gesicht. Einen kurzen Augenblick wirkte es ganz sanft. Sie drückte seine Hand und nickte.

»Los«, meinte Distephano leise. »Wir müssen hier raus. Um die Leichen kümmern wir uns, wenn wir von der *Auriga* weg sind.« *Ja,* dachte Call düster. Falls *wir von der Auriga wegkommen.*

14

Sanft schaukelte Gediman in den Faserschnüren hin und her, hin und her. Mit dem von Zeit zu Zeit in den abscheulichen Sumpf unter ihm tropfenden Blut bot er ein bizarres Bild. Durch das Fehlen der Schädeldecke und des Gehirns wirkte sein Gesicht trotz der Blutspuren nicht wie ein menschliches. Die Augen des Wissenschaftlers waren geöffnet, aber das einzige, was sie wahrnehmen mochten, war ein Leben nach dem Tod, falls es so etwas für Hurensöhne wie ihn gab. Immerhin war er schon in der Hölle gestorben.

Während das Neugeborene sein Gehirn zum Dessert verspeist hatte, war – ohne daß es sich darum gekümmert hätte – ein kleiner Brustsprenger aus Gedimans Rippen geplatzt und in den Blutsee hinuntergeflattert, während Gediman sich in Todeskrämpfen wand.

Ripley wußte, daß sie diesen Anblick nie vergessen würde. Nicht in diesem Leben und auch nicht – sie unterdrückte nur mühsam ein hysterisches Lachen – im nächsten.

Immer noch kauerte sie auf dem Boden des Abfalltanks, bemüht, sich so klein und unsichtbar wie möglich zu machen. Sie kniete bewegungslos und ruhig, so ruhig wie die übriggebliebenen eingewobenen Menschen, die zu ihrem Glück noch bewußtlos waren. Ripley beneidete sie. Sie rührte keinen Muskel, fürchtete sich, zu blinzeln oder zu atmen. Ohne eine Bewegung wartete sie darauf, daß das Neugeborene jetzt, da es von Gedimans Leiche abgelassen hatte, seine Aufmerksamkeit auf etwas anderes lenkte. Das Wesen ließ seine Augen durch den Tank schweifen, über die umherirrenden Aliens, die dahingestreckte Leiche seiner Mutter und den noch immer schaukelnden Gediman hinweg. Dann wandte sich der riesige Kopf langsam um und sah mit einem häßlichen Grinsen – zu Ripley hinunter.

Ganz allmählich kam das Neugeborene näher. Gelenkig wie eine Spinne kroch es an der Wand des Abfalltanks entlang, wobei es die Harzfasern als Halt für seine Hände und Füße benutzte.

Ripley bemühte sich, ihre Atmung und ihre Angst unter Kontrolle zu halten. Je näher das Monster kam, desto deutlicher konnte sie seine Züge erkennen – was die Sache nicht erleichterte. Das Gesicht des Wesens war mit Blut und rosafarbener Gehirnmasse besprenkelt, auch zwischen seinen riesigen Zähnen hingen Reste davon. Als es Ripley seinen Atem ins Gesicht blies, konnte sie das frische Blut deutlich riechen. Jetzt war das Monster keine Handbreit mehr von ihr entfernt. Ripley zitterte am ganzen Körper, sie kämpfte gegen ihre Angst, den instinktiven Drang, in Panik zu geraten und fliehen zu wollen.

Ein Teil von ihr konnte nicht glauben, daß es so weit gekommen war. Nach all den Kämpfen, nach all den Mühen. Würde sie das alles noch einmal durchmachen müssen in einem anderen Leben? Bestand der ihrer Meinung nach höchst ungerechte Gott, der ihre verschiedenen Leben gelenkt hatte, darauf, daß sie immer wieder in denselben Alptraum hineingeboren wurde? Hatte sie sich nach all dem nicht eine neue Chance in einer anderen Lebensform verdient?

Das Maul des Neugeborenen öffnete sich, und es streckte eine lange, schlängelnde Zunge heraus. Ripley verspannte sich und versuchte, sich nicht vorzustellen, wie ihr Schädel aufgerissen und ihr Gehirn verspeist wurde.

Die Zunge schoß nach vorn und strich mit ungeheurer Sanftheit über Ripleys Gesicht, auf das ein wenig harzige Schmiere getropft war. Sie blinzelte und wartete auf das, was kommen mußte. Wieder leckte das Wesen sie wie eine riesige Katze, immer und immer wieder. Es reinigte ihr Gesicht, ihren Nacken und ihre Schultern von dem Unrat und den Eingeweiden, mit denen sie besudelt waren. Voller Zärtlichkeit wusch das Neugeborene sie mit vorsichtigen Bewegungen, bemüht, nicht an der zarten Haut oder den Haarsträhnen zu reißen. Sogar seine klauenbesetzten, schrecklichen Hände waren sanft in ihrer Berührung, als suchten sie nach eventuellen Verletzungen oder versicherten sich, daß sie in Ordnung war. Seine Gesten erinnerten sie an ein treues Haustier, einen Hund, der am Ende des Tages sein Herrchen begrüßt, eine Katze, die darum bettelt, gestreichelt zu werden.

Während das Monster ihr Gesicht reinigte und ihren Körper betastete, während es ihr den Tod, den sie erwartet hatte, verweigerte, sah Ripley in die Augen, die dieselbe Farbe hatten wie ihre eigenen, und las dort etwas.

In diesem Moment schlüpfte die telepathische Verbindung in sie hinein, berührte ihren Geist und wisperte ihr etwas zu von genetischen Bindungen, die sie nicht verleugnen konnte. Und es war richtig so. Ihr Sehnen nach der dampfenden Wärme des Horts, die Stärke und Geborgenheit ihrer Art. Noch einen Moment zuvor hatte sie die Einsamkeit ihrer eigenen Individualität getragen. Aber jetzt gaben sie ihr noch einmal die Möglichkeit, zu ihnen *zu kommen, mit* ihnen *zu jubeln. Sie war im Hort. Sie konnte sich mit den Kriegern vereinen und als Königin dienen, die Hegerin des Neugeborenen.* Das *war es, wofür sie gelebt hatte. Denn diese Hülle, diese menschliche Hülle, diese Ripley, war ihrer aller Mutter. Der erste Wirt. Der erste Krieger. Und sie hatte lange genug gelebt, um alles zu wissen und die Herrlichkeit mit ihnen zu teilen. Ripley war der Grundstein des Stocks. Die Hegerin des Horts. Die Urzelle des Neugeborenen. Dies war die Antwort auf die Frage, die sie gestellt hatte. Warum?* Dies *war der Grund.*

Sie starrte in die feuchten braunen Augen, die ihre eigenen hätten sein können, streckte die Hand aus und legte sie auf den Schädel des Neugeborenen. Ihre Hand strich über den langgezogenen Kopf des Alien und tätschelte ihn, wie sie einst Amys Kopf getätschelt hatte, streichelte ihn wie einst Newt. Dies war ihr Kind, genau wie sie es gewesen waren. Das Neugeborene stieß einen leisen, maunzenden Ton aus und sah sie an. Ripley spürte, wie sich die telepathische Verbindung vertiefte, stärker wurde. Es war so anders als die anderen, und doch so gleich. Aber in diesem Kontakt lag mehr, lag etwas unleugbar Menschliches. Ihr war, als sei sie mit einem Teil ihrer selbst verbunden, einem verzerrten, böswilligen Teil, eng verflochten mit ihrem ausgeprägten Selbsterhaltungstrieb, ihrer wilden Entschlossenheit.

Der perfekte Organismus.

Perfekt, zu …?

Da berührte sie eine Stimme aus ihrer Erinnerung, der Erinnerung, die ihr die Aliens selbst unbewußt zurückgegeben hatten. Sie hörte Newts Stimme, so wie sie sie im Brutkasten zum ersten Mal gehört hatte. *Meine Mami sagte immer, daß es so was wie Monster nicht gibt – keine echten. Aber es gibt sie doch.*

Ripley, immer noch von der Intensität des telepathischen Kontakts mit dem Neugeborenen wie betäubt, schauderte vor der grauenvollen Fremdheit des Wesens, das da um ihre Zärtlichkeit buhlte. Das Neugeborene parodierte Newts Worte. *Ich wußte, daß du kommen würdest.*

Diesen liebevollen Satz aus dem Munde dieser Karikatur eines Lebewesens zu hören, bereitete ihr Übelkeit. Dann hörte sie Calls verzerrte mechanische Stimme. »*Warum lebst du überhaupt noch. Wie erträgst du das? Wie erträgst du … dich?*« *Keine andere Wahl,* hatte sie geantwortet und auch daran geglaubt. Sie hatte nie wirklich eine Wahl gehabt, nicht seit sie auf der *Nostromo* im falschen Teil des Weltraums aus dem Hyperschlaf erwacht war. Aber jetzt hatte sie eine Wahl. Einmal hatte sie eine *echte* Wahl.

Damals hatte sie Call gefragt »*Warum kümmert es dich, was mit ihnen passiert?*« und hatte die Menschen damit gemeint. Jetzt fragte Ripley sich selbst, warum es *sie* kümmerte. Was hatten sie für sie getan, daß sie sich so sehr für sie einsetzte. Vielleicht war ja sie, Ripley, das neue Arsch-Modell …

Sie suchte nach der Verbindung zu ihrer Art, versuchte zu erkennen, wer und was sie war, damit sie die richtige Wahl treffen konnte. Sie suchte nach der Stärke und Geborgenheit des Horts, fand sie aber nicht. Und an ihrer Stelle war nichts als Schmerz und schrecklicher Verlust. Sie fühlte sich ausgehöhlt. Leer. Wie sie sich seit ihrer Geburt gefühlt hatte. Als sie ihre telepathischen Antennen ausstreckte, hörte sie tief in sich Kinderstimmen, zwei Mädchen, *Menschenkinder,* die über die Jahre hinweg nach ihr riefen, *Mami! Mami!*

Ripley starrte in die wäßrigen Reptilienaugen des Neugeborenen und zog ihre Hand weg. Mit einem Stöhnen des Verlusts traf sie ihre Wahl. Sie hatte die Antwort gefunden. Sie lag in ihrer eigenen Genetik verborgen. Trotz der Verlokkung der Aliens, trotz ihrer Macht und Stärke, der Reinheit ihres Strebens, wußte sie, daß sie durchhalten mußte. Um die Menschheit zu retten. Das war die Reinheit *ihres* Strebens, verstärkt durch die Vermischung ihrer Gene.

Sie war Ripley. Sie war es immer gewesen, sie würde es immer sein. Ripley. Und sie würde sie zerstören. Mit Gewalt.

Ripley atmete tief durch, um ihre Nerven zu beruhigen, und richtete sich vorsichtig auf. Sie versuchte den Kopf frei zu bekommen, beobachtete das Neugeborene und sandte ihm und den plötzlich führerlosen Kriegern, die jetzt, da ihre Königin tot war, nicht wußten, was sie tun sollten, liebevolle Gedanken.

Als sie aufrecht stand, ließ das Neugeborene von ihr ab. Ripley streckte die Arme aus und prüfte einige Enden des Netzes, das überall von den Wänden des Tanks herunterbaumelte. Während sie einige der kräftigeren, elastischeren Seile packte, ließ sie das Neugeborene nicht aus den Augen. Der Alienmischling legte seinen mißgestalteten Kopf auf die Seite und versuchte zu verstehen, was Ripley vorhatte.

Sie blickte auf den Blut- und Unratsee unter ihr und befeuchtete ihre Lippen, während eine weitere Erinnerung in ihr hochstieg – eine mit weißglühendem Blei gefüllte Gießform. Nun gut. Sie war schon in Schlimmeres gesprungen – aber diesmal nicht.

Ripley wickelte die Fasern um ihre Handgelenke, und wie ein Akrobat schwang sie sich nach oben und kletterte, sich mit Händen und Füßen festklammernd, an den Wänden empor. Ihre Augen suchten die Decke ab. Die ganze Zeit beäugte das Neugeborene sie neugierig. Ripley versuchte, ruhigen Kopf zu bewahren und ihre Gedanken neutral zu halten. Während sie an der Wand weiter nach oben stieg, watete das Neugeborene zu einer Stelle hinüber, von der aus es sie besser im Blick hatte. Mit schlängelnden

Schwanzbewegungen wie Krokodile durch den Schlamm gleitend, näherten sich ihm zwei Krieger, offenbar neugierig auch sie.

Ganz langsam, um die Aliens nicht aufzuschrecken, kletterte Ripley weiter nach oben, immer auf der Suche nach einem verräterischen Lichtstrahl. Als sie ihn schließlich entdeckte, lief ihr der Schweiß aus allen Poren. Sie bemühte sich, weiter ruhig zu bleiben, und damit ihre Gedanken sie nicht verrieten, begann sie, eine Melodie zu summen, an die sie sich plötzlich erinnerte.

»Du ... bist ... mein ... Augenstern ...«

Endlich fand sie, wonach sie gesucht hatte. Sie kletterte weiter, zog sich hoch, tastete die Decke des Abfalltanks ab und fand den Griff, der die Lukentür öffnete. Als sie sie nach oben in einen der Flure der *Auriga* aufschlug, wandte sie sich ruckartig zu dem Neugeborenen um.

Sie konnte den Schock des Tieres über den Verrat in ihrem Kopf spüren. Das Monster reckte sich so hoch es konnte, streckte drohend die Arme aus und schrie seiner verräterischen Mutter seine Wut entgegen. Es sprang auf die nächstgelegene Mauer und begann ihr nachzuklettern, aber Ripley war ihm schon zu weit voraus. Sie schob sich durch die Luke, warf sie hinter sich zu, verriegelte sie und betete, daß sie das tobende Monster aufhalten möge.

Ripley konnte sein Wutgeheul durch die verschlossene Tür hören, während sie sich aufrappelte, umdrehte und losrannte.

»Schaffen wir es noch raus aus diesem Teil?« fragte Johner. Call hörte die Panik, die in seiner Stimme schwang.

»Keine Sorge, wir schaffen es«, antwortete Vriess ruhig, aber Call bemerkte die Angst auch hinter seinen Worten. »Mach dir nicht in die Hosen.«

Die Erde nahm den gesamten Bildschirm ein. Noch immer war sie ein überwiegend blauer Planet, mit vereinzelten, über seine Oberfläche verstreuten Wolken. Aber fast zwei Drittel wurden von einem riesigen um ihn kreisenden Metallgitter verdeckt, einem Teil der umfangreichen Weltraumoperationen, die von der Gesellschaft und der planetarischen Regierung einvernehmlich geleitet wurden. Es wirkte wie eine partielle Umhüllung, die sich etwas schneller drehte als der Planet selbst. Call wußte, wie viele Menschen dort unten lebten – außerdem konnte sie sich jederzeit in die minütliche Datenaktualisierung einklinken – aber sie wollte jetzt nicht über diese Zahlen nachdenken. Die einzigen Menschen, die noch wirklich auf der Erde lebten, waren diejenigen, denen die Bürgerrechte entzogen worden waren, und die Arbeitslosen. Arbeit gab es inzwischen fast nur noch im Weltraum und in den Kolonien. Es war daher nicht schwer gewesen, für den Aufprall der *Auriga* eine völlig unbewohnte Gegend auf dem Planeten zu finden. Johner hatte nicht gelogen, die Erde war tatsächlich ein Slum.

Über den Anschluß in ihrem Arm kommunizierte sie mit der *Betty* und arbeitete einen Zeitplan für ihren Auswurf aus der *Auriga* aus. Sie hatte das große Schiff so programmiert, daß es das Gitter vollständig umfliegen und an der entlegensten Stelle des australischen Outback auf die Oberfläche des Planeten prallen würde.

Jetzt dauerte es nicht mehr lange. Bald hoben sie ab, und alles lag hinter ihnen.

Call stieß einen tiefen Seufzer aus. Sie hatte sich noch nicht damit abgefunden, auch Ripley zurückzulassen.

Außerhalb des Schiffes kurbelten sich die Flügel der *Betty* nach oben, während sich das Schiff bereitmachte, sein Ruhebett zu verlassen. Call warf einen Blick auf die Monitore vor ihr, obwohl die *Betty* sie über ihren Arm mit Informationen versorgte.

Vriess und sie überprüften eine Flut von Daten, den augenblicklichen Zustand der *Betty* betreffend. Der Stabilisator im Frachtraum tat seine Arbeit, die Reparaturen, die sie und Vriess vor ihrem Andocken an der *Auriga* ausgeführt hatten, waren also erfolgreich gewesen. Bei den Türen der Luftschleusen gab es ein Problem mit dem hydraulischen Druck, vielleicht ausgelöst durch ein kleines Leck. Wahrscheinlich war das passiert, als sie Purvis' Alienembryo erschossen hatten – entweder hatte eine Kugel unglücklich getroffen, oder ein kleiner Tropfen der Aliensäure hatte irgendwo ein nadelöhrgroßes Leck gefressen. Bei einem Schiff dieser Größe konnte jeder Druckverlust das gesamte Steuerungssystem durcheinanderbringen. Egal, die Luftschleusen waren alle geschlossen, es dürfte sie also nicht davon abhalten, von der *Auriga* loszukommen.

»Call«, zischte Johner mit flatternden Nerven, »ist die *Betty* soweit?« Auf dem Bildschirm wurde die Erde größer und größer, während sie die *Auriga* in ihre letzte Umarmung zog.

»Läuft auf vollen Touren«, antwortete Call, immer noch rechnend. Es wurde knapp. Sie wünschte, Hillard wäre da. »Ich schließe jetzt die Luftschleuse am Dock.« Ohne ihn anzusehen, meinte sie zu Vriess: »Auf dein Zeichen ziehe ich die Haltekrampen ein.« Sie war eins mit dem Schiff, sie war die *Betty*. Ein merkwürdiges, aber nicht unangenehmes Gefühl.

Vriess schwieg lange, zu lange, und Call sah zu ihm hinüber. Nervös musterte er das Steuerpult. »Okay …«, murmelte er. »Jetzt muß ich nur noch die … äh … die vertikale Schubumkehr finden.«

Distephano sah dem Mechaniker über die Schulter und fragte besorgt: »Hey Leute, ihr könnt dieses Ding doch fliegen, oder?«

Ripley hetzte durch die Flure, so schnell sie konnte. Beinahe instinktiv fand sie den Weg zu dem Dock, an dem die *Betty* lag. Immer wieder forderte Calls Stimme – die Stimme der *Auriga* – sie auf, das Schiff zu evakuieren, teilte mit, der Aufprall finde in soundso vielen Minuten und Sekunden statt.

Genervt schrie sie zurück: »Verdammt, ich laufe, so schnell ich kann!«

Als sie um die letzte Ecke bog, sah sie, wie sich die breiten Tore der Luftschleuse, die zur *Betty* führte, schlossen. Das Schiff sagte mit Calls Stimme. »Luftschleusentore werden geschlossen. Bitte zurücktreten.«

»Neiiiiiin!« rief sie und warf sich mit noch größerer Hast nach vorne. Vor ihr schlossen sich die Türen. Mit voller Geschwindigkeit stürzte sie sich in den enger werdenden Spalt und rutschte gerade noch rechtzeitig durch. Beinahe hätten die zugleitenden Türen einen ihrer Absätze abgerissen. Nach Luft schnappend, prallte sie mit voller Wucht auf den Boden. Dann hörte sie das saugende Geräusch, mit dem sich der erste Andockmagnet löste.

»NEIN!« schrie sie, als könnte irgend jemand auf dem kleinen Schiff sie hören.

Sie sprang auf und rannte über das Dock zur *Betty*. Mit lautem Krachen löste sich ein weiterer Magnet. Über die Plattform hetzend, wurde Ripley schneller und schneller, bis sie das Schiff sehen konnte. Der letzte Magnet haftete noch am Boden. Noch fünf Meter. Drei …

Eine flüchtige Bewegung auf einem der Videomonitore der *Betty* erregte Calls Aufmerksamkeit. Sie schaute hin und sah …

»Scheiße!« rief sie, zog den Stecker aus ihrem Arm, schoß aus ihrem Sitz und beugte sich über Vriess' Schulter. »Ripley! Sie kommt! Sie hat es fast geschafft!« Hastig reichte sie über seine Schulter und griff nach der Luftschleusenkontrolle der *Betty*.

»Call, zum Teufel!« schrie Vriess verwirrt. »Wir sind fast los! Unsere Zeit läuft aus. Wir können nicht länger warten!«

»Wir lassen sie nicht zurück!« schrie Call und schlug mit der Hand gegen den Kontrollhebel der Laderaumtür.

Endlich gelang es dem vor Wut über sein Verlassensein brüllenden Neugeborenen, sich durch die schmale Luke in der Decke des Abfalltanks zu zwängen. In einem Gewirr von Armen und Beinen fiel das Tier auf das obere Deck der Auriga, aus den frischen kleinen Wunden, die es sich gerade zugefügt hatte, tropfte es auf den Fußboden. Von dem rasch schmelzenden Boden stieg Rauch auf. Das ätzende Blut hatte dem Neugeborenen geholfen, das Loch, durch das es gerade gekrochen war, zu weiten und es für seinen riesigen Körper groß genug zu machen. Während seine Wunden zu bluten aufhörten und zu heilen begannen, schaute das Neuge-

borene sich um. Es sah, wie diese Ripley mit großer Geschwindigkeit im Flur verschwand. Aber das Neugeborene würde sie finden, konnte es doch dem menschlichen Klon mit Hilfe der Verbindung in seinem Gehirn problemlos folgen. Es zog die Lippen hoch und zeigte grinsend die halb menschlichen, halb alienhaften Zähne. Dann sprang es hinter seinem Vorfahren her, die dunkel werdenden Flure des der Verdammung preisgegebenen Schiffes hinunter.

Der letzte Magnet war noch nicht gelöst, als Ripley dem Schiff entgegenhastete. Die Laderampe und alle anderen Rampen waren eingezogen. Das Schiff hing über dem Abgrund des Docktunnels und wartete darauf, daß sein letzter Halt gelöst wurde und es aus dem Dock hinausdriften konnte.

Während Ripley noch überlegte, wie sie ins Innere des Raumschiffes gelangen sollte, öffnete sich plötzlich einladend die Luftschleuse des Laderaums. Ohne zu zögern, lief sie zum Rand der Rampe und sprang. Wie ein Taucher auf der Suche nach einem Schatz stürzte sie sich von der Rampe. Sie segelte durch die Luft, drei Meter, fünf, sieben – und landete hart auf dem festen Boden des Laderaums der *Betty*. Die Landung nahm ihr den Atem, und nach Luft schnappend wartete sie darauf, daß sich die Türen hinter ihr schlossen.

Sie zählte leise im Kopf, aber nichts geschah. Plötzlich blitzte eine Erinnerung, ein déjà vu in ihr auf, sie irgendwann, irgendwo wartend, daß sich eine andere Tür schloß und sie in Sicherheit brachte, aber die Erinnerung war zu vage, als daß sie sie hätte festhalten können.

Als sie zu der verschlossenen Luftschleuse der *Auriga* zurücksah, durch die sie sich in letzter Minute gezwängt hatte, bemerkte sie, wie die massiven Türen plötzlich unter Schlägen von ungeheurer Kraft erzitterten.

Und wieder.

Und immer wieder.

Ripley schloß die Augen. Sie wollte den Kontakt nicht, aber sie wußte, daß es da war. Denn *sie* würden sie niemals gehen lassen, *ihren* Anspruch auf sie niemals aufgeben. Nicht in diesem Leben. Und vielleicht nie mehr. Sie sah sich im Laderaum um und erkannte einige für das Funktionieren des Schiffes unerläßliche Maschinen. Sie war erstaunt, wie vertraut ihr alles war, alles, was mit der Handhabung eines Raumschiffs verbunden war. Es war schon so *lange* her. Ein anderes Leben. Ein anderer Körper.

Sie riß sich aus ihren Träumen und wandte sich den akuten Problemen zu. Dieser Ort war nicht dafür gemacht, dem luftleeren Raum ausgesetzt zu sein. Wenn sie die Türen nicht zubekam, würden sie den Flug nicht überleben. Wußte die Mannschaft Bescheid? Konnten sie diesen Raum über Video sehen? Sie sah sich um, konnte aber nicht entdecken, ob im Frachtraum Kameras angebracht waren.

Sich zum Handeln zwingend, zog sie sich schwerfällig hoch. Das Schiff schlingerte in seiner Halterung hin und her, und als sie nach der manuellen Verriegelung der Luftschleusen griff, verlor sie beinahe ihren schwachen Halt. Sie umklammerte die Hebel und sammelte all ihre Kräfte, um die Türen zu schließen.

Plötzlich setzten sie sich quietschend in Bewegung. Ganz langsam. Ihnen blieb nur noch so wenig Zeit … Ripley verließ sich darauf, daß die Luftschleuse ihre Arbeit tat, ließ den Hebel los und rannte zur Treppe hinüber, die zum Cockpit führte.

Das Quietschen der herabsinkenden Türen übertönte die Tatsache, daß das Hämmern des Neugeborenen gegen die verschlossene Luftschleusentür im Flur plötzlich aufgehört hatte.

»Wir haben sie!« meinte Vriess zu Call, als Ripley im Laderaum gelandet war. »Sie ist drin. Jetzt aber nichts wie raus hier.« Er machte sich an den Schaltern zu schaffen, um die *Betty* auf den Flug durch den langen Docktunnel vorzubereiten. Sobald das Schiff die halbe Strecke zurückgelegt hatte, konnte er die äußeren Luftschleusen öffnen. Das große Militärschiff befand sich bereits in der Ionosphäre. Es wurde verdammt knapp. Zu knapp, dachte Vriess. Er spürte den Druck. Sobald die Türen des Laderaums geschlossen waren, würde er mit dem Abstieg beginnen.

Vriess und Call beobachteten über Monitor, wie Ripley mühevoll aufstand und sich mit der Hand das Haar aus dem Gesicht strich. Sie setzte die manuelle Verriegelung in Betrieb, und als die Türen nach unten sanken, verschwand sie.

Mehr brauchte Vriess nicht zu sehen. Er schaltete die Monitore von den Kameras wieder zurück auf die entscheidenden Daten, die er für ihre Flucht aus der abstürzenden *Auriga* benötigte. Er überflog Calls Flugplan, der über den Bildschirm lief. *Sieht gut aus,* dachte er und gab dem Schiff die Anweisung, mit dem Abstieg zu beginnen.

In diesem Moment färbte sich der Bildschirm rot, und in der Fußzeile blinkte eine Nachricht, die Vriess jetzt wirklich nicht gebrauchen konnte. Hastig versuchte er einige Notschaltungen, aber die Nachricht veränderte sich nicht.

»Call«, sagte er ruhig, aber die Angst in seiner Stimme war nicht zu überhören. »Ich kriege die verdammten Türen nicht zu.«

»Was?« schrie Johner aus dem Sitz hinter ihm. »Wir können nicht mit sperrangelweit offenen Türen in die Atmo eintauchen!«

»Ripley hatte sie mit der manuellen Verriegelung fast zugekriegt«, erklärte Vriess, die Augen auf die schlechte Nachricht auf dem Schirm gerichtet, »aber sie sind auf halbem Wege steckengeblieben. Ich kriege sie nicht von der Stelle.«

»Laß mich mal«, sagte Call und klinkte sich rasch wieder in das Schiff ein. Leise murmelnd bat sie es: »Sprich mit mir, *Betty.*«

An den Wänden des Docks kondensierten die Abgase des Schiffes. Etwas Dampf war mit Ripley in den Laderaum gedrungen, er waberte um die Ausrüstung und die Ladung wie niedrig stehende Nebel auf einem Friedhof. Als das Dock die *Betty* zum Abflug freigab, veränderten sich die Luftströme plötzlich und bliesen den Dampf in eine andere Richtung. Die Fäden grauer Wassertropfen, die um die Luftschleuse des Docks wirbelten, wurden in einer raschen Böe weggeweht.

Zurück blieb eine einsame Gestalt.

Als sich das Neugeborene durch den engen Spalt zwischen den Türen gezwängt hatte, die zwischen ihm und dem Schiff gestanden hatten, sah es, wie die Magneten sich lösten. Und es sah diese Ripley im Schiff stehen. Entschlossen, an dem Wesen, das es verraten hatte, die Königin verraten hatte, den ganzen Stock verraten hatte, Rache zu üben, brüllte das Neugeborene einen Schwur der Vergeltung. Es wartete, bis der kondensierende Dampf es wieder in sein tarnendes Grau einhüllte, und kroch dann auf allen vieren auf das Schiff zu.

Auf seinem grauen Totenkopf lag ein Grinsen, als es heimlich auf sein neues Zuhause zukroch. Es kannte diesen Ort nicht, es wußte nur, daß seine Mutter – die alles versuchte, ihr verwaistes Kind zu verlassen – es hierher geführt hatte.

Die vier Menschen an Bord der *Betty* wandten sich um, als ihr neuer Passagier ins Cockpit stürzte.

»Ripley!« rief Call und drehte sich in ihrem Stuhl herum. Sie hätte nicht sagen können, warum, aber sie mußte sie *sehen*, um sicher zu sein, daß sie da war.

»Hi«, keuchte Ripley atemlos.

Als sie an Distephano vorbeilief, grinste er sie an. »Mensch, und ich dachte, Sie wären tot!«

Sie nickte abwesend. »Das passiert mir öfter.«

»Freut mich, daß Sie es geschafft haben«, meinte Distephano. »Ich würde ja sagen, freut mich, Sie zu sehen, aber Himmel noch mal, Sie sehen schrecklich aus, und wie sie riechen!«

Ripley beugte sich über Vriess' Schulter und überflog die Monitore.

»Warum sind wir immer noch hier?« Die Daten zeigten deutlich, wie wenig Zeit ihnen noch blieb.

Von ihrem Sitz aus sah Call zu Vriess hinüber. Er schwitzte heftig und sah verwirrt aus. Es war offensichtlich, daß die vor ihm liegenden Probleme ihn überforderten. Er stammelte: »Ich … äh … ich versuche gerade … die … die

Notschaltung … äh … zu finden. Ist es die da?« Er griff zögernd nach einem Schalter.

Johner beugte sich hilfsbereit über ihn, aber Ripley schob den großen Mann zur Seite und schlug Vriess' Hand weg. »Ach du große Güte …!« murmelte sie entsetzt und schwang sich neben Vriess in den Stuhl des zweiten Piloten.

Elgyns Stuhl, erinnerte sich Call, und ihr Herz zog sich zusammen. Johner tobte. »Was verstehen denn Sie von …«

Ungeduldig unterbrach ihn Ripley. »Machen Sie Witze? Diese Schrottkiste ist älter als ich.« Ohne sich zu vergreifen, flogen ihre Finger über das Pult, drückten Knöpfe, legten Schalter um. Sie sah nicht einmal genau hin. »Los, öffnen Sie die verdammte Luftschleuse der *Auriga*«, befahl sie Vriess.

Er schien froh, die Kontrolle über das Schiff an Ripley abzugeben, ließ aber den Monitor nicht aus den Augen. Er wies mit dem Kopf darauf.

»Wir haben immer noch ein Leck! Sehen Sie! Die Luke!«

»Die habe ich geschlossen«, meinte Ripley ruhig.

Johner beugte sich über sie und wies auf Vriess' Bildschirm. »Die verdammte Luke!«

Sie sah auf den blinkenden Schirm, der immer noch dieselbe Geschichte erzählte.

Vriess' Hände bewegten sich jetzt ohne Zögern über das Pult. Dies war ein Problem, das er verstand. »Schon wieder dieses blöde Ding! Wir haben Druck in der Hydraulik verloren. Wie konnte das passieren?«

Jetzt stand Johner hinter ihm und betrachtete den Bildschirm. Er wandte sich zum Laderaum. »Vielleicht kann ich sie zudrücken«.

»Das habe ich schon versucht«, meinte Ripley. Der Ausdruck auf Johners Gesicht zeigte seine Überzeugung, daß er dann keine Chance hatte.

Call sprang auf und stöpselte sich hastig aus. Im Augenblick wurde sie hier nicht gebraucht. »Ich kümmere mich darum!« Sie kletterte von ihrem Sitz herunter und hielt einen kurzen Moment inne, als sie bemerkte, daß Ripley sie ansah.

In dem eindringlichen Blick der älteren Frau stand deutlich zu lesen: *Ich weiß natürlich, daß du es warst, die mich hereingelassen hat.* Ripleys Dankbarkeit war offensichtlich. Der Android nickte kurz.

Ripley bemühte sich um ein mattes Lächeln und wandte ihre Aufmerksamkeit wieder dem Monitor vor Vriess zu.

Die Daten auf dem Schirm zeigten an, daß die *Betty* sich langsam aus dem Docktunnel hinausbewegte. Call blieb nicht viel Zeit, um die Türen zu schließen, ehe sich die äußere Luftschleuse öffnete. Aber sie war die einzige, die dort draußen überleben konnte, wenn es soweit war. Eilig schlängelte sie sich durch die Sitzreihen zum Hinterausgang.

Als die Cockpittür sich hinter ihr schloß, sah Call sich einige Sekunden lang um. Die Luftschleuse des Laderaums war nur weniger als eine Minute lang geöffnet gewesen, aber diese *Viecher* bewegten sich mit einer unglaublichen Geschwindigkeit. War es möglich, daß eins von ihnen hier hereingekrochen war, während sie auf das Steuerpult konzentriert gewesen waren?

Allein der Gedanke bereitete ihr Übelkeit, die Härchen in ihrem Nacken richteten sich auf. Über ihrem Kopf rasselten die mit den Schiffsbewegungen schaukelnden Flaschenzüge und Ketten und bildeten die Begleitmusik für ihre Nervosität.

Vorsichtig näherte sie sich den Riegeln. Sie packte sie, und in der Hoffnung, die Türen trotz der defekten Hydraulik schließen zu können, zog sie sie mit aller Kraft nach unten. Die Lämpchen blinkten rot, dann grün und mit quälender Langsamkeit begannen sich die Türen zu senken, bis sie einen halben Meter über dem Boden erneut steckenblieben.

»Call?« Vriess' Stimme aus dem Intercom jagte ihr einen solchen Schrecken ein, daß sie zusammenfuhr. »Call?«

Sie wollte gerade antworten, als hinter ihr ein Schatten vorbeihuschte. Sie erstarrte, alle Sinne schalteten auf höchste Wachsamkeit. Der Schatten bewegte sich, verschwand wieder. Call spürte, daß etwas ganz in ihrer Nähe war, und drehte sich langsam um, bereit, sich ihm zu stellen, was immer es auch sein mochte.

»Call?« rief Vriess erneut über das Intercom. »Call?«

Geschickt lenkte Ripley das Schiff aus den Anlegestellen heraus auf die riesige Luftschleuse der *Auriga* zu. Doch während sie die *Betty* steuerte, war ihre Aufmerksamkeit die ganze Zeit auf den Monitor gerichtet, der anzeigte, daß die Luftschleusentore im Laderaum immer noch geöffnet waren.

Hier ist nichts, dachte Call ärgerlich, und überlegte, ob der Schaden durch Wrens Schuß ihre sensorischen Reaktionen beeinträchtigt hatte. Sie musterte den leeren Laderaum und entschied, daß es das permanente Geklirre der Flaschenzüge und Ketten war, das dem ruhigen Raum diesen Eindruck von Aktivität verlieh.

Ich brauche eine Brechstange, sagte sie sich und versuchte, sich auf die Tür zu konzentrieren. Sie sah sich in dem dämmrigen Raum um und bemerkte zum erstenmal die verschiedenförmigen Schatten der zahlreichen Ausrüstungs- und Frachtgegenstände. Plötzlich erschienen sie ihr alle wie Verstecke.

Kümmere dich um die Brechstange! befahl sie sich streng, wütend über diese eingebildeten Schrecken, wo die wirklichen, denen sie entgegendrifteten, schon beängstigend genug waren. Sie entdeckte eine lange Eisenstange, griff nach ihr, hob sie hoch und prüfte Gewicht und Länge. *Damit könnte es gehen.*

Das Schiff schwankte leicht, und ein plötzliches Knarren der Maschinen ließ sie hochschrecken. Die Ketten schlugen gegeneinander.

Los, zur Tür! ermahnte sie sich und wandte dem Laderaum den Rücken zu. Sie zwängte die Eisenstange in die manuelle Verriegelung und warf sich auf das andere Ende, um den festgeklemmten Hebel vollständig herunterzudrükken.

Plötzlich wurde das Bewußtsein einer anderen Präsenz so stark, daß Call es nicht länger ignorieren konnte, auch nicht wegen der Luftschleuse. Ein Geräusch, wie zischender Atem, ein warmer Hauch, wie ausgestoßene Luft, das Gefühl von etwas ganz in ihrer Nähe, etwas Gefährlichem. Ihr

Körper verspannte sich, ihre Sinne waren hellwach, ihr Herzschlag beschleunigte rasch.

Und da war es, da war es tatsächlich, direkt hinter ihr. Es war riesig. Und abscheulich. Aus dem dunklen Schatten erhob sich der schrecklichste Alptraum, den Call je gesehen hatte – und sie war Spezialistin für Alpträume. Was immer dieses Wesen auch sein mochte, ein Wald- und Wiesenalien war es ganz bestimmt nicht. Es sah aus wie eine gräßliche Kreuzung aus dem klassischen Monster und dem Todesengel. Sein totenkopfähnliches Gesicht starrte sie heimtückisch an, eine Karikatur menschlicher Zähne verzog sich zu einem Grinsen. Es war größer als die anderen Aliens, und sein leicht menschlicher Zug ließ es um so grotesker erscheinen.

Etwas Ähnliches war ihr noch nie begegnet, weder in den Geschichtsbüchern noch auf der *Auriga.* Es war mit den ursprünglichen Aliens verwandt, das erkannte sie selbst in ihrer Panik. Aber die Abweichungen – sollte das Wrens letztes Geschenk sein ...? Das Wesen hatte unverkennbar menschliche Züge *Mein Gott ... Ripleys Gene ...!*

Sie mußte hier raus. Weg von dieser Kreatur.

Da kam es auf sie zu, griff nach ihr, griff nach ihr mit diesen unglaublich langen Armen.

Sie fühlte sich, als habe sie auf dem Deck Wurzeln geschlagen. Es war ihr unmöglich, sich zu bewegen oder einen Gedanken zu fassen. Als sie das grauenvolle, nach ihr greifende Wesen anstarrte, setzte ihr Gehirn wegen Überlastung aus.

Aber seine Hände griffen direkt an ihr vorbei und packten statt dessen einen der Querbalken an der klemmenden Luftschleusentür. Call blinzelte überrascht, als das Wesen die Tür hilfsbereit bis zum Boden zog und luftdicht verschloß.

»Mensch, sie hat die Tür«, meinte Johner zu Ripley, als die Warnung auf dem Monitor grün wurde und sich in ein *all clear* verwandelte. Er schlüpfte in den Stuhl, den Call freigemacht hatte, und stellte den Bildschirm auf eine Außenansicht der *Betty* ein. »Im allerletzten Moment. Öffnen Sie die Türen des Docks, sonst küssen wir gleich den Boden.«

Ripley beachtete ihn kaum, als sie die Steuerung des Schiffes übernahm und all die Dinge tat, die – dachte sie – Call über ihren Anschluß so viel schneller hätte tun können.

»Volle Schubkraft nach unten!« rief Vriess ihr zu. »Wir können hier noch rauskommen.« Er warf Ripley einen Blick zu. »Aber es wird knapp. Und wir werden ganz schön durchgeschüttelt werden.«

Sie nickte, überrascht, wie unwillig sie ihre Augen vom Bildschirm nahm.

Aber Call hatte die Türen geschlossen. Sie war in Sicherheit. Für Ripley gab es jetzt wichtigere Dinge zu tun. Sie bearbeitete das Steuerpult und schnallte sich gleichzeitig im Stuhl fest. Sie hörte, wie Distephano und Johner dasselbe taten. *Alles so vertraut,* dachte sie müde und fummelte an den Gurten um ihre Taille und ihre Schultern herum ... Genauso wie die Steuerung des Schiffs. Alles so merkwürdig vertraut.

Plötzlich teilte die Computerstimme der *Auriga,* die genauso klang wie Call, über das Intercom der *Betty* mit: »Warnung. Verfahrenstechnisches Problem. Schiff nicht auf vertikalen Fall ausgerichtet. Bremssysteme außer Betrieb. Aufprall steht kurz bevor.«

»O Scheiße«, schimpfte Johner hinter ihr. Distephano schwieg. Ripley lehnte sich entspannt in ihrem Stuhl zurück, als befinde sie sich auf einer Kreuzfahrt.

»Wir haben es gleich ...«, meinte Vriess ruhig.

Auf einmal fügte sich alles zusammen. Ganz plötzlich. Die Fallgeschwindigkeit der *Auriga.* Die Auswurfgeschwindigkeit der *Betty.* Alles paßte.

»Jetzt!« schrie Ripley und drückte den Hebel auf volle Kraft. Die *Betty* machte einen Satz, und alle hielten sich bereit.

Im Moment machte Vriess sich keine Sorgen um Call; er hatte Wichtigeres zu tun. Einige Systeme der *Betty* liefen nicht so, wie sie sollten, da er die angesetzten Reparaturen nie hatte durchführen können. Um endgültig von der *Auriga* loszukommen, mußte das Schiff schnell reagieren und würde seine ganze Kraft benötigen. Er bezweifelte, daß es dazu in der Lage war. Vor allem ohne Hillard am Steuer ... Er sah zu Ripley hinüber und überlegte, wie sie hierher gekommen sein mochte, und woher sie so viel über die Steuerung der *Betty,* ihre Eigenheiten und Fähigkeiten wußte ...

Plötzlich schrie Ripley: »JETZT!« und hämmerte auf das Pult ein.

Vriess sah auf den Monitor, auf dem das Äußere der riesigen *Auriga* erschien, deren unzählige Lichter gegen den australischen Nachthimmel blinkten, während das Schiff auf die Erde zuraste. Plötzlich schoß die *Betty,* die neben der unförmigen Gestalt des Militärschiffs wie ein Spielzeug aussah, aus der Luftschleuse und verfehlte nur knapp das größere Schiff. Auf Vriess wirkte sie wie ein winziges Stück Abfall, das aus einem startenden Flugzeug geworfen wurde.

»Vorsicht!« warnte Johner.

»Ich passe schon auf!« versicherte Ripley, während sie das kleine Schiff in einer engen Kurve von dem Ungeheuer wegmanövrierte, das sie zu erdrücken drohte.

Die *Betty* kurvte hin und her, um die massige Hülle des großen Raumschiffs zu umgehen, bis sie es schließlich hinter sich gelassen hatte. Sie brachte sich in Position und nahm Geschwindigkeit auf, während die *Auriga* ihren Todessturz fortsetzte. Vriess überprüfte es noch einmal; er wußte, wie wichtig es für Call war. Aber dieser Teil des Outback war unbewohntes Gebiet, keine Städte, keine Menschen, meilenweit nur dunkles, ödes Land. Der Krater der *Auriga* würde auf Jahre hinaus der interessanteste Teil dieser Landschaft sein.

Vriess und Ripley kämpften gemeinsam darum, die schneller werdende *Betty* unter Kontrolle zu bringen, sie holten aus dem Schiff mit seinen veralteten Teilen das Letzte heraus, um sich zu retten.

Eine derartige Angst hatte Call nicht einmal gehabt, als sie der Säuberungsaktion gegen die Androiden entflohen war.

Sie konnte weder denken noch handeln, sie reagierte nur noch.

Das Monster stand zwischen ihr und der Tür zum Cockpit. Aber das war jetzt gleichgültig, das einzige, worauf es jetzt ankam, war Flucht. Egal wohin. Egal wie. Flucht. Das Neugeborene trat einen Schritt auf sie zu, aber in diesem Moment machte das Schiff einen plötzlichen Satz, und beide verloren das Gleichgewicht. Das war der Kick, den Call gebraucht hatte. Jetzt hatte sie ihre Motivation wiedergefunden. Sie wich dem ausgestreckten Arm des Wesens aus und rannte, so schnell sie konnte. Es war direkt hinter ihr, trat ihr beinahe in die Hacken, als wollte es noch etwas mit ihr spielen, ehe es sie tötete.

Das Tier zischte, und Call spürte, wie seine Klauen ihr Bein streiften. Sie machte eine scharfe Wendung nach rechts und sprang im letzten Moment in den Raum unter dem Stabilisator. Als das riesige Alien verstand, daß seine Beute im Begriff war, ihm zu entkommen, brüllte er protestierend auf und machte einen Satz nach vorn, aber Call war schon unter dem Bauch der großen Maschine verschwunden. Sie machte sich so klein wie möglich und rollte sich immer weiter nach hinten, bis sie gegen die Rückwand stieß. Dort drehte sie sich auf der Stelle und musterte die drei offenen Seiten auf der Suche nach ihrem Verfolger. Sie rechnete damit, daß das Wesen ihr nachkroch. Aber es war verschwunden!

Der Alienkrieger war dem Neugeborenen aus dem Hort gefolgt, um bei dem Jungen zu sein. Seine Königin war tot, und der Krieger fühlte sich verloren. Er dachte, das Neugeborene würde diese Ripley benutzen, um ihnen wieder eine Mitte zu geben, einen Sinn, aber das Neugeborene hatte diese Ripley nicht halten können. Warum nicht, das verstand der Krieger nicht. Und jetzt war das Neugeborene verschwunden, hatte geschworen, diese Ripley zu töten, sie zu verschlingen.

Der Krieger war dem Neugeborenen auf seiner Suche gefolgt, denn er brauchte ein Ziel. Aber das Ziel des Neugeborenen war nicht das seine. Die letzten Jungen waren aus ihren Wirten geschlüpft und wuchsen heran. Der Hort war voll. Vielleicht war unter diesen zuletzt geschlüpften Jungen eine neue Königin, aber der Krieger wußte es nicht. Ohne eine Königin, die ihn leitete, war er ohne Ziel, ohne Antriebskraft, ohne Sinn. Vielleicht war es das Beste, jetzt Winterschlaf zu halten. Das Schiff, mit dem sie fuhren, war ohne Beute, nichts befand sich darauf als Krieger, tote Wirte und Junge. Die Flure waren seltsam öde. Dies war kein brauchbarer Hort mehr. Nicht ohne neue Wirte. Aber ohne eine Königin, die sie führte, würden sie, so fürchtete der Krieger, niemals wieder neue Wirte finden.

Eine Stimme tönte durchs Schiff. Der Krieger hob den Kopf, als er sie hörte.

»Aufprall in sechs Sekunden, fünf … vier …«

Das Neugeborene war nicht mehr an Bord. Ja, dachte der Krieger und rollte sich zu einem festen Ball zusammen, dies war eine gute Zeit für den Winterschlaf.

Die Stimme des Raumschiffes sagte leise: »Das wars …«

An Bord der *Betty* sah Distephano gerade genug von Vriess' Monitor, um zu erkennen, was geschah. Er schaute zu Ripley hinüber, die völlig eins zu sein schien mit einem Schiff, von dem sie eigentlich keine Ahnung haben konnte. Ihre Lippen waren zu einer schmalen Linie zusammengepreßt, ihre Augen liefen hin und her, ihnen entging nichts. *Du bist schon eine merkwürdige Type,* dachte er wohlwollend. Trotzdem, er bewunderte, wie sie mit dem Schiff umging – und mit all den anderen Situationen, in die sie geraten waren. Er war ein erfahrener Raumflieger, aber dies war ein echter Höllenflug, und er war noch nicht zu Ende.

Von der *Auriga* ertönte leise Calls Stimme: »Das wars …« Und sie sahen zu, wie das wuchtige Schiff wie ein Meteorit aufprallte, sich in den Boden bohrte und in einem riesigen Feuerball explodierte, der den nächtlichen Himmel über Meilen hinweg erhellte.

Die *Betty* flog in sicherer Entfernung und sah aus angemessenem Abstand zu. Das Schiff selbst war jedoch noch längst nicht in Sicherheit, davon war es noch weit entfernt.

»Wow!« sagte Johner für sie alle, als die gigantische Explosion den Himmel erhellte. Distephano wußte, daß seismographische Instrumente rund um den Planeten den Aufprall anzeigen würden. Sollten sie doch versuchen, es zu verstehen. Der Feuersturm loderte weiter und verzehrte alles, was die *Auriga* einst gewesen war, alles, wofür sie gestanden hatte. Schade, daß sie zu müde und angespannt waren, um zu applaudieren.

Er sah zu Ripley hinüber. Auf ihrem Gesicht spiegelten sich die verschiedensten Empfindungen – Erleichterung, Befriedigung, Trauer und totale Erschöpfung, gekoppelt mit intensiver Konzentration. Distephano applaudierte ihr im stillen. *Du hast es ihnen gezeigt, Lady. Du hast es ihnen wieder einmal gezeigt.*

Er fühlte sich gut. Sobald sie das Schiff in den Griff gekriegt hatten, würden sie es auf die Erdlandung vorbereiten. Die *Auriga* war zerstört.

Sie waren *in Sicherheit.*

Dann fiel ihm etwas ein.

»Und ich hatte nur noch drei Wochen«, sagte er wehmütig. »Ich bin mal gespannt, ob die mir die Geschichte glauben oder ob sie mich in den Knast stecken, wenn ich die Wahrheit sage.«

»Hey, Mann«, rief Johner ihm gutgelaunt zu. »Du bist herzlich eingeladen, mit uns herumzuziehen. Wir sind nicht unbedingt organisiert, aber du bist ein findiges Kerlchen. Du würdest gut zu uns passen.« Die beiden Männer lächelten müde, viel zu erschöpft, um den Witz zu goutieren.

»Wo bleibt Call?« fragte Ripley besorgt. »Sie müßte längst wieder hier sein.«

»Du hast recht«, meinte Vriess. »Wir könnten sie gut gebrauchen. Ich habe hier fragwürdige Meldungen aus einem halben Dutzend Bereichen. Wenn sie sich wieder einklinkt, kann sie das alte Mädchen so lange bemuttern, bis wir sicher gelandet sind.« Er drückte den Intercom-Schalter und rief ungeduldig, »Call, wo zum Teufel steckst du?« Gleichzeitig schaltete er den Monitor von den rauchenden Überresten der *Auriga* zurück auf den Laderaum.

Da Ripley ihm im Weg stand, mußte Distephano sich über ihre Schulter beugen, um etwas zu sehen, aber er konnte Call auf dem Monitor nicht entdecken. In diesem Moment machte das Schiff einen weiteren Satz, und Ripley kämpfte mit der Steuerung.

Plötzlich schlugen aus einer Kontrolltafel Funken, ein Schlauch riß, und neben Johner entwich zischend Rauch.

»O, Scheiße!« rief der große Mann, schnallte sich hastig los und machte sich an dem Schlauch zu schaffen.

»Das Ding fällt auseinander!« murmelte Ripley durch die zusammengebissenen Zähne.

Vriess überprüfte die Daten. Offensichtlich gefiel ihm nicht, was er sah.

»Der Druck ist instabil!«

Johner sah zu Distephano hinüber. »Los, holen Sie Call. Wir brauchen sie hier, *sofort.*«

Während der Soldat sich aus seinem Sitz losschnallte und instinktiv nach seinem Gewehr griff, hörte er Johner angewidert murmeln: »Was ist nun schon wieder mit der Biene los?«

Gute Frage, dachte Distephano und zog los, um ihr zu helfen.

Unter dem Stabilisator liegend, hörte Call das Klingeln, das anzeigte, daß sie das Dock der *Auriga* verlassen hatten. Vriess und Ripley hatten im Cockpit wahrscheinlich alle Hände voll zu tun, die *Betty* so weit wie möglich von dem größeren Schiff wegzubringen. Das Risiko, in den Sog des abstürzenden Militärschiffs zu geraten, war noch zu groß. Sie fragte sich, ob Vriess oder irgendein anderer den Alieneindringling über die Kamera gesehen hatte, ob sie wußten, womit sie es hier hinten zu tun hatte.

Call lag mucksmäuschenstill und ohne sich zu rühren unter dem Stabilisator und wunderte sich, wohin das Alien verschwunden war. Lag es irgendwo auf der Lauer und wartete darauf, daß jemand kam, um sie zu retten?

Ein plötzliches Tapsen auf der Maschine ließ sie zusammenzucken, aber sie rührte sich nicht. *Es ist oben auf der Ma-*

schine! dachte sie. Das leise Geräusch verschwand, und es herrschte wieder völlige Stille. Call lag wie erstarrt und wartete. Ihre Panik wuchs.

Mit einemmal warf sich das Wesen auf den Boden und versuchte, sich in den engen Raum unter dem Stabilisator zu zwängen. Ein Arm und ein Teil seines scheußlichen Kopfes quetschten sich unter die Maschine, und in dem verzweifelten Bemühen, Call zu packen, verkrallte es sich im Boden.

Entsetzt drückte Call sich an die Wand und wünschte, sie könne darin verschwinden, aber es gab keinen Ausweg. Die klauenbesetzte Hand grub sich in den dicken, stoßdämpfenden Bodenbelag des Laderaums und zerpflückte ihn in dichte schwarze Flocken. Das Alien brüllte seine Wut heraus, griff nach ihr, tastete und zerfetzte jeden Teil des Belags, der ihm zwischen die Krallen kam. Call preßte sich gegen die Rückwand und zog den Bauch ein.

Sich windend und mit dem Schwanz um sich schlagend, versuchte das Wesen an sie heranzukommen. Es wühlte wie eine Krabbe und quetschte sich immer weiter in den engen Raum, bis die langen, tödlichen Klauen direkt vor Calls Nase herumfuchtelten. Das Alien tobte vor Wut, aber sein Kopf war einfach zu groß und zu hart, um unter die Maschine zu passen. Trotzdem gab es den Kampf gegen die Elemente nicht auf, überzeugt, daß es sein Ziel erreichen würde, wenn es es nur lange genug versuchte.

Eine weitere Drehung, und die Klauen streiften Calls Nase.

15

Der längste Finger des Alien zappelte direkt vor Calls Gesicht. Sie wagte nicht zu atmen, aus Angst, in die Reichweite des Tieres zu gelangen, aber sie wußte auch nicht, wie lange sie sich noch von ihm fernhalten konnte. Es knurrte wild, seine grauenvollen Geräusche versetzten sie in Angst und Schrecken. Und das Schlimmste war, sie konnte seinen schrecklichen menschlich/tierischen Gestank riechen.

Wie lange würde sie noch durchhalten können, wie lange konnte sie sich noch außer Reichweite halten? Und wie lange würde es dauern, bis irgend jemand im Cockpit sie vermißte?

Plötzlich wurde die nach ihr greifende Hand des Alien nebensächlich, als zwei in Stiefeln steckende Füße in ihr Blickfeld traten. Sie blinzelte. Militärkleidung. Distephano!

Von dort, wo er den Laderaum betreten hatte, verdeckte der große Stabilisator das Alien. Wußte er, daß es hinter ihr her war? Hatte er es auf dem Monitor gesehen? Es war ja nicht so, daß sich das verdammte Vieh nicht von der Stelle bewegte.

Plötzlich nahm auch das Alien Distephanos Anwesenheit wahr. Call merkte es daran, daß die nach ihr angelnden Klauen plötzlich innehielten und der Körper des Tieres erstarrte.

Distephano schlich sich vorsichtig in den Raum und sah sich um, ohne etwas zu erwarten. Es war dämmrig hier drin. Unheimlich. Die Ausrüstung verdeckte den größten Teil des Fußbodens, die Ketten, die von der Decke hingen, gaben ein leises, klirrendes Geräusch von sich, das es schwer machte zu denken. Also wo steckte nun sein Lieblingsandroid?

»Call?« rief er leise. Die merkwürdige Atmosphäre des Laderaums gebot Ruhe. Vorsicht. »Call? Bist du hier?«

Wo sollte sie sonst sein? fragte er sich. Sie konnte sich unmöglich an ihm vorbeigedrückt haben.

Distephano ging weiter, wie ein guter Soldat jeden Winkel sorgfältig musternd.

Während Distephano sich umsah, zog das Alien langsam und geräuschlos seine Hand unter dem Stabilisator hervor.

Einen Teil von Call überkam ungeheure Erleichterung, die jedoch sofort von ihrem internen Imperativ außer Kraft gesetzt wurde. Jetzt war es hinter Distephano her. Und es war hundertmal schneller und tausendmal tödlicher als er.

Unter Distephanos Füßen schwankte die *Betty* hin und her. Er stellte sich vor, wie Vriess und Ripley mit der Steuerung kämpften und versuchten, dem Schiff manuell ihren Willen aufzuzwingen, da Call nicht da war, um sich einzustöpseln.

Plötzlich blieb er wie angewurzelt stehen. Er spürte, wie ihm ein Schauer über den Rücken lief. Konnte eines dieser *Monster* hier drinnen sein? Hatte es sich Call geschnappt? Warum sonst war sie nicht zur Brücke zurückgekehrt? Ungläubig musterte er den Laderaum. Hier gab es Hunderte von Verstecken. Ein beinahe animalisches Entsetzen überkam ihn, aber er riß sich zusammen. Er war Soldat. Ein Mitglied von General Perez' handverlesener Truppe.

Ruhig, mit fast entspanntem Gesichtsausdruck entsicherte Distephano sein Gewehr.

Er trat noch einen Schritt vor und stand nun in der Nähe des großen Apparats, der den Raum beherrschte. Mit derselben entspannten Miene hob er das Gewehr und visierte.

Wenn eins von diesen Monstern, eins von ihnen, hier in diesem Raum ist … Er überlegte einen Moment. Diese Monster haben die Besatzung meines Schiffes bis auf den letzten Mann getötet. Wenn eins von denen hier drin ist, werde ich ihm die Hölle heiß machen. Das bin ich ihnen schuldig.

Dann musterte er den großen Apparat vor ihm, der ihm den Blick auf den Raum zum großen Teil verstellte. *Das muß der Stabilisator sein!* dachte er. *Das ist hier nicht die Auriga, sondern nur ein kleines Schiff. Hier liegt sicher noch eine Tonne anderes lebenswichtiges Zeug herum. Und diese Viecher haben ätzendes Blut!*

Als ihm dämmerte, was das bedeutete, hielt er inne. Er konnte es nicht erschießen. Nicht hier. Aber vielleicht war er gezwungen …

Seine wenigen Möglichkeiten abwägend, schob er sich langsam um den Stabilisator herum.

Call war soeben zu demselben Schluß gekommen. *Ätzendes Blut. Wenn Distephano das Vieh erschießt …*

Sie starrte auf die alptraumhafte Vision seiner grotesken Visage. Es grinste wieder. Plötzlich tropfte aus dem grinsenden Maul des Alien ein Schleimtropfen. Und dann, noch ehe sie ihn warnen konnte, schlug es zu. In dem verzweifelten Wunsch, etwas zu tun, krabbelte Call unter dem Stabilisator hervor.

Das Wesen holte aus und packte mit einem unglaublich langen Arm Distephanos Gesicht, mit dem anderen schlug es ihm ohne jede Mühe das Gewehr aus der Hand. Distephano stieß ein kurzes, heiseres »NEIN!« aus und stolperte zurück. Das Gewehr flog durch den Raum und landete nutzlos in einer Ecke.

Die riesige Handfläche des Alien bedeckte das Gesicht des Soldaten. Sie hinderte ihn jedoch nicht daran, in wütender Überraschung und blanker Panik zu schreien. Als das gigantische Wesen sich vom Boden erhob, den zappelnden Soldaten im Schlepptau, hörte Call das Krachen von Distephanos Schädel. Der junge Mann schrie vor Schmerz auf. Das Wesen biß in seine Schädeldecke und klappte sie auf wie eine Venusmuschel, um sein Gehirn zu verschlingen und sein Blut zu trinken.

Das war bewußt! dachte Call entgeistert. *Bewußt – und menschlich.*

Dann drehte sich das Alien zu ihr um, die riesigen Hauer ähnelten immer mehr dem grauenvollen Grinsen eines Totenschädels. Das Wesen lachte – ein rauhes Stakkatolachen. Wie betäubt stand Call angewurzelt an ihrem Platz.

Ripley bemerkte nur nebenbei, daß Johner hinter ihr noch

immer damit beschäftigt war, den gerissenen Schlauch zu kleben.

Sie achtete auch nicht weiter darauf, als Vriess dem großen Mann zurief: »Flick ihn mit dem Servo!«

»Hey«, gab Johner zurück, »das ist eigentlich *dein* Job. Ich prügele mich lieber!«

Ripley wurde erst aufmerksam, als Vriess den Intercom-Knopf drückte und rief: »Call! Komm nach oben!« Keine Antwort.

Das war es, was sie beunruhigte. Call hätte schon längst zurück sein müssen. Sie mußte das Schlingern des Schiffs hinten im Laderaum gespürt haben. Sie sollte wissen, daß sie im Cockpit gebraucht wurde.

Und auch Distephano war schon viel zu lange verschwunden.

Und dann spürte Ripley es. *Den Kontakt. Die telepathische Berührung ihres letzten noch lebenden Kindes.*

Sie schauderte, schnallte sich los und sprang aus ihrem Sitz. Hinter ihr hörte sie Vriess und Johner ihren Namen rufen, als Vriess die verlassene Steuerung übernahm und das taumelnde Schiff auf Kurs zwang.

Ein Teil von Ripley registrierte, daß sie in einem fast völlig außer Kontrolle geratenen Schiff auf die Erde zutrudelten, aber sie verdrängte diesen Teil. Er war jetzt nebensächlich.

Obwohl es theoretisch nicht möglich war, setzte Calls Gehirn in diesem einen Moment aus. Sie stand im Schatten des Alienmutanten, den sie gerade Distephanos Hirn verzehren gesehen hatte, und war unfähig, sich zu bewegen, zu denken oder irgend etwas zu tun, um sich zu retten. Das riesige Tier schien noch größer zu werden, als es sich vor ihr auftürmte, aber sie konnte nur dastehen, sein grauenvolles Gesicht und die mit Gehirnmasse gesprenkelten Zähne anstarren und den Blutgeruch seines Atems riechen.

Es schnappte sie, ehe sie reagieren oder sich bewegen konnte. Es packte ihre Schultern und zog sie hoch zu seinem Gesicht. Das riesige Maul öffnete sich, die Zähne kamen näher.

Kann es das? fragte sie sich betäubt. *Kann es Prozessoren und Mikrochips verschlingen?* Vielleicht nicht, aber die Zerstörung dieser Einheiten würde ebenso ihr Ende bedeuten, als wäre ihr Gehirn organischer Natur.

Call schloß die Augen und murmelte ein letztes Gebet. Wie als Antwort gab es einen lauten Knall, als die Cockpittür ins Schloß fiel. In dem kleinen Laderaum hallte es ohrenbetäubend.

Call hörte eine Stimme rufen: »Hey!«

Das Wesen, das sie hielt, verspannte sich und drehte sich ärgerlich knurrend um.

Vor der fest geschlossenen Cockpittür stand Ripley. Aufrecht, unbeweglich, mit schulterbreit gespreizten Beinen, so selbstbewußt, wie Call sie kannte. Aber der Android hatte scharfe Augen, und sie sah die Erschöpfung auf dem Gesicht der Frau. Ripley hatte schon so viel durchgemacht. Offensichtlich erreichte sie allmählich ihre Grenzen. Das Knurren des Alien wurde leiser, als es Ripley erblickte.

Ruhig sagte sie zu ihm: »Das kann ich nicht zulassen.« Der Schwanz des großen Tieres schlug ungeduldig hin und her, und plötzlich wirbelte es herum, Call immer noch fest im Griff. Die kleine Frau wurde wie ein Schutzschild mit dem Rücken eng an den Bauch des Monsters gedrückt. Call blinzelte und versuchte, ihren Selbsterhaltungstrieb wiederzufinden. Diese Reaktion des Tieres war unglaublich *menschlich.*

Ripley stand felsenfest und sah Call in die Augen.

Irgendwie mußt du ihr doch helfen können, dachte Call panisch, während das Wesen sie eng umschlungen hielt. Sie schaute zu Distephanos verlassenem Gewehr hinüber, das noch dort lag, wo es hingefallen war.

Konnte Ripley es erreichen?

Von dem Stabilisator sind wir weit genug entfernt, dachte Call, *aber auch hier steht eine Menge Zeug herum …* Was würde geschehen, wenn Ripley dieses Vieh zerfetzen würde. Das Rütteln des Schiffes zeigte ihr, daß sie in die Atmosphäre eintauchten und sich immer mehr der Erde näherten. Würden sie es auch mit schweren Schäden schaffen?

Plötzlich wußte sie es nicht mehr. Sie wußte gar nichts mehr.

Das Alien peitschte wild mit dem Schwanz und zischte wütend. Sein heißer Atem streifte Calls Ohr.

Rasch musterte Ripley den Raum, ihre Blicke blieben kurz an der Waffe hängen und kehrten dann zu Call zurück. *Sie weiß Bescheid,* begriff der Android. *Natürlich, sie ist schon vorher mit Raumschiffen geflogen. Sie erinnert sich. Vielleicht erkennt sie sogar Teile der Ausrüstung wieder.*

Aber andererseits wirkte die große Frau ratlos.

Das schien Call aufzuwecken. Sie waren auf dem Weg zur Erde, mit einem Monster im Gepäck. Was machte es schon, wenn sie alle umkamen, solange nur das Alien zerstört wurde?

Wie elektrisiert drängte Call nach vorne, sie mußte unbedingt mit Ripley reden, sie mußte verstehen.

»Schieß!« brüllte sie lautstark. »Mach schon, schieß! Ich bin daran gewöhnt!« Es machte ihr nichts aus, von Kugeln durchsiebt zu werden, wenn sie nur den Alptraum, der sie hielt, zerstörten. Schließlich war das ihre Mission. Die Menschheit vor diesem Tier zu retten. Die Erinnerung daran half ihr.

Aber Ripley sah verzweifelt aus, und zu Calls Entsetzen machte sie keinen Versuch, an Distephanos Gewehr heranzukommen.

Das Schiff schlingerte, und alle drei, zu einem bizarren Stilleben versteinert, hatten Mühe, sich auf den Beinen zu halten.

Im Cockpit schaltete Vriess hektisch am Steuerpult herum und versuchte die *Betty* daran zu hindern, völlig auseinanderzufallen. Er hatte seine Augen überall und verfolgte zu viele Dinge gleichzeitig. Er wagte es nicht, auch nur einen Blick auf den Monitor zu werfen, auf dem eins dieser Viecher zu sehen war, das Call als Geisel festhielt. Er durfte jetzt nicht darüber nachdenken.

Johner neben ihm war genauso beschäftigt wie er. Er hielt die Steuerung umklammert und versuchte das durchgedrehte Schiff auf Kurs zu halten. Als sie aus der Nacht ins Tageslicht eintauchten, stach das Sonnenlicht direkt ins Cockpit.

»Wir kommen vom Kurs ab ...«, warnte Vriess seinen Co-Piloten.

»Ich hab's schon im Griff«, versicherte ihm Johner.

»Aufprall in zehn Minuten«, verkündete der Computer mit ruhiger Stimme. Jetzt erst fiel Vriess auf, daß es Calls Stimme war.

Während das Neugeborene zischte, knurrte und die panische Call an sich drückte, wurde Ripley klar, daß die einzige Möglichkeit, es zu töten, die war, die Call vorgeschlagen hatte: sich Distephanos Gewehr zu angeln und durch den Körper des Androiden auf das Monster zu schießen. Aber dazu war sie ebensowenig in der Lage, wie sie es bei Newt gewesen wäre. Nein, das Alien zu erschießen konnte nicht die Lösung sein.

Aber was war die Lösung?

Ripley fixierte das Wesen und kämpfte gegen die aufsteigende Mutlosigkeit. Alles, einfach alles tat ihr weh. Sie war so ausgelaugt, so erschöpft, sie wollte sich einfach nur noch hinlegen und sterben. O Gott, warum konnte sie sich nicht einfach hinlegen und sterben? *Vielleicht bin* ich *ja in Wirklichkeit der Android,* dachte sie wirr. *Ein Androide mit nur einer Programmierung – egal was kommt, mach weiter. Mein Gott, wie ich das hasse.*

Das Neugeborene kreischte vor Wut, seine Zähne streiften Calls Kopfhaut – aber es biß nicht zu. Hatte es begriffen, daß Call kein Mensch war, kein organisches Gehirn besaß und kein Hämoglobin im Blut? Hatte es die Fremdheit von Calls Androidenkörper gewittert?

Mit einem Schock erinnerte sich Ripley plötzlich daran, wie Bishop von einer tobenden Königin entzweigerissen worden war. Mit der gleichen Leichtigkeit konnte das Neugeborene Call zerfetzen. Damals hatte sie Bishop nicht retten können – und da Call in dieser Zeitperiode die einzige ihrer Art war, würde sie auch ihr nicht helfen können.

Sie mußte etwas tun – das schien ihr Schicksal zu sein.

Mit einem verzweifelten Seufzer streckte Ripley die Hände in einer Demutsgeste nach vorn. Sie zwang sich, den telepathischen Kontakt, den sie im Hort gespürt hatte, erneut zu suchen.

Da ist etwas … schwach … zurückhaltend … aber es ist da … Ich spüre es …

Es war nicht menschlich, abstoßend, aber irgendwie vertraut. Es kostete sie ihre ganze Kraft, nicht zu schaudern. Sie sah dem Wesen ins Gesicht, in die Augen, die dieselbe Farbe hatten wie die ihren. Der Kontakt war kalt, aber sehnsüchtig. Wütend, aber schmerzlich einsam.

Der Hort war zerstört. Die anderen verschwunden. Das Neugeborene war nun wirklich allein. Die einzige, zu der es noch den Hauch einer Verbindung hatte, war die Menschenfrau, die vor ihm stand.

Schlagartig wurde es Ripley klar, und sie begriff, daß dies der einzige Trumpf war, den sie jetzt noch in der Hand hatte.

Okay, Baby, dachte sie sarkastisch, *ich bin die einzige Mutter, die dir geblieben ist!*

Flehend streckte sie ihre Hände aus und füllte ihren Kopf mit beruhigenden Gedanken, mit der Verbundenheit, die noch vor kurzem zwischen ihnen existiert hatte. Vor ihrem geistigen Auge sah sie sich selbst, mit Newt im Arm, der kleinen, blonden, vertrauensvollen Newt. Sie sah, wie das Kind Arme und Beine um sie geschlungen hielt und sich an sie klammerte, in dem sicheren Wissen, daß Ripley sie nicht gehen lassen, nicht loslassen würde. Newt, die mit dem unerschütterlichen Vertrauen eines Kindes gewußt hatte, daß Ripley zu ihr zurückkommen würde. Sie klammerte sich an das Bild in ihrem Kopf und murmelte: »Komm her. Ja, komm.« Ganz allmählich beruhigte sich das Neugeborene. Sein Schwanz hörte auf zu schlagen, und es lockerte seinen Griff.

Ripley merkte, wie Call sie beobachtete. Die Verwirrung stand der kleinen Frau ins Gesicht geschrieben. Call rührte sich nicht, konnte sich nicht rühren. Als das Neugeborene sie schließlich losließ, kam dies so unerwartet für sie, daß sie zu Boden stürzte. Ripley konnte es sich nicht leisten, sie anzuschauen oder die Fragen in ihrem Blick zu beantworten. Ihre Augen fixierten das Neugeborene, lockten es, schmeichelten ihm, von dem Androiden abzulassen und zu ihr zu kommen.

Als das riesige Wesen auf Ripley zu krabbelte, sah sie aus den Augenwinkeln, wie Call vorsichtig von ihm wegrobbte.

Gut, dachte Ripley, *gut!* Die Erinnerung, wie sie Newt zuzischte: »Lauf! Versteck dich!« hätte sie beinahe aus ihrer Konzentration gerissen. Sie wagte es nicht, Call dasselbe zuzurufen, dazu war sie dem Neugeborenen noch zu nahe.

Ohne Call anzusehen, sagte sie leise: »Verschwinde.« Dann ging sie dem Neugeborenen entgegen.

»Komm her«, lockte sie das Monster und streckte die Arme aus. Noch zwei Schritte, drei. Jetzt türmte sich das Neugeborene vor ihr auf, so nah, daß sie es berühren konnte. Call suchte derweil das Weite. Ripley blieb weiter mit offenen Händen und offenem Geist stehen und zeigte dem Neugeborenen das mütterliche Bild in ihrem Kopf. Sie dachte daran, wie die Alienkönigin die Hand ausstreckte, um ihr mutiertes Kind zu berühren, ehe das Neugeborene ihr den Kopf abriß. War für dieses Monster so etwas wie Trost oder Vertrauen überhaupt existent? Ripley zwang sich, das eine Bild in ihrem Kopf zu bewahren und hielt die Stellung. Ihre Haltung, ihr ganzes Gehabe verströmten Demut. Als das Wesen näher kam, hielt sie den Atem an.

Dann stieß das Neugeborene einen leisen Laut aus, als habe es Schmerzen, als fehle ihm etwas. Der kindliche Laut erschütterte Ripley, und sie sah auf. In dem Totenkopfgesicht war kaum Platz für Gefühle, doch konnte sie die Einsamkeit des Wesens spüren. Ihre Geste ihm gegenüber im Hort fiel ihr ein und die Zärtlichkeit, die sie Call gegenüber gezeigt hatte, dem Androiden, der gekommen war, um sie zu töten … und sie reckte sich und strich dem Neugeborenen langsam und sanft über den langgezogenen Kopf.

Hinter ihr beobachtete die auf die Cockpittür zukrabbelnde Call entsetzt und fasziniert zugleich die Interaktion der beiden Wesen, die einander so fremd und doch genetisch miteinander verbunden waren. Als Ripley das Neugeborene zärtlich streichelte, fuhr seine lange, gewundene Zunge heraus und leckte den Schweiß ab, der über Ripleys Gesicht lief. Während das Wesen sie reinigte, schaute Ripley an ihm vorbei und musterte den Laderaum. Die ganze Zeit über konzentrierte sie sich auf das Bild der liebenden Mutter, welches das Tier zu ihr gezogen hatte. Direkt hinter dem Neugeborenen entdeckte sie ein kleines Bullauge, durch das der australische Nachthimmel zu sehen war, erhellt von der beginnenden Dämmerung. Sie entfernten sich immer mehr von der Aufprallstelle, näherten sich aber weiterhin der Erde.

Ripley hörte nicht auf, den Kopf des Neugeborenen zu streicheln. Zärtlich fuhr ihre Hand über die breiten Augenknochen, den Kiefer entlang zum Kinn hinunter. Automatisch verzogen sich die ihr so grauenvoll vertrauten Lippen des Totenkopfs. Ihre Finger fanden die riesigen Zähne und betasteten sie vorsichtig. Immer noch ihr Gesicht leckend, öffnete das Neugeborene sein Maul und gestattete die neugierige Untersuchung seiner menschlich-alienhaften Zähne. Vorsichtig strich Ripley mit der Handfläche über die Zahnränder des Monsters und drückte sie dann, ohne mit der Wimper zu zucken, fest herunter.

Als sie ihre Hand wegzog und sie betrachtete, füllte sich ihre Handfläche rasch mit dickflüssigem roten Blut. Ihrem Blut. Menschlichem Blut. *Beinahe menschlich jedenfalls.*

Mit ruhigem Gesichtsausdruck und ihre Gedanken unter Kontrolle sah sie dem Neugeborenen wieder in die Augen. Plötzlich schwang sie den Arm herum und schleuderte die Handvoll Blut direkt auf das Bullauge. Der Blutklumpen platschte mitten ins Zentrum. Zunächst geschah gar nichts, aber dann, Sekunden später, begann das Bullauge – dort, wo es mit dem Blut in Kontakt gekommen war – zu brodeln. Dann begann es zu qualmen. Dann schmolz es.

Über die zerbrechliche Verbindung in ihrem Kopf spürte Ripley die Veränderung in der Haltung des Tieres. Das Gefühl kindlichen Vertrauens, die beunruhigende Einsamkeit waren plötzlich verschwunden. An ihrer Stelle regierte nur ein Gefühl: *Verrat!*

Das Neugeborene sah Ripleys trotzige Geste mit großer Überraschung. Das einzige, woran es in diesem Moment noch interessiert war, war der langsame, qualvolle Tod des Wesens, das da so zerbrechlich vor ihm stand. Obwohl der Ort, an dem sie sich befanden, schwankte und schaukelte, obwohl das Neugeborene den Verdacht hatte, daß sie in großer Gefahr waren, war ihm das gleichgültig. Es ließ sich nicht ablenken.

Es bäumte sich über seinem Opfer auf und labte sich an dem Gedanken, mit seinen Zähnen ihren Schädel zu durchbrechen. Ganz langsam und genüßlich würde es ihr Gehirn verspeisen. Es fragte sich, ob es damit auch die Erinnerungen dieser Ripley aufnehmen würde. Es würde wunderbar sein, wenn Ripleys Blut seinen brennenden, ewigen Hunger stillte.

Langsam, als wolle es den Moment genießen, entrollte das Neugeborene seine Zunge.

Ripley erstarrte, bemüht, die plötzliche Welle der Angst aus ihrem Gesicht zu verbannen. Das Neugeborene öffnete sein riesiges Maul, und seine glitschige Zunge, dieselbe Zunge, die Ripley gerade eben so zärtlich gereinigt hatte, die Zunge, die dieses Wesen so anders machte als die Königin, die es geboren hatte, glitt heraus. Gegen die aufsteigende Übelkeit ankämpfend, beobachtete Ripley, wie sie steif wurde, erstarrte, wie die seiner Vorfahren. Während die Zunge sich verwandelte, erschienen an ihrer Spitze kleine, scharfe Zähne.

Ripley stöhnte. Das Neugeborene beugte sich über sie, bereit, seine starre Zunge durch ihre Stirn zu bohren. Ripley konnte die Augen nicht abwenden, in entsetzter Faszination starrte sie auf die Metamorphose des Tieres.

Lieber Gott, hilf mir! dachte Ripley. Ihr fiel auf, daß dies das erste Gebet war, das sie in diesem Leben gesprochen hatte.

Winzige weiße Zähne knirschten an der Zungenspitze, während silberfarbener Schleim heruntertropfte. Die Zunge schoß nach vorne und näherte sich ihrem Gesicht.

Ripley konnte ihr Zittern nicht mehr unter Kontrolle halten, aber sie zwang sich, nicht zurückzuweichen. Sie wußte, daß das Raubtier dann losspringen würde.

Über die Schulter des Neugeborenen hinweg erblickte sie Call, die gerade nach Distephanos verlorenem Gewehr griff. Dann blickte sie auf ...

Und sah das Bullauge direkt hinter dem Neugeborenen. In seiner Mitte brodelte das Blut, und langsam schmolz es vollends dahin. Die Luft war erfüllt von dem unverkennbaren Geruch verbrennenden Plastiks. Wahrscheinlich waren sie schon in der Stratosphäre. Beinahe zu Hause.

Fasziniert starrte Ripley auf das Bullauge. Sie wußte, der Anblick des sich auflösenden Fensters würde sie von den knirschenden Zähnen auf der auf ihr Gesicht gerichteten Zunge ablenken.

Plötzlich verschwand in ihrem Kopf das Bild von ihr mit Newt in den Armen ...

Da waren Erinnerungen. An unerwartetes Chaos. Brüllende und sterbende Krieger. Und Feuer. Und sie selbst, Ripley, mitten unter ihnen, ihr eigenes Junges in den Armen. Tod und Zerstörung bringend dem Hort.

Das Neugeborene beugte sich zum letzten Kuß hinunter – und erschrak über die plötzliche Veränderung des geistigen Kontakts. Jetzt war keine Ergebenheit mehr in dieser Ripley, keine Angst, kein Bedauern. Nur Trotz! Die Erinnerung an die Zerstörung des Horts durchlief die Verbindung und erboste das Neugeborene. Verspottete es.

Es brüllte, ehe es zuschlug, dann ...

Ertönte ein lauter Knall und ein starker, lockender Sog packte das Neugeborene wie eine unsichtbare Kraft. Er wurde immer stärker, bis es unerbittlich nach hinten gezogen wurde, nach hinten, weg von seiner Beute. Das Wesen verstand es nicht! Wie konnte das geschehen? Es brüllte vor Wut, als diese Ripley immer mehr außer Reichweite geriet.

Das Tier flog rückwärts, immer schneller, bis es gegen etwas Hartes prallte und dort steckenblieb. Es tobte, schrie und schnappte mit seinen Klauen wild nach Ripley. Es konnte nicht fassen, daß es gefangen war, die Beute so nah vor Augen.

Mit einem plötzlichen Knall zerbarst das von der Säure zerfressene Bullauge, und Rauch und kleinere Gegenstände wirbelten durch den Raum.

Ripley sah, wie Call rasch reagierte, die Enden einiger herunterhängender Schnüre und Ketten packte, sie löste und um ihre Brust band.

Unzählige kleine Gegenstände wurden durch das Loch gesogen, während Ripleys ätzendes Blut sich an den Rändern immer weiterfraß. Das Loch wurde größer, und die Kraft des Unterdrucks wuchs. Mit nach Ripley ausgestreckten Armen wurde das Neugeborene weiter nach hinten gezogen, weg von ihr zu dem Bullauge hin. Im gleichen Moment packte Call Ripleys Overall, damit sie nicht mitgezogen wurde.

Mit lautem Krachen knallte das Neugeborene gegen das Fenster und brüllte auf vor Wut und Schmerz. Die Kraft der vorbeizischenden Atmosphäre hielt es umklammert.

Durch die plötzliche Aufhebung des Unterdrucks stürzte Ripley trotz Calls Umklammerung auf den Boden. Der Android streckte seine Hand aus und rief ihr zu: »LOS, KOMM HER!«

Das Neugeborene kämpfte gegen den Sog. Mit Hilfe seiner ungeheuren Kräfte gelang es ihm tatsächlich, sich ein kleines Stück aus dem Fenster herauszuziehen. Der daraus resultierende Unterdruck zog Ripley wieder in seine Richtung.

Mit immer lauter werdendem, ohrenbetäubendem Gebrüll versuchte das Neugeborene, seine Mutter zu erreichen. Aber sein Toben war vergeblich, gegen die Anziehungskraft der Atmosphäre kam es nicht an. Ripley konnte seine allmähliche Ermüdung und Verwirrung spüren. Zum erstenmal in seinem kurzen, schrecklichen Leben hatte es wirklich *Angst. Angst zu sterben?* überlegte Ripley. *Tja, an den Gedanken solltest du dich gewöhnen!*

Sie begann zu lachen und fragte sich, wann sie aufhören würde, derartige Dinge komisch zu finden.

Dann – endlich – verlor das Neugeborene den vergeblichen Kampf gegen den Unterdruck und wurde mit einem lauten Ploppen gegen das immer noch wachsende Loch gezogen. Der Aufprall verletzte seine Haut, und Ripley sah, wie sein ätzendes Blut förmlich explodierte. Das Kreischen des Monsters fuhr ihr in die Knochen, und auch sie stieß einen Schmerzensschrei aus, während sie auf dem Boden zu Call hinüberkroch, als wäre der Android ihre einzige Verbindung zu ihrem eigenen Menschsein.

Es stimmte, Call war nur ein Android. Aber der einzige Sinn des ursprünglichen Androidenprogramms war gewesen, sie an Orten einzusetzen, die für Menschen zu gefährlich waren. Sie existierten nur, um das Leben echter Menschen zu retten.

Über die Jahre hinweg kam die Erinnerung … Ich bevorzuge die Bezeichnung ›künstliche Person‹.

Ich kann Ihnen über Ihre Chancen keine Hoffnungen machen … aber Sie haben mein Mitleid.

Bishop und Ash – nur Androiden. Der eine hätte beinahe sein Leben geopfert, um sie und ihr Kind zu retten. Der andere hätte sie liebend gerne getötet, weil sie ihm seine Pläne vermasselt hatte …

Ripley schloß die Augen. Die gegensätzlichen Erinnerungen ballten sich in ihrem Hirn und plapperten so laut, daß sie keinen Gedanken fassen konnte.

Zuerst bemerkte das Neugeborene nur das unerbittliche, grauenvolle Vakuum, das es von dieser Ripley fortriß, dem Wesen, dessen Zerstörung es geschworen hatte. Aber dann prallte es heftig gegen das Bullauge und spürte die brennende, eisige Kälte. Die Haut an seinem Rücken und den Nieren begann zu erstarren und platzte in einer abrupten, schrecklichen Explosion aus Gewebe und Blut nach draußen. Es kreischte schrill auf und schnitt qualvolle Grimassen, als ätzendes Blut, Organe und Eingeweide in den Raum hinausgesogen wurden und dort im selben Augenblick, noch mit ihm verbunden, gefroren.

Genaugenommen war es bereits tot, doch sein Gehirn

wollte diesen Umstand noch nicht akzeptieren. In einem verzweifelten Aufbäumen preßte das Neugeborene seine Handfläche gegen das Glas und versuchte, sich wegzudrükken. Aber das Bullauge hatte sich auch dort schon teilweise aufgelöst, und das ursprüngliche Loch vergrößerte sich immer noch, während Ripleys ätzendes Blut – vermischt jetzt mit dem des Neugeborenen – es immer weiter zerfraß. Als das Neugeborene panisch dagegen drückte, schmolz das ganze Fenster an dieser Stelle zusammen und löste sich auf. Sein Arm wurde in den Raum herausgesogen, gefror umgehend, und im selben Moment brach seine Schulter.

In blankem Entsetzen riß das Neugeborene die Augen auf. Der Schmerz war schrecklicher als alles, was es sich je hätte vorstellen können; hilflos starrte es zu Ripley hinüber. Es konnte nicht sprechen, konnte nur brüllen, aber dieses Wesen würde verstehen, was es wollte. Wie konnte seine eigene Mutter zusehen, wie es starb, ohne ihm zu Hilfe zu kommen? Mit seinen, denen Ripleys so ähnlichen Augen flehte es sie an: *Töte mich, bitte töte mich!*

Im Cockpit beobachtete Vriess, wie die Erde immer näher kam, während er nach wie vor mit der Steuerung des Raumschiffs kämpfte. Calls Stimme setzte den Countdown fort und erinnerte ihn jede Sekunde daran, daß sie noch immer nicht da war, daß auch Ripley nicht zurückgekehrt war, daß er allein war in seinem aussichtslosen Kampf mit den veralteten Systemen des Schiffes. Alleine. Unzulänglich. Verkrüppelt. Niemals würde er es schaffen, die *Betty* in ihrem wilden Sturz zur Erde in den Griff zu bekommen.

Plötzlich warf sich Johner in den Sitz, den Ripley frei gemacht hatte, legte seine Hände um die von Vriess und lieh dem Mechaniker seine brutale Kraft. Gemeinsam kämpften sie mit dem schlingernden Schiff.

Als das Neugeborene gegen das Fenster prallte und der schreckliche Sog aufhörte, sank Ripley erschöpft auf den Boden. Sie hörte, wie Call ihren Namen rief, konnte aber weder denken noch reagieren. Call streckte ihr eine Hand entgegen, mit der anderen klammerte sich der Android an der Schiffswand fest. Mühsam zwang sich Ripley, zu der kleineren Frau hinüberzukrabbeln.

Die Schreie des Neugeborenen wurden lauter und schriller und steigerten sich zu panischer Hysterie. Verzweifelt paddelte das Wesen in der Luft herum, in seinem Gesicht und seinen Augen stand gräßlicher Schmerz. Gegen ihren Willen wandte Ripley sich um, denn seine Angstschreie berührten sie tief.

Das Neugeborene sah ihr direkt in die Augen. Es zischte und wimmerte vor Schmerz.

Sie schüttelte den Kopf. Ihr letztes schreckliches Kind. Es war nur angemessen, daß sie bei seinem Sterben zugegen war. Sie mußte Zeugin sein. Nur, um sicherzugehen.

Sie spürte, wie Calls Finger ihre Kleider packten, sie zu sich heranzogen und ihr einen Gurt um Taille und Brust schlangen, aber sie konnte ihren Blick nicht von dem sich windenden, schreienden Wesen abwenden, das immerhin genetisch mit ihr verbunden war. Als das Neugeborene mit nach Hilfe flehendem Blick seinen Arm nach ihr ausstreckte, schluchzte Ripley auf.

Hier geht es zu Ende, dachte Ripley zu dem Wesen. *Alles. Für immer. Kein anderes Leben mehr.*

Das Neugeborene wand sich in Qualen und wimmerte. *Ruhig,* dachte Ripley, als wolle sie seine Schmerzen lindern. *Es dauert nicht mehr lange. Ganz ruhig.*

Mit einem plötzlichen Ruck wurde der ausgestreckte Arm in den Körper des Wesens gezogen, die Knochen flogen durch das Loch in den Raum. Das Neugeborene jaulte auf vor Schmerz und wand sich in dem Loch, das es gefangenhielt wie ein Klebeband eine Fliege. Dann schrumpfte sein Unterleib zusammen, und seine Eingeweide wurden durch das Fenster hinausgewirbelt.

Sein gellender Schrei fuhr Ripley direkt ins Gehirn und versetzte ihr einen elektrischen Schlag. Sie sackte zusammen und preßte die Hände gegen die Ohren, um das grauenvolle Todesröcheln ihres Nachwuchses auszusperren. Aber der Ton schnitt durch sie wie eine Rasierklinge, und sie kreischte gemeinsam mit dem Neugeborenen. Sie spürte die klebrige Wärme ihres eigenen Bluts auf den Händen, als ihre Ohren zu bluten begannen. Laut schreiend krümmte sie sich auf dem Boden zusammen. Call zog sie näher zu sich heran, umklammerte sie, hielt sie mit all ihrer Kraft fest, als wolle sie Ripley vor diesem letzten Angriff beschützen.

In blankem Entsetzen beobachteten die Frauen, wie eines der Beine des Neugeborenen in seinen Körper zurückfuhr und in dem Torso verschwand, während riesige Knochen und Muskelstränge in die Leere hinausgeschleudert wurden.

Dann verschwand auch das andere Bein mit solcher Geschwindigkeit, daß Ripley befürchtete, das Fenster würde nicht mehr lange halten. Aber sie konnte ihre Augen nicht von dem entsetzlichen Anblick des zusammenfallenden Neugeborenen abwenden. Während auch der zweite Arm verschwand, sah das Wesen sie an. Sein Kopf sank in den grotesk mißgebildeten Körper.

O Gott, sag mir, daß du jetzt tot bist. Du mußt tot sein! bettelte Ripley, doch die lebendigen Augen ihres schrecklichen Kindes versagten es ihr. Seine Lungen mußten sich aufgelöst haben, die grauenvollen Schreie waren endlich verstummt, aber sein Mund bewegte sich noch, die angsteinflößenden Kiefer öffneten und schlossen sich. Ripley spürte, daß das Neugeborene noch immer mit ihr verbunden war.

Und es flehte sie an: *Hilf mir. Hilf mir.*

Dann, plötzlich, mit einem letzten gräßlichen Ruck zerriß die Haut des Wesens und flatterte wie ein Hemd um die Überreste seines Körpers, ehe sie mit dem lebendigen Fleisch des Neugeborenen Stück für Stück durch das Bullauge gezogen wurde; Ripley sah die Finger einer Hand in der Nähe seiner Augen zappeln.

Ich muß hier raus, dachte sie, *sonst verliere ich den Verstand. Ich muß hier raus …*

Aber diese Augen, diese verdammten, den ihren so ähnlichen Augen, lebten immer noch und hielten Ripley gefangen.

Während das Schiff um sie herum durchgerüttelt wurde,

ging die unerbittliche Zerstückelung des Monsters weiter. Als die letzten Hautfetzen sich vom Körper gelöst hatten und in die Stratosphäre geflogen waren, ging alles viel rascher. Ripley ließ ihre blutenden Ohren los und bemerkte, daß sie Calls Kopf im Schoß hielt, als wolle sie ein kleines Kind vor einem schrecklichen Anblick bewahren. Aber sie waren beide unfähig, ihre Augen abzuwenden.

Ripley spürte, wie die zarte telepathische Verbindung ein letztes Mal versuchte, sie mitzureißen. Der unmenschliche Kontakt ließ sie erschaudern, gleichzeitig trauerte sie um es. Es war ein Teil von ihr, und es starb. Aber sie konnte nicht zulassen, daß es sie mit sich nahm. Plötzlich ruckte der Kopf des Neugeborenen nach hinten, und Ripley erkannte dankbar, daß sein Hinterkopf explodiert war und das Gehirn mitgerissen hatte.

Als der Kopf auseinanderbrach und das Leben des Neugeborenen auslöschte, spürte Ripley, wie die geistige Umklammerung mehr und mehr nachließ. Sie schluchzte, teils vor Erleichterung, teils aus Trauer. *Mein Gott, es ist tot, endlich tot!* dachte sie. Sie wollte zusammenbrechen und weinen, doch dazu war keine Zeit. Der Unterdruck hielt an und zog alles, was nicht festgenagelt war, zu den grauenhaften Überresten des Neugeborenen hinüber.

Noch einige saugende Geräusche, und die Gesichtshaut des Neugeborenen löste sich vollständig ab und wurde durch die Augenhöhlen hinausbefördert. Als die letzten Hautreste die Augenhöhlen verstopften, trat ein kurzer Moment der Stille ein, als hätten sie das ruhige Zentrum des Wirbelsturms erreicht, aber dann löste sich ein Hautpfropfen, und das Vakuum sog wieder durch die Augenhöhle. Und plötzlich wurden auch die beiden Frauen im Windkanal wieder zu dem gräßlich grinsenden Schädel hinübergezogen.

Die Vorstellung, durch den Kopf des Neugeborenen in den Raum hinausgeschleudert zu werden, war grauenvoll.

Verzweifelt klammerten sich die beiden Frauen aneinander und kämpften gegen den schrecklichen Sog.

»Wir schaffen es nicht!« fluchte Johner, mit der Steuerung kämpfend. Der Boden kam rasch näher. Der Unterdruck im Laderaum schleuderte sie wie einen Papierflieger durch die Luft.

»O doch, wir schaffen es!« brüllte Vriess, in seine eigenen Probleme vertieft, zurück.

Calls Stimme, die Sekunden bis zum Aufprall zählend, bewahrte eine bizarre Ruhe.

Während das Schiff um sie herum schwankte und schlingerte und Ladung und Maschinenteile im Laderaum umhergeschleudert wurden, hielten Ripley und Call einander fest umklammert. Ripley hatte die Arme eng um den Körper des Androiden geschlungen, während Call immer mehr Gurte um sie schlang und die Enden an den metallenen Haltegriffen befestigte, die in die Wände des Laderaums geschraubt waren. Die Gurte schnitten in ihre Haut, doch sie nahm keine Notiz davon.

In ihrem Inneren herrschte, trotz der Tatsache, daß sie höchstwahrscheinlich in den sicheren Tod rasten, eine erstaunliche Gelassenheit. Sie erinnerte sich an den Absturz von der *Sulaco* und den wilden Flug herunter nach Hadley's Hope. Sie erinnerte sich an Hicks, der schlief, als befinde er sich auf einem Vergnügungsdampfer, und sie mußte lächeln. Ripley drückte Call an sich und wünschte, sie könne dieses Bild, ihre Ruhe, an sie weitergeben. Jetzt war alles egal. Die Erde war in Sicherheit. Sie waren tot. Alle. Und sie hatte sie überlebt, wenn auch nur für kurze Zeit.

Endlich zersprang der grinsende Schädel des Neugeborenen in tausend Stücke und verschwand durch das zerstörte Bullauge.

»Wir haben es geschafft, Mann, wir schaffen es!« brüllte Johner.

»Hab' ich doch gesagt«, meinte Vriess, während die beiden Männer mit dem Steuer kämpften.

Ohne Vorwarnung schüttelte sich das Schiff ein letztes Mal und flog dann plötzlich ganz ruhig. Ripley spürte eine kühle Brise natürlicher Luft durch den Laderaum fahren und Papiere und Schutt durcheinanderwirbeln, nur daß sie jetzt in den Raum *hinein* blies, und nicht aus ihm hinaus.

Sie blinzelte, sog mit einem tiefen Atemzug die kühle, frische Luft ein und sah aus dem jetzt leeren Bullauge heraus. An dem geschmolzenen Loch erinnerte nichts mehr an sein abscheuliches Opfer. Alles, was sie sah, waren blauer Himmel und flauschige Wolken.

Die Stille war unnatürlich, und Ripley hatte plötzlich das Gefühl, sie falle auseinander. Der Tod des Neugeborenen hatte die letzten Reste ihrer angegriffenen Kräfte verbraucht. Nichts war übriggeblieben. Sie taumelte, dem Zusammenbruch nahe.

Aber Call hielt sie aufrecht. »Du hast es geschafft«, flüsterte der Android. »Du hast es getötet.«

»Habe ich das?« fragte Ripley wie betäubt.

»Ja. Du hast es geschafft. Es ist tot. Es ist Vergangenheit.«

»Fantastisch«, murmelte die größere Frau ausgelaugt. »Das ist fantastisch.«

Call sah zu ihr hoch, bemüht, die große Gestalt aufrecht zu halten.

»Vielleicht haben wir ja jetzt angenehmere Träume, was meinst du?«

Ripley versuchte ein Lächeln. »Wir haben es geschafft. Es geht uns gut.«

»Stimmt«, meinte Call überrascht. »Das stimmt!«

Ripley hörte, wie das Intercom sich einschaltete. Johners Triumphgeheul schallte durch den Raum, während Vriess, offensichtlich in wilder Erleichterung lachend, rief: »Call? Ripley? Seid ihr okay? Wir sehen euch, aber ...«

»Wir *sind* okay«, rief Call ihnen zu. Mit einem breiten Grinsen sah sie zu Ripley hinüber. »Es geht uns bestens hier hinten.« Ripley nickte. Müde lehnte sie ihre Wange gegen Calls Stirn.

Die beiden Männer im Cockpit brüllten vor Freude und Erleichterung. Johner torkelte aus seinem Stuhl, packte Vriess' Kopf und küßte ihn rauh.

»Jippijey!« jauchzte er. »Wir haben das Ding an den Eiern gepackt. Jetzt müssen wir es nur noch runterbringen!«

Ein idiotisches Grinsen auf dem Gesicht, nickte Vriess heftig mit dem Kopf. Plötzlich hielt er inne, sah sich im Cockpit um und wurde ernst. Nervös schaute er Johner an und fragte leise: »Aber wie *kriegen* wir sie runter?«

Epilog

Durch das Aussichtsfenster der *Betty* betrachtete Ripley die näherkommende Erde. Sie hatte noch nie blauen Himmel oder wirklichen Boden gesehen. Zumindest nicht in diesem Leben. Es war neu für sie, und sie genoß ihre Einzigartigkeit.

Sie spürte, wie Call schweigend neben ihr stand. Die Gegenwart des Androiden gab ihr ein nie gekanntes Gefühl der Geborgenheit und der Kameradschaft.

Die Erinnerungen an Newt und Amy, Hicks und Bishop und all die anderen, deren Leben sie gestreift hatte, brannten nicht länger schmerzvoll in ihr. Jetzt gaben sie ihr Wärme. Sie gaben ihr Menschlichkeit. Sie hatte geliebt und war geliebt worden. Sie hatte gekämpft und beschützt und war gestorben, um die, die sie liebte, zu retten. Wenn nötig, würde sie es wieder tun. Und wieder. Und wieder. Sie hatte ihren Frieden gefunden.

Die Traumbilder, die so lange durch ihren Kopf geflimmert waren, waren nicht mehr chaotisch.

Die kalte Geborgenheit des Hyperschlafs. Das instinktive Bedürfnis, ihre Jungen zu schützen. Die Stärke und Kameradschaft ihrer Art. Die Kraft ihrer eigenen Wut. Die Wärme und Geborgenheit der Gesellschaft von Freunden. Die Bilder gaben Sinn, befriedigten sie. Sie erkannte sie auf einer Ebene jenseits des Bewußtseins, weit jenseits aller Erfahrung. Sie waren Teil von ihr, Teil derjenigen, die sie gewesen war, dessen, was sie gewesen war. Und jetzt waren sie Teil dessen, was sie geworden war.

Sie wandte sich um und lächelte der kleineren Frau zu. Call betrachtete den näherkommenden Landeplatz. »Die Erde«, sagte sie, als begreife sie es erst jetzt.

Ripley nickte und unterdrückte ein Lachen. »Die Erde.«

»Das erstemal für mich«, meinte Call leise. »Hier gibt's wahrscheinlich 'ne Menge Orte, wo man sich verlaufen kann. Ich glaube …« Sie hielt inne, als wolle sie noch viel mehr sagen, finde aber die richtigen Worte nicht.

Das erstaunte Ripley. Call war ein Android. Das gesamte Vokabular ihrer Sprache stand ihr zur Verfügung, und doch fand sie die richtigen Worte nicht.

»Was?« fragte sie neugierig.

»Was, meinst du, sollen wir tun? Wohin sollen wir gehen?« Call sah sie an, als wüßte sie die Antwort auf alle Fragen.

Ripley betrachtete den Planeten und konnte nur den Kopf schütteln.

»Ich ... ich weiß es nicht!« Wieder schüttelte sie den Kopf. »Ich weiß es wirklich nicht, Call. Ich bin hier selber fremd.«

Einträchtig schweigend standen die beiden Frauen Seite an Seite und betrachteten die weit entfernten Lichter der nächsten Stadt. Sie hatte noch so viel Zeit, um sich zu entscheiden.